KNAUR

KNAUR

Über die Autorin:

Fiona Higgins ist Geschäftsführerin einer privaten wohltätigen Stiftung und berät Privatpersonen und Agenturen. Sie lebt zurzeit in Sydney mit ihrem Mann und ihrem gemeinsamen Sohn. MIT EUCH AN MEINER SEITE ist ihr erster Roman.

Fiona Higgins

MIT EUCH AN MEINER SEITE

Roman

Aus dem Englischen übersetzt
von Sonja Rebernik

KNAUR TASCHENBUCH VERLAG

Die australische Originalausgabe erschien 2012 unter dem Titel
»The Mothers' Group« bei Allen & Unwin, Sydney.

Besuchen Sie uns im Internet:
www.knaur.de

FSC
www.fsc.org
MIX
Papier aus verantwortungsvollen Quellen
FSC® C083411

Originalausgabe Mai 2013
Knaur Taschenbuch

Ein Unternehmen der Droemerschen Verlagsanstalt
Th. Knaur Nachf. GmbH & Co. KG, München

Redaktion: Ilse Wagner
Umschlaggestaltung: ZERO Werbeagentur, München
Umschlagabbildung: Gettyimages/Brian MacDonald Photography;
FinePic®, München
Satz: Adobe InDesign im Verlag
Druck und Bindung: CPI – Clausen & Bosse, Leck
Printed in Germany
ISBN 978-3-426-51314-9

1 2 3 4 5

Für meine Mutter Lesley, die uns drei unter sehr schwierigen Bedingungen großgezogen und damit eine außergewöhnliche Leistung vollbracht hat.

Mütter sind sich einig, dass die Jahre nur so vorbeiziehen. Doch mit den Tagen verhält es sich anders. Die Stunden und Minuten eines einzelnen Tages bleiben manchmal einfach stehen. Und eine Mutter steht plötzlich erstaunt mitten im Raum. Sie wundert sich. Die Jahre ziehen vorbei, natürlich. Es sind die Tage, die eine Mutter aus der Bahn werfen.

JAIN SHERRARD

GINIE

Sie lag nackt auf der Düne, der feuchte Sand klebte auf ihrer Haut. Möwen kreisten über ihr und riefen durch den Nebel hindurch nach ihren Kameraden, während sie tief und träge über den Strand schwebten.

Der Geruch von halb verrottetem Seegras war allgegenwärtig, sogar während seine Zunge und seine Hände über ihren Körper glitten.

Sie sah über ihren nackten Bauch zu ihm hinunter.

Lass dich gehen, sagte er. *Lass dich gehen.*

Ihr Körper wölbte sich ihm entgegen, und ihre Fäuste schlossen sich um Tausende Sandkörner …

Ein lautes Klopfen an der Tür riss Ginie aus ihren Träumen, und sie öffnete die Augen. Sie blinzelte und merkte erst jetzt, wo sie war. Auf der Couch. Im Wohnzimmer. Neben Rose. Der Traum verblasste rasch, und Enttäuschung brach über sie herein. Sie fühlte sich betrogen.

Sex gehörte mittlerweile der Vergangenheit an. Genauso wie andere alltägliche Freuden, etwa langes Ausschlafen am Sonntag oder eine ungestörte Dusche, war Ginies sexuelles Verlangen nach der Geburt von Rose mit einem Mal verschwunden. Sie schloss erneut die Augen und fragte sich, ob es jemals zurückkehren würde. Diese wundervolle sexuelle Ekstase, die sie mit Daniel erfahren hatte, eine Intimität, wie sie sie noch nie zuvor erlebt hatte.

Das Klopfen an der Tür war mittlerweile eindringlicher geworden.

Verflucht noch mal, dachte sie. Ich bin müde. Verschwindet.

Sie warf einen Blick auf Rose. Auf das weiche, rosarote Bündel in dem altmodischen Stubenwagen, der ein nostalgisches Geschenk ihrer Großmutter gewesen war. Das Klopfen schien das Baby nicht zu stören. Sobald sie einmal eingeschlafen war, ließ sie sich durch kaum etwas aus der Ruhe bringen.

Vielleicht verschwindet derjenige, der vor der Tür steht, ja wieder, wenn ich ganz leise daliege, dachte Ginie.

Sie starrte hinauf zu dem modernen Lüster über ihr. Die Glasperlen fingen das Morgenlicht ein. Wie spät war es? Sie konnte nicht allzu lange geschlafen haben. Ihr Laptop lag noch immer auf ihren Knien, der Cursor blinkte mitten in einer unvollendeten E-Mail.

Es war nun fünf Wochen her, seit sie aus dem Krankenhaus entlassen worden war, und Rose hatte bis jetzt alles richtig gemacht. Sie trank aus der Flasche, ließ sich schnell beruhigen und schlief so gut, wie es einem Neugeborenen nur möglich war. »Sie ist ein Baby wie aus dem Lehrbuch«, hatte Ginies Mutter gesagt. Als ob sie davon eine verdammte Ahnung gehabt hätte.

Wie immer, wenn sie an ihre Mutter dachte, rollte eine Welle der Wut über Ginie hinweg. Sie atmete tief ein und versuchte, sich zu beruhigen.

Ihr buddhistischer Lebensberater hatte ihr beigebracht, ihre Wut von außen zu betrachten, als wäre sie eine unbeteiligte Zuschauerin. Sie war offensichtlich ein Teil des Prozesses, den Ginie durchlief, um mit der Abwesenheit ihrer Mutter während ihrer Kindheit Frieden zu schließen. Wäre ihre Mutter krank gewesen oder gar verstorben, wäre es vielleicht einfacher zu verstehen gewesen. Doch als Direktorin einer Grundschule hatte ihre Mutter ihr Leben der Bildung verschrieben. Sie hatte sowohl während der Schulzeit als auch während der Ferien ohne Unterlass gearbeitet und sichergestellt, dass Tausende von Kindern in den Genuss ihres Engagements kamen. Die Kinder anderer Leute, dachte Ginie manchmal.

Und wenn ihre Mutter einmal nicht arbeitete, dann schien sie sich stets mehr für Ginies beide Geschwister zu interessieren. Ginie konnte sich erinnern, ihren Bruder zu zahllosen Fußballspielen an den Wochenenden begleitet zu haben, bei denen ihre Mutter so laut gebrüllt hatte, dass sie heiser geworden war. Oder aber sie war neben ihr in den Behandlungsräumen zahlreicher Spezialisten gesessen, angefangen von orthopädischen Chirurgen bis hin zu Ergotherapeuten, die mit ihrer Mutter über das medizinische Befinden ihrer jüngeren Schwester diskutiert hatten. *Sie leidet unter einer angeborenen Hüftdysplasie,* hatte ihre Mutter jedem erklärt, der bereit gewesen war, ihr zuzuhören. *Eines ihrer Beine ist länger als das andere.* Ginie war immer das pflichtbewusste mittlere Kind gewesen, nachgiebig und vernünftig. Sie hatte stets eine oscarreife Nebenrolle im Leben ihrer Geschwister innegehabt.

Doch das alles spielte mittlerweile keine Rolle mehr. Wenn Ginie sich ihr jetziges Leben so ansah, dann wusste sie eines mit Sicherheit: Es war um Klassen besser als das ihrer Geschwister. Jetzt war *ihre* Zeit gekommen.

Sie atmete aus. Dieser Gedanke beruhigte sie.

Das Klopfen an der Tür wurde lauter.

Sie warf erneut einen Blick auf Rose, mittlerweile sicher, dass der Lärm sie aufwecken würde.

Durch das blickdichte Glas ihrer Eingangstür konnte sie zwei Gestalten erkennen. Ihr iPhone blinkte ungeduldig: *Daniel (Handy).*

Schon wieder ihr Ehemann.

Ich habe Maler engagiert, um das Kinderzimmer auszumalen. Sie warten draußen.

Sie verdrehte die Augen. *Dieser hoffnungslose Scheißkerl.*

Von dem Zeitpunkt an, als sie erfahren hatten, dass sie schwanger war, hatte sie Daniel immer wieder darum gebeten, das Kinderzimmer neu auszumalen. Sie war ständig mit ihrer Arbeit beschäftigt gewesen und hatte verzweifelt versucht, die komplizierte Übergabe für ihre Elternzeit zu organisieren. Als erfolgreichste weibliche Anwältin in ihrer Kanzlei verdiente sie ein stolzes Gehalt, das es Daniel ermöglichte, seinen Ambitionen als Schriftsteller und Fotograf nachzugehen, die jedoch großteils zu nichts führten.

»Ich bin müde«, hatte sie ihm gegenüber geklagt, als sie im achten Monat gewesen war. »Ich flehe dich an: Bitte male das Kinderzimmer für mich aus. Bitte, Daniel.«

»Ich werde mich darum kümmern«, kam seine Standardantwort. »Vertrau mir.«

Und dann war das Baby um einen ganzen Monat zu früh gekommen, und Daniel war die Zeit davongelaufen.

Ginie las die Nachricht noch einmal, dann schleuderte sie das Telefon auf den Couchtisch.

Ich und verärgert?, dachte sie. Ich explodiere gleich, verdammt noch mal.

Rose regte sich in ihrem Stubenwagen. Ein winziger Arm ragte plötzlich unter dem Plüschstoff hervor. Ginies Ärger verschwand sofort. Von dem Moment an, als Rose aus ihrem Körper gezogen worden war – voller Käseschmiere und sich im Licht windend –, war es um Ginie geschehen gewesen. Die Tiefe ihrer neu entdeckten Zärtlichkeit für dieses winzige, geheimnisvolle Wesen hatte sie vollkommen überrascht.

Einen Moment lang beobachtete sie wie gelähmt, wie die zarten Hände ihrer Tochter die Luft zu fassen versuchten. Schwebende kleine Finger, die kaum größer waren als ihre eigenen Fingernägel. *Meine Tochter.* Sie schüttelte staunend den Kopf. Noch vor einigen Monaten war ihr der Gedanke an das hier noch vollkommen abstrakt erschienen. Doch nun stand sie hier als Mutter dieses lebendigen, atmenden, weichen Geschöpfes.

Das Klopfen ging weiter. Ginie konnte es nicht mehr länger ignorieren.

Sie warf einen Blick auf ihre Uhr und stemmte sich von der Couch hoch. Das erste Treffen der Müttergruppe würde bald beginnen. Vor einer Woche war ein Erinnerungsschreiben des örtlichen Gesundheitszentrums für Kinder eingetroffen, doch sie hatte beschlossen, es zu ignorieren. Sie konnte sich nichts Schlimmeres vorstellen, als mit einer Gruppe von Frauen zusammenzusitzen, die sie nicht kannte, und mit ihnen Kekse zu essen und über ihre Kinder zu sprechen. Doch nun, da die Maler gegen die Tür hämmerten, schien ein Treffen mit anderen Müttern, verglichen mit der Aussicht, der Farbe beim Trocknen zusehen zu müssen, die bessere Alternative zu sein.

Sie öffnete die Tür und zeigte den Handwerkern das Kinderzimmer im unteren Stockwerk ihres terrassenförmig gebauten Hauses. Danach legte sie Rose in den Kinderwagen und schnappte sich ihren Windelrucksack, eine Decke und mehrere Stofftiere.

»Nicole, wir sind in etwa ein bis zwei Stunden wieder zurück«, rief sie die Treppe hinauf.

Sie bekam keine Antwort. Das Kindermädchen war gestern aus Irland eingetroffen, doch bis jetzt war sie noch nicht aufgetaucht. Daran war wohl ohne Zweifel der Jetlag schuld.

Das Gesundheitszentrum für Kinder lag auf einem Hügel. Der Weg vom Parkplatz zum Eingang war kurz, dennoch war der geländetaugliche Kinderwagen, den Daniel eine Woche zuvor gekauft hatte, so schwer, dass sie es kaum schaffte. Sie musste unterwegs stehen bleiben, um wieder zu Atem zu kommen.

Unter ihrer Jeans pochte ihre Kaiserschnittnarbe. Es war ein klarer Junitag, und der Himmel war so blau, dass es beinahe in den Augen weh tat. Cölinblau, so hätte es Daniel, der Schriftsteller, vermutlich genannt.

Als sie im Gesundheitszentrum ankam, hatte das Treffen der Müttergruppe bereits begonnen. Sie hasste es, zu spät zu kommen, egal, wo. Nervös öffnete sie die Tür so schwungvoll, dass diese gegen die Wand knallte. Einige Frauen drehten sich in ihre Richtung.

»Entschuldigung«, murmelte sie. Sie wandte den Frauen den Rücken zu und versuchte, Roses Kinderwagen über die Schwelle zu ziehen.

»Scheiße.« Die Tür schlug schwer gegen ihren Rücken, und der Kinderwagen erwies sich als äußerst sperrig. Ich habe einen Abschluss in Rechtswissenschaften, dachte sie, und nun schaffe ich es nicht einmal, einen Kinderwagen durch diese verdammte Tür zu bekommen.

Eine Frau mit honigblonden Haaren tauchte neben ihr auf. »Lass mich dir helfen«, bot sie an und hielt Ginie die Tür auf.

»Danke«, sagte Ginie und zerrte an dem Kinderwagen. »Ich versuche noch, den Dreh herauszubekommen.«

»Die Dinger sind schwer, nicht wahr? Ich bin mit meinem vor ein paar Tagen im Supermarktausgang stecken geblieben, und ein Wachmann musste mir helfen, mich zu befreien. Es war mir *furchtbar* peinlich.« Die Frau grinste sie an. »Ich heiße Cara.«

»Ginie.«

»Hallo! Kommen Sie doch herein«. Am Kopfende der Gruppe saß eine Frau mit silbergrauen Haaren und einer Brille. Sie deutete mit einem Klemmbrett in Ginies Richtung. Das musste Pat sein, die geschwätzige Hebamme, die sie vor einigen Wochen angerufen hatte, um zu fragen, wie es ihr nach der Geburt ging. Ginie hatte das Angebot eines Hausbesuches abgelehnt.

»Setzen Sie sich, Ginie«, sagte die Frau, während sie ihren Namen auf dem Klemmbrett suchte und ihn abhakte. »Ich bin Pat. Sie kommen gerade richtig zur Vorstellungsrunde.«

Ein Dutzend Stühle waren in einem Halbkreis aufgestellt worden, doch weniger als die Hälfte davon war belegt. Die meisten Stühle in der Nähe der Tür waren bereits besetzt. Als hätten die Frauen vor, jeden Moment abzuhauen, dachte Ginie grinsend.

Cara ging zu ihrem Stuhl in der Mitte der Reihe zurück und beugte sich zu einem der Kinderwägen hinüber, um nach ihrem Baby zu sehen. Ginie schob ihren Kinderwagen zu einem freien Stuhl auf der anderen Seite von Pat und navigierte ihn an Baby-Autositzen und Windeltaschen vorbei. Sie setzte sich neben eine Frau mit gewellten, schwarzen Haaren und aufsehenerregenden grünen Augen, die gerade versuchte, ihr Baby zu beruhigen. Sie lächelte Ginie abwesend an, während sie dem Kind einen Schnuller in den Mund schob. Doch das schien das Baby, das sich mit hochrotem Gesicht in seinem Kinderwagen wand, nur noch mehr zu verärgern.

»Schsch, Rory, schsch«, beruhigte die Frau das Kind. Als seine Schreie lauter wurden, stand sie von ihrem Stuhl auf und begann, den Kinderwagen durch den Raum zu schieben.

»Nun gut«, sagte Pat. »Nachdem nun alle hier sind, lassen Sie uns beginnen. Willkommen!« Sie lächelte. »Sie sind alle hier, weil Sie in den letzten sechs Wochen ein Baby zur Welt gebracht haben und in der Gegend um Freshwater oder Curl Curl wohnen. Aber zunächst einmal sollten wir einander besser kennenlernen. Ich möchte, dass Sie sich und Ihr Kind vorstellen und uns etwas über Ihre Erfahrungen während der Geburt erzählen. Wir beginnen am Anfang der Reihe.« Sie deutete auf Ginie.

Ginie rutschte auf ihrem Stuhl hin und her. Sie war es gewöhnt, im beruflichen Umfeld vor anderen Menschen zu sprechen, doch das hier war etwas anderes. Sie war seltsam nervös.

»Okay, ich bin Ginie«, begann sie. »Und das ist Rose. Sie schläft, wie ihr sehen könnt.« Sie warf einen Blick auf Rose und bemerkte zum ersten Mal, wie ähnlich sie Daniel sah. Sie hatte dieselben hohen Wangenknochen und dieselben sandfarbenen Haare. Sie wandte ihren Blick wieder Pat zu. Sie wusste nicht mehr, was sie sonst noch hätte sagen sollen.

»Möchten Sie uns etwas über Ihre Erfahrungen während der Geburt erzählen?«, half Pat aus.

»Ach ja, genau.«

Die Geburt. Sie hatte noch mit niemandem darüber gesprochen. Es war etwas, das sie am liebsten vergessen hätte.

»Ähm, ich lag fünfzehn Stunden in den Wehen, und schließlich wurde ein Kaiserschnitt gemacht.«

Pat nickte betroffen. »Und wie fühlten Sie sich dabei?«

»Eigentlich war ich erleichtert. Und verdammt froh, dass sie endlich draußen war.«

Irgendjemand kicherte.

»In Ordnung. Die Nächste bitte.« Pat nickte einer sinnlichen Blondine zu. Ginie lehnte sich in ihrem Stuhl zurück und war froh, dass sich die Aufmerksamkeit nun auf jemand anderen richtete.

Sie hatte nicht schon in der sechsunddreißigsten Woche mit Roses Ankunft gerechnet. Es war sieben Uhr dreißig morgens, und sie fuhr gerade in ihrem zweitürigen BMW über die Spit Bridge, die dafür bekannt war, zu Stoßzeiten zu einem Nadelöhr zu werden. Zu jeder anderen Tageszeit dauerte die Fahrt von ihrem Zuhause in Curl Curl bis ins Geschäftsviertel von Sydney bloß dreißig Minuten, doch an diesem Morgen saß sie bereits seit einer Stunde hinter dem Steuer. Sie sprach gerade mit einem Mandanten und beugte sich zu der Freisprecheinrichtung vor, die auf dem Armaturenbrett befestigt war, als es zwischen ihren Beinen plötzlich warm wurde. Sie warf einen Blick hinunter und sah, dass eine blassrote Flüssigkeit unter ihr hervorsickerte und über den cremefarbenen Ledersitz floss. Einen Moment lang starrte sie die Flüssigkeit an, als würde sie das alles nichts angehen. Dann navigierte sie den Wagen aus dem fließenden Verkehr heraus und an den Randstein. Sie schaltete die Warnblinkanlage ein, beendete schnell ihr Telefonat und rief Daniel an.

»Irgendetwas stimmt nicht. Ich … blute gerade das Auto voll.«

»Atme einfach tief durch, Gin«, sagte er. »Glaubst du, dass du ins Krankenhaus fahren kannst?«

»Zum Teufel noch mal, Daniel, was glaubst *du* denn?«

»Schon gut. Ich rufe einen Krankenwagen. Wo genau bist du denn?«

Die Sanitäter hatten schnell sichergestellt, dass weder sie noch das Kind in Gefahr waren.

»Das Baby hat einige Mal getreten, das ist ein gutes Zeichen«, sagte einer von ihnen.

»Und woher kommt das ganze Blut?«, fragte sie.

»Es sieht so aus, als hätte Ihre Plazenta zu bluten begonnen«, sagte er. »Das ist am Ende einer Schwangerschaft nicht ungewöhnlich. Sie werden schon bald Mutter sein.«

»Und so nahe am Muttertag«, sagte der andere. »Das haben Sie gut vorausgeplant, nicht wahr?«

Ja, äußerst gut, dachte sie. Deshalb liege ich ja in einem Business-Anzug auf einer Bahre und bin auf dem Weg ins Krankenhaus.

»Sie wollten uns wohl allen einen Schrecken einjagen?«, scherzte der Arzt, der die Geburt überwachen sollte, während er den Wehenschreiber auf ihrem gewölbten Bauch befestigte. »Lassen Sie uns einmal nachsehen, was da drinnen vor sich geht.«

Die Untersuchung zeigte, dass es dem Baby gutging.

»Ihre Plazenta blutet tatsächlich«, bestätigte er. »Wir warten noch zwölf Stunden und sehen, was passiert. Aber Sie müssen im Krankenhaus bleiben, fürchte ich.«

Zumindest hatte sie ihren Laptop dabei.

Mehrere Stunden später spürte sie die erste Wehe. Doch nach fünfzehn Stunden hatte sich der Muttermund erst fünf Zentimeter weit geöffnet. Sie war schweißgebadet und erschöpft. Daniel stand neben ihr und bot ihr Wasser, einen kalten Waschlappen und Lippenbalsam an. *Und was soll ich damit machen,* wollte sie ihn anschreien. *Ihn dir in den Hintern stecken?* Stattdessen ignorierte sie ihn, während sie im Zimmer umherging und ein Kissen zusammendrückte, wenn die Wehen wieder schlimmer wurden.

Sie wünschte sich, sie hätte sich vorab für einen Kaiserschnitt entschieden. Sie war neununddreißig Jahre alt und hatte eine private Krankenversicherung. Sie hätte einen verlangen können. Doch ein Teil von ihr wollte die Geburt durchstehen, so wie sie bisher alle Herausforderungen in ihrem Leben durchgestanden hatte. Vorab einen Kaiserschnitt zu vereinbaren, war ihr wie eine Ausflucht erschienen. Und Ginie war nicht jemand, der vor irgendetwas davonlief.

»Ginie.« Die Stimme kam von weit her.

Sie blickte von ihrem Kissen auf und sah, wie der Arzt die Worte mit seinen Lippen formte. »Ich schlage vor, wir machen einen Kaiserschnitt.«

»Okay.« Es war ihr mittlerweile egal. Sie kniff die Augen zusammen, als eine weitere Wehe über sie hinwegrollte.

Sie erlebte die Operation durch einen Nebel der Betäubung als verwirrendes Ereignis. Sie blieb die ganze Zeit bei Bewusstsein, und Daniel stand neben ihr und streichelte ihre Haare. Zwei Ärzte beugten sich über ihren Bauch und sprachen miteinander wie zwei Piloten, die gerade einen Jumbojet zur Landung brachten.

»Ich würde hier hineingehen, hier sind weniger Gefäße«, sagte der eine.

»Tatsächlich?«, erwiderte der andere. »Ich bevorzuge ein Gebiet, in dem weniger Muskeln beschädigt werden.«

Ihr wurde plötzlich übel. »Ich glaube, ich sterbe«, flüsterte sie.

Der Anästhesist, ein teilnahmsloser Mann in den Fünfzigern, beugte sich zu ihr hinunter. »Das kommt Ihnen bloß so vor, weil Ihr Blutdruck sinkt«, sagte er nicht unfreundlich. »Lassen Sie mich Ihnen helfen.« Er verabreichte ihr eine mit durchsichtiger Flüssigkeit gefüllte Spritze, und sie fühlte sich beinahe sofort besser.

Sie klammerte sich an Daniels Hand und bat ihn, mit ihr zu sprechen, damit sie den sachlichen Bemerkungen der Ärzte nicht länger zuhören musste.

Plötzlich spürte sie ein energisches Drücken und Ziehen, als würde jemand ihr Inneres auseinanderreißen.

Sie hielt es nicht mehr länger aus. »Daniel, ich …«

»Da haben wir sie«, erklärte einer der Ärzte.

Ein blutiges Baby schwebte plötzlich vor ihren Augen. Es weinte nicht einmal. Es war ein kleines Mädchen. Sie war perfekt.

Zurück auf der Station, wurden Ginies Schmerzen unerträglich. Die Wunde pulsierte bei der kleinsten Bewegung. Die Schmerzmittel, die sie bekommen hatte, halfen kaum. Sie beobachtete interessiert, wie sich die Vorhänge vor dem ungeöffneten Fenster bewegten. Es war eine durch die Medikamente hervorgerufene Halluzination, das wusste sie. Doch die Schmerzen wurden immer schlimmer.

Um drei Uhr morgens versuchte sie, ihre Situation einer dienstfertigen Hebamme zu erklären.

»Nun«, kam die strenge Antwort, »es sind noch keine weiteren Schmerzmittel für Sie vorgesehen. Wenn man einen *Eingriff* wie einen Kaiserschnitt hinter sich hat, dann tut es mehr weh. Eine *natürliche* Geburt ist viel einfacher für den Körper. Schmerzen sind sehr subjektiv, meine Liebe.« Dann eilte die Hebamme davon.

Ginie war zu erschöpft, um ihr zu widersprechen. Niedergeschlagen ließ sie sich ins Kissen sinken. Rose war im Säuglingszimmer. Die Hebamme würde sie zu ihr bringen, sobald sie aufgewacht war. Ginie wollte sie unbedingt wieder in den Armen halten und ihre Nase in dem weichen Körper vergraben, doch sie konnte nicht einmal aufstehen. Die Geräusche aus dem Säuglingszimmer drangen über den Flur herüber. Jedes Mal, wenn jemand die Tür öffnete, klangen die Stimmen der weinenden Babys wie heulende Katzen in einer Gasse.

Sechs Stunden später zitterten Ginies Arme und Beine unter der Decke so stark, dass sie sie nicht mehr unter Kontrolle hatte. Ihre Wunde pochte und nässte durch das Baumwollpflaster, das mit einem chirurgischen Klebeband quer über ihr Becken befestigt worden war. Ihre Brustwarzen unter dem Krankenhauskittel waren nach vielen Versuchen, Rose an ihre Brust zu legen, wund gescheuert. So viel zum Thema »natürlich«, dachte sie, während eine Hebamme ihre Brustwarzen massierte wie ein Bauer, der vorhatte, eine Kuh zu melken. Außer diesen Strapazen war nicht viel geschehen. Eine dünne, wässrige Flüssigkeit war aus ihrer rechten Brustwarze geflossen, und die Hebamme hatte versucht, sie mit einer Spritze aufzufangen.

»Hallo«, zirpte plötzlich eine freundliche Stimme, »wie geht es Ihnen heute Morgen?«

Sie hatte diese Krankenschwester noch nie zuvor gesehen. Es war eine junge Frau mit roten Haaren. Sie eilte zum Fenster und zog die Vorhänge zurück. Das Sonnenlicht tat Ginie in den Augen weh.

Die Krankenschwester drehte sich zu ihr. »Sie zittern ja. Geht es Ihnen gut?«

Ohne Vorwarnung füllten sich Ginies Augen mit Tränen.

»Haben Sie Schmerzen?«, fragte die Krankenschwester.

Ginies Stimme zitterte. »Das habe ich Ihren schwachsinnigen Kolleginnen die ganze Nacht zu erklären versucht. Aber sie sind so sehr damit beschäftigt, sicherzustellen, dass ich Milch gebe, dass sie sich nicht um meine verdammten Schmerzen kümmern können.«

Die Krankenschwester sah sie betroffen an.

Ginie schämte sich dafür, ihren Gefühlen freien Lauf gelassen zu haben, und begann zu weinen. »Es tut mir leid …«

»Ich kümmere mich sofort darum«, sagte die Krankenschwester. Sie streichelte Ginies Hand. »Sie sollten keine Schmerzen haben. Ich rufe den Anästhesisten an, er soll Ihnen etwas Stärkeres verschreiben.«

Die Freundlichkeit der Krankenschwester ließ Ginie nur noch mehr weinen. Sie schlug die Hände vors Gesicht und schluchzte heftig.

»Es wird alles gut«, sagte die Krankenschwester und reichte ihr ein Taschentuch. »Sobald die Schmerzen verschwunden sind, werden Sie alles in einem ganz anderen Licht sehen.«

Ginie bezweifelte es.

»Hallo zusammen. Mein Name ist Suzie.«

Die Stimme riss Ginie aus ihren Gedanken. Die sinnliche Blondine schob sich ihre Locken hinter das Ohr. Ihre blassblauen Augen wanderten nervös von einer Frau zur anderen.

Sie kann nicht viel älter als fünfundzwanzig Jahre sein, vermutete Ginie.

Suzie warf einen Blick in den Kinderwagen, der neben ihr stand. Das Baby gab laute Schmatzgeräusche von sich. »Ich glaube, Freya ist hungrig«, sagte sie entschuldigend. Sie nestelte an den obersten Knöpfen ihrer karamellfarbenen Strickjacke herum und hob das Baby an ihre Brust.

Ginie wandte den Blick ab, sie war peinlich berührt. Sie fragte sich kurz, ob *ihre* Brüste auch so ausgesehen hätten, wenn sie darauf beharrt hätte, zu stillen. Doch das hatte sie nicht getan. Nach fünf Tagen im Krankenhaus voller vergeblicher Versuche mit heißen Umschlägen und Milchpumpen war sie mit einer Dose Milchersatzpulver und einer Plastikflasche nach Hause geschickt worden. »Sie haben die kleinsten Milchreserven, die ich jemals gesehen habe«, hatte eine der Krankenschwestern ihr erklärt.

Ginie war enttäuscht gewesen. Die Vorteile des Stillens wurden allerorts lauthals verkündet. Der Arzt, der sie bei der Geburt betreut hatte, ihre Mutter, sogar Daniel – sie alle waren davon überzeugt, und Ginie war davon ausgegangen, dass alles wie von selbst gehen würde. Kein einziges Mal hatte sie darüber nachgedacht, dass sie vielleicht *nicht in der Lage* sein würde, zu stillen, ganz zu schweigen von den übermächtigen Schuldgefühlen, die über sie hereingebrochen waren, als sie bemerkt hatte, dass sie es nicht konnte. Als sie nun Suzie dabei beobachtete, wie sie ihr Baby stillte, hatte Ginie das Gefühl, Rose den besten Start ins Leben verwehrt zu haben.

Es war schwer zu sagen, ob es sich bei dem Kind um einen Jungen oder um ein Mädchen handelte. Es war pummelig und rosa, und von seinem Kopf stand ein Büschel weißblonder Haare ab.

Suzie räusperte sich. »Meine Tochter heißt Freya«, begann sie. »Wie die skandinavische Göttin der Liebe.«

Mein Gott, dachte Ginie. Ein Hippie.

»Mein Freund hat schwedische Vorfahren«, fuhr sie fort. »Ich sollte wohl sagen: Mein Ex-Freund. Wir haben uns getrennt, als ich im siebten Monat schwanger war. Meine Erfahrungen während der Geburt waren also …« Ihre blauen Augen füllten sich plötzlich mit Tränen. »Ich meine, ich hatte die netteste Hebamme im ganzen Krankenhaus, aber …« Sie schlug sich die Hand vor den Mund und schüttelte den Kopf, unfähig, noch ein Wort zu sagen.

Niemand rührte sich. Ginie sah Pat an, wollte sie dazu bringen, einzugreifen. Doch Pat saß regungslos da. Sie hatte den Kopf schief gelegt und einen nachdenklichen Blick aufgesetzt.

Endlich sagte jemand etwas. »Das muss hart gewesen sein.«

Ginie drehte sich in Richtung der Stimme um. Es war Cara, die Frau, die ihr an der Tür geholfen hatte.

»Ist es okay, wenn ich weitermache?«, fragte sie.

Suzie nickte erleichtert.

»Ich bin Cara«, fuhr die Frau fort. »Und das ist Astrid.« Sie beugte sich über den Kinderwagen und warf dabei ihren Pferdeschwanz über ihre Schulter. Sie war auf dezente Art hübsch, ihr Körper hatte die klassische Form einer Sanduhr, und ihre Augen waren lebhaft und braun. Wenn sie lächelte, war es schwer, sich ihr nicht anzuschließen.

Cara strahlte, während sie ein pummeliges, rotblondes Baby in die Höhe hielt. Daddy hat wohl rote Haare, vermutete Ginie.

»Astrid kam zehn Tage zu spät. Doch dann ging alles ziemlich schnell.« Sie legte Astrid in ihre Armbeuge und streichelte ihre Haare. »Meine erste Wehe kam um sechs Uhr, und zwei

Stunden später war sie bereits da. Es war auch nicht sehr schmerzhaft, was ein zusätzliches Geschenk war. Ich glaube, ich hatte mich bereits auf das Schlimmste gefasst gemacht.«

Pat klatschte in die Hände. »Wunderbar. Hat noch jemand gute Erfahrungen während der Geburt gemacht?«

»Ich«, sagte die Frau, die ursprünglich neben Ginie gesessen hatte. Sie schob ihren Kinderwagen immer noch durch den Raum.

»Ich bin Miranda.« Sie deutete auf ein Tuch aus Musselin, das den Kinderwagen bedeckte. »Und das ist Rory. Ich glaube nicht, dass ich schon aufhören kann, ihn herumzuschieben.« Sie warf einen Blick unter das Tuch, und Ginie sah kurz einen Schopf schwarzer Haare. »Nun, zumindest hat er die Augen zugemacht.« Sie hob eine Wasserflasche an ihre Lippen und trank einige Schlucke.

Ginie bewunderte sie von der Seite. Sie war groß und schlank, und es war keine Spur Babyspeck zu sehen. Ihre grünen Augen hoben sich von ihrer durchscheinenden Haut ab, die von hübschen Sommersprossen gesprenkelt war. Ihre Haare fielen in schwarzen Wellen über ihre etwas länglichen Ohren, die sie wie eine Elfe aussehen ließen. Ginie schätzte, dass sie Anfang dreißig war. Ein beträchtlicher Diamantring glitzerte an ihrem Finger, als sie den Verschluss wieder auf die Wasserflasche drehte.

»Und welche Erfahrungen haben Sie während der Geburt gemacht, Miranda?«, fragte Pat.

»Nun, ich dachte, dass es furchtbar werden würde.« Sie zuckte mit den Schultern. »Aber eigentlich habe ich es genossen.«

Ginie fragte sich, wie irgendjemand eine Geburt *genießen* konnte.

»Ich habe sehr viel geburtsvorbereitendes Yoga betrieben

und Atemübungen gemacht«, fügte Miranda hinzu. »Das hat mir vermutlich während der Wehen geholfen.«

Na, ist denn das Leben nicht einfach perfekt?, dachte Ginie.

Pat strahlte wie ein Weihnachtsbaum. »Und ich vermute, dass es Ihnen auch nach der Geburt geholfen hat?«

Miranda schüttelte den Kopf. »Ich habe nicht mehr viel Zeit, um Yoga zu üben. Ich habe auch noch einen Dreijährigen zu Hause. Er stammt aus der ersten Ehe meines Mannes.«

Ginie hob eine Augenbraue. Vielleicht war Miranda doch nicht so perfekt.

»Aber Sie bekommen doch eine Verschnaufpause, wenn der Kleine seine Mutter besucht?«, fragte Pat hoffnungsvoll.

»Nein«, sagte Miranda, »Digbys Mutter starb, als er sechs Monate alt war.«

Allmächtiger, dachte Ginie schuldbewusst.

»Oh.« Pat sah ernüchtert aus. Dann sammelte sie sich wieder. »Nun, eines unserer Themen in den nächsten Wochen wird sein, wie Sie sich Zeit für sich selbst schaffen können. Wenn es einen älteren Bruder oder eine ältere Schwester gibt, die ihrerseits Forderungen stellen, dann ist es doppelt so wichtig, Zeit für sich selbst einzuplanen.«

Miranda sah nicht sehr überzeugt aus.

Pat schaute von einer zur anderen. »Also … wer war noch nicht an der Reihe?«

Eine blasse Frau, die nie zu lächeln schien, hob die Hand. »Ich bin Pippa.«

Ihr mausbraunes Haar, das zu einem strengen Knoten nach hinten gebunden war, war am Oberkopf fettig. Sie war zierlich, und ihre hohe Stimme schwankte wie die eines Kindes, doch die Linien um ihre Augen deuteten darauf hin, dass sie eine Frau in den Dreißigern war. Sie trug ein weites, graues

T-Shirt und einen schwarzen Rock, der ihr bis zu den Knöcheln reichte.

»Und das ist Heidi. Sie schläft.« Pippa nickte zu einem riesigen Buggy hinüber, der von einem schwarzen, windabweisenden Vorhang umgeben war, durch den man das Baby nicht sehen konnte. »Ihre Geburt war nicht sehr angenehm.«

Ginie beugte sich vor, um besser hören zu können.

»Möchten Sie Ihre Erfahrungen mit uns teilen?«, fragte Pat.

»Eigentlich nicht.«

Pat zögerte. Solche direkten Worte war sie offensichtlich nicht gewöhnt.

»Nun«, stieß sie hervor, »das ist natürlich Ihr gutes Recht.«

Pippas haselnussbraune Augen zeigten keine Reaktion, als sie auf ihrem Stuhl zurückrutschte und sich den Rock über den Knien glatt strich.

»Und nun, zu guter Letzt …« Pat überflog die Namen auf ihrem Klemmbrett. »Made … und der kleine Wayne?«

Eine asiatische Frau hob die Hand. Sie war winzig und sah beinahe aus wie eine Puppe. Ihr Gesicht war herzförmig, und sie hatte warme, braune Augen. Ihre glänzenden, schwarzen Haare waren zu einem kinnlangen Bob geschnitten, den sie sich mit ihren langen, geschmeidigen Fingern hinter die Ohren schob. Sie lächelte die Gruppe zurückhaltend an, ihre weißen Zähne hoben sich von ihrer karamellfarbenen Haut ab.

»Ich bin Made.« Pat hatte den Namen so ausgesprochen, dass er klang wie das englische Wort »made«, also die Vergangenheitsform von »machen«, doch Made selbst sprach es wie »Ma-Day« aus. »Und das ist der kleine *Wayan.*«

»Das ist ein ungewöhnlicher Name«, sagte Pat.

»Wir kommen aus Bali.«

Unter dem bunten Sarong, der den Kinderwagen bedeckte, machte das Baby gurgelnde Geräusche. Made griff unter das

Tuch, um den kleinen Säugling mit der sahnebonbonfarbenen Haut und den schwarzen Haaren hochzuheben.

»Mein erstgeborener Sohn«, sagte sie stolz.

Ginie unterdrückte ein Keuchen. Über dem offenen Mund des Babys hatte sich eine Art wuchernder Tumor gebildet, der von seiner Lippe bis hinauf zur Nase reichte.

Ginie ließ ihren Blick durch den Raum schweifen. Niemand ließ sich etwas anmerken. Made streichelte das Ohr ihres Sohnes und schien nichts zu bemerken.

Pat war die Erste, die etwas sagte. »Gibt es … gibt es etwas, das Sie uns über Ihre Erfahrungen während der Geburt erzählen wollen, Made?«

Made dachte einen Moment lang nach. »Es hat sehr weh getan«, sagte sie. »Aber er ist … ein gesunder Junge. Das ist gut.«

Ginie lächelte. Mades Sprachkenntnisse waren mangelhaft, doch es war offensichtlich, was sie meinte.

»Sehr gut«, sagte Pat. Sie blätterte in ihren Notizen. »Nun, da wir uns einander vorgestellt haben, lassen Sie uns darüber sprechen, wie diese Gruppe funktioniert. Meine Aufgabe ist es, Sie auf Ihrer wunderbaren Reise durch die Welt der Mutterschaft zu begleiten. Denn eine Mutter zu sein ist die wichtigste Aufgabe der Welt.«

Ginie warf einen Blick auf ihre Uhr.

»Heute werden wir uns über das Schlafen unterhalten, denn dieses Thema interessiert jede junge Mutter.« Pat kicherte. »Schlaf ist äußerst wichtig für das Wachstum und die Entwicklung.« Ihre Stimme klang, als hätte sie ihre Rede auswendig gelernt und würde sie nun als Singsang herunterbeten. Ginie fragte sich, wie oft Pat bereits eine Gruppe junger Mütter mit genau diesem Geschwafel beglückt hatte.

Das Treffen zog sich noch weitere dreißig Minuten hin.

Ginie verbrachte einen Großteil der Zeit damit, geschäftliche E-Mails auf ihrem iPhone zu checken, das sie unter der Wickeltasche auf ihrem Schoß versteckt hatte. Offiziell hatte sie sich drei Monate freistellen lassen. Doch als einzige Spezialistin für Risikokapital in ihrer Kanzlei konnte sie Trevor, einen für Privatkapital zuständigen Kollegen, nicht zutrauen, dass er ihre Akten sorgfältig bearbeitete. Sie checkte regelmäßig ihre E-Mails und sandte oft zweizeilige Notizen an Trevor, die dieser für gewöhnlich unbeantwortet ließ. Ihre Kollegen schienen sie so kurz nach der Geburt nicht »belästigen« zu wollen, wie sie es nannten. Ginie hatte noch nie das Gefühl gehabt, sich so weit von ihrer Arbeit entfernt zu haben.

»Ach ja, meine Damen, eine Sache noch«, sagte Pat und drehte sich zur Tafel um. »Wir treffen uns bis Ende Juli jede Woche und dann ein Mal im Monat bis Ende November. Bis dahin werden Sie alle Expertinnen sein.« Sie schrieb die Daten in einer sauberen Linie auf die Tafel. Sogar ihre Handschrift ist nervtötend, dachte Ginie. So verschnörkelt und feminin. Anstatt der Punkte über den »i« und »j« zeichnete sie kleine Herzchen.

»Wenn die Kinder etwa vier Monate alt sind, werden wir ein spezielles Treffen einberufen, zu dem auch die Väter oder Lebensgefährten eingeladen sind.« Pat kringelte das Datum ein, um es hervorzuheben. »Es ist wichtig, die Väter zu involvieren.«

Die Glocke an der Hintertür klingelte, und Pat fuhr barsch herum.

»Es ist noch nicht elf Uhr.« Sie sah den dünnen, weißhaarigen Mann, der in der Tür stand, finster an. »Wir haben hier eine Müttergruppe. Haben Sie das Schild nicht gesehen?«

Der Mann sah sie zerknirscht an. »Ich warte draußen.«

Made stand auf. »Ich gehe«, sagte sie. »Mein Ehemann. Danke, Pat.«

Sie schob Wayan in seinem Kinderwagen in Richtung Ausgang. Cara, die der Tür am nächsten saß, erhob sich und hielt sie ihr auf.

Ehemann? Ginie starrte den Mann in der Tür an. Er muss über fünfzig sein, dachte sie. *Hat er Made aus einem Katalog bestellt?*

»Made, Sie werden vielleicht Hilfe beim Stillen benötigen, wenn man Wayans Gesundheitszustand berücksichtigt«, rief Pat ihr nach. »Ich rufe Sie nächste Woche an, um ein Treffen mit einer unserer Stillberaterinnen zu vereinbaren.«

Ginie unterdrückte ein Schnauben. Soweit es sie betraf, gab es nur eine Sache, die schlimmer war als eine Hebamme: Eine Hebamme, die als Beraterin zu einem bestimmten Thema eingesetzt wurde.

Made nickte höflich, während sie auf die Straße hinaustrat. Ginie streckte sich, um ihr nachzusehen. Sie erhaschte einen Blick auf den weißhaarigen Mann, der sich über den Kinderwagen beugte, um Wayan zu küssen, bevor er Made schützend die Hand an die Hüfte legte.

Die anderen Frauen begannen, ihre Sachen zusammenzupacken.

»Nun, dann danke ich Ihnen, meine Damen«, sagte Pat. »Wir sehen uns nächste Woche. Ich habe die Kontaktdaten von allen Teilnehmerinnen hier bei mir.« Sie deutete auf einen Stapel Fotokopien. »Ich schlage vor, dass Sie sich auch außerhalb der Gruppe treffen, bevor wir uns wiedersehen. Mutter zu sein, das kann beängstigend sein, es ist also gut, wenn man einander unterstützt.«

Cara stand auf und ließ ihren Blick durch den Raum schweifen. »Also … hat irgendjemand Lust, sich mit mir diesen Freitagvormittag auf einen Kaffee zu treffen?« Sie schien etwas verlegen zu sein.

Niemand sagte etwas. Suzie und Pippa kümmerten sich um

ihre Kinder, während Miranda den Rest ihres Wassers trank. Ginie starrte auf ihr iPhone und gab vor, eine Mail zu lesen.

»Wir könnten in das Café gleich auf der gegenüberliegenden Straßenseite gehen?«, wagte sich Cara weiter vor.

Ginie ließ ihren Blick über die Gruppe schweifen. Sie hatte keine Zeit für ihre alten Freunde, ganz zu schweigen davon, neue zu finden. Dennoch hatten ihr ihre Probleme beim Stillen gezeigt, dass mit kleinen Kindern nicht immer alles vorhersehbar war. In ihrem Bekanntenkreis gab es kaum jemanden, den sie um Rat hätte fragen können – die meisten ihrer Freundinnen waren kinderlose Karrierefrauen. Und sie sollte verdammt sein, wenn sie ihre eigene Mutter um Rat bat.

»Okay«, sagte Ginie, »ich werde da sein, es sei denn, im Büro kommt etwas dazwischen.« Das war stets eine bequeme Ausrede, wenn sie doch vorzeitig gehen wollte.

Einige der anderen nickten ebenfalls.

»Wunderbar«, sagte Cara, »dann treffen wir uns also um zehn Uhr auf der gegenüberliegenden Straßenseite?«

»Ähm … könnten wir stattdessen auch in den Park am Strand gehen?«, fragte Pippa zögerlich. »Dort gibt es einen kleinen Kiosk namens ›Strandhäuschen‹. Vielleicht ist es netter für die Kleinen, wenn wir uns draußen treffen.«

Spielt das für Kinder in diesem Alter überhaupt eine Rolle?, fragte sich Ginie.

»Ja, es gibt dort auch gleich in der Nähe einen kleinen Spielplatz«, sagte Miranda. »Ich werde Digby mitnehmen, und er braucht einen Ort, wo er herumtollen kann.«

»Okay«, sagte Cara, »dann treffen wir uns am Freitag um zehn Uhr im Strandhäuschen. Ich werde auch Made Bescheid geben.«

Ginie gab das Datum in ihr iPhone ein. Die Gruppe begann, sich aufzulösen. Im Gegensatz zu den anderen Babys schlief

Rose noch immer in ihrem Kinderwagen. Inmitten der vielen Schichten aus rosarotem und weißem Stoff sah sie aus wie ein schwebender Engel. Eine kleine Ader pulsierte an ihrer Schläfe. Sie war so zerbrechlich und so abhängig von Ginie. Ich würde beinahe alles für sie tun, dachte Ginie. Sogar eine Müttergruppe besuchen.

Sie sammelte ihre Sachen zusammen und schob ihren Kinderwagen in Richtung Ausgang. Pat hielt ihr die Tür auf.

»Mein Mann hat wohl die Luxusausführung gekauft, fürchte ich«, sagte Ginie kläglich und deutete auf den Kinderwagen. »Er hat nicht einmal in meinem Kofferraum Platz.« Ihr BMW-Coupé war nicht für Babys gemacht.

»Ich bin froh, dass Sie sich entschlossen haben, zu den Treffen zu kommen, Ginie«, sagte Pat.

»Nun, ich kehre nächste Woche ins Büro zurück«, erklärte Ginie ihr. »Aber ich komme zu so vielen Treffen, wie ich kann.«

»Mein Gott, Sie haben es aber eilig, wieder in den Arbeitsalltag zurückzukehren.«

Ginie rang sich ein Lächeln ab. »Nun, irgendjemand muss die Hypothek schließlich abbezahlen, fürchte ich.«

Sie schob den Kinderwagen auf die Straße und machte sich auf den Weg zum Parkplatz.

Warum glaubte jeder, seine Meinung darüber kundtun zu müssen, dass sie bereits wieder an ihren Arbeitsplatz zurückkehren wollte? Ihre Mutter hatte ähnlich reagiert, und Daniel war auch nicht gerade begeistert gewesen. Wäre sie ein Mann gewesen, hätte niemand weiter darüber nachgedacht. Die Menschen erwarteten, dass die Väter nach der Geburt ihrer Kinder so schnell wie möglich wieder zur Arbeit gingen. Doch für Mütter galten andere Gesetze, das hatte sie bereits gelernt. Es kamen andere Richtlinien zum Tragen, selbst wenn die Mutter in der Familie die Brötchen verdiente.

Ginie streckte ihr Gesicht in die warme Sonne, es war eine willkommene Abwechslung zu den düsteren Stunden, die sie in letzter Zeit im Haus verbracht hatte. Sosehr sie Rose auch vergötterte, in Wahrheit hatte sie bereits seit ihrer Entlassung aus dem Krankenhaus darüber nachgedacht, wieder an ihren Arbeitsplatz zurückzukehren. In den Tagen nach der Geburt hatte sie beinahe auf eine Art persönliche Erleuchtung gewartet, wie sie andere Frauen zu haben schienen: ein geringeres Interesse an der Arbeitswelt und eine plötzliche Passion für die größeren Anforderungen der Mutterschaft. Doch Ginie hatte zu hart gearbeitet und sich ein wichtiges Spezialgebiet erarbeitet, um das alles leichtfertig aufzugeben. Ihre Liebe zum Rechtswesen war unumstößlich.

Sie hatte gewartet, bis Rose einen Monat alt war, bevor sie das Thema Daniel gegenüber zur Sprache gebracht hatte.

»Wir brauchen ein Kindermädchen«, hatte sie ihm erklärt, nachdem sie sich zum dritten Mal in dreißig Minuten wieder zum Abendessen an den Tisch gesetzt hatte. Das gemütliche Abendessen am Freitagabend, das sie geplant hatte, war von einer ungewöhnlich quengeligen Rose sabotiert worden.

Daniel sah von seinem Teller auf, ein Stück Lamm steckte noch auf seiner Gabel.

»Was ist?«, fragte sie abwehrend.

»Ich höre«, antwortete er.

»Okay.« Sie atmete tief ein. »Ich habe nachgedacht. Vielleicht sollte ich eher früher als später wieder arbeiten gehen. Ich meine, ich genieße die Zeit mit Rose und all das, aber es ist jetzt bereits ein Monat vergangen, und es kommen immer mehr Rechnungen.« Ginie verdiente etwa vier Mal so viel, wie Daniel einnahm. So war es immer gewesen. Seit dem Zeitpunkt, als sie sich vor etwas über einem Jahr am Strand von Curl Curl getroffen hatten. Und nun, da die weltweite Wirtschaftskrise immer schlimmer wurde und Daniels Arbeit im Kommunikationsbereich immer weniger abwarf, war ihr Gehalt das Einzige, worauf sie sich verlassen konnten. Daniel bestand noch immer darauf, dass der Roman, den er nicht lange nach ihrer Hochzeit begonnen hatte, in den nächsten Monaten fertiggestellt sein würde, doch soweit es Ginie betraf, war das etwa so wahrscheinlich wie ein Lotteriegewinn.

»Unser Leben ist wunderbar«, fuhr sie fort. »Warum sollten wir etwas daran ändern? Natürlich erwarte ich nicht von dir, dass du dein Arbeitsumfeld wegen Rose änderst.« Sie machte eine Pause und gab ihm die Möglichkeit, ihr anzubieten, dass *er* sich um Rose kümmern würde, aber Daniel sagte nichts.

»Ich habe mich nach einem Au-pair-Mädchen umgesehen«, fuhr Ginie fort. »Sie machen viel und kosten wenig. Sie wohnen im Haus, helfen bei der Hausarbeit, kümmern sich um das Baby. Ich könnte vier Tage die Woche im Büro und einen Tag von zu Hause aus arbeiten. Und du könntest dein eigenes Ding durchziehen, ohne dir Sorgen wegen Rose machen zu müssen. Vielleicht hätten wir sogar etwas Zeit für uns. Ich meine, wir waren in letzter Zeit nicht ganz wir selbst …« Die Worte sprudelten aus ihr heraus.

Die Dinge zwischen ihnen hatten sich geändert, sobald sie erfahren hatte, dass sie schwanger war. Als die schlimme Morgenübelkeit endlich vorüber gewesen war, hatte eine betäubende Müdigkeit eingesetzt. In den letzten Wochen ihrer Schwangerschaft hatte ihr aufgedunsener Bauch ausgesehen wie ein Blauschimmelkäse. Und während Daniel so getan hatte, als wäre ihr schwangerer Körper wunderschön, war sie selbst entsetzt gewesen. Er hatte doch tatsächlich vorgeschlagen, ein Foto davon zu machen, um Himmels willen! Ginie war ein Stein vom Herzen gefallen, als Rose so früh zur Welt gekommen war und es somit nicht mehr zur Debatte gestanden hatte. Sie hatten seither jedoch nicht mehr miteinander geschlafen. Die Geburt hatte etwas in ihr verändert. Ihr Körper war nun ein anderer, das war klar, aber es war etwas Tiefergreifendes. Jedes Mal, wenn er die Hand nach ihr ausstreckte, zuckte sie beinahe zusammen.

Daniel hustete. »Und wann hast du vor, wieder arbeiten zu gehen?«

»In drei Wochen«, antwortete sie. »Ich habe heute mit Alan gesprochen. Er möchte mich so schnell wie möglich zurückhaben. Trevor kümmert sich um den Kentridge-Fall, aber er hat zu kämpfen.«

»Oh.« Daniel nickte langsam und übertrieben. Sie hatte herausgefunden, dass er das immer tat, wenn er versuchte, seinen Ärger zu überspielen. Das Ticken der Zedernholzuhr auf der Anrichte durchschnitt die Stille.

»Warum denkst du nicht noch einmal darüber nach?«, fragte er schließlich. »Ich meine, Rose ist doch erst einen Monat alt.«

Ginie schüttelte den Kopf. Sie hatte bereits in den Wochen vor der Geburt Stunden damit verbracht, im Internet nach Agenturen zu suchen und sie miteinander zu vergleichen. Sie hatte mit dem Mitarbeiter einer Agentur gesprochen, die sich »Mamas kleine Helferlein« nannte, und dieser hatte ihr die Verfügbarkeit einer geeigneten Kandidatin bestätigt, die bereit war, in zwei Wochen mit der Arbeit zu beginnen. Ginie war von ihren Qualifikationen beeindruckt gewesen: Sie war eine in Irland registrierte Krankenschwester, die auch Erfahrung in der Pflege von Kindern hatte. Es gab nichts mehr, worüber man nachdenken musste.

»Wenn wir ein Au-pair-Mädchen engagieren, dann können

wir *beide* arbeiten«, sagte sie. »Wir müssen unseren Lebensstil nicht ändern, und wir müssen uns keine Gedanken darüber machen, ob wir Rose vernachlässigen. Und wir können uns auch ein wenig Zeit für uns nehmen.«

Daniel starrte sie an.

»Nun gut. Die Mutter weiß es ja am besten.« Er schob seinen Stuhl zurück. »Ich gehe spazieren.«

Als er bei der Eingangstür angekommen war, drehte er sich noch einmal zu ihr um. »Man kann nicht alles im Leben planen, weißt du? Babys gehören zu diesen Dingen. Aber mach nur weiter so, Ginie. Versuche ruhig, alles in Beton zu gießen, noch bevor Rose zwei Monate alt ist.«

Er schlug die Tür hinter sich zu.

Ginie tupfte sich den Mund mit einer Serviette ab, ihre Lippen zitterten.

Soweit es *dich* betrifft, ist alles in Ordnung, dachte sie. Du spielst hier den Moralapostel, ohne dass du einer richtigen Arbeit nachgehst, wenn man einmal von deinem verdammten Buch absieht. Worte kann man nicht *essen*.

Ein Piepton verriet ihr, dass sie eine neue Nachricht bekommen hatte. Sie griff über den Tisch nach ihrem iPhone.

Ich hasse dieses verdammte Ding, dachte sie.

Als Ginie von der Müttergruppe nach Hause kam, lungerten die Arbeiter Zigarette rauchend vor der Eingangstür herum.

»Rauchpause«, sagte der eine, als wäre dies nicht offensichtlich.

Sie grunzte als Antwort und navigierte den Kinderwagen um die Männer herum. Das ist typisch für diese verdammten Handwerker, dachte sie. Sie sind erst eine Stunde hier und machen schon Pause. Wo hatte Daniel sie bloß aufgegabelt?

Als sie Roses Kinderwagen durch den Flur schob, hörte sie

klappernde Geräusche aus der Küche. Sie fuhr um die Ecke und sah, dass Nicole mit Gummihandschuhen, die bis zu den Ellbogen reichten, an der Spüle stand und den Boden eines Backbleches schrubbte. Sie hatte ihre braunen Haare zu einem zerzausten Pferdeschwanz zusammengebunden, und ihre Haut hatte die für die Iren typische Blässe.

Ginie räusperte sich.

»Ah, hallo«, sagte Nicole und drehte sich um. »Ich habe Sie nicht hereinkommen hören. Ich hoffe, es stört Sie nicht, dass ich bereits angefangen habe?«

»Mein Gott, nein«, sagte Ginie. »Das ist wunderbar, danke. Haben Sie sich schon eingewöhnt?«

Nicole konnte unmöglich etwas an dem Gästezimmer im obersten Stockwerk auszusetzen haben, das über ein großes Bett und ein eigenes Bad verfügte.

»Ehrlich gesagt«, sagte Nicole mit leuchtenden Augen, »ist es das schönste Zimmer, das ich je gehabt habe. Und man sieht sogar das Meer! Das ist das Sydney, das ich aus dem Kino kenne. Ich kann es kaum erwarten, meinen Leuten zu Hause davon zu erzählen.«

Ginie lächelte über Nicoles mädchenhafte Begeisterung. Nicole war erst dreiundzwanzig Jahre alt, und das war offensichtlich.

»Ja, Curl Curl ist ein schöner Ort«, sagte Ginie. »Wir leben sehr gerne hier.«

Daniel war nicht lange nach ihrer Verlobung eingezogen und hatte seine Einzimmerwohnung in der Nähe von Mona Vale, das zehn Kilometer nördlich von Curl Curl lag, verkauft. Der Preisunterschied war beträchtlich gewesen. Die Einnahmen aus dem Verkauf der Wohnung hatten nur zwanzig Prozent von Ginies Hypothek ausgemacht. Nach ihrer Trennung von Frederic, mit dem sie vier Jahre lang zusammen gewesen war, hatte sie einen beachtlichen Kredit aufgenommen, um ihr Traumhaus an der nördlichen Spitze von Curl Curl kaufen zu können. Und obwohl man Glück nicht kaufen konnte, hatte die Hundertachtzig-Grad-Aussicht auf das Meer ihr geholfen.

»Nun, Rose ist gerade aufgewacht und muss gefüttert werden«, erklärte Ginie und hob Rose aus dem Kinderwagen.

»Das kann ich machen«, sagte Nicole und zog die Gummihandschuhe aus. »Ich habe gesehen, wo Sie die Flaschen aufbewahren.« Sie gab einige Löffel Milchersatzpulver in eine Flasche mit abgekochtem und abgekühltem Wasser, schob den Sauger darauf und schüttelte die Mischung. »Füttern Sie Rose noch immer sechs Mal am Tag?«

»Fünf Mal«, sagte Ginie. »Ich denke, wir können die Mahlzeit um Mitternacht auslassen. In den letzten Tagen hat sie bis zum Morgengrauen durchgeschlafen.«

»Oh, Sie Glückliche«, sagte Nicole. »So weit sind nicht alle Babys mit sechs Wochen, wissen Sie? Was für ein gutes Mädchen du doch bist!« Sie nahm Rose aus Ginies Armen und legte sie in den Stubenwagen, während sie mit der Zunge schnalzte und ihr mit den Fingern zuwinkte. Rose sah sie interessiert an und strampelte mit den Füßen.

»Oh, jetzt bist du aufgeregt, nicht wahr?« Nicole lachte. »Wir werden viel Spaß miteinander haben, du und ich.«

Ginie lächelte. Nicole war ein Naturtalent.

Das würde Daniel sicher auch so sehen.

Sie hatte Daniel an einem Wintermorgen gleich nach Sonnenaufgang am Strand von Curl Curl kennengelernt. Wie oft um diese Zeit war der Strand auch an diesem Tag menschenleer gewesen, mit Ausnahme von ein paar Surfern, die wie aufquellende Teebeutel aus dem Wasser ragten. Ginie joggte über den weichen Sand in der Nähe der Dünen. Sie hielt den Kopf gesenkt und hatte den Blick auf ihre Füße geheftet. Sie hatte sich vor sechs Monaten den Knöchel verstaucht und wollte sich nicht schon wieder verletzen. Ihr Physiotherapeut hatte ihr Wassergymnastik zur Rehabilitation verordnet, doch gemeinsam mit einer Gruppe Rentner im Wasser zu planschen hatte sie depressiv gemacht. Solange sie nicht keuchte und schwitzte, war es kein richtiger Sport für sie. Sobald sich ihr Knöchel stabil genug angefühlt hatte, hatte sie also wieder zu laufen begonnen.

Die Musik aus ihrem iPod plärrte in ihren Ohren, und sie sang lauthals einen Song von *The Verve* mit. Die Einsamkeit machte sie unbefangen. Sie drehte sich um, um ihre Fußspuren im Sand zu betrachten, eine kurze Auflehnung gegen den scharfen Wind. Seine berüchtigten Strömungen und die einbrechenden Sandbänke machten diesen Strand zu einem der unwirtlichsten der Halbinsel. Sie liebte seine Unbeständigkeit. Den Tag am Strand von Curl Curl zu beginnen, das war für sie ein Ausgleich zu den vielen Stunden, die sie in ihrem Büro bei Coombes Taylor Watson verbrachte.

Sie war beinahe mit ihm zusammengestoßen, als sie ihn bemerkte. Er kam mit einem Surfboard unter dem Arm den Strand heraufgelaufen. Wenn man bedachte, wie menschenleer der Strand war, dann war er ihr sehr nahe gekommen. Sie reduzierte ihr Tempo, um ihn vorbeizulassen.

»Hi.« Er lächelte.

Einen Moment lang wusste sie nicht, was sie sagen sollte. Hinter ihm lag das Meer, und seine sonnengebräunte Haut glänzte feucht. Ein langer, sandiger Haarschopf fiel ihm in die leuchtend blauen Augen. Er hatte seinen Neoprenanzug bis unter den Bauchnabel hinuntergerollt, und eine dünne Linie blonder Haare verschwand darunter.

Sie wollte ihn sofort berühren.

»Hi«, sagte er noch einmal.

Sie zog ihre Kopfhörer aus den Ohren.

»Ist das nicht ein schöner Morgen?«, fragte er.

Sie hatte das Gefühl, als würde er bald weiterlaufen.

»Wie sind die Wellen?«, fragte sie, um ihn bei sich zu halten.

»Fantastisch. Diese riesige grüne Leere rückt alles ins rechte Licht.«

Wer war dieses hinreißende Wesen?

»Ich bin Ginie«, sagte sie, plötzlich mutig geworden.

»Gut zu wissen«, sagte er. »Ich habe dich im letzten Monat jeden Tag joggen sehen.«

Das überraschte sie, denn sie hatte ihn noch kein einziges Mal bemerkt. Allerdings hatte sie auch nie in Richtung der Surfer geschaut. Sie gehörten genauso zum Landschaftsbild wie die Möwen am Ufer.

»Ich bin Daniel.« Er streckte ihr seine Hand entgegen. Sie spürte, wie sich seine kühle, schwielige Hand gegen ihre drückte.

»Vielleicht sehe ich dich ja morgen wieder?«, fragte er.

Sie spürte, wie sie errötete. Dann klemmte er sich sein Board unter den Arm und verschwand über eine Düne.

Zwei Monate lang tauschten sie am Strand Nettigkeiten aus. Zu Beginn waren ihre Gespräche kurz und drehten sich hauptsächlich ums Wetter. Schließlich begannen sie, sich Details aus ihrem Leben zu erzählen.

Eines Morgens war Daniels Begrüßung besonders enthusiastisch.

»Die Wellen sind heute beinahe zwei Meter hoch«, sagte er grinsend. »Das bringt die kreativen Kräfte so richtig in Schwung. Es wird sicher ein produktiver Tag werden.«

Ginie nahm das Thema begierig auf.

»Bist du Künstler?«

»Schriftsteller.«

Sie erinnerte sich an seine schwielige Hand. Der Gedanke, mit dem Schreiben von Büchern Geld zu verdienen, war neu für sie.

»Was schreibst du?«

»Im Moment alle möglichen Sachen für die Werbung.« Er lachte. »Damit ich meine Rechnungen bezahlen kann. Ich betreibe zusammen mit einem Freund eine Werbeagentur.« Er steckte sein Board in den Sand. »Aber wenn ich nicht gerade stumpfsinnige Arbeiten für Firmenkunden erledige, dann schreibe ich Gedichte, Theaterstücke und Erzählungen. Etwas, das keine Kohle einbringt. Es ist schwierig, davon zu leben. Aber das ist mein Traum: Etwas zu schreiben, wofür ich brenne, und auch noch dafür bezahlt zu werden.«

Ginie musste seine Worte erst verdauen. Er hatte innerhalb von zwei Minuten mehr über sich verraten als in den gesamten letzten acht Wochen. Aber Gedichte, Theaterstücke und Erzählungen? Gelang es *irgendjemandem,* damit Geld zu verdienen?

»Und was ist mit dir?«, fragte er. »Was machst du so?«

Ich mache Dinge, mit denen man *tatsächlich* Geld verdienen kann, dachte sie.

»Ich bin Wirtschaftsanwältin. Mein Schwerpunkt liegt vor allem im Risikokapital.«

Sie glaubte, beobachten zu können, wie sich seine Augen weiteten. Sie war solche Reaktionen gewöhnt. Die meisten Männer, mit denen sie sich in all den Jahren getroffen hatte, hatten sich von ihrer Intelligenz und ihrem Erfolg einschüchtern lassen.

»Nun, für eine gottverdammte Anwältin hältst du dich aber ganz schön fit«, sagte er, und seine Augen blitzten. »Es gibt sicher nicht viele von deiner Sorte.«

Sie war sprachlos und wusste nicht, ob sie lachen oder beleidigt sein sollte.

»Wir sehen uns morgen«, sagte er und zwinkerte ihr zu.

Später an diesem Morgen hastete sie ins Büro. Üblicherweise war sie eine der Ersten, doch heute hatte sie ewig gebraucht, um sich zurechtzumachen. Sie war eine halbe Stunde unter der Dusche gestanden, und während ihr das Wasser über die Schultern gelaufen war, hatte sie an Daniel gedacht. Daran, wie er sie eine »gottverdammte Anwältin« genannt hatte. Es war derb gewesen, aber dennoch hatte ihre Unterhaltung etwas Intimes an sich gehabt.

»Hübscher Rock!« Arnolds Kopf tauchte hinter dem Empfangstresen auf. »Hast du heute Abend noch eine heiße Verabredung?«

Arnold, der Büromanager der Kanzlei, war der Einzige im Büro, der sie jemals überrascht hatte. Er arbeitete beinahe so lange wie sie selbst für Coombes Taylor Watson. Eigentlich hatte sie sogar einen entscheidenden Einfluss darauf gehabt, dass er diesen Job bekommen hatte. Mit seinen Nadelstreifenanzügen und den gebügelten Fliegen brachte er frischen Wind in die Kanzlei. Und wenn er nicht so gut in seinem Job gewesen wäre, dann hätten ihn die konservativeren Partner der Firma längst hinausgeworfen. Er war laut und theatralisch, doch er war um Klassen besser als alle anderen Büromanager vor ihm.

»Bist du heute denn nicht gut drauf, Liebling?« Er machte einen übertriebenen Schmollmund. »Das hier wird dich aufheitern. Ich habe heute Morgen eine echt meisterhafte Spam-Nachricht für dich.« Er zeigte auf seinen Computerbildschirm. »Betreff: *Ihr Zauberstab wird aufgehen wie Germteig.*«

Sie unterdrückte ein Grinsen.

»Und im Text steht: *Ihre Liebhaber werden sich darum reißen, ihrem besten Stück beim Wachsen und Gedeihen zuzusehen. Antworten Sie jetzt!* Ich sag dir was, ich werde ganz sicher antworten. Ich liebe diese Spammer aus der Ukraine. Also, kann ich dir einen Kaffee bringen, Liebling?«

Sie schüttelte den Kopf und machte sich auf den Weg in ihr Büro.

»Ignorierst du mich?«

Ginie zog eine Grimasse.

»Und was ist damit? *Die* hier sind gerade für dich abgegeben worden.« Arnold zog einen riesigen Strauß gelber Rosen unter seinem Tisch hervor. »Ein super-süßer Kurier hat sie vor fünf Minuten gebracht. Er hätte eine Flasche mit seinem Hintern öffnen können. Ich hätte mir *beinahe* seine Nummer geben lassen.«

Ginie runzelte die Stirn. »Und wer versucht dieses Mal, mich zu bestechen?«

»Dah … da-da-da-da-dah …« Arnold hielt sich eine Hand auf die Brust und summte eine Melodie, die ihr irgendwie bekannt vorkam.

»Jetzt sag bloß nicht, dass du noch zu jung bist, um den Elton-John-Klassiker zu kennen?« Er grinste gespielt empört. »Also, wer ist Daniel? Erzähl es Onkel Arnold.« Er deutete auf die Karte, die an dem Strauß hing, und grinste unverschämt. »Ich fürchte, er hat den Umschlag vergessen.«

Ginie starrte die Worte auf der Karte an: *Können wir unsere Treffen am Strand auf eine andere Ebene bringen? Daniel*

»Oh.« Ihr Magen schlug einen Purzelbaum. »Das ist bloß ein Kerl, den ich beim Joggen in Curl Curl kennengelernt habe. Wir haben insgesamt – ich weiß auch nicht – etwa zwei Stunden miteinander geredet.« Sie las die Karte noch einmal. »Ich kann mir nicht vorstellen, wie er mich ausfindig gemacht hat.«

»Es gibt nicht sehr viele Anwälte mit Schwerpunkt Risikokapital in Sydney, Liebling«, sagte Arnold. »Und vor allem keine *Anwältinnen*. Und *ganz sicher* keine von deinem Kaliber. Vermutlich hat er dich einfach gegoogelt.«

»Nun, das ist schmeichelhaft, aber er könnte ein Stalker sein.«

»Ach, sei keine Spielverderberin! Du musst mal wieder ausgehen. Schnapp ihn dir.«

»Vielleicht mache ich das«, antwortete sie. »Aber nimm die hier für Phil mit nach Hause.« Sie ließ die Blumen wieder auf seinen Tisch fallen.

»Oh, wunderbar.« Arnold vergrub seine Nase in dem Blumenstrauß. »Phil *liebt* Rosen.«

Am nächsten Morgen stand Ginie wie üblich um fünf Uhr morgens auf, um ihre obligatorischen sechs Runden am Strand von Curl Curl zu joggen. Doch an diesem Tag duschte sie vorher. Sie schlüpfte in ihre Lycra-Leggins und in ein schwarzes, ärmelloses Trikot, schnüffelte an ihren Achseln, trug zwei Schichten Deo auf und schüttelte den Kopf. Sie führte sich auf wie ein Teenager. Sie sah in den Spiegel: Ihr Spiegelbild verhöhnte sie. *Alt. Sogar noch älter als gestern.* Mit neununddreißig Jahren arbeitete sie hart daran, fit zu bleiben. Sie hielt ihr Gewicht niedrig, ihre Muskeln stramm und ihre Gliedmaßen geschmeidig. Doch die Zeit war nicht spurlos an ihrem Körper vorübergegangen und hatte bereits zahllose Altersflecken auf ihrem Dekolleté hinterlassen. Das Fleisch auf ihren Hüften war ein wenig schlaff, und um ihre Augen hatten sich Krähenfüße gebildet. Sie beugte sich vor den Spiegel. Zumindest heute waren keine grauen Haare zu erkennen. Sie flocht ihre blonden Haare zu einem langen Zopf, den sie durch die Öffnung hinten in ihrer Sportkappe zog, rieb ihre Lippen mit Kakao-

Balsam ein und stellte sich einen Moment lang vor, wie Daniel seine weichen Lippen auf ihre presste.

Als sie schließlich über den Sandstrand von Curl Curl lief, war ihr Pulsschlag so hoch, dass ihre Pulsuhr Alarm schlug. Der Strand lag ungewöhnlich still und unter einer Nebeldecke verborgen da. Die Fähren vom Hafen von Sydney werden bei so starkem Nebel heute wohl nicht auslaufen, dachte sie. Arnold würde zu spät zur Arbeit kommen.

Sie befand sich bereits am nördlichen Ende des Strandes, als sie Daniel in etwa zwanzig Metern Entfernung entdeckte. Er hielt sein Board unter dem Arm, drehte sich in ihre Richtung und winkte. Sie lief weiter auf ihn zu, wobei sie ihre Schritte beschleunigte. Als sie schließlich bei ihm ankam, beugte sie sich nach vorn, stemmte die Hände auf die Knie und atmete keuchend.

»Das nenne ich sportlichen Einsatz«, sagte er.

Sie lächelte. »Danke für die Blumen. Und ich würde … unsere Treffen auch gerne auf eine andere Ebene bringen.«

Sie senkte den Blick und betrachtete den Sand. Einen Moment lang sah sie das ernste Gesicht ihres Ex-Freundes Frederic vor sich. Sie erinnerte sich an seine typisch französische Selbstsicherheit, seinen rasiermesserscharfen Intellekt und seine Leidenschaft für Rechtskunde, aber auch an seine unnachgiebige, konservative Lebenseinstellung. Er hatte den Wunsch geäußert, eine Familie zu gründen, und zu Beginn gefiel ihr das. Sie hatten einander geliebt, daran bestand kein Zweifel. Doch während Ginie sich noch nicht entschieden hatte, ob sie jemals Kinder bekommen wollte, war er fest entschlossen gewesen. Schließlich hatte er ihr ein Ultimatum gestellt: *Heirate mich und gründe eine Familie mit mir, oder wir gehen von nun an getrennte Wege.*

Ihre Mutter hatte geweint, als sie ihr erzählte, dass sie sich getrennt hatten. Seither hatte sie achtzehn lange Monate zölibatär gelebt.

Daniels blaue Augen wanderten über ihren Körper und fingen schließlich ihren Blick auf.

Er nahm ihre Hand, und sie stiegen gemeinsam eine Düne empor, wobei sie sich auf der anderen Seite ihren Weg zwischen saftig grünen Sukkulenten hindurchbahnen mussten, bis sie zu einer geschützten, sandigen Mulde gelangten. Sie befanden sich auf der nördlichsten Düne des Strandes, genau über den unregelmäßigen Wellentälern, die eine beliebte Hundeauslaufzone waren. An diesem Morgen hörte man jedoch kein weit entferntes Bellen. Die Sonne ging gerade erst auf und wurde sofort von dem dicken Nebel verschlungen.

»Hier«, sagte Daniel. Er hob ihre Hand an seinen Mund und küsste ihre Handfläche. An der Innenseite ihres Handgelenkes hielt er inne. Das Gefühl war so angenehm, dass sie seufzte. Er sah auf, als er es hörte, und lächelte.

Ich kann ihm vertrauen, dachte sie.

Sie ließen sich auf den Sand sinken. Er zog ihr das Top über den Kopf. Dann folgten der BH und schließlich ihre Leggins. Plötzlich lag sie nackt und verletzlich auf der Düne. Er rollte seinen Neoprenanzug herunter, der quietschte, als er über die feuchte Haut gezogen wurde.

»Wir können nicht …« Sie hatte kein Kondom bei sich.

»Ich weiß«, sagte er.

Seine Lippen wanderten auf ihrem Körper nach unten, seine Hände umfassten ihre Hüften.

»Lass dich gehen.« Sie spürte seinen warmen Atem auf ihrem Bauch. »Lass dich gehen.«

Sie schloss die Augen und trieb davon.

Sie war sich nicht sicher, ob sie eine Beziehung hatten, aber sie wusste, dass sie den besten Sex ihres Lebens mit ihm erlebte. Sie hatte sich so lange zurückgehalten, gewartet und sorgfältige Entscheidungen getroffen. Daniel war wie ein Abenteuerurlaub von ihrem gewöhnlichen Leben. Drei Wochen nach dem Treffen auf der Sanddüne tauchte Arnolds Kopf in ihrer Bürotür auf.

»Du strahlst von innen heraus«, sagte er mit einem boshaften Grinsen. »Darf ich fragen, ob Daniel vielleicht etwas damit zu tun hat?«

Sie nickte fast unmerklich. »Bring mir doch bitte die Kentridge-Akte, Arnold.«

Doch die Arbeit war eine Farce. Sie konnte nur noch an den Sex mit Daniel denken. Am Strand von Curl Curl, in ihrem Auto, an der Wand einer öffentlichen Toilette, auf dem Dach seiner Wohnung. Er war unersättlich. Er verschlang ihren Körper und erweckte ihn zu neuem Leben. Sie hatte sich sexuell noch nie so frei gefühlt.

Sechs Wochen später wurde ihr plötzlich übel.

»Das ist doch keine Katastrophe«, sagte Daniel und griff über den Restauranttisch hinweg nach ihrer Hand.

»Ich bin beinahe vierzig Jahre alt«, fuhr sie ihn an. »Ein Kind war nicht Teil meines Plans.« Daniel hatte Kondome verwendet. Schachteln und noch mehr Schachteln voller Kondome. Und dennoch war sie mit neununddreißig Jahren schwanger geworden. Das war statistisch gesehen beinahe unmöglich.

»Das Leben verläuft nicht immer nach Plan.« Daniel lächelte. »Ich habe bloß dreißig Jahre gebraucht, um das zu lernen.«

Sie beugte sich in ihrem Stuhl zurück und betrachtete ihn.

Ein Kellner kam an ihren Tisch, doch sie schickte ihn fort.

»Wie *alt* bist du eigentlich, Daniel?«

Sie schliefen nun seit zwei Monaten miteinander, doch er war dieser Frage immer mit markigen Sprüchen wie »alt genug, um das hier machen zu dürfen« oder »alt genug, um zu wissen, was ich tue« ausgewichen. Sie war davon ausgegangen, dass sie etwa gleich alt waren.

»Spielt das denn eine Rolle?«, entgegnete er.

»Nein, nicht wirklich«, sagte sie. *Vielleicht aber doch,* dachte sie.

»Wie alt glaubst du denn, dass ich bin?«

»Ich habe keine Ahnung. Ich bin nicht gut im Raten.«

»Komm schon, versuch es.«

»Hm …« Sie betrachtete seine sonnengebräunte Haut. »Siebenunddreißig vielleicht?«

»Ich bin zweiunddreißig«, sagte er. »Das Surfen lässt einen älter aussehen. Viel zu viel Sonne.«

»Oh.« Das musste sie erst einmal verdauen. *Ich lasse mich von einem Mann schwängern, der sieben Jahre jünger ist als ich.*

Sie betrachtete die Speisekarte. »Möchtest du etwas essen?«, fragte sie.

»Lädst du mich ein?«, entgegnete er.

Sie sah sich nach der Toilette um. »Ich glaube, ich muss mich übergeben.«

Sie warf die Toilettentür hinter sich zu und sank gegen das Waschbecken. Ihre Unterarme lagen auf dem kühlen Marmor. Sie drehte den Wasserhahn auf und sah zu, wie das Wasser den Abfluss hinunterlief. Langsam ließ die Übelkeit nach.

Sie spritzte sich Wasser ins Gesicht und starrte in den Spiegel. Eine ungewollte Schwangerschaft. Das war so pubertär.

Sie konnte abtreiben lassen, und niemand würde je davon erfahren. Sie hatte bereits eine Klinik in der Macquarie Street gegoogelt, wo sie die Sache praktisch in der Mittagspause hinter sich hätte bringen können.

Bei dem Gedanken daran musste sie würgen. Sie schlang die Arme um ihren Bauch, während sie sich über das Wachbecken beugte. In mir wächst etwas heran, dachte sie. *Jemand.*

Die Tür schwang auf. Es war Daniel.

»Das hier ist die Damentoilette«, fuhr sie ihn an.

»Offensichtlich«, entgegnete er. »Geht es dir gut?«

»Ich weiß es nicht.«

Er ging zu ihr und schlang einen Arm um ihre Taille.

»Heirate mich«, flüsterte er. Sie spürte seinen warmen Atem auf ihrem Gesicht.

»Wie bitte?«

»Du hast mich schon verstanden. Was meinst du?«

Sie starrte ihn fassungslos an. »Und wie kommst du darauf, dass das eine gute Idee wäre?«

»Weil wir wunderbar zusammenpassen, Ginie. Gut, wir kennen uns noch nicht so lange, aber wir lachen und wir haben Spaß miteinander. Der Sex ist *fantastisch.* Und wenn wir nicht zusammen sind, dann denke ich nur an dich.« Er zog sie näher zu sich heran. »Ich könnte mein ganzes restliches Leben damit verbringen, dich glücklich zu machen.«

Noch nie zuvor hatte jemand so etwas zu ihr gesagt. Frederic hatte es erst nach zwei Jahren über sich gebracht, ihr zu sagen, dass er sie liebte.

»Aber … ich bin schwanger.«

»Das ist doch nur das Tüpfelchen auf dem i.«

»Du bist verrückt. Das ist das größte Risiko unseres Lebens.« Sie kannte sich mit Risiken aus. Sie verbrachte ihren Arbeitsalltag damit, Risiken zu minimieren.

»Das Leben ist nun mal ein Risiko«, sagte er lächelnd. »Wir sind zwei intelligente Menschen. Wir werden das hinbekommen.«

Sie hatte in ihrem Leben stets alle Entscheidungen sorgfältig abgewogen. Ihre Mutter bezeichnete sie als vernünftig, als ob das eine gute Eigenschaft gewesen wäre. Sie hatte sämtliche Risiken vermieden, doch wohin hatte sie das gebracht? Am Ende war sie am Samstagabend allein mit einem Abendessen vom Thai-Imbiss zu Hause gesessen.

Sie fühlte sich bereit, ihr Leben zu ändern. Daniels Selbstvertrauen war ansteckend.

Einen Monat später nahm sie Daniel zum Abendessen ins Haus ihrer Eltern in Lane Cove mit und gab ihre Verlobung bekannt. Ihre Mutter schaffte es nicht, ihre Besorgnis zu verbergen, und sprach während des Essens kein Wort. Ihr Vater schien viel entspannter, ja geradezu beruhigt zu sein. Er zwinkerte ihnen immer wieder zu, lehnte sich in seinem Stuhl zurück und murmelte: »Sieh mal einer an.«

Als Ginie nach der Nachspeise den Tisch abräumte, folgte ihr ihre Mutter in die Küche und scheuchte sie in die begehbare Speisekammer. Ginie konnte sich erinnern, wie sie als Kind die Regale auf der Suche nach der Keksdose hochgeklettert war. Damals war ihr der Raum so groß und voller verlockender Leckerbissen vorgekommen. Nun, da sie so nahe bei ihrer Mutter stand, bekam sie beinahe Platzangst.

»Wer *ist* dieser Mann?«, zischte ihre Mutter. »Und warum hast du es so eilig, ihn zu heiraten?«

Ginie seufzte. »Mum, ich erwarte nicht, dass du mich verstehst. Aber Daniel ist ein guter Mensch. Du musst ihn einfach besser kennenlernen.« Sie überlegte kurz, ob sie ihr von ihrer Schwangerschaft erzählen sollte.

»Muss ich das?«, fragte ihre Mutter mit zitternden Lippen. »Und wie gut kennst *du* ihn?«

»Gut genug, um zu wissen, dass er es wert ist, ihn zu heiraten.«

Ihre Mutter sah sie finster an. »Aber er ist überhaupt nicht … dein Typ.«

»Gegensätze ziehen sich an.«

»Das sieht dir gar nicht ähnlich, Ginie«, sagte ihre Mutter, und ihre Stimme klang ängstlich. »Sei vorsichtig.«

Ginie zuckte mit den Schultern.

»Mum, ich weiß deine Besorgnis zu schätzen, das tue ich wirklich. Aber ich hoffe, dass du dich für uns freuen kannst.« Sie stieß die Tür zur Speisekammer auf.

»Hast du es Jonathan oder Paula bereits erzählt?«, rief ihre Mutter ihr nach.

Ginie schüttelte den Kopf. Sie wusste, dass ihre Mutter ihre Geschwister anrufen würde, sobald Daniel und sie gegangen waren.

Ihre Mutter hatte ihr nie hilfreich zur Seite gestanden. Während der Pubertät hatte Ginie sie zahllose Male bei Dingen um Rat gebeten, die ihr damals überaus wichtig erschienen waren – Intrigen unter Freundinnen, zukünftige Karrierepläne, die Angst vor unerwiderter Liebe. Egal, worum es auch gegangen war, ihre Mutter hatte ihr stets dieselbe Antwort gegeben: »Du wirst schon das Richtige tun, Ginie. *Du* machst das schon.« *Im Gegensatz zu Paula,* das war es, was sie eigentlich damit meinte. Paula war die Tochter mit den speziellen Bedürfnissen. Die Tochter, die die gesamte Zeit und Aufmerksamkeit der Mutter in Anspruch nahm.

»Paula wird nicht so viel Glück im Leben haben wie du«, hatte ihre Mutter ihr oft zugeflüstert. »Sie wird sich gut überlegen müssen, was sie beruflich machen möchte, und es wird ihr schwerfallen, einen Ehemann zu finden. Nichts von alldem wird leicht für sie werden. *Du* machst das schon, Ginie.«

Doch obwohl ihre Mutter es ihr versichert hatte, hatte sich Ginie nie leichtgetan.

Sie hatte aufgrund ihrer sozialen Stellung ein Stipendium an einer katholischen Elitemädchenschule bekommen, doch sie hatte nie das Gefühl gehabt, von ihren Mitschülerinnen, die alle die Töchter von Ärzten, Rechtsanwälten und Buchhaltern waren, vollständig akzeptiert zu werden. Ihre Mutter war Lehrerin und ihr Vater Klempner, und ihr niederer sozialer Status war allgemein ersichtlich gewesen. Doch sie war mit einer natürlichen Intelligenz gesegnet und hatte hart gearbeitet, um im Rechtswesen Fuß zu fassen. Und so hatte sie eine beachtliche Karriere gemacht, die ihr das Prestige eingebracht hatte, das ihr ihre Familie nicht geben konnte.

Während ihres ersten Jahres an der Universität hatte sie James kennengelernt, einen gutaussehenden Doktoranden, der gerade ein Praktikum in einer der fünf angesehensten Anwaltskanzleien absolvierte. Er war gesellig, der Vizepräsident der Jura-Gesellschaft, Mitglied im Studentenrat und nahm regelmäßig an Studentendebatten teil. Sie konnte ihr Glück kaum fassen, als sie ihm beim Jahresabschluss von einer Freundin vorgestellt wurde. Und sie traute ihren Ohren nicht, als er sie für den darauffolgenden Abend, dem letzten Abend des Semesters, auf einen Kaffee einlud.

Kurz nach acht Uhr holte er sie in einem marineblauen Alfa Romeo vor dem Haus ihrer Eltern ab.

»Der gehört meinem Dad, keine Angst«, sagte er und grinste ihre Mutter an. »Er ist Kronanwalt und bringt mich hinter Gitter, wenn ich auch nur einen Kratzer verursache.« Seine lachenden Augen wurden plötzlich ernst. »Sie wird nicht allzu spät nach Hause kommen, wir trinken bloß einen Kaffee.«

»James, seien Sie doch nicht albern«, schnurrte Ginies Mutter. »Genießt den Abend.«

Die Unterhaltung während der Autofahrt kam nicht so recht in Schwung. Ginie war nervös und versessen darauf, ihm zu gefallen. James schien gedankenverloren und – im Gegensatz zum Abend zuvor beim Jahresabschluss – etwas reserviert.

Als er in eine dunkle Sackgasse am Rande des Parks am hinteren Ende des Universitätsgeländes bog, war sie verwirrt.

»Komm, lass uns spazieren gehen«, sagte er und lächelte sie entwaffnend an. »Und dann trinken wir einen Kaffee.«

»Okay.«

In dieser Nacht schien kein Mond, und sie kannte die Gegend nicht. Sie waren noch nicht weit gegangen, als sie bereits die Orientierung verloren hatte. Plötzlich drückte er sie gegen einen Baum und presste seinen Mund auf ihren. Sie versuchte, sich von ihm führen zu lassen, doch seine Zunge stieß so tief in sie hinein, dass sie würgen musste. Seine Hände glitten unter ihre Bluse und ihren BH und kneteten ihre Brüste.

»Aua«, sagte sie.

»Was ist? Ist das Erstsemester denn nervös?«

»Nein, es ist bloß ein bisschen …«

»Wie auch immer.« Er stieß ihr seinen Atem ins Ohr und biss in ihr Ohrläppchen.

»Das tut weh. James …«

Seine Hand griff unter ihren Rock.

»Nein«, sagte sie und presste die Oberschenkel zusammen. »Können wir nicht … einen Kaffee trinken?«

Sie versuchte, ihm zu entkommen. Doch er war viel größer – er spielte Rugby in der Universitätsmannschaft –, und sie merkte schnell, dass sie es nicht schaffen würde.

»Bitte«, flehte sie. Sie konnte nicht glauben, dass das hier gerade wirklich geschah. »Lass mich gehen.«

James antwortete nicht.

Danach fuhr er sie schweigend nach Hause.

Sie drehte den Schlüssel in der Tür um. Sie war totenblass und zitterte.

Ihre Mutter hob den Blick von der Zeitung, die sie gerade las. Ein Stapel Papiere lag auf dem Tisch neben ihr. Sie hatte sich Arbeit für das Wochenende mit nach Hause gebracht.

»Ach Gott«, sagte sie in einem missbilligenden Tonfall, »dann hattest du also keinen schönen Abend?«

Ginie schüttelte den Kopf, sie konnte nicht sprechen.

»Nun, das ist aber schade«, meinte ihre Mutter, bevor sie sich wieder der Zeitung zuwandte. Ginie stand einen Moment lang da und blinzelte die Tränen zurück. Dann ging sie ins Badezimmer. Sie war zum zweiten Mal an diesem Abend verraten worden.

Und so hatte Ginie dieses Erlebnis tief in ihrem Inneren vergraben, hatte die Scham stets wie einen unsichtbaren, übergroßen Mantel mit sich herumgetragen. Doch sie hatte sich geschworen, nie wieder so verletzlich zu sein. Sie war keine sexuellen Beziehungen eingegangen, sondern hatte sich auf ihr Studium und danach auf ihre Karriere konzentriert. Bis sie Frederic getroffen hatte, dessen Stabilität ihr endlich ein gewisses Maß an Sicherheit gegeben hatte.

Erst mit Ende dreißig, als sie nach ihrer Trennung von Frederic eine Beratungsstelle aufgesucht hatte, hatte Ginie herausgefunden, wie viel *Wut* in ihr steckte. Als ihr Coach es das erste Mal angesprochen und Ginie sanft gefragt hatte, ob sie das Gefühl hatte, von ihrer Mutter im Stich gelassen worden zu sein, war sie sprachlos dagesessen, während ihr die Tränen über die Wangen gelaufen waren. Ginie erkannte, dass ihre Mutter nicht *schuld* daran gewesen war, dass James über sie hergefallen war. Doch wie so oft in Ginies Leben war ihre Mutter nicht für sie da gewesen. Sie hatte entweder nicht erkannt, in welchem Zustand sich Ginie befunden hatte, oder sie hatte es ignoriert. Das war ein altbekanntes Muster, das sich durch ihre Kindheit zog: *Du schaffst das schon, Ginie.*

»Sollten Mütter nicht eine Art instinktive Alarmglocke besitzen?«, wollte Ginie von ihrem Coach wissen. »Sind sie nicht diejenigen, die am besten wissen, wie sie ihren Kindern helfen können und was ihre Kinder brauchen? Und wenn eine *Mutter* nicht auf ihr Kind aufpasst, wer dann?«

»Ich kann diese Fragen nicht für Sie beantworten, Ginie«, hatte ihr Coach geantwortet. »Ich kann Ihnen nur helfen, für sich selbst Antworten auf diese Fragen zu finden.«

Doch seit Ginie Daniel kennengelernt hatte, war sie nicht mehr bei ihrem Coach gewesen.

Innerhalb weniger Monate hatte sie sich selbst neu erfunden. Plötzlich erlebte sie Sex und Liebe, war schwanger und schmiedete Hochzeitspläne. Und außerdem hatte sie die Aufforderung erhalten, sich um eine Partnerschaft bei Coombes Taylor Watson zu bewerben.

Das Leben war noch nie schöner gewesen.

Erst als sie die Gästeliste zusammenstellten, erfuhr Ginie, dass Daniels Eltern bei einem Autounfall ums Leben gekommen waren, als er gerade erst fünfzehn Jahre alt gewesen war. Als Einzelkind hatte Daniel während der letzten drei Jahre seiner Highschool-Zeit bei seiner Tante gelebt. Danach hatte er allein gewohnt und sich durch die Universität gekämpft.

»Das muss schrecklich für dich gewesen sein«, sagte Ginie schockiert. Sie konnte sich nicht vorstellen, wie es war, beide Eltern zu verlieren. Nicht einmal jetzt.

Daniel seufzte. »In meiner Kindheit gab es immer uns drei – Mum, Dad und mich. Und dann war bloß noch ich übrig. Bis zu diesem Zeitpunkt hatte ich mir nie Geschwister gewünscht.«

Ginie griff nach seiner Hand. Sie wusste nicht, was sie sagen sollte.

»Meine Tante war wundervoll«, fuhr er fort. »Sie versuchte nicht, das alles zu ignorieren. An dem Abend, als ich bei ihr einzog, sagte sie: ›Dan, ich werde nie so tun, als wäre ich deine zweite Mutter, aber ich werde immer deine Freundin sein.‹ Und das war sie auch.« Seine Augen glänzten.

»Ich verstehe«, sagte Ginie. Obwohl sie sich nicht sicher war, ob sie es tatsächlich tat. »Warst du einsam?«

»Nicht wirklich«, sagte er. »Wenn ich nicht bei meiner Tante zu Hause war, dann war ich bei meinem besten Freund Chris. Er ist mittlerweile wie ein Bruder für mich. Und ich habe seitenweise mein Tagebuch vollgeschrieben. Unmengen an schlechten Gedichten.«

Ginie lächelte.

»Außerdem begann ich, mich fürs Surfen zu interessieren. Es wurde zu meinem Rettungsanker.«

Ginie nickte. Irgendwie hatte sie gespürt, dass hinter Daniels Verbindung zum Meer mehr steckte als bloß ein Hobby.

»Ich habe Chris gefragt, ob er mein Trauzeuge sein möchte.« Er gab ihr eine Liste mit Namen. »Aber es gibt nicht wirklich viele Leute, die ich einladen möchte. Tante Emma und Onkel Dave sind die einzige Familie, die ich habe.«

Ginie überflog die beiden Listen: vierundsechzig Personen auf ihrer, dreiundzwanzig auf seiner Liste. Warum hatte Daniel so wenige Freunde?

»Was ist los?«, fragte Daniel.

Sie beschloss, die Sache auf sich beruhen zu lassen.

»Nichts«, sagte sie. »Ich kann mir einfach nicht vorstellen, was du durchgemacht hast.«

Sie heirateten an einem Sonntagnachmittag Anfang Januar am Strand von Curl Curl. Es war ein drückend heißer Sommertag, doch am späten Nachmittag setzte ein erfrischender Südwind ein. Die Hochzeit sollte am Strand stattfinden, und zur Belustigung von Ginies Mutter kamen die meisten Gäste ohne Schuhe. Ginie trug ein schlichtes, champagnerfarbenes Kleid mit Spaghettiträgern und einem perlenbesetzten Mieder. Es war ein einfaches, fließendes Sommerkleid, das nicht unbedingt wie ein Brautkleid aussah. Sie wusste, dass sie es auch zu anderen Anlässen tragen könnte.

Ihre ganze Familie war gekommen, nur ihr Bruder hatte es aus beruflichen Gründen nicht geschafft, aus London anzureisen. Der Aktienmarkt war launisch, hatte ihr Jonathan erklärt, und der Handel war eingebrochen. Ein Urlaub in Australien kam zurzeit nicht in Frage, selbst wenn es um die Hochzeit der eigenen Schwester ging. Ginie war nicht wirklich enttäuscht gewesen. Seine Abwesenheit wurde durch das Kommen von zahlreichen anderen Freunden und Verwandten mehr als wettgemacht.

»Du hast ja Dutzende Cousinen.« Daniel lachte, als sie nebeneinander im North Curl Curl Surf Club standen und die Gäste begrüßten.

Innerhalb von dreißig Minuten war alles vorbei. Die Standesbeamtin, eine Frau in den Fünfzigern mit wirren roten Haaren, hatte Schwierigkeiten, sich über das Rauschen des Windes hinweg Gehör zu verschaffen. Aber Ginie machte das alles nichts aus. Sie stand einfach nur da und sah Daniel in die Augen. Ihre Welt war gerade dabei, sich zu verändern, das wurde ihr in diesem Augenblick klar. Die Vorhersehbarkeit ihres früheren Lebens war für immer verschwunden: Das hier war der erste Tag vom Rest ihres Lebens. Es war Angst einflößend und aufregend zugleich.

Sie steckten einander ihre Eheringe aus Weißgold an die Finger und küssten sich, während die Gäste ihnen zujubelten. Ginie hätte nie gedacht, dass sie eine von jenen Bräuten sein würde, die bei ihrer Hochzeit weinten, doch die Tränen kamen wie von selbst. Sie klammerte sich freudestrahlend und schniefend an Daniel. So muss sich wahre Liebe anfühlen, dachte sie, während sie sich mit dem Handrücken die Tränen von den Wangen wischte.

Nach der Zeremonie versammelten sich die Gäste auf einer Düne, nippten am Champagner und kosteten von den Kanapees. Ginie fühlte sich wunderbar beschwingt, als sie ihnen zusah. Sie war nun eine verheiratete Frau, und das war überraschenderweise sehr befriedigend. Trotz des stetig wehenden Windes schienen sich die Gäste zu amüsieren. Sie schloss die Augen und atmete die Meeresluft ein. Als sie die Augen wieder öffnete, sah sie, dass Daniel mitten unter den Gästen stand und sich mit ihrer Schwester unterhielt. Ginie starrte Paula an. In Daniels Gegenwart hatte sie sich von einer unscheinbaren Hausfrau in eine kokette, flirtende Frau verwandelt, die wie ein zwitschernder Kanarienvogel um Daniel herumschwirrte. Ginie stürzte den Rest ihres Champagners hinunter, bevor ihr klarwurde, dass sie gerade Alkohol getrunken hatte, obwohl sie schwanger war. Sie legte instinktiv eine Hand auf ihren Bauch. Sie war nun in der achtzehnten Woche, und ihre etwas rundere Figur wurde vom Schnitt des Kleides gut kaschiert. Niemand weiß, was ich in mir trage, dachte sie.

»Du siehst wunderschön aus«, sagte eine Stimme hinter ihr. Sie drehte sich um und erkannte Chris, den Trauzeugen, der eine Flasche Champagner in der Hand hielt. »Darf ich dir noch ein Glas einschenken?«

»Nein danke«, antwortete sie. »Das war genug für mich.« Sie nickte in Richtung Horizont. »Außerdem befürchte ich, dass wir ohnehin nicht mehr allzu lange hier sein werden, wenn ich mir das dort hinten so ansehe.« Vom Süden her drängten dunkle Wolken heran, die tief über dem Meer hingen.

»Es war eine schöne Zeremonie«, sagte Chris. »Ganz nach Daniels Geschmack. Ich bin froh, dass du einen ehrbaren Mann aus ihm gemacht hast. Ich hätte nicht gedacht, dass das jemals passieren würde.«

»Ach ja?«, fragte Ginie. »Warum denn das?«

»Du weißt schon, wegen seiner Eltern und all diesen Dingen. Dan war immer ein Herumtreiber.«

Ginie sah Chris an und fragte sich, was er sonst noch über ihren Ehemann wusste, von dem sie keine Ahnung hatte.

»Es ist gut, dass wir uns alle ändern können, nicht wahr?«, sagte sie und fühlte eine leichte Übelkeit in sich aufsteigen.

Plötzlich öffneten sich die Wolken über ihnen, und Regen prasselte auf den Strand. Die Gäste liefen schutzsuchend umher und hielten sich Handtaschen, Kühlboxen und Jackettjacken über die Köpfe.

»Es wird Zeit zu gehen«, rief Daniel, und Ginie rannte kichernd auf ihn zu.

Sie befand sich in der zweiunddreißigsten Woche, als sie vor das Auswahlkomitee trat. Sie trug Schwarz, um ihren Bauch nicht zu sehr zu betonen.

Sie wollte die Stelle als Partnerin mehr als alles andere, doch sie wusste, dass sie keine Chance haben würde. Zumindest nicht zu diesem Zeitpunkt.

Eine Woche zuvor hatte Arnold eine vertrauliche E-Mail ausgedruckt und sie in ihr Fach gelegt. Er hatte damit die Geheimhaltungsrichtlinien der Kanzlei missachtet und seinen Job riskiert.

»Es tut mir leid, Liebling«, hatte er geflüstert und den Finger verschwörerisch auf die Lippen gelegt, bevor er aus ihrem Büro verschwunden war.

Sie las die E-Mail, die der geschäftsführende Partner dem Auswahlkomitee geschrieben hatte, und alles Blut wich aus ihrem Gesicht. Die Kandidatinnen und Kandidaten, die zu einem Gespräch geladen werden sollten, wurden nochmals bestätigt, doch Ginies Name war eigens hervorgehoben worden.

> Ich habe Ginie zwar auf die Liste der Kandidatinnen und Kandidaten für das Auswahlgespräch gesetzt, doch meiner Meinung nach wird es ihr schwerfallen, sich gegenüber den anderen durchzusetzen. Während ihre Schwangerschaft natürlich keinen Hinderungsgrund darstellt, wissen wir alle, wie viel Engagement eine Partnerschaft erfordert. Es ist jedoch essenziell, dass eine korrekte Vorgangsweise eingehalten wird.

Sie las die E-Mail immer und immer wieder.

Eine korrekte Vorgangsweise? Leben wir denn, verdammt noch mal, im Mittelalter oder was?

Die Mitglieder des Komitees hatten ihre Entscheidung offensichtlich bereits vor dem Gespräch getroffen. Und wenn sie es nicht getan hatten, dann hatte der geschäftsführende Partner dafür gesorgt, dass sie keine Chance haben würde. Sie überflog die anderen Namen auf der Liste, sie kannte sie alle. Sie war um mindestens zehn Jahre jünger als die anderen.

In den Tagen vor dem Gespräch versuchte sie, ihre Ausgangslage einzuschätzen. Es war ein offensichtlicher Verstoß gegen das Gleichbehandlungsgesetz. Eine Verletzung, an der die Kommission zur Einhaltung der Geschlechtergleichheit ohne Zweifel Gefallen finden würde. Sie würde den Kampf sicher gewinnen, das wusste sie. Und es würde ihr Publicity und eine stattliche Abfindung einbringen. Es war undenkbar, dass eine angesehene Anwaltskanzlei wie die ihre, die in aller Öffentlichkeit Regeln zur Gleichberechtigung eingeführt und einen ausgezeichneten Ruf hatte, nicht für eine faire Auswahl der Kandidatinnen und Kandidaten für eine höhere Position sorgen konnte. Sie stellte sich die Schlagzeile auf der Titelseite vor: ALTHERREN-VEREIN ÜBERGEHT SCHWANGERE ANWÄLTIN. Doch danach hätte sie praktisch keine Chance, irgendwo sonst eine Anstellung zu finden.

Sie überlegte, die Kanzlei intern mit den Vorwürfen zu konfrontieren. Aber was konnte sie von ihnen verlangen? Eine Entschuldigung? Schweigegeld? Solange sie nicht vorhatte, ihren Job zu wechseln, war der Gedanke daran unsinnig. Außerdem brächte sie Arnold in eine äußerst missliche Lage, wenn sie gezwungen werden würde, ihre Quelle zu verraten. Sie überlegte, die Sache auf sich beruhen zu lassen. Sie hätte einen schlechten Gesundheitszustand vorschieben oder sagen können, dass sie ihre Meinung geändert hatte. Doch die immense Ungerechtigkeit hielt sie davon ab, sich zurückzuziehen. Also beschloss sie, dass das Komitee ein Gespräch mit ihr würde führen müssen, auch wenn der Ausgang von vornherein festgelegt war.

Arschlöcher, dachte sie und lächelte die fünf Mitglieder des Komitees an.

»Ginie, warum interessieren Sie sich für diese Stelle?«, fragte der geschäftsführende Partner.

Was für eine einfallslose Einleitung.

»Ich habe Führungserfahrung und die fachliche Qualifikation, um unsere Abteilung für Risikokapital und Privatkapital auf das nächste Level zu bringen«, antwortete sie. Sie ratterte einige Beispiele herunter, inwieweit sie bei der Akquirierung und

Betreuung zahlreicher Mandanten der Kanzlei beteiligt gewesen war.

»Und wenn Sie daran denken, wie die derzeitigen Partner die Geschicke der Kanzlei lenken, was würden Sie denn ändern?«

Ich würde einige von euch aufgeblasenen Gockeln hinauswerfen. Und ich würde für eine bezahlte Elternzeit für Mütter eintreten.

»Die derzeitigen Partner sind hoch angesehen«, antwortete sie. »Es wäre eine Ehre, mit ihnen zusammenarbeiten zu dürfen. Natürlich habe ich einige neue Ideen, doch ich würde als Partnerin den derzeitigen Stil verfeinern und nicht revolutionieren wollen.«

»Nun, Ginie«, begann das einzige weibliche Mitglied des Komitees, die Geschäftsführerin der Personalfirma. »Sie sind offensichtlich schwanger. Das hat natürlich keinerlei Auswirkungen auf unsere heutige Entscheidung. Aber verraten Sie uns doch, wie Sie ein kleines Kind und eine Partnerschaft unter einen Hut bringen möchten.«

Ginie schluckte. Sie sind clever, dachte sie. Sie lassen eine Frau diese Frage stellen.

»Sehen Sie, ich habe Mitarbeiterinnen in meinem Team, die Kinder haben, und meiner Erfahrung nach sind sie sogar noch produktiver als die meisten anderen Mitarbeiterinnen und Mitarbeiter. Und ich habe viele Menschen, die mich unterstützen, unter anderem auch einen Ehemann, der sich ebenfalls in die Kindererziehung einbringen möchte.« Sie spürte, dass sie errötete. »Es sollte keinerlei Einfluss auf meine Leistung haben.«

Sie warf einen Blick auf den geschäftsführenden Partner. Er kritzelte einige Notizen auf den Rand seines Blockes. Besser gesagt, tat er nur so als ob.

Der geschäftsführende Partner rief sie spät an einem Montagabend aus Peking an. Die Verbindung war schlecht, doch der Inhalt seiner Mitteilung war dennoch klar und deutlich.

»Ich verstehe, danke.«

Sie legte das Telefon zur Seite und begann zu weinen. Daniel drückte ihren Kopf gegen seine Brust.

»Es tut mir leid«, sagte er.

»Arschlöcher.«

»Du wusstest, dass es so kommen würde.«

»Verdammte sexistische, verdorrte Schweine.«

»Ich weiß«, sagte er beruhigend. »Es ist furchtbar.«

Sie wischte sich die Augen mit einem Papiertaschentuch ab, das er ihr hinhielt. Sie missgönnte dem Kandidaten, der den Job bekommen hatte, seinen Erfolg nicht. Er war ein fähiger Anwalt und strategischer Denker. Ein Spezialist für Privatkapital, mit dem sie bereits seit Jahren zusammenarbeitete. Dennoch fühlte sie sich verraten. Von der Kanzlei und von ihrem schwangeren Körper. Sie hatte keinen Zweifel daran, dass sie eine reelle Chance gehabt hätte, wenn sie nicht schwanger gewesen wäre.

»Man kann es nie so genau wissen, Gin«, sagte Daniel. »Vielleicht ist es besser so.«

Sie hob den Kopf. »Was soll das denn heißen?«

»Nun, du weißt schon …«, sagte er. »Das Baby und all das. Vielleicht bist du am Ende froh, dass du den Job *nicht* bekommen hast.«

»Das bezweifle ich.« Sie beugte sich gegen die Küchenbank. Das Baby hatte heftig zu treten begonnen, vor allem nachts. Sie hatte gehört, dass andere Frauen es genossen, doch sie empfand es als beunruhigend. Es war, als würde man einen Science-Fiction-Film ansehen.

»Geht es dir gut?«, fragte er und massierte ihre Schultern.

»Ja.«

Sie wollte ihm eine verpassen. Ihn anschreien. Ihm sagen, dass sie das Baby lieber hätte abtreiben lassen, wenn sie gewusst hätte, dass es sie eine Partnerschaft kosten würde.

Was bin ich bloß für ein Mensch? Sie war entsetzt über sich selbst.

Sie musste wieder mit ihrem Coach sprechen, und zwar schnell.

»Komm ins Bett«, sagte Daniel.

Sie nickte.

Gerade als sie das Licht in der Küche ausmachte, klingelte ihr Telefon. Es war ihre Mutter. Schon wieder. Ginie hatte ihr erst zwei Monate zuvor von ihrer Schwangerschaft erzählt, als es nicht mehr länger möglich gewesen war, diese zu verheimlichen. Seither hatte ihre Mutter jeden Tag angerufen und ungefragt ihren Rat angeboten.

»Verdammt, Mum, es ist spät«, murmelte sie und drückte auf »Ignorieren«.

Ich muss also schwanger sein, damit sie sich für mich interessiert, dachte Ginie. Vermutlich wird sie eine wunderbare *Großmutter* werden.

»Komm ins Bett«, beharrte Daniel.

Sie sah zu, wie er in Boxershorts den Flur hinuntertrottete. Die Muskeln auf seinem Rücken bewegten sich unter der sonnengebräunten Haut. Einen kurzen Moment lang erinnerte sie sich an die Ekstase, die sie während der ersten Wochen mit ihm erlebt hatte. Der Geschmack von Meer und Schweiß, träges Flüstern auf zerknüllter Decke. Doch diese Frau hatte in einer anderen Welt existiert. Ihr riesiger Bauch verhinderte nun jegliche Form der Intimität. Nach einem furchtbar peinlichen Versuch im sechsten Monat hatten sie es aufgegeben, miteinander zu schlafen.

Sie folgte ihm ins Schlafzimmer. Müde schlüpfte sie in ihren Schwangerschaftspyjama und wickelte sich das elastische

Stützband um den Bauch. Das Zubettgehen war zu einer schwierigen Übung geworden. Kissen mussten so angeordnet werden, dass sie ihren Körper genau in der richtigen Position stützten, um das Sodbrennen zu lindern, das sie stets um Mitternacht heimsuchte.

Sie lagen im Bett, ihre Hände berührten sich.

»Könntest du *bitte* das Kinderzimmer ausmalen?«, flehte sie ihn in der Dunkelheit an. »Das Zimmer ist ein Drecksloch.«

Daniel gab keine Antwort.

»Hast du mich gehört?«

»Was hast du gesagt, Liebling?«, fragte er träge. Sie verstand nicht, wie er so schnell einschlafen konnte.

»Nichts.«

»Ich kann nicht glauben, wie wunderbar Nicole ist«, flüsterte Ginie. Sie lagen im Bett und hörten zu, wie sich Nicole in der Küche zu schaffen machte und Roses Fläschchen zubereitete. Es war gerade einmal fünf Uhr dreißig morgens. Ginie hasste es, Rose um diese Zeit füttern zu müssen. Alles zwischen Mitternacht und sechs Uhr morgens war unerträglich.

»Ich weiß«, stimmte Daniel ihr zu. »Du hattest vollkommen recht, Gin. Ich war anfangs dagegen, aber sie ist wirklich wunderbar.«

Es war nun zwei Monate her, seit Nicole zu ihnen gekommen war, und sie konnten sich ein Leben ohne sie kaum noch vorstellen. Sie machte sich in Bereichen nützlich, an die nicht einmal Ginie gedacht hatte. Sie plante und kochte die Mahlzeiten, sie ging einkaufen, zur Reinigung und zur Post. Als Ginie einmal im Büro etwas dazwischengekommen war, hatte sie sogar eine Müttergruppe besucht und sich schriftliche Notizen zu den Themen gemacht, die behandelt worden waren. *Handschriftliche Notizen!* Und nun hatte sie angeboten, Rose am frühen Morgen zu füttern, damit Ginie wieder joggen konnte.

Ginie hörte, dass Nicole sich mittlerweile in Roses Zimmer befand. Sie hob sie gerade aus ihrem Bettchen und legte sie auf den Wickeltisch. Ginie drehte sich zur Seite. Im Halbdunkel sah sie Daniels Silhouette. Er streckte die Hand aus und ließ einen Finger über ihre Wange gleiten. Du bist der Vater meines Kindes, sinnierte sie. Diese Tatsache erstaunte sie noch immer. Sie liebte es, ihm zuzusehen, wenn er sich mit Rose beschäftigte, ausgelassen und liebevoll zugleich. Und dennoch ließen sie seine sexuellen Annäherungsversuche nach wie vor kalt. Warum empfand sie nichts mehr?

Der Wasserkocher in der Küche begann zu pfeifen.

»Ich nehme ihn vom Herd«, sagte Daniel und rollte sich aus dem Bett. »Wir wollen doch nicht, dass das Haus niederbrennt.«

Ginie hörte, wie er den Flur hinunterging. Dann vernahm sie leise Stimmen in der Küche. Rose quäkte. Sie wollte ihre Milch.

Nach einigen Minuten tauchte Daniels Kopf in der Schlafzimmertür auf.

»Hey, warum gehst du nicht zum Strand und läufst eine Runde?«, fragte er. »Nicole hat alles im Griff. So bekommst du deinen Kopf frei.«

Ginie lächelte dankbar.

»Muss noch jemand fünf Mal in der Nacht aufstehen?«, fragte Pippa matt. Heidi lag schlafend unter dem Überwurf, der ihren Kinderwagen bedeckte und die Sonne abhielt.

Ginie warf Pippa von der Seite einen Blick zu. Sie sah oft ungepflegt aus, doch heute war es besonders schlimm. Ihre fettigen Haare waren ungekämmt, und ihr Kinn war mit roten

Punkten übersät. Tatsächlich glaubte Ginie, einen seltsamen Geruch an ihr wahrzunehmen. Ginie rutschte auf ihrem Stuhl zur Seite und rückte ein kleines Stückchen von Pippa fort. Wenn möglich versuchte Ginie, neben Cara oder Miranda zu sitzen. Doch an diesem Tag war sie zu spät gekommen und hatte keine andere Wahl mehr gehabt. Nun war sie zwischen Pippa und Suzie eingepfercht, zwischen den beiden Frauen, die sie in der Gruppe am wenigsten mochte.

»Heidi ist nun über drei Monate alt«, fuhr Pippa fort. »In jedem Buch steht, dass sie nicht öfter als zwei Mal pro Nacht aufwachen sollte. Aber manchmal wird sie fünf bis sechs Mal wach. Ich weiß nicht, was ich falsch mache.« Ihr Blick wanderte in Caras Richtung.

»Sei nicht zu hart zu dir selbst«, sagte Cara mitfühlend. Sie strich sich die honigblonden Haare aus den Augen und schaukelte Astrids Kinderwagen mit einer Hand. »Astrid wacht *mindestens* drei Mal pro Nacht auf und weckt den armen Richard, der am nächsten Tag zur Arbeit muss. Also hole ich meine Möpse hervor, um sie ruhigzustellen. Ich frage mich, was die Bücher wohl *dazu* sagen würden.«

Alle lachten, sogar Pippa. Aber so war Cara, dachte Ginie. Sie nahm immer wieder die Spannung aus der Gruppe.

Abgesehen von Cara, mochte Ginie Miranda am liebsten. Vor Rorys Geburt war sie eine erfolgreiche Kunstmanagerin gewesen, und ihr Mann arbeitete im Finanzsektor. Ginie hatte ihr Haus gesehen, das sich auf den südlichen Klippen von Freshwater befand, und sie war überrascht gewesen, wie sehr es ihrem eigenen Haus ähnelte. Es war architektonisch interessant, ein einfaches rechteckiges Prisma mit einer Holzfassade und einem überwältigenden Blick auf das Meer. Die beiden waren offensichtlich Ästheten und bewegten sich in ähnlichen sozialen Kreisen wie sie selbst. Und obwohl sie ständig müde war, schaffte es Miranda stets, umwerfend auszusehen. Mit ihren langen Gliedmaßen, den spitzen Ohren und den intensiven, grünen Augen sah sie aus wie aus einer anderen Welt und zog die Blicke auf sich.

Was die anderen in der Gruppe betraf, so tat sich Ginie schwer, mit ihnen ins Gespräch zu kommen. Da war zunächst einmal Made, von der man nie wusste, ob sie alles richtig verstanden hatte, weshalb Ginie es aufgegeben hatte, mit ihr zu sprechen. Und als Made ihnen verraten hatte, wie alt sie war – sie war erst zweiundzwanzig –, hatte Ginie es zuerst nicht glauben können. Wäre die Müttergruppe nicht gewesen, hätte sie sich niemals vorstellen können, sich mit einer Frau aus Indonesien zu unterhalten, die beinahe zwanzig Jahre jünger war als sie.

Suzie hingegen war einfach bloß nervtötend. Sie trug lange, klirrende Ohrringe und figurbetonte Kleider in psychedelischen Farben, die ihre kurvige Figur mehr als zur Geltung brachten. Wenn ich einen solchen Hintern hätte, hatte sich Ginie mehr als einmal gedacht, dann würde ich ihn nicht auch noch in ein leuchtend grünes Batiktuch wickeln. Und Suzie wusste nie, wann es besser war, den Mund zu halten. Mehrmals hatte sie bereits Gespräche in der Gruppe durch unwichtige Bemerkungen unterbrochen. Letzte Woche hatte sie sich zum Beispiel zehn Minuten über die Vorzüge ihrer Papayasalbe ausgelassen – Ginie hatte ihre ganze Kraft aufwenden müssen, um nicht zu gähnen.

Was Pippa betraf, so wurde Ginie einfach nicht schlau aus ihr. Sie war gebildet und hatte einen Abschluss in Psychologie, doch sie wirkte gereizt und überspannt. Sie war verschlossen, farblos und konnte nicht herzhaft lachen. Ginie hatte mehrmals versucht, mit ihr ins Gespräch zu kommen, doch Pippa hatte die Unterhaltung stets im Sand verlaufen lassen. Es ist, als hätten wir eine Totengräberin in der Gruppe, dachte Ginie. Sie ist immer ernst und steht ständig nahe am Abgrund.

Cara sah Pippa an. »Wenn dich das nächtliche Aufstehen so anstrengt, dann solltest du dir vielleicht einmal eine Pause gönnen. Hast du Familienmitglieder, die in der Nähe wohnen?«, fragte sie. »Vielleicht jemanden, der Heidi tagsüber zu sich nehmen könnte?«

Pippa schüttelte den Kopf. »Meine Eltern sind sehr gebrechlich, ich kann Heidi nicht bei ihnen lassen. Und Roberts Eltern haben kaum Zeit. Er ist das Jüngste von sieben Kindern, und sie sind ständig mit den Kindern seiner Geschwister beschäftigt.«

»Vielleicht solltest du über ein Kindermädchen nachdenken?«, schlug Ginie vor. »Mir hat es sehr geholfen. Wenn Rose mitten in der Nacht weint, dann kümmert sich das Kindermädchen darum. Und wenn ich im Büro bin, dann weiß ich, dass sie in guten Händen ist. Versteht mich nicht falsch, Daniel ist wunderbar. Aber ihr wisst ja, wie Männer sind.«

Pippa wich ihrem Blick aus. »Das können wir uns nicht leisten.«

Ginie sagte nichts. Es war schwer, sich nicht privilegiert zu fühlen. Niemand in der Gruppe hatte vorausgeplant und ein Kindermädchen engagiert, und nun litten sie alle unter Schlafmangel. Alle außer Suzie, die behauptete, zehn Stunden pro Nacht gemeinsam mit Freya in einem Bett zu schlafen. Was nur ein weiterer Beweis dafür war, wie verrückt sie war.

»Die Sache mit dem Kindermädchen klappt also gut, Ginie?«, fragte Miranda und beugte sich vor, um nach Digby zu sehen, der unter einem der Nachbartische herumkroch.

»Absolut«, antwortete Ginie. »Wir fahren nächstes Wochenende weg. Ich bringe es nicht über mich, Rose zu Hause zu lassen, also nehmen wir Nicole mit, um auf die Kleine aufzupassen.« Ginie ließ ihren Blick über die Runde schweifen und versuchte, ihre Vorfreude vor ihnen zu verbergen. »Eigentlich war es Daniels Idee. So haben wir das erste Mal seit Roses Geburt eine Nacht für uns.«

»Oh, du Glückliche«, sagte Cara mit einem sehnsüchtigen Lächeln.

Suzie schob sich ihre blonden Locken hinter die Ohren. Es war eine weitere ihrer nervtötenden Angewohnheiten. »Du meine Güte, ich hätte nicht den Mut, Freya mit jemandem allein zu lassen, den ich nicht wirklich gut kenne«, sagte sie ernst und riss dabei die Augen auf.

Ginie wurde wütend. Während der letzten zwei Monate hatte sich ihr anfängliches Desinteresse an Suzie in eine offene Abneigung verwandelt. Sie warf ständig irgendwelche Weisheiten über gute Elternschaft in den Raum oder versuchte, mit Öko-Windeln die Welt zu retten.

»Nicole ist ein professionelles Kindermädchen und ausgebildete Krankenpflegerin«, erwiderte Ginie mit ruhiger Stimme. »Sie ist besser dafür geeignet, auf ein kleines Kind aufzupassen, als irgendjemand sonst, den ich kenne.«

Suzie spitzte die Lippen. »Aber Nicole hat keine *eigenen* Kinder oder doch?«

Ginie spürte, wie der Ärger in ihr hochstieg. *Nicht alle Menschen sind händchenhaltende Hippies wie du,* hätte sie am liebsten gesagt. Stattdessen stürzte sie den letzten Rest ihrer Magermilch hinunter. »Nun, sie hat sich bis jetzt wunderbar um Rose gekümmert. Man könnte sie in Gold aufwiegen.«

»Ach, das ist schön zu hören«, sagte Suzie mit einem sanftmütigen Lächeln. »Denn ich kann mir nicht vorstellen, wie *schlimm* es für dich sein muss, Rose jeden Morgen zurückzulassen.«

Ginie blinzelte. Die Wahrheit, die Suzies Worte offenbarten, tat weh. Als sie zum ersten Mal wieder zur Arbeit gefahren war und Rose in Nicoles Armen zurückgelassen hatte, hatte sie die ganze Fahrt über geweint. Am Parkplatz angekommen, musste sie ihr Make-up erneuern und ein ernstes Wörtchen mit sich selbst reden. *Es ist nur zu unserem Besten. Ich tue das Richtige. Daniel ist doch auch bei Rose.* Und als sie schließlich am Abend nach Hause gekommen war, hatte sie Rose hochgehoben und das Baby so fest an sich gedrückt, dass die Kleine geschrien hatte. Und Nicole hatte höflich angemerkt, dass es nicht nötig war, dass Ginie ihr an einem einzigen Tag so viele SMS schrieb.

Ginie starrte Suzie wütend an. Dann senkte sie den Kopf und tat so, als würde sie ihr iPhone checken.

Die peinliche Stille wurde von Astrid durchbrochen, die auf Caras Schoß saß und plötzlich laut furzte.

»Ach, mein Schatz«, sagte Cara und streichelte Astrids Rücken. »Was für ein zartes kleines Pflänzchen du doch bist.«

Cara hatte die Gabe, einer Situation jegliche Spannung zu nehmen.

Sie fuhren übers Wochenende an die Küste nördlich von Sydney. Ginie hatte alles im Internet gebucht – zwei Wohneinheiten mit jeweils einer eigenen Waschküche und einer Küchenzeile. Das Hotel hatte den Charakter eines Resorts, befand sich in dem von Regenwald umgebenen Hinterland und verfügte über einen beheizten Swimmingpool, eine Sauna und einen Tennisplatz.

Nicole ermöglichte ihnen so viel Zeit zu zweit, wie sie benötigten, und spielte mit Rose in ihrem Zimmer oder am Pool. Das sind genau die Voraussetzungen, die wir brauchen, um wieder miteinander zu schlafen, dachte Ginie. Doch als sie am Freitagabend angekommen waren, hatten sie sich auf die Couch fallen lassen und sich eine DVD angesehen. Vor einigen Monaten hätte sie sich deshalb Sorgen gemacht, doch nun war sie insgeheim erleichtert.

»Nicole ist fantastisch«, sagte Ginie, als sie am Samstagnachmittag faul am Pool lagen.

Nicole hatte Rose einen Badeanzug mit rosaroten Punkten gekauft und spielte mir ihr im Pool. Ginie wünschte sich nur, *sie* wäre diejenige gewesen, die Rose so etwas gekauft hätte.

Rose gluckste vor Freude, als ihre Füße die Wasseroberfläche berührten. »Rose wird immer aktiver, nicht wahr?«, bemerkte Ginie.

»Hm«, sagte Daniel. Er trug Shorts und eine schwarze Sonnenbrille und lag auf einer Strandliege, neben ihm ein Stapel beschriebener Seiten. Er hätte eigentlich an seinem Roman arbeiten sollen, aber er klang so, als hätte er geschlafen. »Ich möchte am liebsten noch eines.«

»Noch ein Wochenende Urlaub?«

»Noch ein Kind, du Dummerchen.«

Ginie zuckte zusammen. Das war das zweite Mal innerhalb kurzer Zeit, dass Daniel dieses ansprach. Sie hatten bereits beim ersten Mal ausführlich darüber gesprochen, wobei Daniel zugegeben hatte, dass sein Wunsch nach einem zweiten Kind vor allem daher rührte, dass er beide Eltern verloren hatte.

»Ich möchte einfach nicht, dass Rose einmal allein zurückbleibt. Ohne Geschwister«, erklärte er. »Es ist nicht fair, nur ein Kind zu haben, wenn man mehr bekommen könnte.«

Ginie hatte ihre gesamten Überredungskünste aufbringen müssen, um ihn davon zu überzeugen, dass es besser war, diese Unterhaltung auf einen späteren Zeitpunkt zu verschieben. Und nun nahm sie es ihm übel, dass er so kurz darauf schon wieder damit anfing. An ihrem Urlaubswochenende.

»Du *weißt* doch, dass ein zweites Kind im Augenblick noch

nicht in Frage kommt«, erinnerte sie ihn. »Nicht bei der momentanen Wirtschaftslage. Wir wissen nicht, wann die Wirtschaftskrise vorbei sein wird. Sieh dir doch nur Jonathan an.«

Das war ihr Trumpf. Letzte Woche war Jonathan zu einer »einvernehmlichen« Auflösung seines Dienstverhältnisses gezwungen worden, genauso wie Tausende anderer Menschen, die im weltweiten Finanz- und Investmentbereich tätig waren. Die Auswirkungen waren bereits in den angrenzenden Branchen spürbar, vor allem in den Rechtsanwalts- und Buchhaltungskanzleien. Sogar hier in Australien. Bei Coombes Taylor Watson war es schon seit Jahren nicht mehr so ruhig gewesen. Und wenn *sie* dazu gezwungen werden würde, ihr Dienstverhältnis aufzulösen, dann würden sie ihr Zuhause und ihr ganzes Leben verlieren.

»Aber ich denke gerne darüber nach, sobald die Krise vorbei ist«, fügte sie hinzu. »Wenn wir finanziell wieder auf sichereren Beinen stehen.«

»Und wenn du dann noch immer … du weißt schon«, sagte Daniel vorsichtig.

Sie wusste genau, worauf er anspielte: auf ihr Alter.

Sie überflog die letzten Seiten ihres Buches und versuchte, ihren Ärger zu verbergen. Sie hatte gehofft, den Funken der Leidenschaft wieder zu entfachen, doch diese Unterhaltung hatte ihn endgültig zum Erlöschen gebracht. Für *ihn* war es natürlich in Ordnung, sich so bald nach dem ersten Kind bereits ein zweites zu wünschen. Doch sie war diejenige, die ihren Körper einer weiteren Schwangerschaft aussetzen und eine weitere Karriereunterbrechung hinnehmen musste. Ganz zu schweigen von den Auswirkungen, die es womöglich auf ihre Beziehung zueinander haben würde. Warum wollte er die Dinge so schnell nach dem ersten Kind bereits noch mehr verkomplizieren?

Sie hatte genug von diesem Thema.

»Ich werde hinübergehen und Nicole ablösen.« Sie nickte in Richtung Pool.

»Nein, ich gehe«, sagte Daniel. Er setzte sich auf und streckte sich. »Du hattest eine anstrengende Woche.«

Er nahm den Stapel Papiere, der neben ihm lag. »Vielleicht könntest du dir das hier einmal ansehen? Ich bin beinahe fertig. Dominic meint, dass ich es einreichen kann. Und er spricht von einem Vorschuss von zehn-, vielleicht sogar fünfzehntausend. Es würde nächstes Jahr im Mai oder im Juni veröffentlicht werden, wenn wir Glück haben.«

Ginie seufzte. »Und mehr hat Dominic nicht auf Lager?«

Seit sie Dominic kennengelernt hatte, war sie Literaturagenten gegenüber skeptisch. Zu viele Worte, zu wenig Fakten, soweit es sie betraf.

Daniel sah verletzt aus.

»Dominic arbeitet hart. Er kennt viele Leute in der *Verlagsbranche*. Er ist die beste Chance, die ich bekommen werde. Niemand verdient einen Haufen Kohle mit Literatur, weißt du. Außer J. K. Rowling.« Er schob das Manuskript unter die Strandliege.

»Ich lese bloß noch dieses Kapitel zu Ende.« Sie wedelte mit einer Ausgabe von *Eat, Pray, Love* vor seinen Augen herum. »Es ist wirklich anstrengend. Es ist für den Lesezirkel unserer Müttergruppe, weißt du noch? Aber danach fange ich mit deinem Roman an, versprochen.«

Daniel zuckte mit den Schultern.

Sie streckte die Hand aus und berührte sein Gesicht. Es war eine versöhnliche Geste. »Es ist schön, einmal mit dir wegzufahren.«

Er stand auf und zog das Band seiner Shorts enger. »Ich kümmere mich jetzt um das Kindermädchen.«

Er lief auf den Pool zu.

»Rosie«, rief er und spritzte Nicole mit Wasser voll, als er in den Pool sprang.

Sie lachte und spritzte Wasser in seine Richtung.

Nicole könnte ruhig etwas abnehmen, dachte Ginie.

Daniel streckte die Arme aus, und Nicole gab Rose an ihn weiter, während sie das Unterhemdchen und den Hut zurechtrückte. Sie ließ Rose offensichtlich keinen Moment lang aus den Augen. Nicht einmal in Daniels Gegenwart. Ginie fand das extrem beruhigend.

Wir werden das hier sicher wiederholen, entschied Ginie. Noch einige weitere Urlaube, und wir sind wieder die Alten. Sie schloss die Augen und legte sich das Buch auf den Schoß. Sie hatte das Gefühl, als könnte sie einige Tage durchschlafen.

Ginie warf einen schiefen Blick auf das Schild an der Tür, das in Pats mädchenhafter Handschrift verfasst worden war: *Väter und Partner – Herzlich willkommen!*

»Das könnte jetzt etwas seltsam werden«, flüsterte sie, als sie die Glastür öffneten.

»Das ist in Ordnung«, flüsterte Daniel zurück. »Ich bin freiwillig mitgekommen, erinnerst du dich?«

Einen Moment lang sah sie, was die anderen sahen, als Daniel durch die Tür trat.

Einen großen, muskulösen und auf zerzauste Art gutaussehenden Mann. Er grinste sie an – es war dieses neckische Lächeln, das so typisch für ihn war – und sie hatte wieder Schmetterlinge im Bauch. Er konnte es immer noch.

Plötzlich fühlte sie sich viel besser, wenn sie an die bevorstehende Stunde dachte, vor der sie sich eigentlich gefürchtet hatte. Pat und ihre ängstlichen Ratschläge hingen ihr zum Hals heraus, wie gut gemeint sie auch immer sein mochten. Sie musste lächeln, als sie es vor sich selbst zugab, aber sie genoss die informellen Treffen der Gruppe im Strandhäuschen am Freitagvormittag sehr viel mehr.

»Hallo«, rief Pat. Sie grinste wie üblich über das ganze Gesicht und hielt ihr Klemmbrett in der Hand. »Ginie und …?«

»Daniel«, antwortete er und lächelte sie an, als wäre sie eine alte Freundin, die er schon lange nicht mehr gesehen hatte.

Pat hob den Kopf. »Kennen wir uns?«

Daniel zwinkerte ihr zu. »Ich hoffe nicht. Soweit ich weiß, habe ich nur ein Kind.«

Pat hielt sich laut lachend den Bauch. Daniels Charme wirkte anscheinend auf beinahe jeden.

»Hallo«, rief Cara vom Wickeltisch herüber. Sie hielt Astrid mit einer Hand an beiden Beinen hoch und wechselte gerade eine schmutzige Windel. Neben ihr stand ein rothaariger Mann. Er hielt Feuchttücher und eine Tube Wundcreme in der Hand.

»Das ist Richard, mein Mann.« Cara nickte in seine Richtung.

»Schön, euch kennenzulernen«, sagte Richard und hielt die Tücher und die Wundcreme hoch, um ihnen zu zeigen, dass er gerade keine Hand freihatte.

»Ich weiß, wie du dich fühlst, Kumpel«, sagte Daniel lachend. »Das ist Ginie, und ich bin Daniel und …« Er nahm Rose aus dem Kinderwagen »Das ist unsere kleine Rose.« Rose kicherte, als Daniel sie über seinen Kopf hob. Ginie liebte dieses gurgelnde Geräusch, das nur von Rose stammen konnte.

»Nehmen Sie sich doch etwas zu trinken«, rief Pat und deutete auf einen wackeligen Tisch voller Styroporbecher und Instant-Kaffee. »Ah, wer kommt denn da?« Sie wandte sich der Tür zu.

Ginie stieß Daniel heimlich an. »Das ist das Paar, von dem ich dir erzählt habe«, flüsterte sie.

»Ich bin Gordon«, sagte der weißhaarige Mann und hielt Made die Tür auf, die Wayans Kinderwagen durch die Lücke manövrierte. »Mades unwichtige zweite Hälfte.«

Bevor er die Tür schließen konnte, platzte Suzie herein. Ihre Haare waren vom Wind zerzaust, und sie lächelte. Freya steckte in einem Tragetuch. »Hi«, sagte Suzie.

»Kommen Sie herein, kommen Sie nur«, sagte Pat und warf einen Blick auf ihr Klemmbrett. »Schön, Sie zu sehen. Haben Sie jemanden mitgebracht?«

Suzie schüttelte beschämt den Kopf.

»Ich auch nicht«, sagte Miranda, als sie durch die Tür trat. »Willem ist wieder einmal im Ausland unterwegs.« Sie balancierte Rory auf der Hüfte, während sie versuchte, den dreijährigen Digby über die Schwelle zu schieben. Digby verzog widerwillig das Gesicht und rammte ihr seinen Ellbogen ans Bein.

»Komm schon, Dig«, drängte Miranda ihn und zeigte ihm eine Kiste mit Spielzeug, die am anderen Ende des Raumes stand.

Als Nächstes trafen Pippa und ihr Ehemann ein, der Heidi in einem Tragesitz bei sich trug.

»Hallo, Pippa«, sagte Pat und strich ihren Namen von der Liste. »Und Sie sind …?«

»Robert.« Er hatte eine sportliche Figur und sah aus wie jemand, der viel Zeit im Freien verbrachte. Er ist das vollkommene Gegenteil von Pippa, dachte Ginie. Sie konnte sich nicht vorstellen, wie die beiden einander gefunden hatten.

»Gut, dann setzen Sie sich doch bitte zu uns«, sagte Pat und deutete auf die Stühle. »Wir haben heute nicht so viel Zeit, aber viele Themen, die wir besprechen sollten, solange die

Herren hier sind.« Sie lächelte, als sich alle setzten. »Zunächst machen wir jedoch noch eine Vorstellungsrunde.«

Nicht schon wieder. Ginie verdrehte die Augen.

»Diese Damen hier kennen einander mittlerweile recht gut«, fügte Pat hinzu. »Ich glaube, Sie haben sich auch privat getroffen, nicht wahr?«

Einige der Frauen nickten.

»Also, meine Herren, bitte verraten Sie uns Ihren Namen und erzählen Sie uns ein wenig über sich selbst. Und nennen Sie uns auch eine Sache, die Ihnen am Vatersein besonders gefällt, und vielleicht auch etwas, das Sie als eine besondere Herausforderung erleben.« Pat lächelte Daniel an. »Warum beginnen wir nicht gleich mit Ihnen?«

Ginie warf Daniel einen Blick zu. Sie war nervös.

»Danke, Pat«, sagte er und zeigte sein übliches Selbstvertrauen. Daniel war gut darin, zu improvisieren.

»Hallo zusammen. Ich bin Daniel, Ginies Gespiele.«

Mehrere der Frauen kicherten. Ginie starrte auf ihre Hände. Sie kannte diese Leute nicht besonders gut. Warum benahm sich Daniel so lächerlich?

»Ich bin Schriftsteller«, sagte er.

Gewissermaßen, dachte Ginie.

Er schaukelte Rose auf seinen Knien. »Ich genieße es, ein Vater zu sein, der mit anpackt. Meine Arbeitszeiten sind sehr flexibel, und Rose ist schon recht aktiv. Sie lächelt und lacht und so weiter. Nicht wahr, meine Kleine?« Er knuddelte Rose, die mit einem Kreischen antwortete. »Und was die Herausforderung betrifft … nun, Ginie und ich sind beide recht dickköpfig …« Ginie riss die Augen auf. »Und weil das hier unser erstes Kind ist, ist es, glaube ich, oft schwer zu beurteilen, wer recht hat und wer nicht, verstehen Sie?«

Ginie konnte nicht zulassen, dass er weitersprach. »Deshalb

ist es wunderbar, dass wir ein Kindermädchen haben, nicht wahr?«, unterbrach sie ihn. »Es ist, als hätten wir ständig eine Erziehungsexpertin parat.«

Sie zwang sich dazu, Daniel anzulächeln. *Hör sofort damit auf,* sagte ihr Blick.

»Ja, Nicole ist wunderbar«, stimmte er zu. »Aber manchmal ist es, als gäbe es drei Häuptlinge und keine Indianer.«

Ginie versuchte, sich nichts anmerken zu lassen.

»Ja«, sagte Pat kichernd, »die Machtverhältnisse in einer Beziehung können sich nach der Geburt eines Kindes ändern. Das ist ein sehr gutes Thema, Daniel, wir werden später darauf zurückkommen.«

Pat nickte Richard zu und gab ihm zu verstehen, dass er nun an der Reihe war.

Ginie konzentrierte sich auf die Lippenbewegungen des blassen Mannes. Seine roten Haare wurden bereits dünner, und er trug eine eckige Schildpattbrille. Ihr Ärger blieb jedoch bestehen. *Drei Häuptlinge und keine Indianer?*

»Ich bin Buchhalter«, sagte Richard.

Wer hätte sich das gedacht, dachte Ginie.

Er war offensichtlich nervös und stotterte. Cara lehnte sich in ihrem Stuhl zurück und legte beiläufig ihre Hand auf seine.

Das schien eine besondere Wirkung auf ihn zu haben. Er entspannte sich und lächelte Pat an. »Ich genieße es, Astrid beim Wachsen zu beobachten«, begann er. »Sie ist bereits viel größer geworden, und es ist jetzt einfacher, sie zu baden.« Er machte eine Pause. »Es stört mich jedoch, dass ich … oft nicht weiß, was ich eigentlich tue. Es wäre wunderbar gewesen, wenn eine Gebrauchsanweisung mitgeliefert worden wäre.«

Pat lachte. »Nun, was Babys betrifft, muss man alles selbst herausfinden, deshalb macht es ja so großen *Spaß!* Aber es gibt viele gute Anlaufstellen, darunter auch dieses Gesundheitszentrum. Wir sind hier, um Ihnen zu helfen.«

Pat ließ ihren Blick über die Runde schweifen und fixierte schließlich Mades Ehemann.

»Der Nächste?«

»Ich bin Gordon.« Er hielt Wayan im Arm und schaukelte ihn von einer Seite zur anderen. »Ich bin Techniker von Beruf, also verstehe ich, warum Richard gerne eine Gebrauchsanweisung für Babys hätte. Aber unser kleiner Wayan passt ohnehin in kein Schema.« Er zerzauste liebevoll Wayans Haare. »Ich denke, das Schönste am Vatersein ist, dass ich dadurch entdeckt habe, dass meine Frau die geborene Mutter ist.« Er lächelte Made an. »Das war eine der schönsten Erfahrungen in meinem Leben.«

»Und was die Herausforderungen betrifft, so war es manchmal ziemlich schwer, zu verhindern, dass dieser kleine Mann hier in den ersten drei Monaten seines Lebens den Boden berührt.« Er sah sich im Zimmer um. »Made hat euch vielleicht bereits erzählt, dass die Leute auf Bali glauben, dass alle Neugeborenen rein und den Göttern viel näher sind als wir. Also dürfen ihre Füße zu Beginn den Boden nicht berühren, denn das würde sie anfällig für Schwarze Magie machen. Das ändert sich erst nach einer speziellen Zeremonie, die abgehalten wird, wenn sie drei Monate alt sind.« Er lachte. »Wir werden vermutlich im nächsten Monat nach Bali reisen. Doch Wayan wird von Tag zu Tag schwerer, und ich bin ein alter Mann. Ich bin mir nicht sicher, wie lange mein Rücken noch mitspielt …«

Made kicherte und schlug ihm aufs Knie, als hätte er gerade einen guten Witz erzählt.

Pat sah von einem zum anderen. »Lässt sich diese Zeremonie mit einer Taufe vergleichen?«

Gordon schüttelte den Kopf. »Nicht wirklich. Für die Eltern auf Bali stellt dies den Zeitpunkt dar, an dem sie herausfinden, wer ihr Kind tatsächlich ist. Ein geistliches Medium verrät ihnen, wer in ihrem Kind wiedergeboren wurde. So etwas gibt es in Australien nicht. Es ist faszinierend.«

Ginie hatte noch nie zuvor davon gehört. Und Pat auch nicht, wie es schien.

»Gut, einen Vater haben wir noch«, sagte Pat. »Robert?«

»Jep«, sagte der kräftige Kerl neben Pippa. Sein ausgewaschenes blaues Arbeitshemd steckte in marineblauen Arbeitshosen, und seine schweren Stiefel waren voller eingetrocknetem Schlamm. »Ähm, ich muss bald wieder zurück zur Arbeit, fürchte ich.« Er ließ seinen Blick über die Gruppe wandern. »Ich bin Bauarbeiter.«

Ein Mann, der tatsächlich hart arbeitet, dachte Ginie.

»Was gefällt mir am Vatersein? Nun …« Er rieb die Hände aneinander und dachte nach. »Ähm.« Die Stille wurde langsam unangenehm. »Nun, ich denke, es ist schön, ihr beim Schlafen zuzusehen.« Er war mittlerweile errötet. »Und was ich nicht mag … nun, sie schläft nicht sehr gut.« Er warf seiner Frau einen nervösen Blick zu. »Ich meine, es ist wirklich hart, wenn sie sechs oder sieben Mal pro Nacht aufwacht.«

Pippa starrte die gegenüberliegende Wand an.

Pat nickte weise. »Ja, Probleme beim Schlafen belasten Eltern im ersten Jahr am meisten. Darum ist es so wichtig, den Babys von Beginn an einen richtigen Schlafrhythmus anzugewöhnen.«

Sie stand auf. »Gut, ich danke Ihnen vielmals, meine Herren. Es ist schön, dass Sie bei uns sind. Heute werden wir über folgende Themen sprechen: Wie arbeiten wir als Eltern effektiv zusammen? Wie verbessern wir unsere Kommunikation? Und wie finden wir Zeit für uns? Einige von Ihnen haben diese Themen bereits angesprochen. Also lassen Sie uns beginnen.«

Ginies Aufmerksamkeit schwand. Sie griff nach ihrem iPhone.

»Ja, es hat mir gefallen«, sagte Daniel, während er Roses Kinderwagen zurück zum Parkplatz schob. »Ich meine, vor allem, dass wir uns danach noch ungezwungen unterhalten konnten. Irgendwie hat niemand einen blassen Schimmer, was es heißt, Eltern zu sein. Wir geben einfach alle unser Bestes. Und jeder greift wortwörtlich auch mal in die Scheiße.«

»Was für eine philosophische Betrachtungsweise.«

»Robert ist nett, Richard ist etwas zu ruhig«, fuhr er fort. »Und ich weiß nicht, was du gegen Made und Gordon hast. Er scheint ziemlich locker zu sein. Er ist auch ein Surfer, weißt du.«

Ah, dachte Ginie. Die Verbundenheit unter Surfern geht also vor.

»Aber meinst du nicht auch, dass sie etwas zu jung für ihn ist?«

»Nun, *du* hast ja auch einen jüngeren Mann geheiratet.« Er zwinkerte ihr zu. »Und zu dir sagt auch niemand, dass du eigentlich meine Mutter sein könntest.«

Ihre Wut schoss plötzlich an die Oberfläche. »Ja, warum, zum Teufel, hast du dich da drinnen eigentlich als meinen Gespielen bezeichnet?«

Daniel blieb stehen und sah sie an.

»Stimmt etwas nicht?« Er schien tatsächlich verwirrt zu sein.

»Ich mag es nicht, wenn du vor Leuten, die ich kaum kenne, so etwas sagst. Und was ›drei Häuptlinge und keine Indianer‹ betrifft – du hast so getan, als wäre ich ein totaler Kontrollfreak.«

Er sah sie einen Moment lang an, dann grinste er. »Nun, das bist du ja auch. Sag bloß nicht, dass du es abstreitest?«

Sie gab ein wenig nach. »Ja, vielleicht bin ich manchmal so. Aber nicht, wenn es um Rose geht.«

»Ja, genau.« Sein Lächeln wirkte nun herausfordernd. »Eigentlich bräuchte ich eine Vätergruppe, wo *ich* mir Unterstützung holen kann. Vielleicht werde ich die Jungs von vorhin anrufen und vorschlagen, dass wir eine Gruppe für unterdrückte und demoralisierte Männer ins Leben rufen.«

»Ach, komm schon«, spottete sie. »Warum solltest du Unterstützung notwendig haben? Du hast mich *und* Nicole. Und jetzt sag bloß nicht, dass sie nicht ebenfalls Dinge für dich erledigt?«

Er konnte es nicht abstreiten, das wusste sie.

»Schuldig im Sinne der Anklage.«

Ginie starrte auf die Autokolonne vor ihr, die sich über die Spit Bridge und Richtung Mosman schlängelte. Sie nippte an dem Kaffee, den sie sich an einem Kiosk geholt hatte. An manchen Tagen fiel es ihr schwerer, Rose morgens mit Nicole zurückzulassen, als an anderen. Manchmal rannte sie beinahe die Einfahrt hinunter, um sich so schnell wie möglich in den geschützten Raum ihres Autos zurückziehen zu können. Doch an manchen Tagen spürte sie eine seltsame Beklemmung, während sie in ihren kohlegrauen Zweiteiler schlüpfte. Dann beobachtete sie die beiden im Rückspiegel und spürte einen Kloß im Hals, wenn sie schließlich davonfuhr. Nicole stand in der Auffahrt und winkte wie wild mit Roses Hand, bevor sie sich umdrehte, um ins Haus zu gehen und nach dem Frühstück aufzuräumen.

Ginie warf einen Blick auf ihre Uhr. Gerade in diesem Moment würde Nicole Rose für ihr Vormittagsschläfchen ins Bett legen, und Daniel würde unter der Dusche stehen, bevor er sich in sein Arbeitszimmer zurückzog. Manchmal ging er zu Mittag mit Rose spazieren, während Nicole ihr Mittagessen zu sich nahm, und dann schickte er einen Schnappschuss von Rose, den er mit seinem Handy gemacht hatte, auf Ginies iPhone. Wenn sie solche Nachrichten inmitten einer Besprechung erhielt, dann waren die Auswirkungen mehr als offensichtlich: Sie errötete vor Freude und Liebe – und manchmal auch vor Eifersucht. Sie beneidete Daniel um die Zeit, die er mit Rose verbrachte, denn es war ausschließlich eine schöne Zeit, die er mit ihr hatte. Wenn es um die harte Arbeit ging, darum, die Windeln zu wechseln oder Rose zu füttern oder zu baden, dann war immer Nicole zur Stelle. Es waren all diese Dinge, die Ginie am Wochenende übernahm, da sie der Meinung war, dass es als Mutter ihre Pflicht war.

Ginie seufzte und starrte aus dem Fenster. Sie hasste Gedanken wie diese. All diese kleinen Ärgernisse, die immer wieder an die Oberfläche drängten. Ich habe mich in eine dieser verdammten, nörgelnden Mütter verwandelt, dachte sie. Ich bin wie meine Mutter, die sich auch ständig über irgendetwas beschwert. Hör auf damit, befahl sich Ginie. Du hast dich selbst für diese Art zu leben entschieden.

Wie auf ein Stichwort hin klingelte genau in diesem Moment ihr iPhone.

Wo bist du?, schrieb Arnold. *Du hast um acht Uhr einen Termin mit Kentridge und Co.*

»Scheiße.«

Sie erinnerte sich, dass sie den Termin an ihrem freien Tag am Freitag zuvor vereinbart hatte. Anscheinend hatte sie jedoch vergessen, ihn in ihren Kalender einzutragen. Gott sei Dank hatte sie Arnold, der ihr in solchen Situationen beistand. Sie schrieb ihm eilig zurück.

Kannst du dich darum kümmern? Ich kümmere mich dafür ums Mittagessen.

Sie schüttelte den Kopf und ärgerte sich über sich selbst. Sie kam mit ihrem Job nicht mehr klar, und zwar in vielerlei Hinsicht. Sie war vor über einem Monat zu Coombes Taylor Watson zurückgekehrt, und von außen betrachtet sah es so aus, als wäre alles beim Alten. Im Büro hatte sich nichts geändert, doch *sie selbst* war in gewisser Weise eine andere geworden. Dinge, die ihr vorher nicht aufgefallen waren, brachten sie nun regelmäßig zur Weißglut: Die Tatsache, dass die Partner wenig von geregelten Arbeitszeiten hielten (Arbeitsbeginn um acht Uhr, Mittagessen am Schreibtisch), die abendlichen Termine mit betrunkenen Mandanten, um die Netzwerke auszubauen, die Stunden, die sie tratschend am Wasserautomaten oder in unwichtigen Besprechungen vergeudete. Sie verlor dabei wertvolle Zeit, die sie eigentlich mit Rose hätte verbringen können. Sie liebte ihre Arbeit – die intellektuelle Herausforderung, die Fachkenntnisse, die sie sich angeeignet hatte, die Freundschaften, die sie im Büro geschlossen hatte. Dennoch liebte sie Rose mehr als all das.

Sie erinnerte sich an die vornehme katholische Mädchenschule, die sie besucht hatte. Die Schulleiterin, Schwester Ursula – eine beeindruckende Frau unbestimmten Alters – hatte ihren Schützlingen stets eingetrichtert, dass »Mädchen alles erreichen können«. Als Teenager hatte Ginie sowohl ihre Energie als auch ihre Überzeugung bewundert, als Schwester Ursula ihre Schülerinnen dazu gebracht hatte, sich für Rechtskunde, Medizin und Technik zu interessieren. »Einst hatten es die Frauen in dieser Welt sehr schwer«, hatte Schwester Ursula erklärt, »doch das hat sich mittlerweile geändert. Heute muss euer Geschlecht nicht mehr euer Schicksal bestimmen, Mädchen. Die einzigen Grenzen, vor denen ihr steht, befinden sich in euren Köpfen. Ihr könnt alles erreichen.«

Aber nun, da Ginie wieder in ihrem Büro war, während ihre vier Monate alte Tochter zu Hause auf sie wartete, klangen Schwester Ursulas Worte plötzlich hohl und bedeutungslos. Arbeit und Familie ließen sich nicht so einfach miteinander vereinbaren. Im Gegensatz zur allgemeinen Meinung können Frauen eben *nicht* alles erreichen, dachte Ginie.

Ihr iPhone piepste. Es war schon wieder Arnold.

Beeil dich, Mädchen, du bist gerade dabei, dein Glück überzustrapazieren.

Sie schleuderte ihr iPhone auf den Beifahrersitz.

Irgendetwas kam immer zu kurz.

MADE

Es war der letzte Freitag in diesem Monat, ein warmer Frühlingstag im Oktober. Obwohl es erst zehn Uhr morgens war, brannte die Sonne bereits vom Himmel. Sie hatten die Kinderwägen unter den großen weißen Sonnenschirmen des Strandhäuschens abgestellt und zwei Tische zusammengeschoben, um die erste Sitzung ihres Lesezirkels abhalten zu können. Die Idee dazu hatte Cara einige Wochen zuvor gehabt.

»Mein Gehirn rostet ein«, hatte sie lachend gesagt. »Ich war Journalistin, aber mittlerweile kann ich am Abend nicht einmal mehr zwei Seiten lesen, ohne einzuschlafen. Ich brauche einen Lesezirkel, der mich zum Lesen motiviert.«

Sie alle hatten Bücher vorgeschlagen, die gelesen werden sollten, und schließlich die Titel ausgelost. Für die erste Sitzung war Suzies Vorschlag ausgewählt worden: *Eat, Pray, Love.*

Made hatte allein bereits der Gedanke daran, ein ganzes Buch in einer fremden Sprache lesen zu müssen, solche Angst eingejagt, dass sie es gar nicht erst versucht hatte.

»Es ist mein absolutes Lieblingsbuch«, verkündete Suzie nun lautstark und holte eine abgegriffene Ausgabe voller Eselsohren hervor. »Ich *liebe* einfach jedes einzelne Kapitel. Vor allem den Teil, der in Indien spielt. Es war eine intensive spirituelle Reise für die Autorin.« Suzies blonde Locken wippten auf und ab. Die Art, wie sie gestikulierte, während sie sprach, und ihr kindlicher Eifer erinnerten Made an ihre jüngere Schwester Komang. Suzies Gesicht war genauso offen, und ihr Herz war rein, davon war Made überzeugt. Wenn Suzie Made fragte, wie es ihr ging, dann *erwartete* sie tatsächlich eine Antwort.

Ginie hustete ungeduldig. Die Menschen in Australien stehen ständig unter Zeitdruck – das hatte Made schon früh herausgefunden. Und Ginie war das beste Beispiel dafür. Sie war groß und sportlich und schon älter. In ihrem blonden Zopf waren bereits erste weiße Haare zu erkennen. Made hatte auch gelernt, dass es in Australien nicht ungewöhnlich war, dass Frauen in einem Alter Kinder bekamen, in dem sie eigentlich bereits Großmütter hätten sein können. Ginies Stirn war von Falten durchzogen, und sie sah immer etwas abgespannt aus, weshalb Made den Eindruck hatte, dass sie unter einer gewissen Art von Hunger oder Durst litt. Ihre ruhelose, frustrierte Energie schien die Gruppe in Unruhe zu versetzen.

»Ich fand den Teil, der in Indien spielt, eigentlich am mühsamsten«, sagte Ginie. »Italien war noch in Ordnung, aber Indien war öde. Tatsächlich war die ganze Geschichte ein wenig langweilig. Ich wurde das Gefühl nicht los, dass die Autorin nach der Scheidung von ihrem Mann von einem Lektor einen Vorschuss und den Auftrag erhalten hat, nach Übersee zu fliegen und darüber zu schreiben.« Sie verdrehte die Augen. »Ich meine, wie viele unglücklich Geschiedene über dreißig können sich nach ihrer Scheidung so etwas leisten?«

Wie üblich redete Ginie so schnell, dass Made Schwierigkeiten hatte, ihr zu folgen. Doch ihr Tonfall sprach Bände. Suzie sah enttäuscht aus.

»Ich weiß, was du meinst«, stimmte Pippa Ginie zu, während sie an ihrem Pfefferminztee nippte. »Es schien alles ein wenig aufgesetzt. Trotzdem bin ich der Meinung, dass es sehr mutig von der Autorin war, über so persönliche Dinge zu schreiben. Manchmal habe ich einen Absatz gelesen und mir dabei gedacht: ›Mein Gott, wollte sie uns das wirklich alles erzählen?‹ Und ich mochte die Art, wie sie all die unerwarteten Dinge beschreibt, die uns im Leben passieren können.«

Made hatte Pippa noch nie so lange sprechen hören.

»Mein Gott, genau das habe ich *gehasst*«, widersprach Ginie. »Warum sollte man die Welt mit seinen eigenen Scheißgefühlen belästigen, es sei denn, man ist jemand von weltbewegender Bedeutung? Die Autorin schreibt ständig davon, welche Herausforderung ihr Leben war, und ich dachte mir nur, wie verdammt harmlos das doch alles ist.«

Made riss die Augen auf. Sie hatte zumindest ein Schimpfwort gehört, doch niemand sonst in der Gruppe schien sich daran zu stören. Ein Kellner kam und brachte ein Tablett voller Kaffeetassen. Es war bereits ihre zweite Runde. Die Frauen in der Gruppe tranken ihren Kaffee mit viel Milch und kaum Zucker. Diese Art von Kaffee war Made zu cremig, daher bestellte sie stets Tee. Auf Suzies Vorschlag hin hatte sie verschiedene Kräutertees getrunken, doch sie hatten allesamt wie warme Blumen geschmeckt.

»Ich stimme Ginie zu«, sagte Miranda, die Rory auf ihren Knien schaukelte. »Ich habe mich auch ständig gefragt, wie *hart* das Leben der Autorin tatsächlich gewesen sein mag.« Sie stand auf, um nach Digby zu sehen, und als sie entdeckte, dass er gerade ein Klettergerüst hochkletterte, setzte sie sich wieder. »Ich meine, sie hat keine Kinder, nicht wahr? Ich mag ihre Ehrlichkeit und ihren Humor, aber ich hasse die Tatsache, dass sie so *wenig* über das Leben weiß. Ich dachte ständig: Kindchen, wenn du dich *darüber* schon so aufregst, dann warte erst, bis du Kinder hast.«

Alle lachten.

»Und was hältst du von dem Buch?«, fragte Suzie Cara hoffnungsvoll.

»Nun …« Cara sah nachdenklich in die Runde und spielte mit ihrem Pferdeschwanz. Ihre Haare hatten die gleiche Farbe wie *Teh Panas*, jenem dunkelorangefarbenen Tee, den Made so vermisste. »Während des Teils, der in Italien spielt, hatte ich das Gefühl, Elizabeth Gilbert recht gut zu kennen. Danach erschien mir der Teil, der in Indien spielt, ein wenig seltsam. Vor allem, weil sie die meiste Zeit in einem Aschram voller Auswanderer verbringt.« Astrid gluckste und begann plötzlich zu husten. Sie war erst vor kurzem gefüttert worden. Cara wischte den Mund der Kleinen mit einem Tuch sauber.

»Aber vor allem hat mir die Autorin leidgetan«, fuhr Cara fort. »Sie verbringt den Großteil des Buches damit, ihrem Schmerz auf den Grund zu gehen. Ich war erleichtert, als sie in Indonesien schließlich ihr Glück gefunden hat. Diesen Teil fand ich eigentlich sehr schön. Und ich würde auch gerne wissen, was Made davon gehalten hat.«

Alle Augen waren nun auf Made gerichtet, die in ihrer Tasche nach ihrem Notizbuch suchte. Sie hatte sich auf diesen Moment vorbereitet.

»Ich habe meine Gedanken niedergeschrieben«, erklärte Made und sah sich nervös um. »Ich möchte nicht etwas Falsches sagen.« Sie wollte nicht das Ziel von Ginies Wutanfällen werden. Sie hatte erlebt, wie sie über die anderen hergezogen war. Vor allem über Suzie.

Sie blätterte in ihrem Notizbuch. Cara nickte ihr aufmunternd zu.

»Es war zu schwer für mich, ein ganzes Buch zu lesen«, sagte sie. »Aber Gordon hat die DVD für mich ausgeliehen. Ich habe sie vier Mal angesehen. Ich habe viele neue Wörter gelernt. Zum Beispiel *Zölibat, Mozzarella* und *Gelato*.«

Die anderen lachten. Sie war sich nicht sicher, warum.

Zusammen mit Gordon hatte Made am Abend zuvor ihr Wörterbuch zu Rate gezogen und versucht, die richtigen Worte zu finden. Dennoch wusste sie, dass ihre Ausdrucksweise nicht perfekt war. Sie wollte den anderen Müttern erklären, dass Elizabeth Gilberts Reise sie verblüfft hatte. Das Bali, das in dem Film gezeigt wurde, vor allem die bekannte Ferienstadt Ubud, war vollkommen anders als das Dorfleben, das sie kannte. Und viele der Balinesen im Film sahen aus und klangen wie die opportunistischen *Buaya* – in ihrem Wörterbuch hatte sie für diesen Begriff das Wort »Krokodil« gefunden –, die in den Touristenbezirken herumlungerten und darauf warteten, Fremde übers Ohr zu hauen.

»Der Film war verwirrend«, begann sie. »Elizabeth Gilbert hat eine lange Reise gemacht, um das Glück zu finden. Sie hat altes Leben weggeworfen und alten Ehemann, um nach neuen Dingen zu suchen. Aber warum hat sie altes Leben nicht gemocht? Das frage ich mich. Manchmal ist man glücklich, manchmal ist man traurig, aber das Leben hat immer einen Sinn. Auf Bali dreht sich im Leben nicht alles um das Glück.«

»Und worum geht es auf Bali dann?«, unterbrach Ginie sie.

Made rutschte auf ihrem Sessel hin und her. »Ich glaube …« Sie wünschte sich, die Sprache der anderen Frauen etwas besser zu beherrschen. »Auf Bali geht es darum … zu akzeptieren.« Sie sah von einer zur anderen. »Es gibt keine Person und keinen Ort, an dem das Glück mehr als ein paar Tage bleibt. Vielleicht ein paar Wochen.« Sie sah Ginie an. »Elizabeth läuft vor der Traurigkeit davon, aber Traurigkeit ist natürlich. Glück ist nicht immer natürlich für Menschen. So ist das auf Bali.«

Made starrte ihre Hände an und bezweifelte, dass sie sich verständlich ausgedrückt hatte.

Cara durchbrach die Stille. »Ich glaube, ich weiß, was du meinst, Made«, sagte sie mit einem warmen Lächeln. Selbst wenn Made nicht immer verstand, was Cara sagte, so klang ihre Stimme stets freundlich. »Ich habe einen alten Freund aus meiner Zeit an der Universität. Er stammt aus einem ländlichen Gebiet in Indien. Auf Bali sind die meisten Menschen Hindus, so wie in Indien auch, nicht wahr?«

Made nickte.

»Mein Freund hat mir erklärt, dass das Streben nach Glück ein äußerst westliches Konzept ist.« Cara klappte das Dach von Astrids Kinderwagen hoch und zeigte ihr damit, dass es Schlafenszeit war. »In vielen Teilen der Welt, wie zum Beispiel in Indonesien oder Indien, sind die Menschen hauptsächlich damit beschäftigt, zu überleben. Für sie ist es wichtig, genügend Nahrung und Trinkwasser zu haben oder ihren Kindern eine Schulausbildung zu sichern.« Cara befestigte das Dach. »Die Suche nach Glück und Erleuchtung ist den Privilegierten in der westlichen Welt vorbehalten. Nur Menschen wie Elizabeth Gilbert können es sich überhaupt *leisten,* sich darüber Gedanken zu machen, ob sie glücklich sind oder nicht. Milliarden anderer Menschen können das nicht. Das ist einer der Gründe, warum ich mich dafür entschieden habe, mich bei meiner journalistischen Arbeit auf den Bereich soziale Gerechtigkeit zu konzentrieren.«

»Nun, wenn das stimmt«, sagte Ginie, »dann bin ich, im Gesamten betrachtet, sehr dekadent, wenn man bedenkt, dass ich einen Coach dafür bezahle, dass er mich glücklich macht.« Ihre Stimme klang fröhlich, doch das Lächeln erreichte ihre Augen nicht.

»Ja, natürlich«, antwortete Cara, ohne zu zögern. »Wir alle gehören in dieser Hinsicht zur weltweiten Elite.«

Ginie streckte die Hand nach Rose aus, die in ihrem Kinderwagen zu quengeln begonnen hatte. Made fiel auf, dass sich Cara im Gegensatz zum Rest der Gruppe nicht von Ginie bedroht zu fühlen schien.

»Wenn ihr jemals nach Bali kommt«, sagte Made, »dann ihr werdet sehen, dass das Leben außerhalb der Touristengebiete nicht immer leicht ist. Es ist schwer, Lebensmittel zu bekommen und Wasser. Glück ist nicht immer möglich.«

Ginie gab Rose ein Fläschchen mit Milchersatz. »Ich war noch nie auf Bali«, sagte sie. »Daniel wollte mal hinfahren, um zu surfen. Mir würde Paris besser gefallen.«

»Mir auch«, sagte Miranda.

»Vielleicht kommt ihr eines Tages mit mir nach Bali.« Made lächelte. »Ihr alle. Dann lernt ihr das Leben auf Bali kennen. Das Gute und das Böse gemeinsam akzeptieren. Anderen Menschen helfen. Das ist Glück.«

Einen Moment lang schwiegen alle.

»Nun, dann nehme ich meinen Ehemann am besten auch gleich mit«, sagte Miranda. »Er scheint ganz versessen darauf zu sein, sich sein Glück zu erarbeiten. Vor allem am Sonntag – für ihn ist es, als würde er in die Kirche gehen.«

Einige der Frauen lachten, doch Made verstand nicht, was so lustig an Mirandas Aussage war. Humor war das Schwierigste, wenn es darum ging, eine neue Sprache zu lernen. Man wusste nie, worüber diese Frauen lachten und warum. Doch in den letzten Monaten hatte sie bemerkt, dass es nur Miranda schaffte, Ginie zum Lachen zu bringen.

Sie klappte ihr Notizbuch zu. Das Gespräch hatte sich bereits in eine andere Richtung entwickelt.

Obwohl sie an jeder Müttergruppe teilgenommen hatte, spürte Made noch immer deutlich, dass sie anders war als die anderen. In den ersten Wochen war es eine Herausforderung gewesen, sich an das unaufhörliche Geplapper der anderen Frauen zu gewöhnen. Ihre Worte vermischten sich miteinander wie das Gegacker einer Schar Hühner. Da war Ginie, die ständig am Handy hing. Cara, die lächelte, als würde sie sie kennen. Suzie, die übersprudelte wie ein heißer Kochtopf, wenn sie sprach. Miranda, die immer wieder von dem schwierigen Digby abgelenkt wurde. Und Pippa, die nie viel sagte. Und da die Kinder entweder weinten oder gefüttert werden mussten, war es schwer, mit einer der anderen Frauen ein Gespräch zu beginnen. Also konzentrierte sie sich meistens auf gewisse Stichwörter und lachte, wenn die anderen lachten, oder lauschte den Gesprächen um sie herum. Und obwohl sie keine der anderen Frauen gut kannte, begann sie mit der Zeit, sich in ihrer Gesellschaft wohl zu fühlen.

Ein plötzlicher Schrei, der vom Spielplatz herüberdrang, ließ Made aus ihrem Stuhl hochfahren. Digby lag auf der Matte unter dem Klettergerüst und kreischte. Made drehte sich zu Miranda um und streckte die Arme aus, um ihr Rory abzunehmen.

»Danke«, sagte Miranda, dann eilte sie die wenigen Stufen hinunter und lief über den Grashügel zum Spielplatz hinüber.

Made sah zu, wie sich Miranda neben Digby kniete. Der Junge hob sein blutiges Gesicht und trommelte mit den Fäusten auf den Boden. Miranda wiegte ihn, um ihn zu beruhigen. Digby lag einen Moment wie leblos in ihren Armen, bevor er sich aufbäumte. Der Knall, als ihre Köpfe zusammenstießen, war sogar aus einiger Entfernung noch zu hören. Miranda fiel benommen nach hinten, hielt Digby dabei aber immer noch fest.

Made lief sofort, Rory auf dem Arm, die Treppe hinunter. »Miranda, alles in Ordnung?«, rief sie.

Miranda zuckte mit den Schultern. Quer über ihre Nasenwurzel hatte sich ein schlimmer roter Fleck gebildet.

»Komm, Digby, lass uns nach Hause fahren.« Mirandas Stimme klang leise und beherrscht. »Dort kleben wir dir dann ein paar Pflaster aufs Gesicht.«

Digby kreischte noch immer. Das Geräusch schien Rory zu beunruhigen, der in Mades Armen zu zappeln begann.

»Ich begleite dich zum Auto«, bot Made an.

Digbys Benehmen wurde immer schlimmer, und er wand sich in Mirandas Armen und trat nach ihr, während sie ihn vom Spielplatz trug.

»Tschüss zusammen«, rief sie den anderen entschuldigend zu. »Es tut mir leid, dass ich den Lesezirkel unterbrochen habe.«

Die anderen murmelten mitfühlend, sie hatten das alle schon einmal miterlebt.

Mit Rory auf dem Arm kehrte Made an den Tisch zurück, hängte sich Mirandas Windeltasche über die Schulter und holte die Flasche Mineralwasser unter dem Stuhl hervor.

Dann folgte sie Miranda auf die Straße, wo diese gerade versuchte, Digby in seinen Autositz zu verfrachten. Er krümmte sich und kreischte empört, als würde er mit einem heißen Schürhaken misshandelt. Schließlich gelang es Miranda, seine Arme und Beine zu fixieren und den Sicherheitsgurt zu schließen.

»Ich hasse dich«, schrie er, während sie die Autotür schloss.

Miranda wandte sich Made zu. »Es gibt nur eines, das schlimmer ist als ein schreiendes Baby«, sagte sie leise, während sie Made Rory und die Windeltasche abnahm. »Und zwar ein schreiendes Kleinkind.«

Made lächelte.

Miranda setzte Rory in seinen Autositz und öffnete die Fahrertür.

Einen Moment lang sahen sie einander an.

»Miranda arbeitet sehr hart«, sagte Made, weil sie nicht sicher war, was sie sonst noch hätte sagen können. »Du leistest gute Arbeit.«

Und das stimmte tatsächlich. Trotz der Anforderungen, die das Leben in einem fremden Land mit sich brachte, konnte sich Made nicht vorstellen, Tag für Tag mit einem Kind wie Digby leben zu müssen. Und Digby war ja nicht einmal Mirandas eigener Sohn.

»Bis nächste Woche«, sagte Miranda und zog die Autotür zu.

Als Made sich umdrehte und fortging, hörte sie hinter sich ein Auto hupen.

Sie drehte sich um und sah, dass Miranda auf sie zulief.

»Die da habe ich vergessen«, sagte Miranda und deutete auf die Flasche Mineralwasser in Mades Hand.

Made lächelte und gab ihr die Flasche. Die Australier tranken viel mehr Wasser als die Menschen in Indonesien, obwohl das Klima kühler war.

Miranda winkte ihr nach, während sie davonfuhr.

Sie ist immer so ruhig, dachte Made, auch wenn ihr Digby allen Grund gibt, es nicht zu sein. Miranda war äußerst gepflegt, lebte in einem wunderschönen Haus und war mit einem erfolgreichen Finanzmann verheiratet. Und dennoch war da etwas in ihren stechend grünen Augen. Obwohl es so viel gab, wofür sie dankbar sein konnte, war Miranda nicht glücklich.

Made konnte sich an die glücklicheren Zeiten vor den Bombenanschlägen auf Bali erinnern, als ihre Familie noch keinen Hunger leiden musste, doch nach den Anschlägen im Jahr 2002 waren immer weniger Touristen gekommen. Plötzlich gab es weniger reiche Besucher aus dem Westen, die in den teuren Ferienanlagen Urlaub machten. Die Preise für die grundlegenden Dinge des Lebens stiegen, und die Anzahl der Beschäftigten ging zurück. Und wie fast alle auf der Insel war auch ihre Familie davon betroffen.

Nachdem sie der Shudra-Kaste angehörten, waren sie ohnehin nie wohlhabend gewesen. Die Familie arbeitete hart und baute auf einem kleinen Stück Land, das sie von Ida Bagus, dem Ortsvorstand, gepachtet hatten, Reis und Sojabohnen an. Sie aßen, was sie selbst anbauten, und gaben Ida Bagus seinen Anteil ab. Ihre Mutter achtete sehr auf das Geld, das sie mit dem Verkauf von Süßspeisen vor dem Dorftempel verdiente, und bewahrte die Banknoten sorgfältig in einem zerschlissenen Lederbeutel auf, den sie unter ihrer Matratze versteckte.

Auf das Geld in diesem Beutel wurde nur im äußersten Notfall zurückgegriffen. Zum Beispiel damals, als ihr älterer Bruder Wayan kurz vor den zweiten Bombenanschlägen 2005 plötzlich an Dengue-Fieber erkrankte. Wayan war ein geborener Unternehmer und trug mit einer kleinen Reifen-Reparaturwerkstatt am Fuße des Berges zum Familieneinkommen bei. Doch dann wurde er krank und lag drei Nächte lang regungslos und mit glasigen Augen in seinem Bett. Ihre Mutter brach zu einem halbtägigen Fußmarsch auf, um einen Arzt zu holen. Mades Magen zog sich vor Angst zusammen, als sie sah, wie sich ihre Mutter vor dem Arzt verbeugte und ihre langen schwarzen Haare seine Füße berührten. Es war eine stumme Bitte: *Rette meinen Sohn.* Der Arzt blieb zwei Tage lang im Dorf, mischte alle möglichen Tränke zusammen, bereitete Umschläge zu und erklärte ihrer Mutter, wie sie anzuwenden waren. Dann nahm er alle Banknoten aus dem Beutel an sich und versprach, am darauffolgenden Dienstag wiederzukommen. Doch Wayan verstarb, noch bevor die Woche vorüber war. Und so hatte Made ihren einzigen Bruder und ihre Mutter ihre gesamten Ersparnisse verloren.

Zwei Monate nach Wayans Tod aßen sie nur noch eine Mahlzeit am Tag. Ganz Bali litt, denn die zweiten Bombenanschläge hatten den Menschen aus dem Westen noch mehr

Angst eingejagt und sie vertrieben. Manche sagten, für immer. Ihre Mutter weigerte sich, betteln zu gehen, und führte den Haushalt, als hätte sich nichts geändert. Sie beendete Komangs Klagen mit erhobener Hand.

»Komang, wir können uns glücklich schätzen«, sagte ihre Mutter. »Euer Vater arbeitet hart und ich ebenfalls. Entehre unsere Arbeit nicht mit deinen undankbaren Worten.« Dann gab sie einen Großteil ihrer eigenen mickrigen Portion Reis in Komangs Schüssel, und Made bekam den Rest. Als Made protestieren wollte, hob sie wieder ihre Hand, um sie zum Schweigen zu bringen.

Doch in den Nächten konnte Made hören, wie ihre Mutter leise in den Sarong weinte, den sie als Kissen benutzte. Während sie hörte, wie ihre Mutter schluchzte, stellte sie sich vor, dass Wayan noch am Leben wäre. Sie dachte an sein freches Lächeln, an seine rauchige Stimme, wenn er in mondhellen Nächten zu den Klängen seiner viersaitigen Gitarre sang, und an seine Pläne, an Geld zu gelangen. Bei ihren Familienzusammenkünften erzählte ihr Vater stets die Geschichte, wie Wayan im Alter von sieben Jahren während der Regenzeit wild wachsende Lychees gepflückt hatte, um diese auf dem Markt zu verkaufen. Über seinem Fahrrad hatte er ein Schild befestigt, auf dem stand: *Magische Lychees verleihen Ihnen Stärke.* Er hatte Stunden damit verbracht, die Qualitäten der Früchte den Marktbesuchern lauthals anzupreisen, und am Abend war er zur Überraschung der Eltern mit sechstausend Rupien in der Tasche heimgekehrt. »Es besteht absolut kein Zweifel«, hatte ihr Vater lachend gesagt, »Wayan könnte auch einem Huhn Eier verkaufen.«

Doch das gehörte nun alles der Vergangenheit an. Seit Wayans Tod hatte ihr Vater nicht mehr viel gesprochen. Er saß die meiste Zeit rauchend unter dem Papayabaum. Made sah oft, wie ihn ihre Mutter besorgt über den Hof hinweg beobachtete.

Drei Monate nach Wayans Tod traf Made eine Entscheidung. Nachdem ihr Bruder nicht mehr bei ihnen war, war sie nun die Älteste. Sie war achtzehn Jahre alt, und es lag nun in *ihrer* Verantwortung, die Familie zu unterstützen. Sie musste Arbeit finden, so oder so.

Am nächsten Morgen schlüpfte sie, noch bevor der Hahn gekräht hatte, aus dem Bett und begann, sich anzukleiden.

Komang bewegte sich neben ihr. »Was machst du da?«, murmelte sie.

»Kleine Schwester«, flüsterte Made und kniete sich neben sie. »Ich suche mir Arbeit. Sag unserer Mutter, dass ich schon bald mit guten Neuigkeiten heimkehren werde.«

»Aber …«, begann Komang. Ihre kleine Hand umklammerte Mades Finger.

»Schsch«, flüsterte Made, »es ist mein Schicksal, fortzugehen. Und dein Schicksal ist es, zu bleiben.« Sie streichelte Komangs Haare und küsste ihre Stirn. »Schlaf weiter.«

Sie schlich sich hinaus in das kühle Morgengrauen und nahm Wayans Fahrrad, das seit seinem Tod nicht mehr benutzt worden war. Mit einem Rucksack voller Kleider auf dem Rücken machte sie sich auf den Weg in die Küstenstadt Sanur, wo ihre Cousine Ketut arbeitete.

Sie war noch nicht einmal zwei Stunden unterwegs, als ein Nagel ihren Hinterreifen zum Platzen brachte. Ihre Beine waren müde vom Treten der Pedale, und ihre Arme schmerzten, da sie den schweren Eisenrahmen des Fahrrades immer wieder um Schlaglöcher manövrieren musste. Als sie den dünnen Metallstift sah, der aus ihrem Reifen ragte, hätte sie beinahe zu weinen begonnen.

Was hätte Wayan an ihrer Stelle getan?

Sie ging weiter auf dem Weg die Straße entlang und schob das Fahrrad neben sich her.

»Wohin des Weges, Missy?«

Made blieb stehen und drehte sich um, suchte das nahe gelegene Reisfeld ab.

»Ich bin unterwegs nach Sanur«, sagte sie.

»Diese Richtung.« Der Kopf einer Frau tauchte aus einem Wassergraben auf, der an dem Feld entlanglief. Sie trug einen großen Weidenkorb auf dem Rücken, der mit Holz gefüllt war, richtete sich mühsam auf und kletterte aus dem Kanal empor. Made vermutete, dass sie von dem Wasser getrunken oder sich darin erleichtert hatte. Ihre dunkle Haut und Kleidung deuteten sofort darauf hin, dass sie einer niederen Kaste angehörte. Aber sie sieht nicht aus, als käme sie aus Bali, dachte Made. Die Frau sah javanisch aus wie ihre eigene Mutter.

»Guten Morgen, Ibu«, sagte Made höflich.

»Nach Sanur ist es ein weiter Weg mit dem Fahrrad«, sagte die Frau und musterte Made von oben bis unten. »Vor allem für ein so dürres Mädchen wie dich.«

»Wissen Sie, wo ich meinen Reifen reparieren lassen kann, Ibu?«, fragte Made. »Ich war noch nie in dieser Gegend.«

»Geradeaus auf der rechten Seite gibt es eine Tankstelle.«

»Ist es weit bis dorthin, Ibu?« Made warf einen Blick auf die Sonne, die immer höher in den Himmel wanderte. Schon bald würde es unangenehm heiß werden.

»Nein. Sag dem Mann dort, dass Ibu Lia dich geschickt hat. Dann wird er dir helfen.«

Made bedankte sich bei der Frau und machte sich auf den Weg zur Tankstelle. Dort angekommen, saß sie im Schatten unter einer Kokosnusspalme, während ihr Reifen von einem Jungen repariert wurde, der nicht älter als acht Jahre sein konnte.

»Sie haben einen kräftigen Sohn«, sagte Made lächelnd zu dem Tankstellenverkäufer. »Er erinnert mich an meinen Bruder.«

»Wo willst du hin?«, fragte der Verkäufer.

»Nach Sanur, mein Herr. Ich möchte meine Cousine besuchen.«

»Nach Sanur? Mit dem Fahrrad?« Der Verkäufer warf den Kopf in den Nacken und lachte. »Hast du das gehört?« Er winkte seinem Sohn zu, dann wandte er sich wieder ihr zu. »Du *weißt* aber schon, wie weit das ist, Kleine?«

Made schüttelte den Kopf. Wenn sie es nicht bis Sanur schaffte, welche Hoffnung blieb ihrer Familie dann noch? Plötzlich liefen ihr Tränen über die Wangen und tropften in den Sand vor ihren Füßen.

»Jetzt hast du sie zum Weinen gebracht, Vater«, sagte der Junge vorwurfsvoll. Er schob Mades Fahrrad zu ihr.

Der Verkäufer kam hinter seinem Stand hervor und kniete sich neben Made.

»Wie alt bist du?«, fragte er, und seine Stimme klang nun freundlicher.

»Achtzehn.«

»Dann bist du alt genug, um zu wissen, dass Sanur zu weit weg ist, um mit dem Fahrrad dorthin zu fahren. Weißt du, wohin du musst?«

Made schüttelte den Kopf. Sie kannte sich mit Entfernungen und Straßenkarten nicht aus.

Der Mann seufzte. »Mein Bruder fährt mit dem Bus nach Denpasar«, sagte er. »Er kommt in einer Stunde hier vorbei. Warum schonst du deine Beine nicht und nimmst den Bus? Dann kannst du mit dem Fahrrad von Denpasar nach Sanur fahren. Das ist nicht so weit.«

»Das ist sehr nett«, sagte Made. »Ibu Lia wusste, dass Sie

nett zu mir sein würden. Aber …« Sie errötete. »Ich habe kein Geld für die Fahrkarte, mein Herr.«

Der Mann sah sie an. »Nun, wenn du Ibu Lia kennst, dann bin ich mir sicher, dass mein Bruder dich umsonst mitnehmen kann.«

»Oh, danke, mein Herr.« Made trat einen Schritt vor, legte die Hand auf ihr Herz und verbeugte sich.

Der Verkäufer stand auf. »Sanur ist eine große Stadt und auch gefährlich. Pass dort unten gut auf dich auf.«

Der Bus fuhr über kurvige Bergstraßen und schließlich durch den dichten Verkehr der Außenbezirke von Denpasar. Made saß im hinteren Teil des Fahrzeuges neben einer Frau, die drei Hühner bei sich und eine Ziege an ihren Sitz gebunden hatte. Das ständige Schwanken des Busses und das panische Blöken der Ziege ließen Übelkeit in ihr aufsteigen. Mehrere Male dachte sie, dass sie sich übergeben müsste, doch sie kniff sich in die Nase, um gegen den Drang anzukämpfen. Der Tankstellenverkäufer hatte recht gehabt, mit dem Fahrrad hätte sie es niemals geschafft.

Als sie in Denpasar angekommen waren, hob der Fahrer ihr Fahrrad vom Gepäckträger auf dem Dach des Busses.

»Vielen Dank für Ihre Hilfe, mein Herr«, sagte Made.

»Sanur liegt im Süden. In dieser Richtung«, sagte der Fahrer und zeigte auf die Straße.

Made hatte noch nie zuvor so viele Fahrzeuge gesehen. Mit allen möglichen Waren beladene Lastwägen rasten die Fahrbahn entlang und schlängelten sich zwischen den Motorrädern und vierrädrigen Fahrzeugen hindurch. Busse kämpften mit Minivans um einen Platz auf dem schmalen Bankett, wo sie mit dem Fahrrad fahren würde. Sie sprach stumm ein Gebet, dass sie heil an ihr Ziel kommen möge, und stieg auf ihr Fahrrad.

Sie brauchte mehr als zwei Stunden nach Sanur und musste unterwegs immer wieder anhalten, um nach dem Weg zu fragen. Als sie schließlich im *Pantai Raya Resort* in der Duyung Straße ankam, ging die Sonne bereits unter. Außer Atem und unendlich müde, blieb sie auf einem Fußweg stehen und starrte zum Meer hinunter. Es war größer, als sie es sich vorgestellt hatte. Die Wellen machten ein eigenartiges, saugendes Geräusch, das klang, als würde starker Wind durch den Wald fegen. Die Luft war kühl und trug einen beißenden Geruch mit sich, den sie noch nie zuvor gerochen hatte. Sie war so weit von ihrem Zuhause in den Bergen entfernt wie noch nie zuvor.

Sie ging auf das Wachhäuschen des Resorts zu und strich sich mit einer Hand ihre Haare glatt. Pantai Raya war eines der bekanntesten Resorts der Insel, das bevorzugt von Diplomaten, Wirtschaftsreisenden und Regierungsbeamten besucht wurde. Nur die wohlhabenden Touristen konnten sich hier einen Aufenthalt leisten.

Ein Mann mittleren Alters in einer braunen Uniform sah von seiner Zeitung auf. Hinter ihm blinkten sechs Überwachungsmonitore. Dahinter sah man tropische Gärten, die von Dutzenden strohgedeckten Häuschen gesprenkelt wurden. Mit Kieselsteinen gepflasterte Wege führten hinunter zum goldfarbenen Sandstrand.

»Ja?«, fragte der Wachmann desinteressiert.

»Mein Herr, mein Name ist Made. Ich bin hier, um meine Cousine Ketut zu besuchen. Sie arbeitet hier.«

Der Wachmann faltete seine Zeitung zusammen. »Wir haben achtzig Mitarbeiter. Was macht sie?«

»Sie arbeitet als Zimmermädchen, mein Herr. Und ich hoffe, hier ebenfalls Arbeit zu finden.«

Der Wachmann gähnte. »Du und die Hälfte der Menschen auf Bali.«

»Bitte, mein Herr.«

Der Wachmann räusperte sich, ließ einen Batzen Schleim im Mund umherwandern und spuckte ihn schließlich zum Seitenfenster hinaus.

»Ich werde die Reinigungszentrale anrufen.« Er nahm ein Telefon zur Hand und tippte drei Ziffern ein. »Sicherheit«, sagte er. »Hier ist ein Mädchen, das nach einem Zimmermädchen namens Ketut fragt. Sie sagt, sie sei ihre Cousine. Kennst du sie?«

Made wartete.

»Morgen? Und um welche Uhrzeit? In Ordnung, danke.« Der Wachmann legte den Hörer auf. »Deine Cousine hat heute ihren freien Tag. Sie arbeitet morgen ab sieben Uhr früh. Dann kannst du wiederkommen.«

Made umklammerte den Griff ihres Fahrrades. »Mein Herr, ich habe heute sehr früh mein Dorf verlassen. Ich komme gerne morgen wieder, aber ich weiß nicht, wo ich die Nacht verbringen soll.«

»Das ist aber eine Schande.«

»Bitte, mein Herr. Kann ich in Ketuts Zimmer übernachten?«

»Nein«, sagte der Wachmann bestimmt. »Du *behauptest,* dass sie deine Cousine ist, aber kannst du es auch beweisen? Außerdem haben nur Mitarbeiter und Gäste Zutritt zum Areal.«

Made starrte ihn hilflos an. Die Geräusche des Meeres machten ihr Angst.

»Und was soll ich jetzt tun?«, fragte sie mit zitternder Stimme.

»Komm morgen wieder.«

Sie lag am Strand. Es war kalt, kälter als ein Abend in den Bergen. Sie versuchte, sich vor dem Wind zu schützen, indem sie sich gegen die oberirdischen Wurzeln eines riesigen Banyanfeigenbaumes kauerte und ihren Rucksack als Kissen verwendete. Ihre Beine pochten nach den Anstrengungen des Tages, dennoch konnte sie nicht einschlafen. Sie hörte zu viele fremde Geräusche um sich herum und hatte zu große Angst, entdeckt zu werden. Außerdem schämte sie sich für die Situation, in die sie geraten war, und hatte Heimweh. Sie vermisste den vertrauten Geruch ihrer Mutter, ihre weiche Haut, die Wärme ihrer Umarmung, und stellte sich vor, wie sie neben Komang in dem Bett lag, das sie sich seit jeher geteilt hatten, wie sich ihre Zehen berührten und sie über die Witze der anderen lachten. Sie bedeckte ihre Ohren mit der Lasche ihres Rucksacks, um das hohe Surren der Moskitos zu dämpfen, die um sie herumschwirrten. Die ganze Nacht über trieb sie von einer unruhigen Schlafphase in die nächste.

In der Stille des Morgengrauens wurde sie plötzlich von einem Schnüffeln geweckt. Ihr Herz raste, während sie versuchte, die Kreatur, die neben ihr im Sand stand, auszumachen. Dann seufzte sie erleichtert. Es war ein streunender Hund, der um Essensreste bettelte. Ihr Körper fühlte sich steif an, ihre Kleider waren feucht. Der Strand lag von Nebel umhüllt vor ihr, doch sie konnte einen schwachen Lichtschimmer ausmachen, der langsam über den östlichen Horizont heraufzog. Sie schulterte ihren Rucksack, ging den Strand entlang und spürte, wie sich ihre Gliedmaßen mit jedem Schritt entspannten.

Sie starrte auf das endlos grüne Meer vor ihr, das von verborgenen Strömungen bewegt wurde. Das Meer lebte, das konnte sie spüren. Ihr unregelmäßiger Atem war über die rhythmische Brandung hinweg kaum zu hören. Sie fühlte sich klein und unbedeutend. Das Meer hatte seit Anbeginn der Zeiten für den Lebensunterhalt der Menschen auf Bali gesorgt.

Eine leichte Brise blähte ihre Kleider auf, sie fühlte sich an wie die Geister ihrer Vorfahren, die nach ihr riefen.

Der Nebel teilte sich plötzlich, und nicht einmal zwei Meter von ihr entfernt stand im Halbdunkel eine alte Frau, die das Gesicht dem Meer zugewandt hatte. Ihre Haut war dunkel, und man konnte ihre Knochen erkennen. Ihre langen, mit grauen Strähnen durchzogenen Haare fielen ihr über den Rücken. Made schnappte nach Luft und kniete sich sofort in den Sand.

»Devi Sri«, flüsterte sie.

Die Frau war uralt: Sie sah der Göttin des Reises, die sie auf dem kleinen Schrein am Feld ihres Vaters verehrten, nicht im Geringsten ähnlich. Doch ihr Name war Made instinktiv in den Sinn gekommen. Ein Kribbeln breitete sich entlang ihrer Wirbelsäule aus.

Die Frau bemerkte Made nicht. Sie stand regungslos da und starrte auf das Meer hinaus. Sie trug einen Sarong aus Batikstoff, der von einer leuchtend gelben Schärpe gehalten wurde. Ein blauer Umhang aus gewebter Spitze lag über ihrer rechten Schulter. Ihre Lippen bewegten sich, doch Made konnte sie nicht verstehen. Sie beugte sich nach vorn, um eine Opfergabe in den Sand zu stellen. In dem Korb befanden sich Lychees, Reis, ein süßer Kuchen und mehrere bunte Blumen. Die Frau stellte die Opfergabe gemeinsam mit einem brennenden Weihrauchstäbchen in den Sand, dann wandte sie sich Made zu und lächelte. Ihr Mund war rotbraun von den Blättern des Betelpfefferbaumes, und einige Zähne fehlten.

»Das Wichtigste, mein Kind, ist nicht das, was sich in dem Korb befindet, sondern dass die Opfergabe mit Liebe zubereitet wurde.« Ihre Stimme klang so brüchig wie trockenes Holz auf dem Waldboden. Sie wirkte Furcht einflößend und dennoch seltsam vertraut. »Selbst das größte Opfer ist wertlos, wenn es ohne Liebe dargebracht wird. Wahre Liebe ist göttlich.«

Made starrte die Frau wortlos an.

Die Frau nickte, drehte sich um und verschwand im Nebel.

Made trat einige Schritte nach vorn. Sie wollte der Frau folgen, zu ihren Füßen sitzen. Sie wollte ihr von Wayan und ihren Eltern und Komang erzählen. Und von der Verantwortung, die nun auf sie übergegangen war. Sie wollte die Frau um ihre Hilfe und ihren Schutz vor den vielen Dingen bitten, die ihr unbekannt waren.

Die ersten Sonnenstrahlen fielen auf Mades Gesicht und wanderten über den menschenleeren Strand. Der Nebel begann, sich aufzulösen, und die undeutlichen Umrisse von Stegen, Fahnenmasten und zusammengeklappten Liegestühlen, die den Strand wie Treibgut übersäten, tauchten auf.

Die alte Frau war nirgendwo zu sehen.

Made ging in die Richtung zurück, aus der sie gekommen war.

Es wurde Zeit, sich auf die Suche nach Ketut zu machen.

»Hallo, kleine Cousine!«, rief Ketut.

Made stand neben dem Wachhäuschen und war sich bewusst, dass der Wachmann sie anstarrte.

»Du siehst schrecklich aus. Geht es dir gut?« Ketut ließ ihre Taschen fallen und drückte Made an sich.

»Ich bin okay.« Made senkte ihre Stimme zu einem Flüstern. »Aber ich habe letzte Nacht am Strand geschlafen.« Sie nickte in Richtung des Wachmannes. »Er wollte mich nicht hineinlassen.«

»Das überrascht mich nicht.« Ketuts leuchtende Augen blitzten. »Aber warum bist du hier? Lass mich dich ansehen. Du bist so *groß* geworden.«

Made lächelte. Ketut, die erst zwanzig Jahre alt war, sah in ihrer strengen braunen Uniform viel älter aus.

»Mutter hätte es niemals zugegeben«, sagte Made, »aber es ist einfach schrecklich, seit Wayan ...« Sie biss sich auf die Lippe, Tränen kullerten über ihre Wangen.

»Mein armer Schatz«, sagte Ketut und zog Made wieder an sich.

»Ich brauche Arbeit«, sagte Made, während sie sich mit dem Ärmel über die Augen wischte. »Ich dachte, du könntest mir vielleicht helfen. Gibt es hier irgendeine Arbeit?«

Ketut zuckte mit den Schultern. »Ich weiß es nicht. Nach den Bombenanschlägen ist es sehr schwierig geworden. Weniger Touristen. Aber ich kann dich heute noch Ibu Margono vorstellen. Doch zuerst musst du dich umziehen. Komm mit.«

Ketut marschierte zum Wachhäuschen hinüber. Sie hielt Mades Hand und lächelte den Wachmann an.

»Mein Herr, das ist meine Cousine. Sie ist ein Dorfmädchen aus den Bergen auf der Suche nach Arbeit. Sie muss sich waschen, bevor ich sie Ibu Margono vorstellen kann. Ich bitte um Erlaubnis, sie auf mein Zimmer mitnehmen zu dürfen.«

Der Wachmann lächelte Ketut an. Sein Blick hatte etwas Lüsternes an sich. »Nun, nachdem Sie so nett gefragt haben, Miss Ketut, dürfen Sie sie natürlich mitnehmen.«

Er streckte Made ein Klemmbrett entgegen. »Unterschreibe hier. Und du musst dich morgen um diese Zeit wieder bei mir melden«, sagte er. »Wir wollen doch nicht, dass die Leute unsere Gastfreundschaft ausnutzen.« Sein Atem stank nach Zigaretten und Kaffee. Made zuckte zurück und trat einen Schritt zur Seite.

»Danke, mein Herr«, sagte Ketut und zog Made die Auffahrt hoch.

»Gern geschehen«, rief der Wachmann, und sein Blick folgte ihnen. »Einen schönen Tag noch, Miss Ketut.«

Made duschte in Ketuts Zimmer und lieh sich frische Kleider aus. Während sie sich umzog, telefonierte Ketut, um ein Treffen mit Ibu Margono zu arrangieren, die für die Betreuung der Gäste zuständig war.

»Mach dir aber keine allzu großen Hoffnungen«, sagte Ketut, als sie sich auf den Weg zu Ibu Margonos Büro im Verwaltungsgebäude machten. »Sie ist ein ziemlicher Drache.«

Made senkte den Kopf und sprach ein stummes Gebet. Sie machte sich auf das Schlimmste gefasst. Ketut klopfte an die Tür.

»Herein«, befahl eine Stimme.

»Ich warte draußen«, flüsterte Ketut. Sie drückte die Klinke hinunter und schob Made ins Zimmer.

Ibu Margonos Büro wurde von einem großen Holztisch dominiert. Bangkiri-Holz, vermutete Made. Auf der lackierten Oberfläche lagen Papiere, Ordner und Klemmbretter in ordentlichen Stapeln.

»Du bist also ein Mädchen aus dem Dorf?«, fragte Ibu Margono, lehnte sich in ihrem Stuhl zurück und musterte Made.

Made nickte.

»Hast du einen Schulabschluss?«

»Ja, ich habe die Mittelschule abgeschlossen«, antwortete Made.

»Welche Erfahrungen hast du, was die Arbeit in einem solchen Umfeld betrifft? Und wo ist dein Lebenslauf?«

»Ich habe keinen Lebenslauf«, sagte Made. Um die Wahrheit zu sagen, war sie sich nicht einmal sicher, was das eigentlich war. »Ich habe noch nie in einem Resort gearbeitet.«

Ibu Margono seufzte laut und legte ihren Stift beiseite. Sie schien gereizt zu sein.

»Aber ich habe mein Leben lang hart gearbeitet. Bei meinen Eltern«, ergänzte Made rasch.

»Ich kann kochen, putzen, nähen, Felder bestellen und mich um die Tiere kümmern. Ich bin fleißig. Und ich bin bereit, Neues zu lernen.« Sie schluckte verzweifelt. »Und wenn Sie mir eine Chance geben, dann werde ich Ihnen stets treu ergeben sein.«

Ibu Margono trommelte mit den Fingern auf den Tisch.

»Treue ist etwas, das dieser Tage schwer zu finden ist«, sagte sie. »Vor allem in diesem Teil der Insel.«

Made zögerte. »Was immer Sie von mir verlangen, ich werde Ihnen zu Diensten sein, Ibu.«

Ibu Margono sah sie an. »Das werden wir ja noch sehen.« Sie öffnete die oberste Lade ihres Tisches und nahm ein Klemmbrett heraus. »Eines unserer Zimmermädchen hat gestern aus gesundheitlichen Gründen gekündigt.«

Made begann zu lächeln. »Danke, Ibu …«

»Aber wir sind ein auf westliche Standards ausgerichtetes Resort«, fuhr Ibu Margono sie an. »Und wir durchleben schwierige Zeiten. Verstehst du, was ich meine?«

Made schüttelte den Kopf.

»Das bedeutet, dass wir Sauberkeitsstandards haben, die du dir nicht einmal vorstellen kannst. Es bedeutet, dass der Badezimmerboden so sauber sein muss, dass man darauf sein Frühstück essen könnte. Verstehst du?«

Made nickte, obwohl sie sich nicht sicher war, ob sie tatsächlich verstand.

»Und du wirst außerdem dafür verantwortlich sein, auf dem Gelände Opfergaben zu verteilen. Jeden Morgen, ohne Ausnahme. Schaffst du das?«

»Aber ja«, antwortete Made. Das war eine Aufgabe, die sie von zu Hause kannte. »Ich bin Frühaufsteherin.«

Ibu Margono zog ein Formular von ihrem Klemmbrett und gab es Made. »Fülle das hier aus und gib es mir morgen wieder. Dein Arbeitstag beginnt um sechs Uhr früh.«

Made nickte noch einmal. »Ja, Ibu Margono.«

»Du wirst für Gusti Agung arbeiten, den Leiter der Reinigungskräfte. Wenn er bis Samstag mit dir zufrieden ist, dann kannst du den Job behalten und bekommst ein Zimmer in den Angestelltenquartieren. Bis dahin kannst du dir mit Ketut ein Zimmer teilen. Zimmermädchen bekommen zwanzigtausend Rupien in der Woche, inklusive der Unterbringung im Resort. Bist du damit einverstanden?«

Made versuchte, ihre Aufregung zu verbergen. Achtzigtausend Rupien im Monat bedeuteten, dass ihre Familie wieder zwei Mal am Tag etwas zu essen bekommen würde und dass sie nebenbei sogar noch etwas sparen konnten. Sie dachte an ihre abgemagerte, angsterfüllte Mutter und ihren leeren Lederbeutel.

»Ja, Ibu Margono.«

Am nächsten Tag zeigte ihr Gusti Agung, wie peinlich genau bei der Reinigung vorgegangen werden musste. Sie standen vor einem Cottage auf der dem Meer zugewandten Seite des Resorts, aus dem die Gäste vor kurzem ausgezogen waren. Gusti Agung deutete auf einen Wagen voller Bürsten, Staubtücher und Putzmittel.

»Das ist dein Wagen, und *niemand* sonst benutzt ihn«, sagte er mit strenger Stimme. »Es ist deine Aufgabe, ihn jeden Tag im Lager bei Pak Anto neu aufzufüllen. Wenn du zu viel von einem Mittel verwendest, dann wird es Pak Anto auffallen. Und er wird es *mir* sagen.«

Diese Andeutung verwirrte Made. Sie war doch keine Diebin.

»Das Wichtigste ist, dass *du* ordentlich und sauber aussiehst.« Gusti Agung musterte sie von oben bis unten. »Unsere ausländischen Gäste erwarten das Beste. Binde *immer* deine Haare zusammen.« Er gab Made ein Gummiband, und sie beeilte sich, ihre Haare zu einem Pferdeschwanz zusammenzubinden.

Gusti Agung starrte Mades Füße an. »Und keine offenen Sandalen. Besorg dir ein anständiges Paar Schuhe.«

Made fragte sich, wie viel diese wohl kosten würden. Sie würde Ketut bitten, ihr zu verraten, wo sich der billigste Markt in Sanur befand.

»Und nun«, sagte Gusti Agung, während er die Tür zum Cottage öffnete, »lass uns beginnen.«

Im Laufe der nächsten Stunde lernte Made, dass die Bettwäsche jeden Tag gewechselt werden musste, auch wenn die Gäste nicht darin geschlafen hatten. Alle Handtücher mussten ebenfalls ausgetauscht werden, es sei denn, der Gast hängte sie sorgfältig über den Handtuchhalter. Das hatte etwas mit der Umweltpolitik des Resorts zu tun.

»Und was die Badezimmer betrifft, so haben die Gäste aus dem Westen andere Standards wie wir«, erklärte Gusti Agung, während er eine Zahnbürste hervorholte. »Benutze die hier, um die schwer erreichbaren Spalten um die Wasserhähne, Duschwände und Abflüsse herum zu reinigen. Und glaube nicht, dass es reicht, sie oberflächlich abzuwischen. Unsere Gäste bezahlen hohe Preise. Sie melden alles, was nicht ihren Vorstellungen entspricht. Und wenn das passiert, dann ziehe ich dir einen gewissen Betrag als Strafe von deinem Lohn ab.«

Sämtliche Möbel mussten abgestaubt und poliert werden. Sie musste den Teppich saugen, die Vorräte im Badezimmer und die Minibar auffüllen, die Spiegel und Gläser polieren, die Aschenbecher leeren und auswaschen, die Kissen aufschütteln, fehlende Gegenstände verzeichnen, die Vorhänge in Ordnung bringen und mit einer Schärpe zurückbinden, Wachsblumen und Hibiskusblüten geschmackvoll im Zimmer arrangieren und schließlich in jedem Raum Lufterfrischer versprühen. Made bezweifelte, dass sie sich alles merken könnte.

Gusti Agung schloss die Tür. »Und nun bist du an der Reihe«, sagte er. »Kümmere dich um die Cottages Nummer vier bis zehn. Die Gäste dort sind alle bereits abgereist. Ruf mich an, falls du Fragen hast.«

Als ihr erster Arbeitstag zu Ende ging, schmerzte Mades Rücken. Bis zum Samstag war sie vollkommen erschöpft.

»Du bist eine gute Arbeitskraft, das habe ich schon gesehen«, sagte Gusti Agung und gab ihr einen Stapel sorgfältig gebügelter, brauner Kleider. »Hier sind deine Uniformen. Und dein erster Lohnbeutel. Willkommen im Team.«

Made lächelte dankbar. Sie steckte den weißen Umschlag voller Tausend-Rupien-Scheine in ihre Tasche. Sie war noch nie zuvor so müde gewesen. Sie hatte auch für ihre Eltern stets hart gearbeitet, doch zumindest hatte es dort eine Ruhepause zwischen Mittag und drei Uhr nachmittags gegeben, wenn es am heißesten war. Doch nicht in Pantai Raya. Sie musste zwanzig Cottages in zehn Stunden reinigen, und dreißig Minuten pro Cottage waren kaum ausreichend. Sie konnte keine Mittagspause machen, stattdessen naschte sie von den Dingen, die die Gäste zurückgelassen hatten – Gebäck aus den Brotkörben, Obst, Käse und Cracker. Am Abend bekam sie in den Angestelltenquartieren etwas zu essen – große Portionen bestehend aus Reis oder Nudeln, manchmal mit gebackenem Hühnchen oder Fisch verfeinert.

Laut Dienstplan hatte sie am Dienstag frei. Das war der ruhigste Tag der Woche. Innerhalb eines Tages in ihr Dorf und wieder zurückzufahren, würde eine Herausforderung werden.

Sie wartete eine weitere Woche, dann nahm sie den ersten Bus zurück zu der Stelle, an der sie den Tankstellenverkäufer und seinen Sohn getroffen hatte. Sie stellte sich vor, wie sie ihnen von ihrem Erfolg in Sanur erzählte und ihnen versicherte, dass dort nicht alles schlecht war. Doch als sie ankam, war es noch zu früh und die Tankstelle war verwaist. Sie fuhr mit dem Fahrrad nach Hause, ohne eine Pause zu machen, und hoffte, dass sie ankam, bevor die täglichen Arbeiten begannen.

Sie blieb vor der hohen Steinmauer stehen, die das Grundstück ihrer Familie begrenzte, schob das Fahrrad durch das schmale Eingangstor und lehnte es gegen die Mauer. Dann sah sie ihre Mutter. Sie war wie immer beschäftigt und breitete nasse Kleider auf den Büschen im Vorgarten aus.

»*Bu*«, rief Made.

Ihre Mutter ließ den Sarong fallen und eilte auf sie zu.

»Du schlimmes Mädchen«, rief sie und warf sich Made in die Arme. »Ich dachte, ich hätte dich verloren. Warum hast du mir nicht gesagt, was du vorhast? Ich habe mir Sorgen gemacht. Es hat mir das Herz gebrochen.«

Ihre Mutter war dünner als jemals zuvor.

»Es tut mir leid, *Bu*. Ich wollte dir keine Sorgen bereiten. Ich wollte, dass du stolz auf mich sein kannst.«

»Das bin ich doch, meine kleine Made. Das bin ich doch.« Sie drückte Made an sich.

»*Bu*, ich habe Arbeit gefunden.« Made zog den weißen Umschlag aus ihrer Tasche und schloss die Hand ihrer Mutter darum. »Achtzigtausend Rupien im Monat. Wir werden nicht reich werden, aber es ist zumindest etwas.«

Ihre Mutter runzelte die Stirn. »Das musst du nicht tun, Made. Was für eine Art von Arbeit ist das?«

»Putzen«, antwortete Made. »In einem großen Resort für ausländische Touristen. Dort, wo Ketut arbeitet.«

Ihre Mutter schien sich ein wenig zu entspannen. »Und Ketut ist jeden Tag bei dir?«

»Ja, außer am Sonntag. Das ist ihr freier Tag. Und meiner ist am Dienstag. Wir wohnen im gleichen Angestelltenquartier.«

Ihre Mutter zögerte. »Nun, solange es eine ordentliche Arbeit ist und man nur von dir verlangt, dass du putzt. Komm, erzähl deinem Vater davon. Ich mache uns Tee. Du hast abgenommen. Hast du heute schon etwas gegessen?«

Made schüttelte den Kopf. Die Fahrt mit dem Fahrrad hatte sie hungrig gemacht.

Sie gingen hinüber zu dem Bambushäuschen in der Mitte des Hofes, wo ihre Großmutter saß und Sojabohnen wusch.

»Hallo, *Nenek.*« Made blieb stehen, um die alte Frau zu küssen.

»Wo warst du?«, fragte sie mit freundlicher, zarter Stimme.

»Ich habe gearbeitet.« Made lächelte stolz.

Ihre Großmutter griff nach ihrer Hand. »Gutes Mädchen.«

Ihre Tante, ihr Onkel und ihre Cousins und Cousinen waren nirgendwo zu sehen. Sie sind wohl auf dem Feld, dachte Made.

»*Bapak!* Komang! Made ist wieder da«, rief ihre Mutter. Komang kam aus der Küche, lief auf Made zu und schlang ihr die Arme um die Hüfte.

»Ich habe dich vermisst«, rief Komang weinend. »Bitte geh nicht wieder fort.«

Made streichelte ihrer Schwester über die Haare. »Ich arbeite mittlerweile, kleine Schwester. Ich muss noch heute wieder zurück nach Sanur.«

Komang begann zu schluchzen.

»Also, ich dachte, du wärst mit vierzehn Jahren schon ein großes Mädchen? Nur Babys weinen.«

Sie streichelte Komangs Gesicht. »Ich habe dich auch vermisst«, flüsterte sie.

Dann tauchte ihr Vater auf. Er hielt eine Sense in der Hand. Der Schmutz, der auf seinen Knöcheln klebte, verriet ihr, dass er auf dem Feld gearbeitet hatte.

»Made«, sagte er mit ernstem Gesicht.

»Guten Morgen, *Pak.*«

Er erwiderte ihr Lächeln nicht. »Warum hast du deiner Mutter so große Sorgen bereitet?«

»Ich wollte helfen. Ich habe Arbeit gefunden.«

Ihr Vater blieb stehen und wartete.

»Ich arbeite als Zimmermädchen in Sanur, in einem Resort für ausländische Gäste. Ketut hat mir geholfen, die Arbeit zu bekommen.«

Er hob den Kopf. »Wie viel verdienst du?«

»Achtzigtausend Rupien im Monat.«

Made hörte, wie die Hennen in dem Sand scharrten, auf der Suche nach winzigen Reiskörnern, die mit dem Abwaschwasser hinausgeschwemmt worden waren. Es war ein vertrautes, beruhigendes Geräusch. Ein Geräusch, mit dem sie aufgewachsen war.

»Gut«, sagte ihr Vater schließlich. Dann drehte er sich um und ging in Richtung Tor davon.

Made starrte auf den Boden und kämpfte gegen die Tränen an. Aber was hatte sie sich erwartet?

Ihre Mutter nahm ihre Hand. »Dein Vater vermisst Wayan noch immer.«

Made nickte, während ihr die Tränen über die Wangen kullerten.

»Ich bin sehr dankbar, Made.« Ihre Mutter nahm Mades

Gesicht zwischen ihre Hände. »Du bist ein gutes Mädchen. Nicht jede Tochter hätte getan, was du getan hast. Bist du dir sicher, dass sie dich dort gut behandeln?«

»Ja«, sagte Made.

Ihre Mutter senkte ihre Stimme. »Nun, wenn sich daran etwas ändern sollte, dann versprich mir, dass du nicht dort bleibst. Ich will nicht, dass du die schlimme Seite von Sanur kennenlernst. Die Stadt kann gefährlich sein. Hinter lächelnden Gesichtern können sich hässliche Seelen verbergen. Und ein hübsches Mädchen wie du … sei einfach vorsichtig. Es gibt zu viele Mädchen aus den Dörfern, die in Sanur, Kuta und Legian als Prostituierte arbeiten. Mach das niemals. *Niemals*. Es würde mir das Herz brechen.«

Made nickte ernst. Ihre Mutter sprach selten mit solcher Leidenschaft.

»Das werde ich nicht, *Bu*«, versprach sie.

Der Tag ging viel zu schnell vorüber. Das Gerücht, dass Made zurückgekehrt war und Arbeit gefunden hatte, verbreitete sich im Dorf wie ein Lauffeuer. Viele der Dorfbewohner kamen vorbei, und ihre Mutter war damit beschäftigt, Gläser voller Tee zu verteilen. Sie buk sogar einige ihrer besten Kuchen, die üblicherweise nur zu besonderen Anlässen serviert wurden.

Nach dem Mittagessen saß Made zusammen mit ihrer Mutter und ihrer Schwester auf den kühlen weißen Kacheln des Häuschens in der Mitte des Hofes und brachte eine Opfergabe dar. Komang flocht die neuen Blätter des Bananenbaumes zusammen, um einen Korb zu basteln, während Made den Kreis, das Dreieck und das Quadrat wob, die den Mond, die Sterne und die Sonne repräsentieren sollten. Danach legte ihre Mutter in den Haupthimmelsrichtungen Blumen ab. Rot in der südlichen Ecke der Opfergabe, weiß im Osten, blau im Norden und gelb im Westen. Dann brachten sie Reis, Betelpfefferwein und verschiedene süße Kuchen dar.

»Es ist fertig«, verkündete ihre Mutter.

Sie zogen sich um und gingen zum Tempel ihrer Vorfahren. Ihre Mutter leitete die Opferdarbietung, während Komang um den Schrein herum Weihrauchstäbchen entzündete. Dann standen sie mit Made in ihrer Mitte da und wurden eins. Made hielt eine Jasminblüte zwischen den Fingern, presste die Hände gegen die Stirn und schloss die Augen, bevor sie ihren Vorfahren dankte.

Danach gingen sie schweigend Arm in Arm nach Hause. Sie wussten alle, dass es Zeit für Made wurde, sie wieder zu verlassen, wenn sie vor Sonnenuntergang sicher nach Sanur zurückkehren wollte.

Sie entledigte sich ihrer feierlichen Gewänder und verabschiedete sich von ihrem Vater, der vom Feld zurückgekehrt war. Er wischte sich die Stirn ab, und einen Moment lang dachte sie, dass er sie vielleicht umarmen wollte.

»Made«, sagte er und lächelte kaum merklich. Er verlagerte sein Gewicht von einem Fuß auf den anderen, dann wandte er sich ab.

Ihre Mutter und Komang standen am Tor und winkten. Während sie mit dem Fahrrad davonfuhr, drehte sich Made immer wieder um, um noch einen Blick auf sie zu werfen, bis sie nur noch verschwommene Punkte in der Ferne waren.

Aus Wochen wurden Monate, und Made sah die Auswirkungen, die ihr zusätzliches Einkommen auf ihre Familie hatte. Das Gesicht ihrer Mutter war voller und leuchtete, ihr Vater schien gesprächiger zu werden. Das Wichtigste war jedoch, dass Komang wieder zur Schule ging. Komang war von Natur aus klug und meisterte den Schulalltag so gut, wie es Made nie gelungen war. Jede Woche, wenn Made ins Dorf zurückkehrte, saß sie mit Komang zusammen und fragte sie über den Stoff aus, den sie in der Schule durchgenommen hatten. Und jede Woche kehrte sie voller neuer Energie zu ihrem Arbeitsplatz in Pantai Raya zurück. Stolz erlebte sie, wie Komang das erste und schließlich auch das zweite Jahr der Mittelschule abschloss.

Ein Jahr nachdem Made in Pantai Raya zu arbeiten begonnen hatte, wurden ihr bereits die wichtigsten Cottages zur Reinigung übertragen – die teuersten Cottages, die von westlichen Wirtschaftsreisenden bewohnt wurden. Nach zwei Jahren gewährte ihr Ibu Margono eine Gehaltserhöhung.

»Du hast mich nicht enttäuscht, Made«, sagte Ibu Margono mit ungewöhnlich sanfter Stimme. »Von jetzt an bekommst du einhunderttausend Rupien im Monat. Und wenn du ein weiteres Jahr so hart arbeitest, dann mache ich dich zu meiner Managementassistentin.«

Made war überrascht.

»Danke, Ibu Margono«, sagte sie und presste ihre Lippen auf die Hand der Frau.

Am nächsten Morgen stand Made noch vor Sonnenaufgang auf, wie sie es immer tat, und trug die erste Opfergabe des Tages zu dem heiligen Banyanbaum am Ende des Strandes. Der Baum war uralt und weit ausladend, ein geheimnisvoller Wächter der Küste. Der untere Teil seines knolligen Stammes war mit einem schwarz-weißen *Poleng*-Stoff umhüllt. Gerade als sie im Halbdunkel die Opfergabe auf den Steinaltar stellte, bemerkte sie, wie ein Mann aus dem Westen barfuß über den Strand schlenderte und auf sie zukam. Sein Gesicht war unter dem Schopf weißer Haare kaum zu erkennen. Er schien sie nicht zu bemerken. Sie erhob sich schnell, und er erschrak.

»Oh«, sagte er. Dann folgte ein Schwall unverständlicher Worte.

Sie streckte entschuldigend die Hände aus, ihre Handflächen zeigten nach oben. Dann wies sie auf die Opfergabe im Baum.

Er schwang die Arme. »Spazieren gehen«, sagte er. Sie bemerkte, dass sie sich gerade gegenseitig etwas erklärt hatten.

»Ah, *jalan-jalan*«, sagte sie. Sie hob die Schärpe ihres Sarongs in die Höhe, die über den Sand schleifte, und nickte ihm zu. »Auf Wiedersehen, mein Herr.«

»Auf Wiedersehen«, antwortete er.

Während sie ging, hörte sie, wie er ihr etwas nachrief, doch sie konnte ihn nicht verstehen.

Sie drehte sich um und lächelte ihm über ihre Schulter hinweg zu.

Der Mann lachte und ging weiter den Strand entlang.

Später an diesem Morgen klopfte sie an die Tür des Cottages Nummer 12.

»Hallo, Zimmermädchen«, rief sie.

Während der letzten zwei Jahre in Pantai Raya hatte sie sich einige nützliche englische Phrasen gemerkt: »Wie geht es Ihnen?«, »Heute ist ein schöner Tag« und »Komme später wieder«. Außerdem wusste sie, was »Guten Morgen« und »Danke« auf Japanisch, Mandarin und Niederländisch hieß.

»Hallo, Zimmermädchen«, wiederholte sie, dieses Mal lauter. Dann steckte sie den Generalschlüssel in das Schlüsselloch.

Die Tür schwang auf, und dahinter erschien ein Mann in einem weißen Bademantel.

Sie senkte sofort ihren Blick.

»Komme später wieder«, sagte sie und trat einige Schritte zurück.

»Nein, nein«, sagte der Mann. Sie sah zu ihm auf. War er der Mann aus dem Westen, den sie am Strand getroffen hatte? Sie war sich nicht sicher, diese Menschen sahen alle gleich aus. Aber die weißen Haare kamen ihr bekannt vor.

Der Mann lächelte, ohne ein Wort zu sagen. Er deutete über seine Schulter.

»Kein Englisch«, sagte Made und schüttelte den Kopf.

»Kommen Sie herein«, sagte der Mann.

Sie folgte ihm ins Zimmer. Auf dem Couchtisch stand ein Laptop, um den einige Papiere mit komplizierten Diagrammen verstreut waren.

»Meine Arbeit«, sagte der Mann und deutete auf den Tisch. »Ingenieur.«

Sie nickte und wandte den Blick ab. Sie wollte nicht, dass der Mann sie für neugierig hielt.

Sie begann in der kleinen Küche mit ihrer Arbeit. Ein benutzter Kaffeebecher, ein Glas, ein Teller. Sie warf einen Blick in das Schlafzimmer. Das Bett war nur auf einer Seite benutzt worden.

Das Handy des Mannes klingelte. Er nahm es, öffnete die Glastüren und trat hinaus auf den gekachelten Balkon mit Blick auf das Meer.

Made lauschte den gedämpften Worten, während sie die Bettwäsche wechselte, die Möbel abstaubte, die Vorhänge zurechtzog und die Kissen aufschüttelte. Sie fragte sich, woher er wohl kam. Amerika, vermutete sie.

Made schob ihren Wagen in das Badezimmer. Sie wechselte das Shampoo aus, entsorgte einen gebrauchten Rasierer und den Rasierschaum und steckte eine neue Rolle Toilettenpapier in die Halterung. Dann begann sie, den Fliesenboden und die Wände gewissenhaft zu reinigen und die Toilette zu schrubben. Egal, wie abstoßend die Arbeit auch war, sie dankte den Göttern jeden Tag dafür, dass sie hier in Sanur arbeiten durfte.

Das Lachen des Mannes klang vom Balkon zu ihr herüber. Es war ein tiefes Lachen, und aus irgendeinem Grund erinnerte es sie an Wayan. Er war immer ein Witzbold gewesen. Wo auch immer er hinging, irgendjemanden brachte er stets zum Lachen. Doch seit seinem Tod war das Lachen mehr oder weniger aus ihrem Haus verschwunden.

Plötzlich bewegte sich etwas hinter ihr, und sie fuhr hoch, wobei sie mit dem Kopf gegen den Wassertank stieß. Es war der Mann aus dem Westen. Er stand in der Badezimmertür.

»Es tut mir leid«, sagte er. Sie hatte genug westliche Filme gesehen, um ihn zu verstehen. Sie schüttelte den Kopf, um ihm zu zeigen, dass es ihr gutging.

»Geht es Ihnen gut?«, fragte der Mann.

Sie schüttelte wieder den Kopf und schrubbte weiter.

Der Mann ging. Einen Moment später kam er mit einem großen Wörterbuch in der Hand wieder zurück.

»*Anda sehat?*«, fragte er. *Geht es Ihnen gut?*

Made setzte sich auf und lachte laut. Dann schlug sie sich die Hände auf den Mund, entsetzt über ihre eigene Unverschämtheit. Der Mann würde ihre Unhöflichkeit vielleicht melden. Aber er hatte die Worte mit einem seltsamen Akzent ausgesprochen, so dass sie nicht anders konnte, als loszukichern.

»*Saya baik-baik saja, terima kasih*«, antwortete sie langsam. *Es geht mir gut, danke.*

Der Mann sah sie zufrieden an.

»Kein Indonesisch«, sagte er.

Einen Moment lang sahen sie sich einfach nur lächelnd an.

»Mein Name ist Gordon«, sagte er. Er ging vorsichtig über die feuchten Kacheln auf sie zu und kniete sich nieder. Dann streckte er die Hand aus. Sie wischte sich ihre Hand mit einem Tuch sauber, bevor sie seine nahm.

»Made.«

Das Handy des Mannes klingelte erneut.

»Arbeit«, sagte er. »Immer die Arbeit.« Er nahm das Telefon und trat ein weiteres Mal auf den Balkon hinaus.

Made beendete ihre Arbeit im Badezimmer und versprühte den Lufterfrischer im Appartement. Sie rümpfte die Nase, während sie es tat. Sie mochte diesen künstlichen Geruch nicht.

Dann schloss sie die Tür hinter sich.

Als sie am nächsten Morgen beim Cottage Nummer 12 ankam, öffnete Gordon übermütig die Tür.

»*Selamat pagi, Made*«, sagte er. *Guten Morgen, Made.* Er war offensichtlich stolz auf seine Fortschritte.

»Guten Morgen, mein Herr«, antwortete sie auf Englisch.

»Gordon«, sagte er. »Nennen Sie mich Gordon.«

Sie sagte nichts. Es gehörte zu den Vorschriften des Resorts, die Gäste mit »mein Herr« oder »meine Dame« anzusprechen.

»Komme später wieder?«

»Nein, nein. Kommen Sie herein.«

Sie begann mit ihrer Arbeit und beobachtete ihn aus den Augenwinkeln. Er saß am Tisch, blätterte in seinem Wörterbuch und schrieb Wörter auf ein Blatt Papier. Es sah aus, als würde er sich Mühe geben.

Zwanzig Minuten später, als sie gerade gehen wollte, winkte er sie zu sich.

»Made?«

Sie ging zu seinem Tisch hinüber und warf einen Blick auf die Worte, die er geschrieben hatte: *Anda tidak di pantai tadi pagi? Waren Sie heute Morgen nicht am Strand?*

Sie lächelte. Gordon war offensichtlich wieder dort spazieren gegangen, genauso wie am Tag zuvor. Doch heute war ein ungewöhnlicher Tag. Obwohl sie gestern erschöpft gewesen war, hatte sie nicht schlafen können. Und als sie schließlich die Augen geschlossen hatte, hatte sie in der Ferne bereits einen Hahn krähen hören. Und kurz darauf hatte Ketut an ihre Tür geklopft. Es war fünfundvierzig Minuten nach sechs Uhr gewesen. Made war panisch aus ihrem Bett gestolpert, in ihre Uniform geschlüpft und hatte sich zum Dienst gemeldet.

»*Besok*«, sagte sie.

Gordon zuckte mit den Schultern und hielt ihr seinen Stift hin.

Sie nahm den Stift und schrieb so deutlich wie möglich: B-E-S-O-K.

Gordon blätterte in seinem Wörterbuch, dann lächelte er.

»Morgen? Gut.«

Er schien zufrieden zu sein.

»Fertig«, sagte sie.

Dann schob sie ihren Wagen auf den Pfad hinaus und schloss die Tür hinter sich.

Am nächsten Tag sah sie ihn noch vor Sonnenaufgang über den Strand spazieren. Er sah sie ebenfalls, doch er wartete in einem respektvollen Abstand, bis sie ihre Opfergabe beim Banyanbaum dargebracht hatte. Sie beendete ihr Ritual, bevor sie sich ihm zuwandte.

»*Selamat pagi,* Gordon.«

»*Selamat pagi,* Made.«

Er schloss zu ihr auf, und sie gingen Seite an Seite schweigend den Strand entlang. Mit einem Mann aus dem Westen, den sie kaum kannte, spazieren zu gehen, das schien das Normalste auf der Welt zu sein. Er war alt, vermutlich älter als ihr

Vater. Aber er hatte freundliche Augen und Lippen, die sich immer nach oben bogen, selbst wenn er nicht lächelte. Außerdem war er nicht so groß und Furcht einflößend wie die anderen Männer aus dem Westen, die sie im Resort gesehen hatte.

Sie gingen an der Wasserlinie entlang, und als Made stolperte, hielt Gordon ihren Arm fest und fing sie auf.

»Danke«, sagte sie.

»Gern geschehen.«

Als sie am Holzsteg am Ende des Strandes angekommen waren, drehten sie um und machten sich auf den Weg zurück ins Resort. Die Sonnenstrahlen wärmten bereits den Sand.

Made fragte sich, ob Gordon ihr auch am nächsten Morgen Gesellschaft leisten würde. Sie versuchte, die englischen Worte in ihrem Kopf zusammenzusetzen, während sie an der Kreuzung standen, an der der Weg in die eine Richtung zu den Personalunterkünften und in die andere Richtung zu den Cottages der Gäste führte.

»Gordon morgen bleiben?«

Gordon nickte. »Ja. Ich bleibe vier Wochen hier. Ich arbeite hier.«

Made war sich nicht sicher, ob sie ihn richtig verstanden hatte. *Vier Wochen?* Sie würde das später überprüfen, wenn sie sein Cottage sauber machte.

»Made jetzt arbeiten«, sagte sie und deutete in Richtung der Personalunterkünfte.

»Ich auch. Danke für den ... *jalan-jalan.*«

Sie musste lächeln. »Ja, danke für spazieren gehen.«

Zwei Wochen später lieh sie sich ein Indonesisch-Englisch-Wörterbuch von Ketut aus. Ihr täglicher Besuch im Cottage Nummer 12 war zu einer angenehmen Abwechslung von der alltäglichen Routine ihrer Arbeit geworden. Mit der Zeit schrieb Gordon immer mehr Sätze auf Indonesisch auf einen Zettel Papier und las sie laut vor, damit sie seine Aussprache korrigieren konnte. Sie fand heraus, dass er aus Australien und nicht aus Amerika kam. Er war Bauingenieur und arbeitete auf Bali an der Errichtung eines großen Einkaufszentrums in Legian. Er mochte seine Arbeit, doch noch lieber mochte er das Surfen. Made selbst begann, sich englische Lern-CDs auf dem kleinen CD-Player anzuhören, den er ihr gegeben hatte. Jede Nacht setzte sie die Kopfhörer auf, lehnte sich in ihrem Bett zurück und sprach lautlos die fremden Wörter nach. Dabei stellte sie sich vor, wie Gordon dasselbe mit der CD *Indonesisch für Anfänger* tat, die er gekauft hatte.

Die Spaziergänge am frühen Morgen wurden zu einem Fixpunkt in Mades Tagesablauf. Gordon wartete stets beim Banyanbaum und sah ihr schweigend zu, wie sie ihre Opfergabe darbrachte. Sie wählten immer dieselbe Route, dennoch entdeckten sie jeden Tag etwas Neues: eine silberne Muschel, die die ersten Sonnenstrahlen des Tages zum Glitzern brachten, ein uraltes Stück Holz, das angeschwemmt worden war, einen einzelnen Schuh, in dem eine Ein-Dollar-Note steckte.

An einem Samstagmorgen wären sie beinahe über ein westliches Pärchen gestolpert, das sich halb nackt im Sand wälzte. Der Geruch nach Alkohol hing in der Luft. Die Frau lag auf dem Mann, und über ihren von der Sonne verbrannten Rücken zog sich ein Tattoo. Dicke violette Buchstaben formten ein Wort, das Made nicht kannte: REINHEIT.

Made errötete, verlegen bahnten sie sich einen Weg um das Pärchen herum. Plötzlich war sie sich Gordons Gegenwart mehr als bewusst.

Gordon schüttelte den Kopf. »*Bules*«, sagte er, als sie schließlich weitergingen. Sie starrte ihn an. Woher kannte er diese umgangssprachliche, abwertende Bezeichnung für die Menschen aus dem Westen? *Sie* hatte sie ihm sicher nicht beigebracht.

»Diese *Bules* benehmen sich nicht gerade höflich.«

Sie nickte und war froh, dass er auch so dachte.

Nach seinem ersten Aufenthalt, der einen Monat gedauert hatte, kam Gordon alle paar Wochen wieder nach Pantai Raya. Sie war stets enttäuscht, wenn er abreiste, und erleichtert, wenn er wiederkam. Während seiner Abwesenheit übte sie Englisch, und sie merkte, dass auch er Indonesisch lernte. Ihre Unterhaltungen wurden immer ungezwungener. Eines Morgens im Juli, acht Monate nachdem sie sich zum ersten Mal getroffen hatten, gab ihr Gordon einen Zettel, auf dem einige Worte standen. *Umur saya 47 tahun. Made berapa? Ich bin 47 Jahre alt. Wie alt bist du?*

Sie dachte an die beinahe dreißig Jahre, die zwischen ihnen lagen, und beschloss, nicht mit einem ganzen Satz zu antworten. Stattdessen schrieb sie einfach zwei Ziffern auf das Blatt Papier: 2–0

»Du bist zwanzig Jahre alt?«

Sie nickte. Dann nahm sie den Stift in die Hand.

Bapak saya berumur 47 tahun juga, schrieb sie. Aber er ist nicht so weißhaarig wie du, dachte sie.

Er las die Worte, schlug in seinem Wörterbuch nach und schrieb schließlich langsam seine Übersetzung auf das Blatt Papier.

Er lachte laut auf. »Dein Vater ist ebenfalls siebenundvierzig?«

Er blätterte in dem Wörterbuch, auf der Suche nach den richtigen Begriffen.

Schließlich sagte er: »*Saya tua. Rambut saya putih sekali.*« *Ich bin alt. Meine Haare sind sehr weiß.*

Sie lachte schuldbewusst. Hatte er ihre Gedanken gelesen?

Sein Blick wurde ernst, und er sagte etwas auf Englisch, das sie nicht verstand. Dann griff er in die Tasche seiner Hose und holte eine schwarze Ledergeldbörse hervor, aus der er ein abgewetztes Foto zog. Das Foto zeigte eine Frau am Strand, die ein kleines Mädchen in die Kamera hielt. Die Kleine war so dick wie die meisten Babys der Menschen aus dem Westen. Die Frau lächelte stolz.

Made nickte höflich.

»Meine Frau«, sagte Gordon. »Und meine Tochter.«

Sie blinzelte und versuchte, einen neutralen Gesichtsausdruck beizubehalten, während noch mehr Wörter aus seinem Mund drangen. Sie hatte ihre Arbeit erst zur Hälfte beendet, doch sie musste von hier fort.

»Made geht.« Sie stolperte aus der Tür und zog ihren Wagen hinter sich her.

Sie hörte, wie er ihr nachrief, doch sie drehte sich nicht um.

Nun, da sie wusste, dass Gordon eine Familie hatte, wollte Made ihn nicht wiedersehen. Sie kam sich dumm vor. Er war alt genug, um ihr Vater zu sein, und er war ein Mann aus dem Westen, aus einer anderen Welt. Wie hatte sie sich innerhalb von nur acht Monaten so an ihn gewöhnen können? Sie waren am Morgen zusammen spazieren gegangen, aber nie länger als eine Stunde am Tag. Das war alles, ermahnte sie sich. Und dennoch hatte sie sich an seine Anwesenheit in ihrem Leben gewöhnt. Sie hatte sich auf ihre Gespräche gefreut, auf sein Lachen und auf die Hand, die sie auffing, wenn sie über den Strand gingen. Wenn Gordon nicht auf Bali war, dann hatte sie das Gefühl, dass in ihrem Leben etwas fehlte. Aber ich bin bloß ein Zimmermädchen, erinnerte sie sich selbst. Meine Zukunft ist hier, in Pantai Raya.

Als sie Ketut das nächste Mal sah, fragte sie, ob sie für die verbleibenden drei Wochen, die Gordon auf Bali verbrachte, die Cottages tauschen konnten.

»Geht es dir gut?«, fragte Ketut. Sie kannte Made zu gut.

»Ich war sehr dumm.«

»Wie dumm?«

Made schüttelte den Kopf. »Nicht *so* dumm.« Sie wusste, welche Art von Schwierigkeiten Ketut gemeint hatte. »Aber mir … gefällt jemand, den ich nicht haben kann.«

Ketut senkte die Stimme. »Ein Gast?«

Made nickte.

»Ein *Bule*?«

Made nickte noch einmal

»Das ist wirklich dumm. Dafür können sie dich feuern, das weißt du doch. Lass uns gleich morgen tauschen.«

Ketuts Cottages lagen am anderen Ende des Resorts, näher bei dem Areal, auf dem sich die Nachtclubs und Restaurants befanden. Die Gäste hier waren jünger und ungestümer und hinterließen ihre Zimmer unordentlich. Dreißig Minuten pro Cottage waren eine große Herausforderung, doch zumindest dachte sie nicht sooft an Gordon.

Sie verzichtete darauf, am Morgen zum Strand zu gehen. Stattdessen bat sie Ketut, die Opfergaben zum Banyanbaum zu bringen.

Doch es war nicht dasselbe.

Eine Woche später fegte sie gerade die Terrasse vor dem Cottage Nummer 39 und konzentrierte sich auf das rhythmische Geräusch des Strohs, das über den Beton strich, als sie eine wohlbekannte Stimme hörte.

»Made.«

Sie drehte sich um und sah Gordon, der auf dem Kieselweg

hinter der Hecke stand, während die Sonne hinter ihm unterging.

»Made«, wiederholte er, »... kann ich mit dir sprechen?«

Sie deutete auf einen Pavillon aus Bambus, der unter einer Palme stand, und sah sich ängstlich um. Sie hoffte, dass Ibu Margono nicht gerade einen ihrer Kontrollgänge durchführte.

Gordon berührte sie am Unterarm, und sie zuckte zusammen.

»*Made yang manis* ...«, begann er. *Meine liebe Made.*

Sie errötete.

Er zog ein Blatt Papier aus der Tasche und begann, laut zu lesen.

»Saya minta ma'af karena mengejutkan Made minggu yang lalu.«

Es tut mir leid, wenn ich dich letzte Woche erschreckt habe.

Sie weigerte sich, ihm in die Augen zu sehen. Er las weiter.

»Isteri dan anak perempuan saya mati dalam kecelakaan. Sudah lama kecelakaan itu. Saya masih membawa foto mereka dalam dompet saya.«

Sie sah ihn forschend an.

Meine Frau ist tot. Und meine Tochter ebenfalls. Es gab einen schlimmen Unfall vor langer Zeit. Ich trage noch immer ein Foto von ihnen in meiner Geldbörse mit mir.

Seine Augen glänzten.

»Es tut mir leid«, sagte sie. Sie legte ihre Hände um seine. Braun auf Weiß. So saßen sie mit ineinander verschränkten Fingern im Pavillon, bis die Nacht hereinbrach.

Zwei Wochen später fragte Gordon Made, ob sie ihn heiraten wollte. Es schien ihr wie ein Traum. In dem einen Augenblick reinigte sie das Waschbecken, im nächsten stand sie draußen auf der Terrasse und sah ihm zu, wie er ein riesiges Blatt Papier auseinanderfaltete, auf dem folgende Worte standen. *»Nikahlah aku, Made.«*

Heirate mich, Made.

Er schloss seine Hände um ihre und murmelte: »Ich liebe dich.«

Sie sah ihm in die Augen und dachte an ihre Familie. An ihre hart arbeitende Mutter. An ihre kluge Schwester. An ihren toten Bruder. An ihren mutlosen Vater. An ihre liebe Großmutter. Es war, als würden sie alle neben ihr stehen und diesen Moment beobachten. Sie spürte in Gordons Gegenwart nicht das Flattern im Bauch, das sie gespürt hatte, als sie mit Kadek durch das Dorf spaziert war, doch in den letzten acht Monaten hatte sie erkannt, dass Gordon freundlich und ehrlich war und hart arbeitete. Kadek sah gut aus, doch seine Zukunftschancen waren auf das etwa viertausend Quadratmeter große Stück Land hinter dem Hof seiner Familie beschränkt. Gordon hatte sehr viel mehr zu bieten, das wusste sie.

»Gordon perlu minta izin bapakku dulu.« Du musst zuerst meinen Vater fragen.

Gordon nickte. »Wann?«

»Besok.«

Morgen war Dienstag, ihr freier Tag. Sie konnten gemeinsam in ihr Dorf fahren.

Das Gerücht, dass ein *Bule* zu Gast war, brachte das halbe Dorf dazu, aus irgendeinem Grund vorbeizukommen. Schließlich wurde Komang mit der Aufgabe betraut, am Hoftor zu stehen und alle abzuweisen.

»Er muss etwas Wichtiges mit meinem Vater besprechen«, erklärte Komang. Und das entsprach sogar der Wahrheit.

Sie saßen auf den Kacheln des Pavillons in der Mitte des Hofes und sahen einander an. Ihre Mutter servierte Gläser mit Tee, ihre Hände zitterten. Sie hatte noch nie zuvor einen Fremden aus dem Westen gesehen. Ihr Vater hockte auf seinen

Fersen und musterte Gordon durch die Rauchschwaden hindurch, die aus seinen Nasenlöchern drangen. Nachdem Gordon die Hälfte seines Tees getrunken hatte, beugte sich ihr Vater zu ihm vor und bot ihm eine Zigarette an.

»Nein danke«, sagte Gordon und machte eine abwehrende Bewegung mit seiner linken Hand.

Made wusste, dass ihr Vater nun beleidigt war.

»Orang asing tidak merokok«, erklärte Made. *Fremde rauchen nicht.*

Ihr Vater grunzte. »Weshalb ist er hier?«

Made nickte Gordon wie vereinbart zu. Es wurde Zeit.

»Mr. Prutu«, sagte Gordon mit ernstem Gesicht, »ich möchte Sie um die Hand Ihrer Tochter bitten.«

Die Augen ihres Vaters wurden schmal. Er und ihre Mutter sahen sich an.

»Bilang apa, dia?«, fragte ihr Vater. *Was hat er gesagt?*

»Er hat um meine Hand angehalten«, antwortete Made.

Mades Mutter presste die Hand auf ihren Mund. Ihr Vater riss überrascht die Augen auf. Ein verräterisches Rascheln verriet Made, dass Komang hinter der nächsten Ecke stand und sie von der Küche aus belauschte.

Auf dem Gesicht ihres Vaters begann sich ein Lächeln auszubreiten.

Doch es war ihre Mutter, die zuerst sprach. »Du musst das nicht tun, Made.«

Made warf einen Blick auf Gordon und war froh, dass er sie nicht verstehen konnte.

»Er zwingt mich nicht dazu«, antwortete sie.

Ihre Mutter schien nicht davon überzeugt zu sein.

»Aber er ist ein alter Mann«, sagte sie. »Sieh ihn dir doch an. Du solltest dir lieber jemanden in deinem Alter suchen.«

»Wie bitte?«, fuhr ihr Vater sie an. »Glaubst du, es wäre

besser für Made, wenn sie Kadek aus dem Dorf heiraten würde, bloß weil er jung ist? Nein, das ist nicht besser.«

Ihr Vater zog an seiner Zigarette, dann schnippte er den Stummel auf den Hof hinaus. »Ich glaube, Made hat eine sehr weise Entscheidung getroffen. Ja, das hat sie tatsächlich.«

Made rutschte auf ihrem Kissen hin und her. Der Tonfall ihres Vaters beunruhigte sie.

Gordon drehte sich zu ihr um. »Ist alles in Ordnung?«

»Sag ihm, dass er meine Erlaubnis hat, dich zu heiraten«, sagte ihr Vater, und seine Lippen verzogen sich zu einem bemühten Lächeln. »Aber sag ihm auch, dass wir sehr traurig sind, weil wir durch ihn unser ältestes Kind verlieren. Er wird dich doch in sein Land mitnehmen, nicht wahr? Ich hoffe, er ist bereit, uns ... für unseren Verlust zu entschädigen.«

Made schluckte. Sie wusste nicht, wie sie diese Sätze ins Englische übersetzen sollte, und eigentlich wollte sie es auch gar nicht.

»Nun?«, drängte ihr Vater sie. »Sag es ihm.«

Ihre Mutter stand auf und begann, die Gläser einzusammeln. Dann blieb sie stehen, ging zu Gordon und kniete sich vor ihm nieder.

»Sag ihm«, sagte sie, während sie Gordon ins Gesicht blickte, »dass es mein größter Wunsch ist, dass meine Tochter glücklich ist.«

Dann warf sie ihrem Mann einen bösen Blick zu, stand auf und ging in den Hof hinaus.

Made wandte sich an Gordon, dessen Blick von einem zum anderen wanderte.

»Mutter sagt, sie ist glücklich, wenn Made glücklich ist.« Sie zögerte und versuchte, die richtigen Worte zu finden. »Aber Vater sagt ... wenn du mich mitnimmst nach Australien, dann Familie hat Probleme mit Geld.«

Gordon sah sie nachdenklich an. Dann nickte er ihrem Vater zu.

»Wir werden regelmäßig nach Bali reisen«, sagte er und sah sich auf dem Hof um. »Und wir werden deiner Familie mit Geld aushelfen. Das versichere ich dir. Bitte bedanke dich in meinem Namen bei deinem Vater.«

Made lächelte ihn erleichtert an.

Sie wandte sich ihrem Vater zu. »Gordon bedankt sich für deine Erlaubnis. Und er verspricht, der Familie zu helfen und Geld zu schicken.«

Die Tatsache, dass Made einen *Bule* heiratete, schien ihnen die bürokratischen Türen viel leichter zu öffnen, als wenn Gordon Indonesier gewesen wäre. Mit Hilfe eines Anwaltes, der sich auf Einwanderungsrecht spezialisiert hatte, einem ernsten javanischen Mann namens Jono Sugianto, waren die notwendigen Angelegenheiten in weniger als drei Wochen erledigt. Während ihres ersten Besuches in seinem muffigen, fensterlosen Büro in Denpasar erklärte er ihnen, was notwendig war, damit ihre Ehe offiziell und rechtsgültig wurde.

»Sie müssen beide eine Erklärung am Standesamt von Sanur abgeben, dass Sie beabsichtigen, eine Ehe zu schließen«, sagte er und zwirbelte seinen Stift zwischen Daumen und Zeigefinger. »Dann müssen Sie, mein Herr, eine Bestätigung erbringen, dass Sie nicht bereits verheiratet sind. Diese muss von einem australischen Konsularbeamten unterschrieben werden. Außerdem benötigen Sie ein polizeiliches Führungszeugnis.« Jono wandte sich Made zu. »Und Sie brauchen eine Bestätigung, dass Sie noch nie zuvor verheiratet waren. Diese muss vom Ortsvorstand Ihres Dorfes unterzeichnet werden ...« Er hüstelte diskret. »Und ich nehme an, dass Sie unter einundzwanzig Jahre alt sind?«

»Ich werde nächsten Monat einundzwanzig«, sagte sie.

»Dann brauchen Sie eine von Ihrem Vater unterschriebene Erklärung Ihrer Eltern, dass diese mit der Heirat einverstanden sind.«

Die vielen Fachausdrücke verwirrten Made, doch sie war beeindruckt, wie gut Jono zwischen Indonesisch und Englisch hin- und herwechseln konnte.

»Natürlich kann ich Ihnen für ein angemessenes Honorar sämtliche Bestätigungen besorgen«, fügte Jono hinzu. Er wischte sich mit einem gestärkten weißen Taschentuch über die Stirn.

Gordon beugte sich nach vorn. »Ja, ich habe mich bereits gefragt, wie viel das alles kosten wird.«

Jono schlug in die Luft, als wollte er eine Mücke verscheuchen. »Aber nein, darüber können wir uns später unterhalten. Wichtig ist zunächst, dass eine Eheschließung in Indonesien nur dann Gültigkeit erlangt, wenn sie entsprechend den Vorgaben der jeweiligen Religion der beiden Eheleute geschlossen wurde.«

Made wartete darauf, dass er ihnen diesen Punkt näher erklärte. »Sie beide müssen nun entscheiden, wer von Ihnen die Religion des anderen annimmt. Werden Sie eine Christin werden, Made? Oder wird Gordon zum Hinduismus übertreten?«

Made runzelte die Stirn. Sie hatte nicht darüber nachgedacht, ob ihre Religion eine Rolle spielen würde. Während Jono seine Worte für Gordon übersetzte, starrte sie auf ihre Hände. Sie wusste nicht, woran Gordon glaubte, aber eines wusste sie mit ziemlicher Sicherheit: Er war kein Hindu.

Gordon lehnte sich in seinem Stuhl zurück und dachte über Jonos Worte nach.

Schließlich beugte er sich nach vorn. »Nun«, sagte er, »das ist doch eine einfache Entscheidung. Ich trete zum Hinduismus über.« Er wandte sich Made zu. »Ich weiß, wie wichtig dir deine Religion ist, aber ich bin Agnostiker.«

Made hatte noch nie zuvor von dieser Religion gehört.

»Es bedeutet, dass er sich nicht für eine Religion entschieden hat«, erklärte Jono. »Er gehört keiner Religion an, also schließt er sich Ihrer an.«

In Indonesien war so etwas praktisch unbekannt. *Jeder* gehörte einer Religion an.

Sie wandte sich an Gordon. »Warum hast du keinen Gott?«

Gordon saß einen Augenblick lang stumm da. »Als meine Frau starb, hörte ich auf, an Gott zu glauben.« Er zuckte mit den Schultern. »Das Leben ist ungerecht. Ich kann nicht so tun, als würde ich an etwas glauben, Made.«

Sie nickte. Sie dachte an die langen Tage, die sie während Wayans Krankheit im Dorftempel verbracht und gebetet hatte. Es hatte zu nichts geführt.

»Du bist jetzt also ein Hindu?«, fragte sie und wusste gleichzeitig, dass es nur auf dem Papier so war.

Gordon lächelte. »Ein Hindu für dich – und für das Standesamt.«

Die Tatsache, dass er an nichts glaubte, beunruhigte sie. Sie wollte seine Hand nehmen und ihm sagen, dass der Glaube an Gott nicht unbegründet war, dass das Leben nicht zufällig geschah, dass jedes Lebewesen, das über diese Erde schlich, kroch und wanderte, trotz der Leiden und des Schmerzes des Lebens ein Loblied auf den Schöpfer sang.

Aber sie fand nicht die richtigen Worte, und jetzt war auch nicht der richtige Zeitpunkt dafür.

Sie hatte den Rest ihres Lebens Zeit, es ihm zu zeigen.

»Danke, Gordon«, sagte sie einfach.

Sie heirateten an einem Montagnachmittag, den Pak Tulu, ein hinduistischer Priester, der von Jono für die Zeremonie beauftragt worden war, für günstig erachtet hatte. Nachdem sich Ibu Margono von dem Schock erholt hatte, dass ein *Bule* um Mades Hand angehalten hatte, tat sie alles, um ihnen zu helfen. Tatsächlich verhielt sie sich sehr besitzergreifend, als wäre *sie* persönlich für die Beziehung verantwortlich. Sehr zu Mades Überraschung bot sie ihnen kostenlos den größten Veranstaltungsraum des Resorts an und sorgte für das Essen.

Die deckenhohen Fenster des Veranstaltungsraumes führten auf jenen Strand hinaus, an dem sich Made und Gordon vor zehn Monaten zum ersten Mal begegnet waren. Der Raum war zu groß für die wenigen Gäste, die gekommen waren, um der Zeremonie beizuwohnen: ihre Mutter, ihr Vater und Komang, ihre Tante, ihr Onkel und Ketut, ihre Großeltern, Jono Sugianto, Ibu Margono und einige Zimmermädchen, die an diesem Tag freihatten.

Die Zeremonie begann mit Gordons offiziellem Übertritt zum Hinduismus, bevor das komplexere Hochzeitsritual folgte. Pak Tulu sprach einige Gebete und brachte mehrere Opfergaben dar, bevor er sie beide mit heiligem Wasser besprenkelte. Das Klingeln einer silbernen Glocke bedeutete das Ende des Rituals, und der mürrische Standesbeamte stand auf, um die restlichen Dokumente fertigzustellen. Nachdem die Formalitäten erledigt waren, nahmen sie ein bescheidenes Mahl aus Reis, gegrilltem Huhn und süßem Kuchen zu sich.

Später an diesem Abend standen Made und Gordon vor dem Cottage Nummer 12 und verabschiedeten sich von ihren Gästen. An dem immer dunkler werdenden Himmel sah man bereits die ersten Sterne.

Komang umarmte Made. »Sei tapfer, Schwester«, murmelte sie. »Du hast einen guten Ehemann.«

Ihre Mutter machte einen Schritt nach vorn und küsste sie auf beide Wangen.

»Du bist ein gutes Mädchen, Made.«

Einen Moment lang stellte Made ihren Entschluss in Frage. Warum gab sie ihr Leben und ihre Familie auf, die sie so sehr liebte, und das nur für einen Mann, der viel älter war als sie? Die Möglichkeiten eines fremden Landes schienen weit entfernt von den Annehmlichkeiten einer Welt zu sein, die sie kannte. Sie klammerte sich an ihre Mutter und küsste sie, während sie ihren süßen, vertrauten Duft einatmete. Dann drängte sich ihr Vater zwischen sie.

»Lass sie nun allein«, befahl er und schob ihre Mutter weg.

Gordon schüttelte die Hand ihres Vaters und nahm dann ihre, um sie über die Schwelle zu führen.

Als Gordon die Tür hinter ihnen schloss, erhaschte Made noch einen letzten Blick auf ihre Mutter. Sie stand regungslos da und starrte auf das Meer hinaus wie eine steinerne Wächterin in einem am Meer gelegenen Tempel.

Das Erste, das Made in Australien auffiel, war das Licht. Es war März, und der Herbst begann gerade. Dennoch war das Licht so hart und kristallklar, dass sie die Augen zusammenkneifen musste. Während sie vom Flughafen in Sydney zu Gordons Haus an der Küste fuhren, schien sich ihr Gesicht in der kühlen, trockenen Luft zusammenzuziehen. Sie starrte aus dem Taxifenster und fragte sich, wo die anderen Menschen waren. Es war ein Mittwochvormittag – warum waren die Straßen so leer? Autos und Lastwägen fuhren die Autobahn entlang, aber sie sah nicht ein Motorrad.

Das Baby bewegte sich in ihr, und Made streichelte ihren Bauch. Ist schon gut, mein Kleines. Das ist der Beginn unseres neuen, gemeinsamen Lebens.

Gordon, der vorn auf dem Beifahrersitz saß, drehte sich um und lächelte sie an.

»Was hältst du von Sydney?« Er deutete auf die Stadt, die draußen vor ihrem Fenster vorbeiglitt. Glänzende, silberne Gebäude, die in einen unglaublich blauen Himmel ragten.

»Es ist sehr ordentlich«, antwortete sie. »Und die Luft riecht neu.«

Er lachte. »Die Umweltverschmutzung ist hier noch sehr gering.«

Sie waren nun seit acht Monaten verheiratet. Gordon war nicht lange nach ihrer Hochzeit nach Australien zurückgekehrt und war drei Mal zum Arbeiten nach Bali gekommen. Jedes Mal, wenn er nach Australien zurückgekehrt war, hatte er ihr ein Mobiltelefon gegeben und jeden Tag angerufen. Obwohl Jono Sugianto ihr Ansuchen um Aufenthaltsbewilligung eine Woche nach ihrer Hochzeit eingebracht hatte, hatte die Angelegenheit viel länger als erwartet gedauert. In der Zwischenzeit hatte sie weiter als Zimmermädchen gearbeitet und jeden freien Tag im Dorf bei ihrer Familie verbracht.

Sie war bereits im siebten Monat schwanger gewesen, als Gordon schließlich wieder nach Bali zurückgekehrt war und ihr mitgeteilt hatte, dass Jono Sugianto endlich ihr australisches Visum erhalten hatte.

Sich von ihrer Mutter und Komang zu verabschieden, war das Schwerste, das sie jemals hatte tun müssen.

»Wann wirst du wieder nach Bali zurückkehren?«, hatte ihre Mutter geflüstert, als sie sich das letzte Mal umarmten.

»Ich weiß es nicht, *Bu*.«

»Du musst zur Zeremonie des einhundertundfünften Tages zurückkehren. Zum Wohle des Kindes. Versprich es mir, Made.«

Made hatte genickt.

Und dann hatte ihnen ihre Mutter zum Abschied zugewinkt, in dem Wissen, dass ihr erstes Enkelkind in einer anderen Welt geboren werden würde.

Made starrte aus dem Taxifenster. Die Landschaft war so andersartig, die Menschen so vollkommen fremd. Sie berührte ihren Bauch und dachte an das blasse und besorgte Gesicht ihrer Mutter, als Made und Gordon das Dorf verlassen hatten.

Was auch immer die Götter in Australien für mich bereithalten, dachte sie, es muss die Trennung von meiner Familie wert sein.

»Es handelt sich dabei um ein Hämangiom, einen Blutschwamm«, sagte der Kinderarzt und zeigte auf die marmorierte rote Schwellung über der Lippe des Babys. Wayan war erst vier Stunden alt, doch Made hatte sich noch nie jemandem so verbunden gefühlt. Es war, als hätte sie plötzlich einen Teil von ihr entdeckt, den sie bereits vergessen hatte und der im Körper eines anderen Menschen wiedergeboren worden war. Sie kannte Wayans Körper instinktiv. Von den pummeligen Falten um seine Knöchel und Handgelenke bis hin zu dem geschwollenen, roten Diamanten über seiner Oberlippe. Sie war in der Kinderstation gelegen, als sie die Schwellung zum ersten Mal gesehen hatte, und sie hatte sie immer wieder leidenschaftlich und ehrfürchtig geküsst.

»Es ist eine Ansammlung abnormer Blutgefäße, die eine Schwellung unter der Haut bilden. Wir wissen nicht wirklich, warum so etwas entsteht, doch in achtzig Prozent der Fälle verschwindet es bis zum Schuleintritt.«

Made sah Gordon fragend an. Er zuckte mit den Schultern und zeigte ihr damit, dass er sich mit diesem Thema ebenfalls nicht auskannte. Made verlagerte ihr Gewicht in dem Krankenhausbett. Die Geburt hatte lange gedauert, denn Wayan war beinahe zu groß für ihr Becken gewesen. Das war bei asiatischen Frauen oft der Fall, hatte ihr die Hebamme erklärt. Vor allem bei solchen, die mit kaukasischen Männern verheiratet waren. Am Ende hatte der Arzt eine Zange verwendet.

»In Wayans Fall«, fuhr der Kinderarzt fort, »befindet sich das Hämangiom über der Lippe, und es besteht eine gewisse Gefahr, dass es zu eitern beginnt, da hier feuchte Oberflächen aneinanderreiben. Sie werden vermutlich Schwierigkeiten beim Stillen haben. Wir werden Ihnen eine gesonderte Unterstützung anbieten. Wo wohnen Sie?« Der Kinderarzt warf einen Blick auf sein Klemmbrett. »Freshwater?«

Gordon nickte.

»Dort oben gibt es ein gutes Kinderzentrum. Lassen Sie dort die Untersuchungen durchführen und besuchen Sie eine Müttergruppe oder Ähnliches.«

Made beobachtete, wie Gordon dem Kinderarzt zuhörte. Er würde ihr später alles in einer Mischung aus Indonesisch und Englisch erklären, das wusste sie. Sie lehnte sich in den Kissen zurück und sah hinüber zu Wayan, der in seinem Kinderbettchen schlief, das neben ihrem Bett stand. Sie wusste, wie ihre Familie über das Mal auf seinem Gesicht denken würde: Es war die Folge eines Fehlers in seinem vorangegangenen Leben, der sich auf sein Karma ausgewirkt hatte. Sie war immer eine gläubige Hindu gewesen, doch wenn sie Wayan nun beobachtete, konnte sie nicht akzeptieren, dass er etwas anderes als perfekt sein sollte.

»Ich werde einen der Kinderchirurgen bitten, einen Blick auf Wayan zu werfen, sobald er sechs Monate alt ist«, erklärte der Arzt ihnen. »Zu diesem Zeitpunkt wird das Hämangiom seine endgültige Größe erreicht haben, und er kann entscheiden, welche Therapien sinnvoll sind, einschließlich einer möglichen, notwendigen Operation.«

Der Arzt wandte sich an Made. »Viele Frauen haben Schwierigkeiten, sich an das Aussehen ihres Babys zu gewöhnen, wenn das Hämangiom größer wird, vor allem, wenn die Leute das Kind anstarren oder dementsprechende Bemerkungen machen.« Er drückte ihr eine Broschüre in die Hand. »Das hier könnte Ihnen helfen.«

Made las die Überschrift: *Ein Kind großziehen, das anders aussieht.*

»Danke, Herr Doktor.«

Sie sah Wayan an. *Meiner Meinung nach bist du perfekt.* Sie war froh, dass er in Australien geboren worden war, wo die medizinische Versorgung erheblich besser war. Wäre er im Dorf geboren worden, wäre kein Arzt anwesend gewesen. Und was wäre dann passiert, wenn sie Probleme gehabt hätte? Keine Zangen. Nichts. Sie zitterte bei dem Gedanken daran. Die Schwellung auf Wayans Lippe war nicht lebensbedrohlich. Es hätte viel, viel schlimmer kommen können.

Der Kinderarzt stand auf. »Ich werde eine der Schwestern bitten, Ihnen so bald wie möglich eine Stillberaterin vorbeizuschicken.«

Sie nickte.

Gordon begleitete den Kinderarzt zur Tür. Sie unterhielten sich leise vor dem Zimmer.

Made schwang die Beine aus dem Bett und stand auf. Sie beugte sich über Wayan, der in eine blaue Baumwolldecke gewickelt in seinem Bettchen lag.

»Du bist der hübscheste Junge auf der ganzen Welt«, flüsterte sie.

Wayans dunkle Augen wanderten in ihre Richtung, dann begann er plötzlich zu weinen.

»Ach, mein Liebling«, beruhigte sie ihn. »Nicht weinen. Bist du hungrig?«

Sie hob Wayan aus dem Bettchen und an ihre Brust. Sie hatte es in ihrem Dorf bereits Hunderte Male beobachtet. In den letzten zwanzig Stunden waren ihre Brüste voll und straff geworden. Nun trat bereits eine dickliche, gelbe Kolostralmilch aus.

Als sie ihn gegen ihre Brust drückte, begann Wayan lautstark zu nuckeln. Sie lächelte, als sie das Geräusch hörte und das nicht unangenehme Gefühl an ihrer Brustwarze spürte.

»So ist es gut, Wayan. Trink.«

Sie beugte sich in das Kissen zurück und sah zu, wie Wayan trank. Er war so verletzlich und dennoch so stark. Er entstammte ihrem Körper, und doch war ihm ein eigener Lebensweg bestimmt. Es war ein Privileg, für ihn sorgen zu dürfen, und zugleich eine Herausforderung. Sie dachte an ihre eigene Mutter, die hart für ihre Familie gearbeitet hatte, und an die tausend kleinen Opfer, die sie mit der Zeit gebracht hatte. Made beschloss, einen Brief an Komang zu schreiben, sobald sie aus dem Krankenhaus entlassen worden war, und sie darum zu bitten, ihn ihrer Mutter vorzulesen. Sie wollte mit ihrer Mutter die Erfahrung teilen, die sie gemacht hatte, als sie Wayan aus ihrem Körper gepresst hatte: Dass ein Baby einem Gott näher brachte.

An dem Nachmittag, als sie aus dem Krankenhaus entlassen wurde, brachte Made zuallererst ein Opfer auf dem kleinen Schrein dar, den sie in der nordöstlichen Ecke ihres Gartens errichtet hatte. Der Schrein passte nicht dorthin. Es war ein Turm aus roten Ziegelsteinen, die sie zwischen der Garage und dem Zaun zum Nachbargrundstück aufgestapelt hatte. Es war eine ziemliche Herausforderung gewesen, ihn im achten Monat ihrer Schwangerschaft zu errichten. Eines Tages, als Gordon im Büro gewesen war, hatte sie die Ziegel nacheinander von einem unordentlichen Haufen neben dem Grillplatz geholt. Nachdem sie sich eine passende Ecke im Garten gesucht hatte, legte sie die Ziegel übereinander und baute so vier standfeste Säulen. Sie durchsuchte Gordons Schuppen und fand ein Stück Maschendraht und eine Trittleiter. Schließlich holte sie ein schwarz-weiß kariertes Stück Poleng-Stoff und einen Bambussonnenschirm aus ihrem Koffer. Sie wickelte den Stoff um den Sockel der vier Säulen und steckte den Schirm in das Netz am oberen Ende des Schreins.

Während ihrer Zeit im Krankenhaus hatte sie der Gedanke daran beruhigt, dass der Schrein auf ihre Rückkehr wartete.

»Ich danke den Vorfahren für den kleinen Wayan«, erklärte sie Gordon und ging in den Garten hinaus.

Es war bereits später Nachmittag, und die silberne Sichel des Mondes hing tief am Himmel. Derselbe Mond blickte auch auf ihre Familie auf Bali herab, das wusste sie, und dennoch sah er irgendwie anders aus. Sie streichelte Wayan, der in einem Tuch lag und dessen Körper sich dicht an ihren drängte. Dann legte sie die Gegenstände ab, die sie aus der Küche mitgebracht hatte: einen süßen Kuchen, eine Handvoll Reis und mehrere Räucherstäbchen. Sie nahm die breiten Blätter des Teebaumes, der am südlichen Rand des Gartens stand, und machte sich daran, einen Korb zu flechten. Sie legte den Kuchen und den Reis in den Korb und bestreute sie mit den weichen, weißen Blütenblättern einer Pflanze, die neben der Hintertür wuchs. Eine Kamelie, so hatte Gordon sie genannt. Sie mochte den weichen Klang des Wortes. Wenn sie jemals eine Tochter geschenkt bekommen würden, dann wäre das ein schöner Name für sie.

Sie stand vor dem Altar, legte ihre Hände vor der Stirn zusammen und murmelte ihre Dankesgebete. Der süße Duft der Räucherstäbchen umwehte sie, der berauschende Geruch ihrer

Heimat. Sie stellte sich vor, wie die Erde unter ihr pulsierte, voller Würmer und verrottender Blätter, wie sich der Boden gleichzeitig selbst zersetzte und erneuerte. Wie wir alle, dachte sie. Wir leben und sterben zur selben Zeit.

Sie spürte, wie ihr Körper leichter wurde, bis sie durch die angenehme Dunkelheit hinter ihren Augenlidern schwebte. Plötzlich sah sie das Gesicht einer alten Frau: jener heiligen Frau, die sie am Strand von Sanur getroffen hatte.

»Entschuldigen Sie.« Eine scharfe Stimme unterbrach ihre Gebete.

Made öffnete verwirrt die Augen. Ein Kopf war über dem Zaun zu ihrer Rechten aufgetaucht. Dann erschienen der Hals und schließlich zwei Arme. Eine Frau mittleren Alters starrte sie an. Es war vermutlich ihre Nachbarin, Mrs. Carter. Gordon hatte sie erwähnt, aber Made hatte sie in den drei Monaten seit ihrer Ankunft noch nicht zu Gesicht bekommen.

»Hallo, ich bin Made.« Sie lächelte die Frau an und warf dann einen Blick hinunter in das Tragetuch. »Und das ist mein Junge, Wayan. Wir sind heute aus dem Krankenhaus gekommen.«

»Und was genau ist *das* da?« Die Frau deutete auf den Schrein.

»Ich … bete«, erklärte Made. Sie war sich nicht sicher, warum die Frau verärgert war.

»Nun«, sagte die Frau, »in Australien beten wir in *Kirchen.*« Dann starrte sie Made böse an.

Plötzlich stand Gordon neben ihr.

»Mrs. Carter«, sagte er freundlich, »ich wollte Ihnen schon lange meine Frau vorstellen, aber ich habe Sie in letzter Zeit nie gesehen. Waren Sie verreist?«

Die Frage überraschte sie. »Ich war bei meiner Schwester auf dem Land. Sie hat sich nicht gut gefühlt.«

»Es tut mir leid, das zu hören«, sagte Gordon und legte Made die Hand auf die Schulter. Sie fühlte sich sofort besser.

Mrs. Carter sah von Gordon zu Made.

»Nun, ich habe Ihrer *Frau* gerade erklärt, dass wir hier nicht in einer Nachbarschaft leben, die solche … fremdartigen Gebräuche schätzt.« Ihre Augen wurden schmal. »Mein Gott, sie sieht so jung aus. Sie könnte beinahe Ihre Tochter sein.« Ein Lächeln umspielte ihre Lippen.

Gordon starrte die Frau einen Moment lang an, als wollte er etwas sagen. Dann legte er einen Arm um Made und führte sie zurück ins Haus.

Er schloss die Tür mit ungewöhnlicher Wucht hinter sich.

Made saß auf dem Sofa und legte Wayan an ihre Brust. Ihr Herz hämmerte. Sie hatte nicht alles verstanden, was Mrs. Carter gesagt hatte, aber ihr Gesicht hatte Bände gesprochen. Sie war hier nicht willkommen. Nicht einmal in Gordons Garten.

Sie sah Gordon an. Sein Gesicht war gerötet. Hatte sie ihn in Verlegenheit gebracht?

»Gordon, es tut mir leid«, begann sie.

»Ach Made, ich bin derjenige, dem es leidtun sollte.« Er ließ sich neben ihr auf das Sofa fallen und legte einen Arm um ihre Schultern. »Da glaubt man, man lebt in einer kleinen Stadt und nicht an den nördlichen Stränden, und dann das. Diese verdammten, engstirnigen Inselbewohner.«

Made wusste nicht genau, was er eigentlich meinte.

»Kleinkarierte Menschen ärgern mich, das ist alles.« Er zog sie an sich und küsste sie auf die Wange. »Mrs. Carter war sehr gemein. Es tut mir sehr leid.«

Made beugte sich gegen seine Brust.

Ihre Schwester Komang hatte recht gehabt. Gordon war *tatsächlich* ein guter Mann.

Dennoch vermisste Made ihre Familie so sehr, dass es ihr im Herzen weh tat. Jeder Teil von Wayan erinnerte sie an ihre Familie – an die weichen Haare ihrer Mutter, die in der Morgensonne trockneten; an das scheue Lächeln ihres Vaters; an Komangs sanfte Hand auf ihrem Arm; an das freche Aufblitzen in den Augen ihres Bruders. Trotz des Hämangioms war Wayan ein zufriedenes Baby. Nichts schien ihn aus der Ruhe zu bringen. Made war jedoch traurig, dass ihre Familie seine täglichen kleinen Fortschritte nicht miterleben konnte.

Sie saß oft auf den Betonstufen, die in ihren Garten hinausführten, und stellte sich vor, sie säße im Hof ihrer Familie. Ihre Mutter kehrte den Hof und konzentrierte sich auf die langen Striche ihres Rattanbesens. Und dort unter dem Papayabaum saß ihr Vater, der ein Betelpfefferblatt kaute und an seinem Tee nippte. Komang wusch die Wäsche in dem großen, silbernen Behälter, in dem sie drei als Kinder gebadet hatten. Und dann stellte sie sich vor, wie sich Wayan zu ihnen gesellte: Seine Großeltern schaukelten ihn in einem Sarong über den Hof, und seine Tante Komang, die immer noch jung genug war, um seine große Schwester zu spielen, machte einen großen Wirbel um ihn.

Gordons Eltern waren schon vor langer Zeit gestorben, und seine ältere Schwester lebte in einem kalten Land auf der nördlichen Erdhalbkugel. Der Gedanke an ihre eigene Familie, die gar nicht so weit entfernt war, trieb ihr die Tränen in die Augen. Sie sorgte dafür, dass Gordon sie nie zu Gesicht bekam.

Doch in der Nacht plagten sie Träume von ihrer Mutter. Manchmal saß sie im Halbschlaf aufrecht im Bett und suchte hinter dem Bett nach den Umrissen ihrer Mutter.

»*Bu? Bu?*«, rief sie dann in die Dunkelheit, sicher, dass sie sich in der Nähe befand.

»Es war nur ein Traum, Made«, flüsterte Gordon und nahm ihre Hand in seine.

Made legte sich wieder schlafen und unterdrückte die Tränen.

Um ihr Heimweh zu bekämpfen, besuchte Made jedes Mal die Müttergruppe. Am Anfang hatte sie nichts damit anfangen können. In Indonesien waren Müttergruppen überflüssig, denn in jedem Dorf gab es genügend Frauen, mit denen man die Mutterschaft gemeinsam erleben konnte. Doch in Australien waren die Nachbargrundstücke durch hohe Mauern, Gitter und unfreundliche Hunde voneinander getrennt. Junge Mütter wurden einander im Gesundheitszentrum für Kinder vorgestellt, denn ansonsten hätten sie sich auf den leeren Straßen der Vororte vielleicht nie zu Gesicht bekommen.

Zuerst trafen sie sich in dem Kiosk namens »Strandhäuschen«, tranken unzählige Tassen Kaffee und sprachen über ihre Kinder. Als der Winter hereinbrach, trafen sie sich in den Wohnungen der Mütter, aßen selbst gebackene Kekse und tranken dampfenden Tee.

Eines Tages im Frühling lud Miranda sie zu sich nach Hause ein. Als Made kurz nach zwei Uhr eintraf, war sie die Erste. Sie war fünf Haltestellen von ihrem Haus entfernt in den Bus gestiegen und hinunter zu Mirandas Haus am Strand von Freshwater gefahren. Es erinnerte sie an Pantai Raya, so nahe lag es am Strand.

»Komm herein«, sagte Miranda, als sie sie an der Tür mit einem Lächeln begrüßte. »Digby schläft endlich. Und Rory ist dort drinnen.«

Made trug Wayan auf dem Arm und ging hinter ihr her. Sie betrachtete mit großen Augen die weitläufigen Flure in Mirandas Zuhause. Die schlichten weißen Wände waren mit moderner Kunst dekoriert, daneben standen zarte Skulpturen aus

Glas und Edelstahl. Im Vergleich zu dem Häuschen aus rotem Ziegel mit den beiden Schlafzimmern, in dem Made wohnte, sah Mirandas Zuhause aus wie ein Palast. Was *machte* Miranda mit all diesen Räumen?

»Da ist er«, sagte Miranda und deutete auf einen roten Plüschteppich, der auf den Schieferplatten des Wohnzimmers lag. Rory lag mitten auf dem Teppich und gluckste einer Stoffgiraffe zu, die über ihm an einem Spielrahmen hing. »Dürfen Wayans Füße mittlerweile bereits den Boden berühren?«

Made lächelte. »Ja, die Zeremonie wurde letzte Woche auf Bali abgehalten.« Made legte Wayan neben Rory und sah zu, wie sich die beiden beäugten. Rory rollte sich plötzlich auf den Bauch, und Wayan begann zu kichern.

»Ach ja, natürlich«, sagte Miranda. »Ich habe ganz vergessen, dass du nach Hause geflogen bist. Wie war es? Es muss schön gewesen sein, deine Familie wiederzusehen.«

Made nickte.

Es war zu schwierig, Miranda zu erklären, wie es gewesen war, ihre Familie zum ersten Mal nach Wayans Geburt wiederzusehen. Die Freude über die Wiedervereinigung mit ihrer Mutter und das Entsetzen und die Betroffenheit ihrer Familie, als sie Wayans Hämangiom gesehen hatte. Ein Geistlicher wurde gerufen, um zu ergründen, aus welchem Grund Wayans Karma diesen Defekt ausgelöst hatte. Daraufhin folgte eine lange Abfolge an Zeremonien. Während der Zeremonie zum einhundertundfünften Tage, die einige Monate nach dem eigentlich dafür vorgesehenen Zeitpunkt durchgeführt wurde, gab das Medium bekannt, dass Wayan tatsächlich die Wiedergeburt ihres toten Bruders war. Sie hatte eine Gänsehaut bekommen, die einige Tage nicht verschwunden war. Ja, es war zu schwierig, all das in einer fremden Sprache zu erklären.

»Setz dich«, sagte Miranda und deutete auf eine glänzende

Ledercouch, die an einer Wand stand. Doch Made blieb lieber bei Wayan. Nachdem sie ihn so lange herumgetragen hatte, fühlte es sich seltsam an, von ihm getrennt zu sein. Es war, als hätte der balinesische Priester, der ihn gesegnet hatte, ein zweites, unsichtbares Band zwischen ihnen zerschnitten.

Ein Farbtupfer auf dem Kaminsims erregte Mades Aufmerksamkeit: Eine Fotografie in einem goldenen Rahmen hing an der ansonsten leeren Wand.

Miranda folgte ihrem Blick. »Das Foto wurde in Paris aufgenommen«, erklärte sie. »Vier Monate bevor Rory zur Welt kam.« Auf dem Foto stand Miranda vor dem Triumphbogen und hinter ihr ging gerade die Sonne unter. Ihre Wangen waren rot von der Kälte oder vor Anstrengung. An der einen Hand hielt sie Digby, die andere lag auf ihrem gewölbten Bauch.

»War es ein schöner Urlaub?«

»Ein sehr schöner Urlaub«, sagte Miranda. »Das Leben war damals noch viel unkomplizierter.«

Made nickte.

Ein Klopfen an der Tür verriet ihnen, dass die anderen gekommen waren.

»Kommt herein. Kommt herein«, rief Miranda.

Einen Augenblick später schoss Ginie in ihrer üblichen Geschwindigkeit in den Raum, hinter ihr folgte Cara. »Mein *Gott*, Miranda«, sagte Ginie, »das Bild neben der Haustür ist von Arthur Boyd, nicht wahr?«

Miranda errötete vor Freude. »Ja, Willems letzte Anschaffung. Wenn er erst im Auktionshaus ist, kann ich ihn nicht mehr aufhalten, fürchte ich.«

Ginie hob Rose aus ihrem Kinderwagen und legte das Baby auf den Bauch neben Wayan und Rory. Sie rollte einen weichen Ball in Richtung der Kinder. »Nun, du kannst Willem sagen, dass er einen guten Kauf gemacht hat. Daniel wäre *begeistert.*«

»Ach, ihr Kunsttypen«, sagte Cara und stellte ihren Kinderwagen auf der anderen Seite des Raumes ab. »Ich könnte einen Boyd nicht von meinem eigenen Hintern unterscheiden.« Sie hob Astrid auf das Tuch. »Hallo, Made. Und wie geht es *dir,* Wayan?«

Made mochte, wie Cara jedem im Raum ihre Aufmerksamkeit schenkte. Sogar den Babys.

Innerhalb der nächsten zwanzig Minuten kamen Pippa und Suzie, und Mirandas galerieartiges Wohnzimmer verwandelte sich in eine chaotische Kindertagesstätte für sechs Babys. Es herrschte das übliche Durcheinander, das noch von der Tatsache verstärkt wurde, dass die meisten der Kleinen mittlerweile sitzen oder am Boden herumrollen konnten. Astrid hatte sogar bereits die Vorstufe des Krabbelns entdeckt und benutzte beide Arme, um sich auf dem Bauch über den Boden zu ziehen, während sie ihre Beine hinter sich herschleifte.

Trotz des Lärms und der ständigen Bewegung verbrachte Made nicht viel Zeit damit, sich mit den anderen Frauen zu unterhalten. So war es immer, dachte sie, alle waren zu beschäftigt, um miteinander zu sprechen. Es war nicht wie die Stunden, die sie im Dorf mit ihrer Mutter, ihrer Schwester, ihren Tanten und Cousinen verbracht hatte. Es gab keine angenehme Stille zwischendurch, kein Gelächter, das aus den Jahren der gegenseitigen Vertrautheit entstammte. Vielleicht würde das mit der Zeit noch kommen, überlegte sie.

Sie mochte Cara am liebsten, denn diese versuchte immer, sie in die Diskussionen der Gruppe mit einzubinden. Und es war einfach, sich mit Suzie zu unterhalten, denn sie schien nie Luft zu holen. Im Gegensatz dazu war es jedoch schwierig, Pippas Worte zu entziffern, da ihre Stimme so leise war und sie Made kaum in die Augen sah.

»Kennt jemand einen guten Kinderfotografen?«, fragte Ginie plötzlich. Sie schob ihr iPhone zurück in ihre Tasche und sah sich in der Gruppe um. »Wir möchten gerne professionelle Familienfotos machen lassen. Wir haben da diese riesige weiße Wand, die unbedingt nach einem Bild verlangt. Aber wir kennen niemanden, der sich auf Kinder spezialisiert hat.«

»Ich kenne jemanden«, sagte Miranda. »Stephanie Allen ist eine talentierte selbständige Fotografin hier im Ort. Sie hat schon ein paar sehr schöne Aufnahmen unten am Strand von Freshwater gemacht. Sie ist etwas teuer, aber sie ist ihr Geld wert.«

Ginie holte ihr iPhone wieder hervor und gab die Kontaktdaten ein.

Made beobachtete Miranda und Ginie, während sich die beiden unterhielten. Ihre Unterhaltungen handelten oft von ihr vollkommen fremden Dingen – von Kunst und Restaurants, von Mode und Haushaltsartikeln. Made tat, was sie konnte, um zumindest das Wesentliche ihrer Gespräche zu verstehen.

»Hast du schon das nächste Buch für unseren Lesezirkel gelesen, Made?«, fragte Pippa, während sie sich hinunterbeugte und Heidi neben Wayan setzte.

Made lächelte und schüttelte den Kopf. Sie hatte es schon nicht geschafft, *Eat, Pray, Love* zu lesen, und das nächste Buch – es war Ginies Vorschlag gewesen und hieß *Wir müssen uns über Kevin unterhalten* – war viel dicker und kleiner geschrieben.

»Ist es gut zu lesen?«, fragte sie.

Pippa warf einen Blick in Ginies Richtung.

»Nein«, sagte sie mit leiser Stimme. »Ich meine, es ist gut geschrieben, doch als Mutter wünschte ich mir, ich hätte es niemals geöffnet. Ich wünschte, ich könnte die Bilder, die es mir in den Kopf gebrannt hat, aus meinem Gedächtnis löschen.«

»Oh.« Made war froh, dass sie gar nicht erst versucht hatte, es zu lesen. Sie beobachtete Pippas Gesicht. »Das Buch. Es hat dich … traurig gemacht?«

Pippa zog Heidi auf ihre Knie. »Nun, es zeigt, wie wenig Kontrolle wir über unsere Kinder haben und wie verdammt schief die Dinge laufen können.« Sie zog eine Grimasse. »Es hat mir Angst gemacht. Lies es nicht.«

Made schüttelte den Kopf. »Es ist zu schwierig für mich. Der Lesezirkel ist nächste Woche, oder?«

»Ja, bei Cara zu Hause«, sagte Pippa.

Suzie gesellte sich zu ihnen. »Sprecht ihr über *Kevin?*«

Pippa nickte.

»Hat es dir auch nicht gefallen?«

Pippa schüttelte den Kopf.

»Nun«, sagte Suzie, als hätte Pippa sie ermutigt, »könnten wir den Lesezirkel vielleicht verschieben?« Sie warf den anderen einen Blick zu. »*Kevin* ist so schwere Kost, dass ich Probleme habe, das Buch fertig zu lesen.«

Ginie sah sie verwirrt an. »Schwere Kost? Es handelt doch vor allem von der Frage, wie viel in der Natur eines Menschen liegt und welche Bedeutung die Erziehung hat, nicht wahr? Zerstören wir die Leben unserer Kinder oder erledigen sie das selbst?«

Suzie errötete. Made konnte nicht beurteilen, ob sie sich schämte oder ob sie verärgert war. Ginie schien sie immer durcheinanderzubringen.

»Wenn ich mehr Zeit habe, dann lese ich vielleicht auch eines der Bücher«, sagte Made vor allem, um Suzie zu Hilfe zu kommen.

»Ich habe es auch noch nicht gelesen, fürchte ich«, sagte Cara. »Vielleicht war meine Idee, einen Lesezirkel zu gründen, etwas zu ambitioniert. Ich kann gar nicht glauben, dass ich das gerade gesagt habe. Früher habe ich ein Buch in der *Woche* gelesen.« Sie lachte. »Wie wäre es, wenn ich später eine Mail mit den neuen Terminen verschicke?«

»Okay«, sagte Miranda. »Aber warum gehen wir stattdessen nicht nächsten Freitag zusammen aus? Wir könnten uns ein paar Drinks genehmigen oder so ähnlich.«

»Nun, *das* nenne ich mal einen guten Vorschlag«, stimmte Ginie zu. »Daniel geht ständig auf ein verdammtes Bier mit seinem besten Freund Chris. Jetzt bin wirklich einmal ich an der Reihe.«

»Das klingt gut«, sagte Cara. Sie wandte sich an die anderen. »Was haltet ihr davon, Ladys?«

»Okay.« Pippa schien nicht sehr begeistert zu sein.

»Könnten wir irgendwo in der Nähe hingehen?«, fragte Suzie. »Ich muss einen Babysitter organisieren.«

»Wir könnten in die neue Weinbar in Manly gehen«, sagte Ginie.

»Ist es dort nicht etwas teuer?«, fragte Suzie.

Ginie zuckte mit den Schultern. »Nicht wirklich. Komm schon, Suzie, sei ein wenig lockerer.«

Suzie starrte Ginie einen Moment lang an, dann schien sie sich um einige Zentimeter aufzurichten. »Ich bin eine alleinerziehende Mutter«, sagte sie, und ihre Stimme zitterte leicht. »Ich habe nicht viel Geld zur Verfügung. Das verstehst du vielleicht nicht, Ginie, aber so ist es nun einmal.«

Ginie öffnete den Mund, doch dann schloss sie ihn wieder. »Okay«, sagte sie, »die ersten beiden Runden gehen auf mich.«

Suzie machte eine Pause, als ob sie darauf wartete, dass Ginie noch etwas sagte. Dann nickte sie mit einem kaum merklichen, triumphierenden Lächeln, bevor sie sich Freya zuwandte.

»Buuh, du stinkst, Madame. Kann ich deinen Wickeltisch benutzen, Miranda?«

Miranda zeigte ihr den Weg in Rorys Zimmer.

»Und was ist mit dir, Made?«, fragte Cara leise und drehte sich zu ihr um. »Kannst du nächsten Freitagabend auch kommen?«

»Ich glaube schon«, sagte sie. »Aber wenn Wayan zum Stillen aufwacht, muss Gordon mich holen. Ich fahre nicht.«

Gordon hatte versucht, sie zu überreden, den Führerschein zu machen, doch der Gedanke daran, sich auf den australischen Straßen fortzubewegen, flößte ihr Angst ein. Es gab so viele Regeln.

Made tupfte gedankenverloren den Speichel von Wayans Mund ab, der aus der Öffnung über seiner Lippe drang.

»Natürlich«, sagte Cara. »Und wie geht es Wayan … sonst so?«

Made war dankbar, dass Cara das Thema nicht mied. Die anderen fragten kaum danach, sie fühlten sich offensichtlich unwohl.

»Er beginnt, feste Nahrung zu sich zu nehmen«, sagte Made. »Er ist ein guter Esser.«

»Das ist wunderbar«, sagte Cara. »Ist der Arzt zufrieden?«

»Wir gehen am Donnerstag zu ihm, wenn Gordon wegfliegt.«

»Heißt das, du gehst allein hin?« Cara sah besorgt aus. »Ich kann mitkommen, wenn du möchtest. Ich habe am Donnerstag nichts vor.«

Made hatte sich bereits vor dem bevorstehenden Termin mit dem Kinderarzt gefürchtet. Gordon würde geschäftlich unterwegs sein, und sie hatte Angst, wichtige Informationen über Wayans Gesundheitszustand zu versäumen. Sie sah auf ihn hinunter. Er lag auf dem Bauch auf dem Teppich, und seine Hände und Beine ruderten durch die Luft, so dass er aussah wie eine Schildkröte im seichten Wasser. Er war so hilflos, ihr kleiner Mann, und dennoch so tapfer.

Made strahlte Cara an. »Danke, Cara«, sagte sie. »Du bist sehr nett.«

»Sag mir nur, wann und wo, und ich … *wir* werden da sein.« Cara warf einen Blick in Astrids Richtung. »Oh-oh. Meine kleine Unruhestifterin hat schon wieder nichts Gutes im Sinn.«

Sie stand auf, um Astrid zu holen, die sich irgendwie halb rollend, halb ziehend bis an die andere Seite des Raumes bewegt hatte und gerade den Glasschrank mit klebrigen Handabdrücken verzierte.

In der Weinbar war viel los. Unmengen von Menschen bewegten sich mit Tabletts voller teurer Getränke von der Bar fort. Männer in Anzügen standen in Gruppen zusammen, die Krawatten gelockert und die Hemdsärmel aufgerollt. Zu ihnen hatten sich stark geschminkte Frauen in dünnen Kleidern gesellt.

Made fragte sich, was diese lauten, lachenden Menschen den ganzen Tag über taten. Ihr eigenes Leben hatte sich Wayans ruhigem Rhythmus angepasst und war von langen Phasen unterbrochen, während derer sie tagsüber fernsah oder mit Hilfe ihrer Lern-CDs Englisch lernte. Sie war stolz darauf, das dritte Kapitel abgeschlossen zu haben. Nun hatte sie noch sieben weitere vor sich.

Made sah die anderen Frauen der Müttergruppe an einem Tisch in der gegenüberliegenden Ecke sitzen. Alle hatten sich eigens zurechtgemacht und sahen so anders aus, dachte sie. Ginie trug einen raffinierten, dunkelgrauen Anzug, und der rote Lippenstift ließ sie jünger wirken als bei ihren üblichen Treffen am Freitag.

Cara trug ein sommerliches, weißes Kleid, braune Ledersandalen und runde Ohrringe. Ihre Haare, die sie normalerweise zu einem losen Pferdeschwanz zurückgebunden hatte, fielen ihr in Wellen über die Schultern. Sie lachte, und ihre Zähne hoben sich weiß von ihrer sonnengebräunten Haut ab. Miranda trug ihre üblichen engen Jeans, doch heute hatte sie dazu eine smaragdgrüne Bluse ausgewählt, die ihre intensiv grünen Augen betonte. Pippa trug wie immer Schwarz, doch sie hatte sich sichtlich bemüht, was ihre Haare und ihr Make-up betraf. Sie hatte ihre braunen Haare geföhnt und ihren Pony nach hinten gebürstet und mit einer glitzernden grünen Spange hinter den Ohren befestigt. Auch ihre haselnussbraunen Augen schienen zu leuchten. Was Suzie betraf, so erkannte Made sie kaum wieder. Sie sah aus wie Marilyn Monroe.

Ginie rief ihr etwas zu. »Was möchtest du trinken, Made?« Sie hob die Hand, um ihre Frage zu verdeutlichen.

»Äh …« Made entdeckte einen freien Platz neben Pippa. Neben ihr war immer ein Platz frei. Made warf einen Blick auf die Getränke der anderen. Sie war beinahe eine Stunde zu spät gekommen. Wayan, der den ganzen Nachmittag unruhig gewesen war, hatte sie aufgehalten. Cara und Suzie tranken ein Glas Rotwein, Pippa nippte an einem aufwendigen, grünen Cocktail. Sie kannte ein solches Getränk aus Pantai Raya – aber in Pippas Händen sah es seltsam aus. Ginie und Miranda teilten sich eine Flasche Champagner.

»Äh …« Made sah ein beinahe leeres Glas Mineralwasser neben Miranda stehen. »Ich nehme das Gleiche wie Miranda. Mineralwasser.«

Miranda lachte. »Das ist kein Mineralwasser, Made. Das ist Wodka mit Soda. Ginie und ich waren zu früh hier und haben einen Aperitif getrunken. Und nun sind wir zum Champagner übergegangen, nicht wahr, Gin?« Sie kicherte und hob ihr Champagnerglas. »Cheers.«

»Oh.« Made war überrascht, wie viel Alkohol die Menschen in Australien tranken. In Bali kam es selten vor, dass ein Mann trank, und noch seltener, dass eine Frau trank. Sie selbst hatte Alkohol nur ein Mal ausprobiert. An einer der fünf Bars im Pantai Raya Resort. Auf Ketuts Drängen hin hatte sie einen Schluck aus einer halbvollen Champagnerflasche genommen, die die Gäste zurückgelassen hatten. Sie hatte die Flüssigkeit voller Ekel in den Sand gespuckt.

»Was hältst du von einer Jalapeño Margarita?« Ginie nickte in Pippas Richtung. »Sie sind großartig. Ich habe vorhin eine für Pippa bestellt, weil sie zu ihrer Haarspange passt.«

Made warf einen Blick auf Pippa. Ginies Kommentar hatte ziemlich sarkastisch geklungen, aber was Sarkasmus betraf, konnte man sich in einer fremden Sprache nie sicher sein.

»Der Drink ist etwas zu würzig für mich.« Pippa sah aus, als wäre es ihr peinlich. »Ich hätte wohl besser bei meinem Mineralwasser bleiben sollen.«

»Ach, komm schon«, widersprach Ginie. »Heute ist unser freier Abend.«

»Nicht für mich«, sagte Pippa mit leiser Stimme. »Ich werde die restliche Nacht aufstehen müssen, wenn Heidi aufwacht, falls Robert sie überhaupt zum Schlafen gebracht hat.«

Cara machte ein mitfühlendes Geräusch. »Ist Heidi immer noch so schwer zu beruhigen?«

Pippa nickte. »Ich stehe fünf Mal pro Nacht auf. Robert hört ihr Weinen mittlerweile nicht mehr.« Sie klang gekränkt.

Ginie verdrehte die Augen. »Ich schwöre bei Gott, Männer sind so unfähig.« Sie warf Pippa einen Blick zu. »Das soll keine Beleidigung sein, Pippa. Es ist bloß ein verdammt alter Hut. Männer und ihre verfluchte selektive Taubheit. Daniel leidet auch darunter. Sie scheinen ja ach so scharf auf die Zeugung zu sein, doch danach verlieren sie das Interesse.« Ginie nahm einen großen Schluck Champagner. »Okay, also ... zwei Mal Mineralwasser für Pippa und Made. Möchte sonst noch jemand etwas trinken?« Sie warf einen Blick in die Runde. »Suzie, noch einen Rotwein?«

Suzie schüttelte den Kopf. Ihre Lockenmähne sah heute Abend ungewöhnlich ordentlich und glänzend aus. Sie trug ein rotes Wickelkleid mit einem tiefen Ausschnitt und hatte offensichtlich viel Zeit damit verbracht, sich zurechtzumachen. »Nein, ich sollte wirklich nichts mehr trinken«, sagte sie. »Ich stille noch.«

»Wie du willst«, sagte Ginie und ging in Richtung Bar davon.

»Eigentlich ...«, sagte Suzie und beugte sich verschwörerisch zu dem Rest der Gruppe vor, »sollte ich nicht zu viel trinken, weil ich mich danach noch mit jemandem treffe. Zum *Abendessen.*«

»Was, mit einem *Mann?*« Cara stieß ihr theatralisch den Ellbogen in die Seite.

Suzie nickte und lächelte euphorisch.

»Oh, du bist ganz schön durchtrieben«, sagte Miranda und stürzte den Rest ihres Champagners hinunter. »Wie lange geht das schon?«

»Nicht sehr lange. Ich habe ihn erst vor einigen Wochen kennengelernt.« Suzie kicherte. »Aber als er mich für heute Abend zum Essen einlud, konnte ich nicht nein sagen. Ich hatte ohnehin schon einen Babysitter organisiert, also passte alles irgendwie zusammen. Aber ich muss bald gehen und mich mit ihm treffen.«

»Was? Du verzichtest wegen eines *Mannes* auf weitere Drinks mit uns?«, scherzte Miranda.

»Viel Glück«, sagte Cara. »Wie heißt er denn?«

»Bill.«

»Wer ist Bill?« Ginie war gerade an den Tisch zurückgekommen. »Die beiden Mineralwasser sind auf dem Weg, Ladys.«

»Suzie hat einen Freund«, erklärte Miranda.

»Er ist nicht mein …«

»Na, sieh mal einer an.« Wieder konnte Made nicht sagen, ob Ginie nicht sarkastisch gewesen war.

»Du bist mehr Frau, als ich es bin, Suzie«, sagte Miranda. »Ich könnte mich nicht wieder mit jemandem treffen.« Sie füllte ihr eigenes Glas auf und leerte dann den Rest der Flasche in Ginies Glas. »Das Schminken und Gott weiß was noch alles. Ich bin zu verdammt müde für das alles.«

»Nun, bei mir ist es auch schon eine Weile her«, sagte Suzie leise. »Es war schön, sich für heute Abend herauszuputzen.«

»Mein Gott, es ist bei *mir* auch schon eine Weile her, und ich bin *verheiratet*. Seht mich nur an.« Miranda deutete auf ihre Jeans. »Das ist das Schönste, was ich in letzter Zeit angezogen habe. Und ich habe tatsächlich vorhin noch die Kotze von meinen Jeans geputzt.«

Alle lachten.

»Miranda, du siehst *immer* toll aus«, sagte Cara. Das stimmte, dachte Made.

»Nun, das ist alles nur eine Illusion«, sagte Miranda. »Die meiste Zeit fühle ich mich wie ein Stück Dreck.« Sie schüttelte den Kopf. »Ich bekomme nicht genügend Schlaf. Und mittlerweile ist Willem auch zurück in unser Schlafzimmer gezogen. Er hat seit Rorys Geburt im Gästezimmer geschlafen. Vermutlich denkt er, dass er bald wieder etwas *Action* bekommt.« Miranda spielte nervös mit ihrem Ehering und drehte ihn am Finger hin und her. »Aber das ist wirklich das *Letzte*, woran ich gerade denke.«

Ginie lachte. »Also bin ich nicht die Einzige, die keine Lust mehr darauf hat? Gott sei Dank.«

»Ich glaube, das ist nichts Außergewöhnliches«, sagte Cara. Ihre goldenen Ohrringe schwangen hin und her, während sie sprach. »Ich sitze auch noch nicht wieder fest im Sattel, um es mal so auszudrücken.«

Alle um den Tisch herum lachten, doch Pippas Lächeln wirkte angespannt. Sie spielte nervös mit dem Strohhalm in ihrem Cocktail. Made machte einen etwas verwirrten Eindruck, als würde sie das Gespräch nicht wirklich verstehen. Sie wusste, dass sie über Sex sprachen, doch sie wollte keine Details aus ihrem Privatleben preisgeben. Gordon benahm sich im Schlafzimmer so zärtlich und rücksichtsvoll wie in allen anderen Bereichen des Lebens auch. Wayans Geburt hatte daran nichts geändert. Dennoch hatte sie nie die sexuelle Ekstase erlebt, von der die Mädchen in ihrem Dorf erzählt hatten.

Made warf einen Seitenblick auf Pippa. Sie hatte kaum etwas von ihrem Drink getrunken, und das Mineralwasser stand unangetastet auf dem Untersetzer. Es waren sechs Monate vergangen, seit ihre Babys geboren waren, und über vier Monate, seit die Müttergruppe ins Leben gerufen worden war. Und dennoch war Pippa noch immer nicht integriert und lächelte oder lachte kaum. Warum kommt sie immer noch vorbei, dachte Made. Woche für Woche? Sie beobachtete Pippas Gesicht, das im dämmrigen Licht der Bar kaum zu erkennen war, und einen Moment lang glaubte sie, das Gesicht einer anderen Person zu sehen. Ein weises, verdorrtes Gesicht, das im Nebel am Strand von Sanur auftauchte. Made konnte sich daran erinnern, wie der Nebel sich geteilt und die alte Frau mit einer Opfergabe vor ihr gestanden hatte. Und sie erinnerte sich an ihre Botschaft darüber, wie wichtig Liebe war, egal, wie es nach außen wirkte.

Vielleicht ist Pippa wie ich, dachte Made plötzlich. Vielleicht vermisst auch sie eine andere Welt.

Sie blinzelte.

»Auf Bali denken wir«, begann Made etwas zögerlich, »Sex ist der menschliche Weg, aber wahre Liebe kommt von den Göttern. Jeder kann Sex machen. Das ist leicht. Aber wahre Liebe ist harte Arbeit.« Sie beugte sich nach vorn. Es war schwer, sich durch den Lärm um sie herum Gehör zu verschaffen. »Wir sind nun Mütter … vielleicht bekommen die Männer weniger Sex, nicht wahr? Aber wir arbeiten hart für die Liebe. Manchmal tut es weh. Wir opfern viele Dinge. Wir geben den Männern mehr Liebe und den Babys mehr Liebe, und manchmal verlieren wir uns selbst.« Sie machte eine Pause. »Aber die Leute auf Bali sagen, diese Anstrengung ist nicht umsonst. Die Götter sehen, wie hart die Mütter arbeiten. Sie helfen uns, weiterzumachen. Sie geben uns ihren Segen.«

Einen Moment lang sagte niemand ein Wort. Made warf Pippa von der Seite einen Blick zu. Ihre Augen glänzten im Schatten.

»Made, du findest immer die richtigen Worte«, sagte Ginie plötzlich und hob ihr Champagnerglas. »Ich trinke auf dich.«

»Hört, hört!«, sagte Cara.

Auch die anderen hoben ihre Gläser und stießen an.

»Auf mehr Liebe und weniger Sex.« Miranda lachte. »Mit Ausnahme von Suzie, die heute Abend alles klarmachen wird.«

Suzie kicherte und warf einen Blick auf ihre Uhr. »Ich muss jetzt *wirklich* gehen und mich mit Bill treffen.« Sie hängte sich ihre Handtasche über die Schulter. »Er lädt mich ins Saltfish ein.«

»Oh, sehr nett«, sagte Miranda. »Willem hat mich vor Rorys Geburt dorthin eingeladen. Das Essen ist *sehr* gut.« Mirandas Ellbogen rutschte von der Tischkante, und sie verschüttete ihren Champagner. »Ups.« Sie kicherte laut.

»Wir sehen uns nächsten Freitag, Ladys«, sagte Suzie. »Und

danke für den Vorschlag, dass wir heute Abend ausgehen, Miranda. Und dir auch, Ginie. Es war nett, sich einmal ohne die Babys zu treffen.«

Ginie winkte ihr zu. Miranda war damit beschäftigt, den verschütteten Champagner mit einigen Papierservietten aufzuwischen.

Made sah zu, wie sich Suzie den Weg durch die schwitzende, wogende, grölende Menge hindurch zum Ausgang der überfüllten Bar bahnte. Das alles war eine ganze Welt von ihrem Zuhause in den Bergen von Bali entfernt.

Sie nippte an ihrem Mineralwasser. Nein, diese Frauen aus der Müttergruppe waren *nicht* ihre Familie. Sie konnten weder Komang, Ketut oder ihre geliebte Mutter ersetzen noch den Trost und die Kameradschaft des Lebens in einem Dorf. Dennoch waren diese Frauen nicht so vollkommen anderes als sie selbst. Und abgesehen von Gordon und dem kleinen Wayan, waren sie momentan das Beste in ihrem Leben hier in Australien.

Sie war eine Fremde, weit fort von zu Hause. Und diese Frauen waren ihre *Freundinnen*.

SUZIE

Suzie durchsuchte ihren khakifarbenen Hanfkorb, den sie überallhin mitnahm. Zwischen dem Bio-Zwieback, den Stoffwindeln und dem Aloe-Vera-Gel fand sie schließlich ihren Geldbeutel. Sie öffnete das Fach mit den Münzen und holte die pastellblaue Visitenkarte hervor, nach der sie gesucht hatte.

»Hier«, sagte sie und gab sie an Pippa weiter. »Er ist der beste Naturheiler, bei dem ich jemals war. Ich habe nicht lange, nachdem Nils mich verlassen hatte, begonnen, zu ihm zu gehen.« Suzie verzog das Gesicht, als sie sich an die Trennung erinnerte. Sie war damals siebenundzwanzig Jahre alt, im achten Monat schwanger und finanziell von Nils abhängig gewesen. »Ich war vollkommen fertig, und er hat mir wirklich geholfen.«

Pippa sah sich die Karte genau an und drehte sie in der Hand hin und her. Pippas Haut war blass, ihre Augen waren blutunterlaufen und ihre Wangen eingesunken.

Suzie warf einen Blick auf die anderen, die um den Tisch herumsaßen. Auch sie schienen heute nicht gerade guter Laune zu sein. Es war die letzte Frühlingswoche, doch auf die weißen Schirme des Strandhäuschens prasselte der Regen herab.

»Es ist unglaublich, welche Fähigkeiten er hat«, fuhr Suzie fort. »Er sieht mir in die Augen und weiß, was ich brauche. Als ich das erste Mal bei ihm war, litt ich unter einem Zink- und Eisenmangel. Er hat sofort einige Kräuter zusammengemischt und innerhalb von drei Wochen war ich …«

»Danke«, fiel Pippa ihr unvermittelt ins Wort.

»Es nennt sich *Iridologie*«, fügte Suzie hinzu. »Er kann einem sagen, was einem fehlt, indem er einem einfach in die Augen sieht. Du solltest es ausprobieren.«

Pippa sah leicht genervt aus. »Ich bin mir nicht sicher, ob mir ein Naturheiler helfen kann.«

Suzie zuckte mit den Schultern. Was war eigentlich Pippas Problem? Jedes Mal, wenn Suzie ihr ein nett gemeintes Angebot machte, stellte sie die Stacheln auf wie ein Stachelschwein. Sie hatte bei Gott oft genug versucht, sie aus der Reserve zu locken. Und die anderen ebenfalls. Aber Pippa machte es einem nicht gerade leicht. Selbst Cara war nicht sehr weit bei ihr gekommen – und Cara mochte wirklich *jeder*. Und nun hatte sie Suzies Rat auf schnippische und undankbare Weise ausgeschlagen. Nun, eigentlich interessiert mich das alles gar nicht, dachte Suzie. Es gibt Grund genug zur Freude.

Freya kreischte laut und stemmte sich gegen die Gurte ihres Kinderwagens.

»Sch, meine Kleine«, sagte Suzie und gab ihr ein Stück Zwieback.

Ihre Kinder waren nun alle etwa sechs Monate alt und begannen, ihre eigene Persönlichkeiten zu entwickeln. Astrid wand sich auf Caras Schoß und streckte sich in Richtung Boden. Schließlich schrie sie entrüstet auf, als sie zurückgehalten wurde. Rose saß in einem tragbaren Kinderstuhl neben Ginie und spielte mit einem klebrigen, rosafarbenen Marshmallow. Draußen auf dem Spielplatz bildeten sich unter den Spielgeräten bereits Pfützen. Digby hockte unglücklich neben Miranda auf einem Stuhl und ärgerte Rory, der in seinem Kinderwagen saß, mit einem Strohhalm. Made versuchte, Wayan mit einem Gemüsebrei zu füttern, doch der Großteil rann einfach wieder aus der Spalte über seiner Lippe heraus.

Suzie konnte sich nicht erinnern, wie der medizinische

Fachausdruck für das Gebilde lautete, doch Made hatte erst vor kurzem wieder einen Spezialisten aufgesucht. Anscheinend hatte ihr dieser erklärt, dass eine Operation unumgänglich sein würde, sobald Wayan drei Jahre alt war. Die Schwellung über seiner Lippe war mit jedem Monat größer geworden. Suzie konnte nicht anders, als sie anzustarren. Sie hatte Made ebenfalls die Visitenkarte des Naturheilers gegeben, doch soweit sie wusste, hatte Made ihn nie aufgesucht. Wenn die Leute der Naturheilkunde doch nur eine Chance geben würden, überlegte Suzie, dann würden sie vielleicht tatsächlich etwas lernen.

Unter dem Tisch begann ihre Tasche zu vibrieren. Sie griff nach unten und zog ihr Handy heraus. Sie hatte eine neue Nachricht erhalten.

Bin zurück aus Tokio. Bleibt es bei der Massage heute Abend?

Sie grinste.

»Bill?«, fragte Cara.

Suzie nickte. »Er ist gerade aus Japan zurückgekommen.«

»Die Sache mit euch beiden läuft also gut?«

Suzie versuchte, ein Lächeln zu unterdrücken. »Na ja, wir sind ja erst kurz zusammen.«

Bei ihrer ersten Verabredung hatte Bill bewiesen, dass er das genaue Gegenteil von Nils war. Aufmerksam, großzügig, stark. Sie hatte sich allein durch die ersten Monate mit Freya gekämpft. Das war etwas, das keine der anderen Frauen aus der Müttergruppe wirklich verstehen konnte. Doch nun war Bill in ihr Leben getreten wie ein weißer Ritter, der aus dem grauen Nebel aufgetaucht war, und er hatte sie an das Gute im Leben erinnert. Sie konnte es nicht erwarten, ihn heute Abend wiederzusehen.

Suzie war in dem Café mit angeschlossenem Waschsalon, in dem sie jeden Morgen während ihres Spazierganges mit Freya haltmachte, praktisch in ihn hineingerannt. An diesem Tag war sie dreißig Minuten früher dran als sonst, es war erst kurz nach halb sieben Uhr. Sie blieb an der Ecke vor dem Café stehen und bückte sich, um für Freya einen Stoffbären aus dem Fach unter dem Kinderwagen zu holen. Sie gab ihn Freya, strich sich die Haare glatt und kniff sich heimlich in die Wangen, in der Hoffnung, ihnen dadurch mehr Farbe zu verleihen. Seit Wochen versuchte sie bereits, die Unterhaltungen mit dem Kellner, der die Kaffeemaschine bediente, etwas auszubauen. Die meiste Zeit über gab er sich reserviert, doch eines Morgens am Ende des Winters hatte er sich tatsächlich nach Freya erkundigt. Seit damals hoffte sie, dass er vielleicht wieder nach ihr fragen würde.

»Hi«, sagte sie und schob den Kinderwagen zur Theke.

»Das Übliche?«, fragte er.

Sie nickte.

Er begann, die fettfreie Milch für ihren Cappuccino aufzuschäumen. »Wie weit gehen Sie denn jeden Morgen?«, fragte er.

Sie lächelte und war erfreut über sein Interesse.

»Bis ich wieder bei meiner Wohnung bin, sind es acht Kilometer. Dadurch komme ich aus dem Haus und habe einen guten Start in den Tag.« Sie sah ihm zu, wie er die Milch in den Pappbecher goss. Nun würde ihre Unterhaltung jeden Moment zu Ende sein. »Alles in allem bin ich etwa eine Stunde unterwegs.«

»Drei Dollar fünfzig, bitte.« Er schob ihr den Kaffee zu.

Sie holte die Münzen aus ihrem Geldbeutel. »Danke.« Sie überlegte, ob sie noch etwas anderes sagen konnte.

Dann trat sie einen Schritt zurück und stieß gegen einen

großen, dunkelhaarigen Mann im Nadelstreifenanzug. Heißer Kaffee spritzte aus dem kleinen Loch im Deckel und auf ihre rechte Hand.

»Entschuldigung.« Sie hatte nicht bemerkt, dass jemand hinter ihr gestanden hatte. Aber sie hatte ja auch ihre gesamte Aufmerksamkeit dem gutaussehenden Kellner gewidmet.

»Alles in Ordnung?«, fragte der Mann.

»Ja«, sagte sie. »Ich habe Sie nicht gesehen.«

»Was möchten Sie heute Morgen trinken, mein Herr?«, fragte der Verkäufer, während er Suzie ignorierte. Er hatte diese Anrede nicht bloß zufällig gewählt, dieser Mann verdiente Respekt. Abgesehen von seinem teuer aussehenden Anzug, schien ihn eine Aura der Autorität zu umgeben.

»Einen kurzen Espresso macchiato«, sagte er. »Heute ist wieder einer dieser Tage.« Er spielte an seinem Blackberry herum und scrollte durch die Nachrichten.

Suzie holte sich einige Servietten von der Theke und begann, ihre Hand abzutupfen.

Der Mann sah von seinem Blackberry auf. »Darf ich Sie auf einen Kaffee einladen? Sie haben die Hälfte von dem hier verschüttet.«

Sie sah ihn überrascht an. »Das ist sehr nett von Ihnen.«

»Was nehmen Sie?«

Aus einer Laune heraus antwortete sie: »Ich nehme, was Sie nehmen. Ich habe noch nie einen … wie war das noch – einen kurzen Soundso – probiert.«

Sein Gesicht entspannte sich zu einem Lächeln. Seine Zähne waren weiß und gerade. Er sah aus wie ein Zahnarzt aus einem Werbespot für Zahncreme.

»Einen Espresso macchiato«, wiederholte er.

»Ja, bitte. Ich probiere gerne neue Dinge aus.« Sie schob sich ihre blonden Locken aus dem Gesicht.

Der Kellner machte sich an die Arbeit.

Der Mann ließ seinen Blackberry in die Tasche gleiten und wandte sich ihr zu.

»Acht Kilometer sind eine lange Strecke. Das sind vierzig Kilometer in der Woche, die Wochenenden nicht mit eingerechnet. Sie gehen jede Woche einen Marathon. Wie schaffen Sie das?«

Suzie errötete. Er hatte ihre Unterhaltung mit dem Kellner belauscht. Doch vor allem hatte er sich gemerkt, was sie gesagt hatte.

»Jeden Tag eine Stunde zu gehen ist einfach, im Vergleich zu ...« Sie warf einen Blick auf Freya, die mit ihrem Teddybären gegen die Seitenwand ihres Kinderwagens schlug. »Im Vergleich zu der Verpflichtung, den ganzen Tag für sein Kind da zu sein.« Sie senkte den Blick. »Ich habe keinen Partner, wissen Sie.«

Sogar jetzt, acht Monate nach ihrer Trennung von Nils, schämte sie sich, wenn sie es eingestehen musste. Gleich nachdem Nils sie verlassen hatte, hatte sie bemerkt, was es bedeutete, eine alleinerziehende Mutter zu sein. Das missbilligende Schweigen, die gedankenlosen Anspielungen, die spitzen Bemerkungen von Menschen, die sie kaum kannte. Sie wappnete sich gegen seine Ablehnung, die bestimmt in der einen oder anderen Form kommen würde.

»Ich kann mir kaum vorstellen, wie schwierig das sein muss.«

Sie sah ihn überrascht an.

»Meine Schwester hat zwei Jungen unter drei Jahren«, fuhr er fort. »Sie hat einen Ehemann, aber ich weiß trotzdem nicht, wie sie das alles schafft.«

Suzie strahlte ihn an.

»Bitte sehr«, sagte der Kellner und schob zwei kleine Milchgläser in ihre Richtung.

»Oh«, sagte Suzie. »Der Kaffee ist nicht zum Mitnehmen?«

»Nein.« Der Mann lächelte. »Kleine Macchiatos trinkt man so, wie die Italiener es tun. Man steht an der Bar und führt dabei eine anregende Unterhaltung.«

Er stieß mit seinem Glas gegen das ihre.

»Cheers«, sagte er und stürzte die Flüssigkeit in einem Zug hinunter. Dabei wandte er den Blick nicht von ihr ab. »Nun, das bringt das Herz in Schwung.«

Suzie kicherte, während sie das Glas an ihre Lippen hob. *So, wie es die Italiener tun.* Etwas an der Art, wie er diesen Satz gesagt hatte, hatte ihn wie eine Einladung klingen lassen.

»Kommen Sie«, drängte er sie. »Sie müssen ihn in einem Zug austrinken.«

Sie legte den Kopf in den Nacken und stürzte den Kaffee hinunter. Sie zuckte zusammen. Sie war mehr Milch gewöhnt.

»So«, sagte sie und stellte das Glas auf die Theke, »jetzt habe ich heute also bereits etwas Neues kennengelernt.«

Der Mann lächelte. »Wenn Sie morgen wiederkommen, könnten wir einen *Doppelten* versuchen. Das ist etwas für wahre Kaffeeliebhaber.«

Sie sah ihn ungläubig an. *Das* war ganz sicher eine Einladung gewesen.

Freya wimmerte und warf ihren Teddy auf den Boden.

»Ich gehe jetzt besser«, sagte sie und hob das Stofftier auf. »Danke für den Kaffee.«

»Das Vergnügen war ganz auf meiner Seite.«

Am nächsten Morgen weckte sie Freya schon früh auf, um sicherzustellen, dass sie das Haus wie am Tag zuvor um sechs Uhr verlassen konnte. Sie versuchte, ihre Angst zu unterdrücken, während sie sich auf ihren üblichen Weg in Richtung des

Cafés machte. Würde der gutaussehende Fremde tatsächlich wiederkommen?

Sie blieb an der Ecke vor dem Café stehen und sah auf die Uhr: Es war genau sechs Uhr dreißig. Sie zwang sich, nicht nach ihm Ausschau zu halten. War er bereits im Café, saß er in einem geparkten Auto, oder kam er zu Fuß? *Oder ist er überhaupt nicht da?*, rief eine Stimme in ihrem Kopf. Sie war Enttäuschungen gewöhnt.

Sie bückte sich und suchte im unteren Fach des Kinderwagens nach dem nagelneuen Krokodil von Fisher Price mit den beweglichen Klauen und dem ausziehbaren Schwanz. Sie hatte es am gestrigen Nachmittag gekauft, da sie wusste, dass ein neues Spielzeug Freya zumindest fünfzehn Minuten und vielleicht sogar länger beschäftigen würde. Sie wollte den Fremden unbedingt wiedersehen. Und sie wollte dabei nicht gestört werden.

Sie ging bemüht lässig auf die Theke zu.

»Hi«, sagte sie und nickte dem Kellner zu.

»Ich dachte schon, Sie kommen heute nicht.«

Da war er. Er saß auf einem Stuhl neben einer der Waschmaschinen und las den Wirtschaftsteil einer Tageszeitung.

»Ich dachte, ich hätte Sie vielleicht verschreckt«, fügte er hinzu.

Sie lächelte ihn an. »Ich bin wiedergekommen, um meinen *Doppelten* zu trinken.«

»Eine gute Wahl«, sagte er. »Der beste Kaffee an der Nordküste.« Er gab dem Kellner ein Zeichen. »Zwei Doppelte, bitte.«

»Sofort, Chef«, erwiderte der Kellner.

Ja, dachte sie, er ist *tatsächlich* der Chef. An diesem Morgen sah er aus wie der Inbegriff eines erfolgreichen Geschäftsmannes, und seine silber und marineblau gestreifte Krawatte hob sich von seinem makellos gebügelten Hemd ab.

Er deutete auf den Hocker neben ihm. »Und glauben Sie bloß nicht, dass man einen Doppelten vielleicht auch zum Mitnehmen bekommen könnte. Haben Sie zehn Minuten Zeit?« Er wartete ihre Antwort gar nicht erst ab. »Holen wir doch zuerst einmal Ihre Tochter herein.« Er trat hinaus auf die Straße und schob den Kinderwagen an der Theke vorbei zu den Waschmaschinen hinüber.

»Sie haben das wohl schon einmal gemacht«, bemerkte sie, als er den Kinderwagen abstellte und mit der Schuhspitze die Bremse aktivierte.

»Meine Neffen.«

»Verbringen Sie viel Zeit mit ihnen?«

»Nicht so viel, wie ich gerne möchte. Ich bin, beruflich bedingt, oft auf Reisen.«

Er zog einen Stuhl für sie heran. »Gestatten Sie«, sagte er. Seine Stimme klang selbstbewusst und überzeugend. Er arbeitet vermutlich in der Werbebranche, dachte sie.

»Ich heiße Bill.« Er streckte ihr seine Hand entgegen. »Schön, Sie kennenzulernen.«

»Suzie«, antwortete sie und wurde plötzlich verlegen.

Sein Gesicht war vollkommen symmetrisch wie das einer Renaissance-Statue. Er war etwa zehn Jahre älter als sie. Seine schwarzen Haare wurden von silbernen Strähnen durchzogen, was sein einzig sichtbarer Mangel zu sein schien. Abgesehen davon war er in ihren Augen so perfekt wie ein Gott. Er hatte sanfte, braune Augen, volle Lippen, eine glatte Haut. Zieht ihm eine Toga an, und er sieht aus wie ein römischer Gott, dachte sie. Er stand auf, um seinen Blackberry aus der Tasche zu ziehen, und sie konnte einen Moment lang sein Aftershave riechen. Nils hatte nie Aftershave benutzt, es hatte bei ihm einen Ausschlag verursacht. Bill legte den Blackberry auf sein Knie.

»Ich bitte um Entschuldigung«, sagte er und deutete mit dem Kopf auf das Telefon. »Theoretisch bin ich vierundzwanzig Stunden am Tag in Bereitschaft. Das ist das Joch der modernen Zeit, fürchte ich. Eine Kultur der ständigen Erreichbarkeit.«

Sie lächelte. Seine Sprache war äußerst kultiviert. Sie bezweifelte, dass sie klug genug für ihn sein würde.

Als ob er ihre Gedanken gelesen hätte, sah er plötzlich zu ihr hoch. »Und was haben Sie vor dem Baby so gemacht, Suzie?«

Zum Glück brachte der Kellner in diesem Moment den Kaffee.

»Zum Wohl«, sagte er, bevor er zur Theke zurückkehrte.

»Der ist ja winzig«, sagte sie und warf einen Blick auf das kleine Gläschen vor ihr.

»Aber klein kann auch wunderschön sein«, sagte er und hielt ihrem Blick stand.

Sie errötete und gönnte sich den hoffnungsvollen Gedanken, dass er damit vielleicht sie gemeint hatte. Ihre Größe hatte sie immer belastet. Seit sie vierzehn Jahre alt war, war sie nicht größer als einen Meter sechzig. Während ihrer gesamten Zeit als Teenager hatte sie auf einen Wachstumsschub gewartet, der jedoch nie gekommen war. Die Leute beschrieben sie oft als »kurvig«, was ihrer Meinung nach bloß eine freundliche Umschreibung für »plump« war. Sogar jetzt, mit achtundzwanzig Jahren, beneidete sie große, schlanke Frauen wie Miranda, bei denen jede Bewegung elegant wirkte.

»Um Ihre Frage zu beantworten«, sagte sie und beobachtete die Kleidungsstücke, die sich in einer der Waschmaschinen drehten. »Vor Freyas Geburt habe ich als Masseurin gearbeitet.«

»Nun, das nenn ich mal einen Job, der nicht zu verachten ist.«

Sie sah ihn an. »Ich habe nebenbei im Fernstudium Naturmedizin studiert, doch nachdem Freya zur Welt gekommen war, musste ich das Studium abbrechen. Ich möchte es nach wie vor beenden. Naturmedizin hat mich immer interessiert. Aber das Studium ist ziemlich teuer. Und im Augenblick nimmt Freya meine ganze Zeit in Anspruch.«

»Natürlich.« Er lehnte sich auf seinem Hocker zurück und beobachtete sie mit verschränkten Armen. Sie hatte das Gefühl, als würden sich seine Augen in ihren Körper bohren.

»Ich hatte mir zu Hause eine Massagepraxis eingerichtet«, fuhr sie fort. »Doch einige Monate nachdem Freya geboren worden war, musste ich in eine kleinere Wohnung in Dee Why ziehen und … alles wurde ein wenig schwieriger. Freya wachte oft genau während einer Massage auf. Schließlich beschloss ich, dass es zu kompliziert war.«

»Und Sie haben niemanden, der Ihnen zu Hause helfen kann?«, fragte er. »Damit Sie wieder arbeiten können?«

Sie schüttelte den Kopf. »Meine Eltern leben in Brisbane. Ich komme ursprünglich aus Queensland.« Sie lächelte, als sie an ihre Mutter und ihren Vater in ihrem holzvertäfelten Haus mit den zwei Schlafzimmern in Sunnybank dachte. Sie vermisste ihre Eltern und ihre jüngere Schwester Tanya. Als Nils sie verlassen hatte, hatten ihre Eltern vorgeschlagen, dass sie und Freya zu ihnen nach Hause ziehen sollten. Doch Suzie wusste, was für eine Zumutung das gewesen wäre. Tanya lebte noch immer in dem Zimmer, das sie sich während ihrer Kindheit geteilt hatten. Trotz der Beteuerungen ihrer Mutter, dass sie es schon schaffen würden, hatte Suzie nicht gewusst, wie das hätte funktionieren sollen. Also hatte sie beschlossen, in Sydney zu bleiben, bis ihr klargeworden war, was sie als Nächstes tun wollte.

»Meine Schwiegermutter lebt zwar in der Nähe …«, fuhr

Suzie fort, »nun, eigentlich ist sie die Mutter meines Ex-Freundes. Aber es ist etwas kompliziert mit ihr.« Sie hielt inne und wurde sich plötzlich bewusst, dass bis jetzt nur sie geredet hatte.

»Und was ist mit Ihnen, Bill? Was machen Sie beruflich?«

»Ich arbeite als geschäftsführender Manager für die Federation Bank und betreue dort den Privatkundensektor.«

Sie nickte beeindruckt.

»Es ist vollkommen banal, das versichere ich Ihnen. Als Masseur zu arbeiten würde viel mehr Spaß machen.« Er zwinkerte ihr zu. »Vielleicht könnte ich zu Ihnen kommen. Es macht mir nichts aus, wenn Ihre Tochter weint. Ich bin das von meinen Neffen gewöhnt. Und ich habe momentan vollkommen verspannte Schultern und einen verspannten Nacken. Und wenn Sie gut sind, dann kann ich Sie vielleicht weiterempfehlen.«

Sie war sich nicht sicher, ob er es ernst meinte oder ob sie nur wollte, dass er es tat.

»Würden Sie darüber nachdenken?« Er betrachtete ihr Gesicht. »Es müsste allerdings nach Büroschluss sein. Was vielleicht auch die Sache mit dem weinenden Baby erleichtert. Ich wohne gleich bei Ihnen die Straße hoch, in Collaroy.«

»Ich ...« Sie kannte diesen Mann nicht einmal. Doch als sie mit ihrer Praxis begonnen hatte, hatte sie doch auch eine kleine Anzeige in der Zeitung *Manly Daily* veröffentlicht und ihr noch unbekannte Klienten angenommen. Zumindest hatte sie Bill zuvor schon einmal gesehen.

»Darf ich Sie vielleicht vorher zum Abendessen einladen, damit ich Ihnen beweisen kann, dass ich kein Psychopath bin?«

Sie lachte. »Ja, vielleicht.«

»Gut«, sagte er und stand vom Tisch auf. »Geben Sie mir

Ihre Nummer, und ich werde Sie anrufen, um etwas auszumachen. Wie wäre es mit nächster Woche, wenn ich aus Melbourne zurückkomme? Wir könnten in ein nettes Restaurant gehen.« Er nahm seinen Blackberry und begann, einige Tasten zu drücken. »Suzie ... und wie ist Ihr Nachname?«

»Raymond«, antwortete sie.

»Und Ihre Telefonnummer?«

Sie gab sie ihm.

»Gut.« Er holte einige Münzen und einen Schlüsselbund aus seiner Hosentasche. Sie bemerkte den glänzenden Lexus-Schlüsselanhänger. Er legte acht Dollar auf den Tisch.

»Und wie ist *Ihr* Nachname?«, fragte sie.

»White«, sagte er. »Das ist hier in Australien wohl ein sehr häufiger Name. Hat Ihnen der *Doppelte* geschmeckt?«

»Nicht so sehr wie der kleine Macchiato.«

»Nun, Sie lernen schnell. Ich rufe Sie an. Auf Wiedersehen, meine Kleine«, sagte er und zwickte Freya in die Wange.

»Freya«, erinnerte sie ihn, »ihr Name ist Freya.«

»Wie die skandinavische Göttin der Liebe«, sagte er. »Mein Gott, Sie sind wirklich interessant.«

Sie saß sprachlos da, während sie ihm zusah, wie er aus dem Café eilte.

Mit Bill in dem exklusiven Saltfish-Restaurant zu Abend zu essen kam Suzie wie ein Traum vor. Er hatte einen der besten Tische mit Blick auf das Meer reserviert. Sie teilten sich eine Platte mit Meeresfrüchten und einen teuren Wein, während er ihr unterhaltsame Geschichten aus den Städten erzählte, in die er beruflich reiste: Peking, Schanghai, London, Mumbai. Suzie war noch nie in ihrem Leben in Übersee gewesen. Sie saß wie gefesselt da und wagte kaum, ihn zu unterbrechen. Während der Nachspeise hielten sie Händchen, und Bill fütterte sie mit Mousse au Chocolat, wobei er spielerisch ihre Lippen berührte.

Er brachte sie nach Hause in ihre Wohnung in Dee Why und begleitete sie zur Tür.

»Wunderschöne Suzie«, sagte er, bevor er sich zu ihr hinunterbeugte und sanft seine Lippen auf ihre legte.

Der Kuss weckte in ihr den Wunsch nach mehr.

»Kann ich dich für eine Massage buchen, wenn ich in ein paar Wochen aus Tokio zurückkomme?«

Sie wollte nicht so lange warten.

»Ja«, sagte sie, »sehr gerne.«

Es fiel ihr schwer, es tun zu müssen, doch als die Zeit gekommen war, rief sie Monika an. Während sie die Nummer wählte, zwang sie sich, sich zu entspannen. *Einatmen. Ausatmen.*

»Hallo?«

Selbst der Klang von Monikas Stimme, der leicht sarkastische Unterton, ließ Suzie zurückschrecken. In besseren Zeiten hatten sie und Nils immer über Monika gelacht. Was für ein wunderbarer, kosmischer Scherz es doch gewesen war, dass eine verklemmte Frau wie Monika einen so entspannten und gelassenen Sohn wie Nils zur Welt gebracht hatte.

»Hallo, Monika, ich bin's – Suzie.«

Die Stille sprach Bände.

»Wie geht es dir?«, fragte Suzie und bemühte sich, fröhlich zu klingen.

»Wie geht es Freya?«, fragte Monika und ignorierte die Frage.

»Gut, danke. Wunderbar. Darum rufe ich an. Ich hatte gehofft …«

»Es ist schon so lange her«, unterbrach Monika sie. »Wochen …«

»Ja, ich weiß. Es tut mir leid«, sagte Suzie. »Ich war beschäftigt.«

Suzie widerstand dem Drang, Monika zu sagen, dass auch sie das Telefon in die Hand nehmen und sie anrufen könnte. Doch so war es immer schon gewesen, auch bevor Freya geboren worden war. Es war immer Nils und Suzies Aufgabe gewesen, sich bei Monika zu melden, und nicht umgekehrt. Und wenn sie sich zu lange Zeit ließen, dann ließ Monika sie wissen, wie beleidigt sie sich fühlte.

»Monika, ich habe mich gefragt, ob du mir vielleicht helfen könntest.« Suzie verzog das Gesicht, während sie sprach. »Ich würde gerne wieder eine Massagepraxis eröffnen. Es ist schwer, nur von der staatlichen Hilfe zu leben.«

Das war nicht gelogen. Der läppische Betrag, den alleinerziehende Eltern bekamen, deckte kaum ihre Lebenshaltungskosten. Und nachdem sich Nils praktischerweise dem Agrarsozialismus und dem Leben in einer Kommune verschrieben hatte, gab er natürlich an, kein Geld zu haben, um Unterhalt für Freya zu zahlen. Verzweifelt hatte sie sich an die örtliche Rechtsberatungsstelle gewandt, doch die angeblich gesetzliche Unterhaltspflicht kam in diesem Fall nicht zum Tragen, und es war nicht möglich, eine Unterhaltszahlung zu erzwingen.

»Wie auch immer …« Sie deutete Monikas Schweigen als Aufforderung weiterzusprechen. »Ich hatte gehofft, an zwei Abenden pro Woche wieder arbeiten zu können. Nicht allzu oft. Und nachdem Freya nun durchschläft, hatte ich gehofft, dass du sie vielleicht am Dienstag und Donnerstag über Nacht zu dir nehmen könntest?«

Monika schnaubte. Suzie war sich nicht sicher, ob sie überrascht oder verärgert war.

»Natürlich«, sagte Monika.

Suzie blinzelte und wartete auf einen Einwand, doch Monika sagte nichts mehr.

»Nun, danke, Monika. Könnten wir vielleicht schon nächsten Dienstag damit beginnen?«

Sie hielt den Atem an.

»Natürlich«, wiederholte Monika.

Suzie konnte ihr Glück kaum fassen.

»Okay. Ich packe alles vorher zusammen. Ein wenig gefrorene Milch, bloß für den Fall, Kleidung zum Wechseln, das tragbare Bettchen und einige Decken. Ich bringe sie um sechs Uhr vorbei, nachdem ich sie gebadet und gefüttert habe. Sie sollte dir keine Schwierigkeiten bereiten. Und ich kann sie am nächsten Morgen abholen, bevor du zur Arbeit gehst.«

Monika arbeitete als Fahrlehrerin. Das war auch etwas, worüber Suzie und Nils gelacht hatten, wenn sie sich vorstellten, wie sie hilflose Teenager hinter dem Steuer beschimpfte.

»Gut. Das wird sicher … nett. Danke, Suzie.«

Suzie war sprachlos. »Nein, ich danke *dir,* Monika. Bis dann.«

Sie legte das Telefon zur Seite und schüttelte den Kopf. Es war noch nie so leicht gewesen, Monika von etwas zu überzeugen.

Sie lieferte Freya am darauffolgenden Dienstag um sechs Uhr bei Monika ab. Sie musste gegen den Drang ankämpfen, noch länger zu bleiben. Es wird alles gutgehen, ermahnte sie sich. Monika denkt immer an alles. Doch als sie Freya in dem Wissen an Monika übergab, dass sie ihre Tochter erst in zwölf Stunden wiedersehen würde, war sie beunruhigt. Es war das erste Mal, dass Freya bei jemand anderem übernachtete. Und außerdem handelte es sich um Monika – um eine Frau, die sie nicht gemocht hatte, selbst als mit Nils noch alles in Ordnung gewesen war. Wenn bloß ihre eigenen Eltern nicht Tausende Kilometer weit weg gewohnt hätten.

Bill sollte die Sache hier wert sein, dachte sie.

Als sie ihm um acht Uhr die Tür öffnete, wusste sie sofort, dass er es wert war. Er lehnte lässig im Türrahmen und hielt eine Flasche Wein in der einen und einen Strauß rosarote Rosen in der anderen Hand. Er streckte ihr beides entgegen.

»Deine anderen Klienten werden dir hoffentlich keine solchen Geschenke mitbringen.«

Sie lächelte. Er roch frisch geduscht, sein Aftershave war eine aufregende Mischung aus Moschus und Sandelholz. Er war ganz offensichtlich nicht wie angekündigt direkt vom Büro aus zu ihr gefahren.

»Ich war noch im Fitnessstudio«, erklärte er. »Boxen.« Es war einfach, sich ihn vorzustellen, wie er einen Sandsack bearbeitete.

»Kein Wunder, dass du im Nacken- und Schulterbereich verspannt bist«, ermahnte sie ihn.

Er betrachtete sie von oben bis unten. »Du bist wunderschön.«

Ihr Magen zog sich vor angenehmer Aufregung zusammen.

Nachdem sie Freya bei Monika abgeliefert hatte, war sie nach Hause geeilt, um noch schnell ein Lemongras-Bad zu nehmen. Sie hatte ihren ganzen Körper mit Mandelöl eingerieben, bevor sie in ein figurbetontes violettes Kleid geschlüpft war. Sie hatte kein Make-up aufgelegt, sondern lediglich einen Hauch Lipgloss aufgetragen. Ihre blonden Locken fielen auf ihre Schultern.

»Danke«, sagte sie. »Komm doch herein.«

Sie hatte sich sorgfältig auf diesen Moment vorbereitet. Das Massagebett stand in der Mitte des abgedunkelten Wohnzimmers, wo normalerweise der Couchtisch stand. Es hatte etwas Mühe gekostet, den Couchtisch ohne fremde Hilfe in Freyas Zimmer zu verfrachten, doch sie hatte es geschafft. Zumindest hatte sie als alleinerziehende Mutter gelernt, selbständig zu sein. Drei Handtücher hingen über einem großen Heizkörper. Neben dem Massagebett stand ein kleiner Tisch mit einer Glasschale, in der Teelichter und Wachsblumenblüten schwammen, die sie aus dem Vorgarten des Nachbarn geholt hatte. Die Luft roch nach Ylang-Ylang und Orangenblüten, und man hörte die leisen Klänge einer indischen Gitarre. Eine große Flasche Avocado-Öl stand in einem Behälter mit heißem Wasser.

»Herzlich willkommen«, sagte sie.

Ohne ein Wort zu sagen, begann er, sein Hemd aufzuknöpfen. Sie wandte sich in Richtung Küche. Der Anstand gebot es ihr, den Raum zu verlassen.

»Geh nicht.«

Sie stand wie gelähmt da, während er sich bis auf ein Paar schwarze Boxershorts auszog. Sie stellte sich sofort vor, wie es wäre, die Beine um ihn zu schlingen.

Er lächelte sie im Halbdunkeln an, während die Schatten über seine nackte Brust tanzten. »Mit dem Gesicht nach oben oder nach unten?«

»Nach unten«, sagte sie und schluckte.

Ich werde heute Nacht noch Sex haben, dachte sie.

Es war mehr als neun Monate her, seit sie zum letzten Mal Sex gehabt hatte, und mehr als ein Jahr, seit sie zum letzten Mal Spaß daran gehabt hatte. Während der letzten Monate war der Sex mit Nils mühsam geworden. Genau genommen war der Sex mit Nils jedoch immer eine Enttäuschung gewesen. Dabei hatte es so vielversprechend begonnen: Er war ein gutaussehender Yoga-Lehrer mit Interesse für Tantra. Doch in seinem ständigen Streben nach kosmischer sexueller Erfüllung – *kundalini*, wie er es nannte – schaffte Nils es nicht einmal, die grundlegenden Dinge richtig zu machen. Er berührte sie wie eine Hausfrau, die einem Rezept folgt: methodisch, die einzelnen Schritte laut vorlesend, immer darauf bedacht, die Zutaten noch einmal zu überprüfen. Seine endlosen Fragen während des Liebesspiels störten sie. Sie wollte ihm nicht erklären müssen, was sie wollte, oder seine Hand an die richtige Stelle führen. Für jemanden, der in so enger Verbindung mit seinen femininen Gefühlen stand, hatte Nils die ihren vollkommen vernachlässigt. Im Gegensatz dazu strahlte Bill ein urtümliches sexuelles Selbstbewusstsein aus. Er war das typische Alphatier.

Bill legte sich auf das Massagebett. Sie breitete ein warmes Handtuch auf seinem Rücken aus, strich über sein Gesäß und legte ein weiteres Handtuch über seine Füße. Dann nahm sie seine Fußsohlen einen Moment lang in ihre Hände und beruhigte ihre Atmung. Sie hatte vor, sich selbst so zu zentrieren, wie sie es normalerweise bei einer Massage tat. Sie stellte sich ein weißes Licht vor, das ihren Körper und Geist reinigte. Dann dachte sie an ein dickes Seil, das um ihre Taille geschlungen war und bis zum Mittelpunkt der Erde führte, wo es sie mit deren heißem Kern verband. Wärme floss durch ihren Körper. Sie öffnete die Augen und warf einen Blick auf Bill.

Sie war bereit.

Danach lag sie, den Rücken ihm zugewandt, auf dem Sofa. Ihr Körper pulsierte. Sie spürte, wie er sich hinter ihr auf seinem Ellbogen aufrichtete und einen Arm um ihre Taille schlang.

»Hier«, sagte er. Seine Hand bewegte sich vor ihren Lippen, der Daumen und der Zeigefinger waren aneinandergepresst.

»Wie bitte?«

»Lass uns nach dem Sex eine rauchen.« Er führte die Finger zu seinen Lippen und zog an einer imaginären Zigarette. »Versuch es auch einmal.« Er bewegte seine Hand auf sie zu.

Sie lächelte. »Ähm, okay.«

Sie tat so, als würde sie ihm den Joint aus den Fingern nehmen, und zog lautstark daran. »Wow, guter Stoff.«

Er lachte laut auf, dann rollte er sich auf sie und drückte ihre Schultern auf das Sofa. Sein Gesicht war nur einige Zentimeter von ihrem entfernt.

»Das war preisverdächtig. Ich fühle mich wie ein König.«

Sie kicherte. So hatte noch nie jemand mit ihr gesprochen. Es fühlte sich gut an. Sie erinnerte sich daran, wie der Sex mit Nils meist geendet hatte: Zunächst hatte er laut aufgestöhnt, nachdem er wieder zu früh gekommen war, dann hatte er sie ausgefragt, ob sie einen Orgasmus gehabt hatte. Oder auch nicht.

Bill musste ihr diese Frage nicht stellen. Ihr Höhepunkt war wie ein Vulkanausbruch gewesen – beide Male.

Er setzte sich auf und schwang die Beine auf den Boden. »Die Massage war auch wunderbar. Ich werde dich meinen Freunden weiterempfehlen. Mit dem Vorbehalt, dass du mit keinem von ihnen ins Bett steigst. Ich will dich ganz für mich allein.«

Er zog sich seine Boxershorts an und schloss den Reißverschluss seiner Hose. Dabei fiel sein Blackberry aus der Tasche. Er nahm ihn und warf einen Blick auf das Display.

»Verdammt«, sagte er, »wir müssen das Abendessen auf ein anderes Mal verschieben. Ich muss noch etwas im Büro erledigen.«

»Um halb zehn Uhr abends?« Sie hatte einen Salat aus grünen Bohnen und Papayas vorbereitet, bevor er gekommen war.

»Ja, das ist ganz normal bei mir. Ich stehe rund um die Uhr auf Abruf bereit.«

Er fuhr sich mit den Fingern durch die Haare. Dann griff er in die hintere Tasche seiner Hose und zog seine Autoschlüssel und seinen Geldbeutel hervor. Er öffnete ihn, zählte sechs Fünfzig-Dollar-Scheine heraus und legte sie auf das Massagebett.

»Danke für die Massage, meine Schultern fühlen sich bereits viel besser an.«

Sie starrte die Scheine an. Dreihundert Dollar waren drei Mal so viel, wie sie normalerweise verlangte.

»Ich bin keine Prostituierte.«

»Wie bitte?«

Sie wandte den Blick ab.

»Wofür hältst du mich, Suzie?«, fragte er. »Komm her.«

Sie ging vorsichtig auf ihn zu, sein Tonfall jagte ihr ein wenig Angst ein.

Er streckte die Arme aus und zog sie an sich, so dass sie vor ihm stand und seine riesigen Hände auf ihren Schultern lagen. »Sag das *nie* wieder.« Sein Ärger ließ ihn größer erscheinen. »Du bist eine wunderschöne Frau und eine exzellente Masseurin. Ich habe für die *Massage* bezahlt.«

Er nahm die Scheine und legte sie in ihre rechte Hand. Dann fuhr er mit seinen Händen an beiden Seiten ihres Gesichtes entlang. »So wunderschön«, sagte er. »Ich bin ein glücklicher Mann.«

Er beugte sich vor und küsste sie, wobei seine Zunge die ihre berührte.

»Sprich mir nach: Der Sex war gratis.«

»Ja«, hauchte sie, »das war er.«

Als sie Freya am nächsten Morgen abholte, konnte sie sich kaum auf die Straße konzentrieren. Sie summte vor sich hin und genoss das wunderbare Gefühl, das die vorige Nacht in ihr hinterlassen hatte. Bill hatte ihren Körper angebetet, seine Lippen und Hände hatten ihre Geheimnisse erkundet. Sie hatte sich noch nie so weiblich gefühlt.

Monika öffnete schwungvoll die Tür, noch bevor Suzie anklopfen konnte.

»Hallo, Suzie!« Sie war an diesem Morgen ungewöhnlich überschwänglich.

Bills Bild in ihrem Kopf verschwand.

»Hallo, Monika. Wie geht es Freya?«

»Gut, gut«, sagte Monika in geschäftsmäßigem Ton. »Sie sieht sich gerade eine Lern-DVD an.«

»Oh.« Suzie atmete tief ein. Wie oft hatte sie Monika schon gesagt, dass sie nichts davon hielt, wenn Kinder unter drei Jahren fernsahen. Und wie oft hatte Monika genickt, als hätte sie verstanden.

Sie folgte Monika den Flur hinunter.

»Sie ist nur zwei Mal in der Nacht aufgewacht und wollte gefüttert werden«, sagte Monika.

Nur zwei Mal? Um gefüttert zu werden? Suzie sagte nichts. Seit mehr als einem Monat schlief Freya bis fünf Uhr dreißig morgens durch. Sie hatte die eingefrorene Milch bloß für Notfälle eingepackt.

Dann betrat sie das Wohnzimmer. Freya saß gegen ein riesiges Kissen gelehnt vor dem Fernseher. Die Vorhänge waren zugezogen, und das Licht des Fernsehers flackerte über ihr Gesicht.

Suzie ging zum Fenster und zog die Vorhänge auf. Sonnenlicht strömte ins Zimmer.

»Hallo, meine Kleine. Wie geht es dir?«

Sie ging zum Fernseher hinüber und machte ihn aus, dann kniete sie sich neben Freya nieder.

»O mein Gott.«

Sie setzte Freya auf und starrte auf ihren Kopf, dann drehte sie sich zu Monika um.

»Du hast ihr die Haare geschnitten.«

»Bloß ein bisschen.«

»Bloß ein *bisschen?*«, fragte Suzie mit zitternder Stimme.

»Sie hingen ihr in die Augen.«

Suzie hob Freya vom Kissen hoch. »Ich *wollte* nicht, dass du ihr die Haare schneidest«, sagte sie. »Sie waren noch nicht zu lang. Und es ist *meine* Aufgabe, das zu tun.«

Sie eilte von einem Zimmer ins nächste und sammelte Freyas Sachen zusammen. Als Nils sie verlassen hatte, hatte Suzie sich damit abgefunden, dass Freya ihr einziges Kind sein würde. Sie wollte nicht, dass Monika sie wertvoller erster Erinnerungen beraubte, die sich nicht mehr wiederholen ließen.

In der Küche holte sie die leere Flasche und einen Sauger aus dem Waschbecken. Sie stopfte sie in einen Plastikbeutel, dann fiel ihr die Dose mit dem Milchersatzpulver auf dem Küchentresen auf. Sie starrte die Dose an, dann riss sie die Kühlschranktür auf. Ihre beiden Beutel mit der gefrorenen Muttermilch lagen noch immer tiefgekühlt neben den Fischstäbchen.

»Es war zu aufwendig, sie mitten in der Nacht aufzutauen«, erklärte Monika.

Suzie drehte sich verärgert zu ihr um.

»Und da hattest du zufällig eine Dose Milchersatzpulver zu Hause oder wie?«

Monika wusste, wie wenig Suzie vom Zufüttern hielt, sie hatte geschworen, dass Freya niemals Milchersatzpulver bekommen würde.

Suzie stürmte auf die Eingangstür zu. Sie trug Freya auf der

Hüfte und hatte sich mehrere Taschen über die Schulter gehängt.

»Ich begleite dich noch zum Auto«, bot Monika an.

»Nein danke.«

Dann knallte sie die Haustür hinter sich zu.

Bei der nächsten Müttergruppe in der darauffolgenden Woche erzählte sie den anderen die ganze Geschichte. Es war ein strahlender Sommermorgen im Dezember, doch die Hitze machte die Babys quengelig.

»Monika hat *Freyas Haare* geschnitten, ohne dich vorher zu fragen?«, wiederholte Cara ungläubig.

»*Und* sie hat ihr Milchersatzpulver gegeben«, sagte Suzie, »obwohl ich ihr eigens einige Beutel mit Muttermilch dagelassen hatte.«

»Mein Gott, das ist wirklich schlimm«, sagte Cara. Sie winkte dem Kellner hinter der Theke zu. »Noch eine Runde, Ladys?«

Der Kellner nickte ihnen zu. Nachdem sie sich schon sooft als Gruppe im Strandhäuschen getroffen hatten, kannte er ihre Wünsche mehr oder weniger auswendig.

Suzie tupfte sich die Augen mit einem Taschentuch trocken. Cara legte ihr einen Arm um die Schultern.

»Ich sollte mich nicht so aufregen«, sagte Suzie. »Es ist ja nicht so, dass ich es nicht von ihr erwartet hätte. Monika macht ständig solche Dinge, es hätte mich also nicht überraschen dürfen.« Sie putzte sich die Nase. »Ich glaube, ich habe wohl einfach gehofft, dass alles gutgehen würde. Aber nun werde ich Freya niemals wieder bei ihr lassen.«

»Mach dir keine Sorgen, ich verstehe dich vollkommen, Suze«, sagte Miranda. »Willems Mutter lässt uns die meiste Zeit in Ruhe, doch wenn sie uns besucht, dann ist es die Hölle auf Erden. Sie geht doch tatsächlich durchs Haus und fährt mit dem Finger die Türrahmen entlang, um mir zu zeigen, wie staubig sie sind. Und Willem ist auch keine Hilfe, er sagt bloß immer, dass ich sie ignorieren soll. Die Männer schlagen sich *immer* auf die Seite ihrer Mütter.«

»Mein Gott.« Ginie lachte. »Ich frage mich, ob denn nicht *eine* dieser Frauen selbst eine Schwiegermutter gehabt hat, die wie *sie* war?«

»Sie sind nicht alle so übel, Gin«, sagte Cara. »Meine Schwiegermutter ist eigentlich ziemlich nett. Wirklich. Aber wir besuchen sie nicht allzu oft. Sie ist zu sehr damit beschäftigt, Richards Vater zu pflegen.«

»Er leidet an Alzheimer, nicht wahr?«, fragte Miranda.

Cara nickte. »Da bleibt leider nicht viel Platz für Enkelkinder. Mein Vater leidet auch darunter. So haben uns Richard und ich ja auch kennengelernt – unsere Mütter besuchen beide dieselbe Selbsthilfegruppe. Es war nicht gerade ein so romantisches Kennenlernen, wie unsere Suzie hier es erlebt hat.« Cara wandte sich ihr zu. »Wie geht es dir und Bill übrigens?«

Suzie versuchte, ein Lächeln zu unterdrücken. Sie wollte nicht selbstgefällig wirken. »Es ist wunderbar. Wir haben eine wirkliche Verbindung zueinander.«

»Das ist gut«, sagte Ginie. »Denn die wirst du auch brauchen, wenn du erst einmal *seine* Mutter kennenlernst.«

Daran hatte Suzie noch nicht einmal gedacht. Bill hatte noch nie von seinen Eltern oder anderen Familienmitgliedern erzählt, abgesehen von seiner Schwester mit den beiden Söhnen. Der Gedanke daran, dass sie einmal *zwei* Schwiegermütter haben würde, war beängstigend. Vor allem, wenn man Monikas bisherige Erfolgsbilanz betrachtete.

Made räusperte sich. »Meine jüngere Schwester auf Bali, ihr

Name ist Komang. Sie hat letzten Monat geheiratet. Nun lebt sie mit Mutter von Ehemann.«

Die anderen stöhnten.

»Du machst Witze«, sagte Ginie. »Wie alt ist deine Schwester denn?«

»Sie ist mittlerweile siebzehn.«

»Und das ist *legal*?«

Made nickte. »Auf Bali ist das normal. Unsere Kultur sagt, die Frau muss nach der Hochzeit zur Familie ihres Mannes ziehen. Die Mutter des Mannes hilft, die Kinder großzuziehen. Alle in der Familie helfen. Tanten, Onkel, Cousinen.« Sie kitzelte Wayans Füße. Sein kehliges, gackerndes Kichern war ansteckend. »Meine Schwester Komang, sie hat jetzt weniger Freiheiten. Die Mutter des Mannes sagt ihr, was sie tun muss. Sie kocht, sie putzt, sie macht viele Dinge für die Mutter des Mannes. In Australien haben die Frauen großes Glück.«

Suzie errötete, der Vergleich beschämte sie ein wenig. Vielleicht hatte sie überreagiert, was Monikas Verhalten betraf.

»So ist es in vielen anderen Ländern auch«, fügte Cara hinzu. »Ich hatte während des Studiums einen Freund, der aus Indien stammte. Seine Schwester wurde wegen der Mitgift von der Schwiegermutter angezündet und umgebracht.«

»Mein Gott«, sagte Ginie und schüttelte den Kopf. »Worüber regen *wir* uns eigentlich so auf?«

»Ich weiß auch nicht«, fuhr Pippa sie unvermittelt an. Ihre Augen funkelten. »Meiner Meinung nach gibt es ohnehin nicht vieles, worüber sich *irgendeine* von euch wirklich beschweren könnte. Eure Kinder sind gesund, eure Ehemänner haben einen Job, eure Schwiegereltern helfen euch. Was will man mehr?« Die Bitterkeit in ihrer Stimme war nicht zu überhören.

Niemand sagte ein Wort. Die Frauen blickten einander hilfesuchend an.

Pippas Wangen waren feuerrot. Ihre Hand zitterte, während sie ihren Kaffee umrührte. Plötzlich ließ sie den Löffel mit einem lauten Klappern auf die Untertasse fallen. Tränen liefen über ihr Gesicht und tropften auf ihr T-Shirt, auf den Tisch, ja sogar auf Heidi. Sie drückte Heidi fester gegen ihre Brust und vergrub ihr Gesicht in ihren Haaren.

Suzie sah die anderen am Tisch beunruhigt an. Alle waren schockiert, so viel war klar, aber noch immer bewegte sich keine von ihnen.

Wäre es eine andere Frau in der Gruppe gewesen, hätte Suzie vielleicht die Hand nach ihr ausgestreckt. Aber sie konnte noch immer den Ärger spüren, der sich hinter Pippas Tränen verbarg.

Nach einer scheinbaren Ewigkeit beugte sich Cara über den Tisch und legte sanft ihre Hand auf Pippas Arm.

Suzie atmete auf. Gott sei Dank gab es Cara.

»Ist alles in Ordnung?«, fragte Cara leise.

Pippa schüttelte den Kopf. Ihre Schultern hingen nach vorn, sie schien aufgegeben zu haben.

»Ich muss in vierzehn Tagen ins Krankenhaus«, sagte sie schließlich. »Ich werde eine Woche lang dort bleiben müssen, und ich weiß nicht, ob Robert das schaffen wird. Ich habe Heidi noch nie länger als zwei Stunden mit ihm allein gelassen.« Sie hob den Blick und begann wieder zu weinen. »Ich wünschte, ich hätte Schwiegereltern oder irgendjemanden, den ich um Hilfe bitten kann.«

»Aber *wir* werden dir helfen, das ist doch selbstverständlich«, sagte Cara sofort. »Ist denn alles in Ordnung mit dir?«

Pippa errötete.

»Das wird es bald wieder sein«, antwortete sie. »Ich muss mich einer Operation unterziehen, um die … Schäden zu reparieren, die während Heidis Geburt verursacht wurden.« Sie schloss die Augen. »Ich hatte einen schlimmen Einriss. Seither bin ich inkontinent.«

»O nein«, sagte Cara. Sie warf den anderen einen hilfesuchenden Blick zu. »Ich meine, ich bin da unten auch nicht mehr die Alte – Astrid hat alles ausgedehnt –, aber nicht so sehr, als dass ich inkontinent geworden wäre. Das muss schrecklich sein.«

Pippa starrte zum Spielplatz hinüber. Heißer Dunst stieg vom Sandplatz empor.

»Ich kann euch ohnehin gleich die ganze Geschichte erzählen«, sagte sie. »Ich meine, warum sollte ich es noch länger vor euch verheimlichen?« Pippa schob ihre fettigen Haare hinter die Ohren. »Ich bin seit Heidis Geburt inkontinent. Ich habe meine Blase nicht mehr unter Kontrolle. Und meinen Darm ebenfalls nicht.«

Suzie schlug eine Hand vor den Mund. Sie hatte bereits gehört, dass es Frauen gab, die nach der Geburt Probleme mit dem Beckenboden hatten, doch sie war davon ausgegangen, dass sich die meisten Probleme wie bei ihr selbst ebenfalls von allein lösten.

»Ich habe es zu lange aufgeschoben«, fuhr Pippa fort. »Ich habe mir immer gedacht, dass es schon besser werden würde.« Sie bedeckte ihr Gesicht mit ihren Händen. »Die Ärzte sagen, dass dieser Zustand einer der Gründe ist, warum ich unter … postnatalen Depressionen leide.«

»Oh«, entfuhr es Suzie unabsichtlich. Sie hätte niemals gedacht, dass Pippas abweisendes Verhalten *daher* rührte.

Pippa hob den Blick, als sie das Geräusch hörte. »Ja.« Sie nickte Suzie zu. »Ich hatte Probleme, zu Heidi eine Beziehung aufzubauen. Das war ihr gegenüber nicht fair. Aber es ist schwer, eine positive Einstellung zu bewahren, wenn man ständig daran denken muss, die eigene Windel zu wechseln.

Und dann auch noch die des Babys.« Pippas Wangen waren dunkelrot, ihre Augen zuckten hin und her.

Suzie fühlte sich schrecklich. Sie hatte die Anzeichen dafür, dass Pippa Probleme hatte, ignoriert. Es war ihr schwergefallen, auf sie einzugehen. Sie fragte sich, was sie wohl getan hätten, wenn ihr Beckenboden zerfetzt worden wäre. Auf jeden Fall hätte sie sich dann nicht mit Bill treffen können. Der Gedanke daran trieb ihr die Tränen in die Augen.

Einen Moment lang sagte niemand ein Wort.

»O Gott«, sagte Cara und legte einen Arm um Pippa. »Du armes, armes Ding. Warum hast du uns nichts davon erzählt?«

Pippa lehnte sich einen Moment lang an sie, dann zuckte sie mit den Schultern. »Ihr hattet alle so viel Spaß mit euren Babys. Ich wollte euch nicht runterziehen.« Sie schniefte, bevor sie sich aufrichtete und sich von Cara löste. »Ich habe jetzt Hilfe in Anspruch genommen. Ich nehme Medikamente gegen die postnatale Depression, und die Operation wird mir helfen ...« Sie schien sich plötzlich zu schämen. »Hört mal, es tut mir leid, dass ich das alles auf euch abgeladen habe. Wenn ihr mir auf irgendeine Weise helfen könntet, während ich im Krankenhaus bin, dann wäre das wunderbar.«

Pippa versteckte sich bereits wieder hinter der üblichen ausdruckslosen Maske. Suzie beugte sich zu ihr vor und bot ihr einen Teller mit Keksen an. Es war ein schwacher Versuch, das wusste sie, doch was hätte sie sonst sagen oder tun können?

Pippa schüttelte den Kopf. »Ich sollte gehen. Ich habe in dreißig Minuten einen Arzttermin.« Sie stand auf und schnallte Heidi in ihrem Kinderwagen fest. »Wir sehen uns nächste Woche.«

Die anderen Frauen in der Gruppe sahen ihr nach, wie sie davonging. Sie schob den Kinderwagen den Grashügel hinauf und hinüber zum Parkplatz.

Einen Augenblick später räusperte sich Ginie. »Das erklärt einiges, nicht wahr?«

»Ja«, sagte Miranda. »Ich wünschte, ich hätte schon früher davon gewusst, dann hätte ich vielleicht versucht, ihr zu helfen.«

»Es ist ziemlich schwer, ihr zu helfen«, sagte Ginie.

»Trotzdem.« Cara seufzte. »Ich habe mir schon von Anfang an gedacht, dass etwas nicht stimmt, aber ich habe nie irgendetwas *getan*.«

»Mir ging es auch so«, gab Suzie zu. »Es war offensichtlich, dass etwas nicht in Ordnung ist.«

»Aber wir können ihr doch trotzdem noch helfen, denke ich«, sagte Made.

Suzie nickte. Sie wusste, wie es war, allein zu sein und keine Familie zu haben, die einen unterstützte. »Du hast recht, Made«, sagte sie. »Es ist noch nicht zu spät.«

Innerhalb einer Woche hatte Suzie einen Plan zurechtgelegt. Sie schickte allen Frauen aus der Müttergruppe eine E-Mail mit dem Titel *Projekt Pippa,* in der sie um Freiwillige warb. Sehr zu ihrer Freude stimmten alle zu, kleine Arbeiten zu übernehmen, die Pippa während ihrer Zeit im Krankenhaus unterstützen würden. Ginie stellte ihr Kindermädchen für Küchendienste zu Verfügung. Sie würde eine Woche lang für Robert vorkochen und das Essen einfrieren. Miranda bot an, am Nachmittag auf Heidi aufzupassen, damit Robert Pippa besuchen konnte. Suzie beschloss, ihren Morgenkaffee mit Bill zu verschieben und stattdessen bei Pippa zu Hause vorbeizuschauen, um Robert bei Heidis Frühstück zu helfen. Als Pippa im Januar schließlich ins Krankenhaus fuhr, war jeder Tag ihres Aufenthaltes verplant.

Drei Tage nach Pippas Operation machten sich Suzie und

Cara zu Fuß auf den Weg ins Krankenhaus, um sie zu besuchen. Es war ein wolkenloser Sommertag, und wie durch ein Wunder waren sowohl Freya als auch Astrid in ihren Kinderwägen eingeschlafen, als sie schließlich beim Krankenhaus ankamen. Suzie kaufte einen riesigen Strauß Sonnenblumen in dem teuren Blumengeschäft im Erdgeschoss, während Cara herausfand, in welchem Zimmer Pippa lag.

Sie klopften an die Tür.

»Herein.«

Suzie warf einen Blick durch das kleine rechteckige Fenster. Pippa sah winzig aus, beinahe wie ein Kind, wie sie in reinweiße Decken gewickelt in ihrem Krankenhausbett lag. Sie winkte sie herein.

»Die hier sind von den Frauen aus der Müttergruppe.« Suzie drückte Pippa die Sonnenblumen in die Hand. »Obwohl ich gerade gesehen habe, dass Made bereits hier war.« Sie deutete mit dem Kopf auf einen geflochtenen Korb auf dem grauen Tisch. Auf den wilden grünen Blättern lagen frische Blumen, Reis und ein kleiner Kuchen.

»Ja, der Korb stand bereits da, als ich aus der Narkose aufgewacht bin«, sagte Pippa. »Die Sonnenblumen sind wunderschön, danke. Robert hat mir von den Mahlzeiten, dem Kaffee, den Spieletreffen und alldem erzählt. Ich weiß gar nicht, was ich ohne euch getan hätte.«

Cara deutete auf Suzie. »Sie hat alles organisiert. Wir waren bloß ihre Sklavinnen.«

Suzie lachte und setzte sich auf die Bettkante. »Das hier ist ebenfalls noch für dich.« Sie gab Pippa einen rosaroten Umschlag. »Wie geht es dir heute?«

Pippa lächelte. »Nun, sie bringen mir mein Essen und die Morgenzeitung, und ich kann schlafen, wann immer ich will … ich habe in den letzten zweiundsiebzig Stunden mehr geschlafen als in den letzten acht Monaten. Wenn die Schmerzen nicht wären, würde ich glauben, ich bin im Urlaub.«

Cara lachte. »Sind die Schmerzen schlimm?«

»Nicht, wenn ich liege. Aber es tut etwas weh, wenn ich mich bewege. Und heute Vormittag werden sie den Katheter entfernen.«

»Mach den Umschlag auf«, drängte Suzie sie.

Pippa öffnete die Lasche und zog eine Karte hervor, auf der in leuchtend rosaroten Buchstaben *Gute Besserung!* stand. Ein Gutschein fiel in ihren Schoß. Sie drehte ihn um und schnappte nach Luft. Es war ein Dreihundert-Dollar-Gutschein für einen Lieferservice für Gourmet-Essen.

»Oh.« Sie war überwältigt.

»Wir haben uns gedacht, dass du vielleicht keine Lust haben wirst, zu kochen, wenn du nach Hause kommst«, erklärte Suzie. »Der Betrag sollte für einen Monat reichen. Und weißt du …«

Sie machte eine Pause. »Es tut mir leid, dass ich nicht erkannt habe, wie schlecht es dir ging. Und wenn wieder etwas Schlimmes passiert, dann … hoffe ich, dass du es uns sagst.« Sie sah Pippa an. »Ich meine, du willst es uns vielleicht nicht immer erzählen. Wir sind alle ziemlich verschieden. Wenn es die Babys nicht gäbe, wären wir vielleicht gar nicht befreundet. Aber wir müssen aufeinander achtgeben.«

Sie senkte den Blick und fragte sich, ob sie vielleicht zu viel gesagt hatte.

Als sie den Blick wieder hob, sah sie, dass Tränen in Pippas Augen standen. Sie griff nach Suzies Hand. »Danke«, sagte Pippa mit zitternder Stimme, »das ist so nett von dir.« Sie hielten sich einen Moment lang schweigend an den Händen. Suzie war erstaunt, wie selbstverständlich es sich anfühlte.

Plötzlich klopfte es an der Tür, die im selben Moment aufschwang. Suzie drehte sich um und sah einen großen, dunkelhäutigen Arzt, der ein Stethoskop um den Hals trug.

»Guten Morgen, Mrs. Thompson«, sagte er. »Ich bin einer Ihrer Chirurgen.«

Suzie konnte seinen Akzent nicht zuordnen.

»Oh, Sie haben Besuch.« Der Arzt nickte Suzie und Cara zu. »Ich komme später …« Er hielt inne und starrte Cara an. Suzie sah verwirrt zu, wie sich der ernste Gesichtsausdruck des Arztes in ein strahlendes Lächeln verwandelte.

»Cara?«, fragte er. »Bist du das?«

Cara erhob sich aus ihrem Stuhl. »Ravi?«

Der Arzt warf Pippa einen entschuldigenden Blick zu. »Ich bitte um Entschuldigung«, sagte er. »Cara und ich sind … alte Freunde.«

»Oh«, sagte Pippa. Eine unangenehme Stille folgte.

»Ähm, wollt ihr beiden euch nicht draußen unterhalten?«, schlug Suzie vor.

Cara drehte sich zu ihr. »Oh«, sagte sie nervös, »es tut mir leid. Ja. Gute Idee.«

Der Arzt hielt die Tür auf, und Cara ging an ihm vorbei.

Mehr als fünf Minuten vergingen, bevor sich die Tür wieder öffnete und Cara das Zimmer betrat.

»Ein alter *Freund?*«, sagte Suzie und zog eine Grimasse.

Cara errötete. »Wir studierten an der gleichen Universität. Wir waren aber nie wirklich … nun, sagen wir *zusammen.*« Sie sah mit leuchtenden Augen zur Tür. »Wir gehen jetzt besser. Ravi möchte sich gerne Pippa ansehen.« Sie griff nach ihrer Handtasche.

Pippa nickte. »Ich danke euch beiden für euren Besuch.«

»Gib uns Bescheid, wenn wir sonst noch etwas für dich tun können«, sagte Suzie. »Ich komme morgen wieder vorbei.«

Pippa lächelte. »Ich kann dir gar nicht genug danken.«

Sie öffneten die Tür, und der Arzt trat erneut ins Zimmer. Er warf Cara ein strahlendes Lächeln zu, als sie an ihm vorbeigingen.

»Mrs. Thompson.« Er hatte wieder seinen professionellen Gesichtsausdruck angenommen. »Ich bin Dr. Nadkarni und habe Dr. Sturgess während der Operation assistiert …«

Dann schloss sich die Tür hinter ihnen.

Als Suzie am darauffolgenden Freitag von der Müttergruppe nach Hause kam, lag ein großer Strauß orangefarbene Gerbera auf der Türmatte. Bill war so aufmerksam. Sie riss den Umschlag auf und las die Karte: *Es tut mir leid. Ich überschreite manchmal die Grenzen. Monika.*

Sie schob die Karte wieder zurück in den Umschlag. Seit dem Vorfall mit dem Haarschnitt hatte sie nicht mehr mit Monika gesprochen. Es war leicht gewesen, ihr über Weihnachten und Neujahr aus dem Weg zu gehen, da Suzie ihre Eltern in Queensland besucht hatte. Sie hatten Freyas erstes Weihnachtsfest in dem heißen, mit Holz vertäfelten Haus ihrer Eltern gefeiert. Es war festlich und chaotisch gewesen. Am Ende ihres dreiwöchigen Aufenthaltes in Sunnybank war es Suzie schwergefallen, ihre Familie zu verlassen, doch die Aussicht, Bill wiederzusehen, war Anreiz genug gewesen. Als sie Anfang Januar nach Sydney zurückgekommen war, hatte Suzie jedoch enttäuscht festgestellt, dass Bill bereits wieder ins Ausland beordert worden war. Aber er sollte in einer Woche zurückkommen, und Suzie zählte bereits die Tage.

Suzie hob Freya aus dem Kinderwagen und schob diesen unter die Treppe, die hinauf zu den Wohnungen im ersten Stock führte. Plötzlich hörte sie Schritte im Treppenhaus.

»Schöne Blumen für ein schönes Mädchen«, rief der alte Mr. Keogh aus Wohnung Nummer fünf zu ihr herunter. »Ich hoffe, sie sind nicht von dem Schurken, der Sie verlassen hat.«

Sie drehte sich um und sah die Treppen hinauf. »Hallo, Mr. Keogh.«

Er hatte sich gegen das Geländer gelehnt. In der einen Hand hielt er einen Sack voller Müll, in der anderen einen Gehstock.

Das Gerücht, dass sie verlassen worden war, hatte sich schnell im ganzen Wohnblock verbreitet. Mr. Keogh tat seine Einwände stets lautstark kund und nutzte jede Gelegenheit, einen Kommentar zu Nils' Verhalten abzugeben. Natürlich meinte er es nur gut, aber allmählich ging es ihr auf die Nerven. Es wurde Zeit, dass er sich über etwas anderes Gedanken machen konnte.

»Eigentlich sind sie von meinem neuen Freund«, sagte sie. »Er behandelt mich wie eine Königin.«

Mr. Keoghs Augen begannen zu strahlen. »Na dann.«

Sie nahm die Gerbera in den Arm und steckte den Schlüssel ins Schlüsselloch. »Es wird Zeit für Freyas Schläfchen. Wir sehen uns später, Mr. Keogh.«

»Schön für Sie«, rief er ihr nach.

Sie setzte Freya auf den Teppich und klapperte mit einer Rassel. Freya rollte sich auf die Seite und strampelte wie wild mit den Beinen, dann stemmte sie sich auf alle viere hoch. Suzie lächelte und lockte sie, indem sie außer Reichweite des Kindes mit der Rassel klapperte. »Komm schon, mein Liebling. Schnapp sie dir.«

Freya riss Suzie die Rassel aus der Hand, dann rollte sie sich wieder auf den Rücken.

»Gutes Mädchen!« Suzie klatschte in die Hände.

Freya tat es ihr nach, ließ die Rassel fallen und klatschte lachend ebenfalls in die Hände. Acht Zähne ragten aus dem rosaroten Gaumen. Freya war das Erste der Babys gewesen, das einen Zahn bekommen hatte.

»Du bist mittlerweile kaum noch ein Baby, nicht wahr?«

Suzie erinnerte sich noch gut an die Zeit, als Freya nicht einmal aufrecht sitzen konnte, und das war noch nicht allzu lange her. Mittlerweile war sie beinahe neun Monate alt, und die Zeit schien schneller als jemals zuvor zu vergehen. Als Freya auf die Welt gekommen war, waren Fremde auf der Straße stehen geblieben, hatten einen Blick in den Kinderwagen geworfen und gesagt: *Genießen Sie es, solange Sie können. Die Zeit vergeht so schnell.* Und die Leute hatten recht gehabt, dachte sie nun. Ihr kleines Mädchen wurde groß.

Suzie stand auf und ging hinüber zum Telefon. Sie atmete tief ein, dann wählte sie Monikas Nummer. Sie würde sich mit Monika versöhnen – für Bill.

Suzie trug einen Bademantel, als sie die Tür öffnete.

»Hi«, sagte sie.

Wasser tropfte von ihren nassen Haaren auf ihren Rücken. Als sie Freya bei Monika abgeliefert hatte, war die Kleine unruhig gewesen. Also hatte Suzie länger als geplant bleiben und Monika dabei behilflich sein müssen, Freya abzulenken, bevor sie sich durch die Eingangstür davonstehlen konnte. Als sie nach Hause gekommen war, hatte sie nur noch fünfzehn Minuten bis zu Bills Ankunft gehabt. Das Essen war noch nicht fertig, und sie war nicht so gut vorbereitet wie sonst. Es war einer dieser Tage gewesen.

Er nahm seine Hand in ihre. »Du warst heute Morgen nicht im Café.« Seine Stimme klang anklagend.

»Ich hatte einen frühen Arzttermin«, sagte sie. »Ich habe dir davon erzählt, erinnerst du dich? Die Blutuntersuchungen, damit wir nicht mehr …«

Er griff nach ihrer anderen Hand und drängte sie in die Wohnung. Sein Griff war fester als nötig.

»Es ist unhöflich, Leute warten zu lassen. Ich bin zu spät zu einer wichtigen Besprechung gekommen.«

Sie sah ihm ins Gesicht. Sie hatte ihm vor einer Woche von dem Bluttest erzählt, und er hatte versprochen, sich ebenfalls testen zu lassen. Außerdem hatte sie ihn am Tag zuvor per SMS daran erinnert.

»Ich muss dich bestrafen. Auf den Boden.«

Sie hob eine Augenbraue. »Oh. Okay.« Sie ließ den Bademantel über ihre Schultern gleiten. Er fiel auf die Matte vor ihren Füßen.

»Auf allen vieren.«

Als es zum ersten Mal passiert war, hatte sie ein wenig Angst gehabt. Doch nun wusste sie, was sie erwartete.

»Sofort.« Er drückte sie auf die Matte.

»Aua«, beschwerte sie sich und rieb sich die Handgelenke.

»Halt die Klappe.«

Einen Moment lang spielte sie mit dem Gedanken, aufzustehen und vor ihm zurückzuweichen. Ihm zu sagen, dass sie bis nach dem Essen warten oder zumindest vorher noch etwas trinken sollten. Sie waren nun seit drei Monaten zusammen, tranken regelmäßig morgens einen Kaffee miteinander und trafen sich in ihrer Wohnung. Während der ersten Wochen hatte er sie zum Essen in einige vornehme Restaurants ausgeführt. Einen Monat später, es war kurz vor Weihnachten gewesen, waren sie zusammen ins Kino gegangen und hatten sich in der letzten Reihe aneinandergeschmiegt. Aber mittlerweile zog er es vor, in ihrer Wohnung zu bleiben und nicht mehr auszugehen. Er war ein exzellenter Liebhaber und enttäuschte sie nie, aber sie wollte mehr. Sie wollte ein geistiges Vorspiel. Sie hatte versucht, ihn dazu zu überreden, am Wochenende nach draußen zu gehen, ein Picknick im Park zu veranstalten oder einen Spaziergang am Meer zu unternehmen. Aber wenn er nicht geschäftlich unterwegs war, dann war Ausgehen das Letzte, das er wollte. »Ich möchte dich einfach ganz für mich allein genießen«, sagte er.

Sie hörte, wie seine Hose hinter ihr zu Boden fiel und das Geräusch seines Gürtels, der aus den Schlaufen gezogen wurde.

Sie kniff die Augen zusammen.

Suzie zuckte zusammen, als sie ihre Position auf dem Holzstuhl veränderte. Ein weiteres Mal war Bills Bestrafung ausgeufert. Die Mütter hatten sich wie immer im Strandhäuschen getroffen, doch heute war es ruhiger. Es war Ende Februar, die Schulferien waren vorüber, und der sommerliche Ansturm begann abzuebben. Die Babys krabbelten und kugelten auf den Picknickdecken herum, die Cara auf dem Gras neben dem Tisch ausgebreitet hatte. Es war mittlerweile beinahe unmöglich geworden, sie noch in ihren Hochstühlen oder Kinderwägen festzuschnallen.

Da Ginie immer wieder Anrufe entgegennahm, während sie am Tisch saßen, begann sich ihr Gespräch um die Arbeit zu drehen. Ginie stand unter Stress, da sie mehrere Mandanten gleichzeitig zu betreuen hatte. Cara genoss ihre Projekte als freiberufliche Autorin. Miranda dachte über die Möglichkeiten nach, die sich ihr im April eröffnen würden, wenn sie wieder ins Arbeitsleben zurückkehrte. Und Made war Hausfrau und Mutter und – soweit es Suzie beurteilen konnte – recht zufrieden damit, keiner Arbeit nachzugehen. Ich habe solches Glück, dass Bill mich finanziell unterstützt, dachte Suzie. Er zahlte ihr für ihre Massagen ein großzügiges Honorar, weshalb sie sich nicht wieder um einen Job als Verkäuferin umsehen musste, was letzten Endes das Einzige war, wofür sie qualifiziert war. Sie dachte oft daran, dass sie nicht in Ginies Lage sein und solch ein hektisches Leben führen wollte. Bills Unterstützung machte es ihr möglich, selbst zu entscheiden.

»Nachdem ich nun die Operation hinter mir habe, denke ich darüber nach, auch bald wieder ins Berufsleben einzusteigen«, sagte Pippa, als Ginie ihr Telefonat beendet hatte. »Ich meine, ich bin körperlich nach wie vor noch nicht ganz gesund, aber es geht mir schon sehr viel besser. Und wir könnten ein zusätzliches Einkommen wirklich gut gebrauchen.« Sie sah Ginie an.

»Ähm, Ginie, ich habe darüber nachgedacht, ein Kindermädchen einzustellen, wenn ich wieder arbeiten gehe, anstatt die Kleine in eine Kindertagesstätte zu geben. Kannst du mir die Nummer der Agentur geben, mit der du zusammengearbeitet hast?«

Ginie hob den Blick von ihrem iPhone. »Klar.«

»Danke.« Pippa schien einen Augenblick zu zögern. »Und ich gehe davon aus, dass es mit Nicole keine Probleme gegeben hat?«

Ginie zuckte mit den Schultern. »Es war die beste Entscheidung, die ich jemals getroffen habe.«

Pippa rührte ihren Kaffee um. »Hast du dir denn nie Gedanken darüber gemacht, dass eine zweite Frau bei dir im Haus wohnt? Du weißt schon, wegen deines Mannes?«

Ginie sah sie überrascht an. »Weshalb?«

Pippa errötete. »Dass er vielleicht … ich weiß auch nicht … dass er sich zu ihr hingezogen fühlen könnte oder so. Man liest immer wieder, dass sich Ehemänner in das Kindermädchen verlieben.«

Ginie schnaubte. »Wenn sie eine brasilianische Göttin

wäre, dann vielleicht. Aber Nicole ist ein Kartoffelsack aus Irland.«

Pippa nickte langsam. Sie sieht nicht sehr überzeugt aus, dachte Suzie.

»Ich glaube nicht, dass ein Seitensprung viel mit dem Aussehen zu tun hat«, wandte Suzie vorsichtig ein. »Wenn ein Mann untreu ist, dann ist er untreu.« Sie dachte an die Frau, der Nils in die Kommune gefolgt war. Sie war nicht sehr attraktiv gewesen, doch das hatte ihn nicht davon abgehalten. Die Untreue war ein Symptom für die tieferliegenden Probleme in ihrer Beziehung gewesen.

»Dann muss man den Männern also einfach vertrauen oder wie?« Pippa sah beunruhigt aus.

»Vielleicht«, sagte Ginie und grinste schief. »Aber Vertrauen ist keine so leichte Sache. Es kann nicht schaden, wenn du ein *hässliches* Kindermädchen engagierst.«

Suzie lachte höflich. Sie verspürte ein flaues Gefühl im Magen. Bill behauptete, dass er nichts mehr liebte, als Zeit mit ihr zu verbringen, doch sie war sich nicht sicher, ob sie ihm noch glauben konnte. Sie hatten hervorragenden Sex, aber mehr nicht. Er versprach ständig, mit ihr irgendwo hinzugehen, doch es geschah nie etwas. Wenn es so schwierig war, jemandem vertrauen zu können, dann wurde es vielleicht Zeit, mit Bill einen anderen Weg einzuschlagen.

Vierzehn Tage lang versuchte sie, Bill zu überreden, doch ohne Erfolg. Er weigerte sich, mit ihr auszugehen, da er, wie er behauptete, Angst davor hatte, sie zu enttäuschen, wenn seine Arbeit wieder einmal ihre Pläne durchkreuzte. Sie begegnete seinen Argumenten mit eisigem Schweigen.

An einem Sonntag Anfang März, an dem Tag, als Freya zehn Monate alt wurde, tauchte er plötzlich unangemeldet auf.

Sie hatte Freya für ihren üblichen Besuch am Bauernmarkt von Manly zurechtgemacht und war gerade dabei, sie in ihrem Kinderwagen festzuschnallen, als sie spürte, dass jemand hinter ihr stand. Sie fuhr herum und sah ihn. Er trug einen großen Korb in der einen und eine Picknickdecke in der anderen Hand.

»Ich habe gedacht, du bist in Perth«, sagte sie.

»Die Besprechung am Montagmorgen wurde abgesagt, also bin ich gestern Abend zurückgeflogen«, antwortete Bill. »Ich habe mir gedacht, wir könnten ein Picknick am Shelly Beach veranstalten.«

Suzie strahlte.

»Nachdem wir auf dem Markt waren, natürlich«, fügte er hinzu. »Hallo, meine Kleine.« Er beugte sich nach vorn und gab Freya einen Kuss, wobei er seine Nase an ihrer rieb.

»Das klingt perfekt.«

Sie fuhren mit dem Bus nach Manly, doch durch Bills Anwesenheit verlief die Fahrt vollkommen anders als sonst. Anstatt zu wimmern und zu zappeln, stand Freya auf Bills Knien, drückte das Gesicht gegen die Scheibe und quietschte, wenn er ihr etwas Interessantes zeigte. In Manly angekommen, schlenderten sie den asphaltierten Weg zwischen dem Hafen und dem Strand entlang und über den Bauernmarkt. Sie schoben abwechselnd den Kinderwagen, während sie sich den Weg zwischen den Menschen hindurchbahnten, die ebenfalls am Wochenende hierhergekommen waren. Suzie hakte sich bei Bill unter und lächelte. Der März war ihr Lieblingsmonat. Die unangenehme Sommerhitze war endlich vorüber, und doch merkte man noch keine Anzeichen des bevorstehenden Herbstes. Und heute erlebte sie endlich das, wovon sie geträumt hatte, seit sie Bill zum ersten Mal getroffen hatte. Sie waren gemeinsam unterwegs. Monika passte nicht auf die Kleine auf, und Bill musste nicht arbeiten. Sie waren ein ganz normales Paar, das das Wochenende genoss. Sie hatte Schmetterlinge im Bauch.

Auf dem Markt kaufte Bill Delikatessen, die sie selbst noch nie gekauft hatte: getrocknete Früchte und teure Käsesorten, geräuchertes Fleisch und cremegefülltes Gebäck. Sie sahen sich an den Ständen nach frisch gepresstem Fruchtsaft um, wurden jedoch nicht fündig. Stattdessen besorgten sie sich eine Packung Orangensaft in einem nahegelegenen Supermarkt. Dann stellten sie den Korb in den Kinderwagen und gingen hinunter zum Strand, wobei Bill Freya auf seinen Schultern trug.

Es war zehn Uhr morgens, und der flache Sandstrand füllte sich bereits mit Familien. Sie entschieden sich für ein sonniges Plätzchen unter den Ästen eines alten Feigenbaumes und breiteten die Decke aus. Suzie setzte Freya auf das Tuch und verteilte einige Spielzeuge um sie herum. Suzie selbst zog sich ihren weiten weißen Kaftan über den Kopf, darunter kam ein roter Bikini zum Vorschein.

»Mein Gott«, sagte Bill und ließ seinen Blick über ihren Oberkörper wandern. Sie legte sich neben Freya in die Sonne und streckte den Rücken durch.

»Das ist nicht fair«, sagte er. Dann beugte er sich nach vorn und flüsterte ihr ins Ohr: »Ich würde es jetzt sofort mit dir tun, wenn das hier nicht ein Strand für Familien wäre.«

Eine Gruppe Inder spielte auf einem Fleckchen Gras in ihrer Nähe Kricket und beschimpfte sich gegenseitig auf Hindi. Suzie lächelte, als sie ihrem lautstarken Streit lauschte. Bill begann, ihre Einkäufe auszupacken und sie sorgfältig auf den Papptellern anzurichten. Er öffnete den Orangensaft und füllte ihn in zwei Plastikbecher.

»Warte einen Moment«, sagte er grinsend. »Ohne das hier schmeckt es nicht so gut.« Er zog einen Weinkühler aus seinem Rucksack und öffnete den Reißverschluss.

»Wow«, sagte Suzie, als er eine Flasche mit französischem Champagner herauszog. »Der war sicher teuer.«

»Für dich ist nur das Beste gut genug.« Er öffnete die Flasche. »Heute haben wir gleich zwei Dinge zu feiern. Erstens ist Freya heute zehn Monate alt.«

Suzie lächelte. »Du weißt es noch.«

»Und außerdem ist es genau vier Monate her, dass wir uns kennengelernt haben.«

Er füllte ihre Becher mit Champagner auf.

»Du bist eine wunderbare Frau, Suzie. Auf dein Wohl.«

Sie errötete. »Danke.«

Freya streckte die Hände nach einem Croissant aus. »Das ist nichts für dich, meine Kleine«, sagte Bill.

»Ich habe Haferbrei für sie dabei«, sagte Suzie. Sie fand Freyas Lunchbox im unteren Teil des Kinderwagens.

»Ich füttere sie«, sagte Bill. »Entspann dich.«

»Wirklich?«

»Ich weiß, wie das geht.« Er lachte. »Es ist ja nicht so schwierig.«

Er zog Freya auf seinen Schoß und band das Lätzchen um ihren Hals. Dann steckte er sich den Löffel zwischen die Zähne, öffnete eine Dose mit biologischem Haferbrei und legte Freya in seine Armbeuge.

Die Kleine starrte ihn an, und ihre blauen Augen waren vor Interesse weit geöffnet, während er den Haferbrei in ihren Mund löffelte. Er schmatzte mit den Lippen und machte übertriebene Geräusche jedes Mal, wenn sie schluckte. »Hm.« Freya streckte die Arme in die Höhe, kicherte und genoss seine Aufmerksamkeit.

»So hast du noch nie dein Frühstück bekommen, nicht wahr?«, sagte Suzie. »Ich glaube, du musst das öfter machen, Bill.«

»Bi bi bi bi«, brabbelte Freya und blickte lächelnd zu ihm auf.

»Sie sagt deinen Namen, Bill!«, sagte Suzie mit tränenerstickter Stimme. »Sie hat noch nie jemanden beim Namen genannt, außer mich.«

All die anderen Meilensteine – das erste Lächeln, der erste Zahn, die erste Nacht ohne Aufwachen – waren einsame Momente der Freude gewesen. Aber nun, da sie sie mit Bill teilen konnte, war die Freude um vieles größer.

Bill lächelte. »Sie ist ein glückliches Baby, nicht wahr?«

Suzie nickte. »Es war immer ziemlich einfach mit ihr, aber ich habe keinen Vergleich, außer die anderen Babys in der Müttergruppe.«

»Meine Schwester geht auch zu einem solchen Treffen«, sagte Bill. »Sie ist ständig mit den anderen unterwegs. Verstehst du dich gut mit den anderen Frauen?«

Sie nickte. »Mittlerweile schon. Aber am Anfang war es schwierig. Ich war die Einzige ohne Ehemann.«

Sie erinnerte sich daran, wie sehr sie sich während des ersten Treffens geschämt hatte, als sie wegen Nils zu weinen begonnen hatte. Danach hatte sie sich nie mehr richtig wohl gefühlt, wenn sich die Gruppe getroffen hatte. Sie hasste ihr endloses Geplapper über ihre vergesslichen und gleichgültigen Männer. Ginie war besonders schlimm und berichtete stets detailgetreu von Daniels Unzulänglichkeiten. *Versuch es doch mal ohne Mann,* wollte Suzie sie dann anbrüllen, *dann denkst du vielleicht anders darüber.* Doch der Drang, so etwas zu tun, war schwächer geworden, seit Bill in ihr Leben getreten war.

»Jetzt ist es wirklich nett«, fuhr sie fort. »Wir treffen uns jede Woche in einem Café und besuchen uns auch zu Hause. Sie gehören mittlerweile zu meinen besten Freundinnen.«

Freya begann zu quengeln.

»Na, du hast wohl schon genug?« Bill wischte ihr den Mund mit einem Tuch sauber. »Warum lassen wir Mummy sich nicht ein wenig ausruhen und gehen dort hinüber und sehen uns das Hündchen an?« Er zeigte auf eine Deutsche Dogge, die mit der Leine an einer Parkbank in der Nähe angebunden war.

»Du verwöhnst mich zu sehr«, sagte Suzie.

Er nahm Freya auf den Arm. »Lass uns gehen, meine Kleine.«

Suzie lag auf der Decke und starrte zu den riesigen Ästen über ihr empor. Sie konnte sich nicht daran erinnern, jemals so glücklich gewesen zu sein. Sie rollte sich auf den Bauch und sah sich um. Wir sind ein Teil dieser Szene am Sonntagmorgen am Strand, dachte sie. Unsere kleine Familie.

Eine plötzliche Bewegung erregte ihre Aufmerksamkeit. Eine Frau winkte ihr zu. Hinter ihr erschien ein Mann, der ein Kind auf dem Arm trug. Suzie lächelte und winkte zurück.

»Hab ich mir doch gedacht, dass du es bist«, rief Cara und ging auf sie zu.

»Schön, dich hier zu sehen.«

»Das ist Familientradition. Wir verbringen jeden Sonntagmorgen hier am Strand«, antwortete Cara. »Du kennst doch Richard, nicht wahr?« Cara deutete auf den Mann hinter ihr.

Richard winkte Suzie zu. »Ja. Hallo, Suzie. Wir haben uns kennengelernt, als die Väter auch zur Müttergruppe eingeladen waren. Damals, als unsere Babys noch Babys waren.« Er lachte und ließ Astrid, die sich bereits in seinen Armen wand, ins Gras gleiten. Sie schwankte auf ihren Beinchen hin und her, bevor sie einige unsichere Schritte machte.

»O mein Gott!«, sagte Suzie. »Sie kann gehen! Das ist doch sehr früh, nicht wahr?«

»Nun, sie ist die Älteste in unserer Gruppe«, sagte Cara. »Sie ist im April zu Welt gekommen, weißt du noch? Aber du kennst sie ja, sie ist immer überall dabei.«

»Ja, sie hat erst vor ein paar Tagen damit begonnen«, fügte Richard hinzu. »Zum Glück kommt sie noch nicht sehr weit.« Er nahm sie wieder in die Arme.

»Kommt, ich stelle euch Bill vor«, sagte Suzie. »Meinen Freund«, fügte sie, an Richard gewandt, hinzu.

»Oh, *das* ist also Bill«, sagte Cara. »Ich kann es kaum erwarten, ihn kennenzulernen.«

Suzie stand auf. »Kommt mit.«

Sie gingen zu der Bank, neben der sich Bill gerade außer Reichweite der Deutschen Dogge niedergekniet hatte. Der Hund zog vor Begeisterung an seiner Leine, aber Suzie war froh, dass Bill keine Anstalten machte, ihn streicheln zu wollen. Ihrer Meinung nach konnte man einem Hund in Gegenwart von Kindern nie ganz vertrauen.

»Bill«, rief sie, doch er sah nicht auf.

»Bill«, wiederholte sie lauter.

Er drehte sich um und lächelte. Er hielt Freya auf dem Arm.

»Bill, das ist Cara aus meiner Müttergruppe. Wir haben uns gerade über diese Gruppe unterhalten, nicht wahr? Und das sind Caras Mann, Richard, und die kleine Astrid.«

»Nett, euch kennenzulernen«, sagte Bill und schüttelte Richards Hand. »Ein schöner Tag heute, nicht wahr?«

»Wunderschön«, sagte Richard. »Wohnen Sie auch in Freshwater?«

Bill schüttelte den Kopf. »Nein, ich wohne etwas weiter oben auf der Halbinsel.«

»Sie kommen mir bekannt vor«, sagte Cara. »Haben wir uns schon einmal gesehen?«

»Das sagen viele Leute«, erwiderte Bill lächelnd. »Ich habe wohl eines dieser Gesichter.« Er wandte sich in Richtung ihrer Decke. »Ich glaube, Freya muss gewickelt werden.«

»Oh, danke«, sagte Suzie und war begeistert, dass er es bemerkt hatte. Sie sahen zu, wie Bill Freya zurück zur Decke trug.

»Wow, er hilft ganz schön mit«, sagte Cara.

Astrid wand sich in Richards Armen. »Willst du wieder hinunter?« Richard stellte sie ins Gras, und sie tapste davon, wobei sie schwankte wie ein Betrunkener. »Ich glaube, sie möchte Freya besuchen.«

»Sie bewegt sich ja wirklich vorwärts«, sagte Suzie.

Cara nickte. »Ja, ich kann es kaum glauben. Freya wird auch bald so weit sein. Sie alle werden in Kürze ihren ersten Geburtstag feiern und wir unseren ersten Muttertag. Das Jahr ist nur so verflogen, nicht wahr?«

Suzie beobachtete aus der Ferne, wie Bill die Ablage des Kinderwagens durchwühlte.

»Ich glaube, ich helfe ihm wohl besser beim Wickeln«, sagte sie.

»Natürlich, wir lassen dich wieder zu ihm«, sagte Cara. »Auf Wiedersehen, Bill.«

Bill hockte sich auf die Fersen und winkte.

»Er scheint wirklich nett zu sein«, sagte Cara. »Wir sehen uns am Freitag.«

Suzie winkte ihnen zu, bevor sie zu ihrem Platz zurückkehrte. Bill saß neben Freya auf dem Boden und telefonierte. Suzie stand neben der Decke, und Bill sah fragend zu ihr auf. Er hielt das Handy ans Ohr gepresst. Er musste heute doch sicher nicht arbeiten? Sie beugte sich nach vorn, um Freya hochzuheben, die gerade ein Papiertuch zerriss. Suzie hörte die verzerrte Stimme des Anrufers. Es war die Stimme einer Frau, und sie klang nicht gerade erfreut.

Sie trug Freya hinüber zum Feigenbaum, legte sie ins Gras und wickelte sie. Dann warf sie einen Blick auf Bill. Er saß unbeweglich auf der Decke und hatte verärgert den Mund verzogen.

Er stand auf und schleuderte seinen Blackberry auf die Decke.

»Es tut mir leid«, rief er und ging auf sie zu. »Das war meine Assistentin. Im Büro ist etwas dazwischengekommen. Ich muss gehen.«

Sie packten schweigend ihre Sachen zusammen.

Einen Moment lang überlegte sie, ihn mit der Frage zu konfrontieren: *Sag mir nur eines, Bill – war das gerade eben deine Freundin oder deine Ehefrau?*

»Hey, es tut mir so leid«, sagte er und griff nach ihren Händen. »Ich mache es wieder gut, ich verspreche es.« Seine Stimme klang sanft und zerknirscht.

Er fuhr ihr mit den Händen über die Wangen, wie er es immer tat.

»Vergiss es«, murmelte sie.

Dann griff sie schwungvoll nach dem Kaftan im Gras und zog ihn über ihren Kopf. Sie konnte seinen Anblick nicht länger ertragen.

Eine Woche später vertraute sie sich Cara an.

Es war ein bewölkter Freitagvormittag, und der kalte Herbst lag bereits in der Luft. Sie hatten sich bei Pippa zu Hause getroffen, da sie Angst gehabt hatten, dass es zu regnen beginnen würde. Die Babys spielten im Wohnzimmer, krabbelten und kreischten und kullerten über ihre Spielzeuge. Astrid wanderte schon selbstbewusster umher, versessen darauf, auch andere Teile des Hauses zu erkunden. Cara lachte, während sie hinter ihr herlief. »Nein, meine kleine Ausbrecherin«, sagte sie und setzte sie wieder auf den Teppich. Einmal schaffte es Astrid bis in die Küche, und als Cara aufstand, um nach ihr zu suchen, folgte Suzie ihr.

»Können wir uns einen Moment lang unterhalten?«, flüsterte Suzie und warf einen Blick zurück ins Wohnzimmer.

»Natürlich«, sagte Cara. Sie zog Astrid unter dem Frühstückstisch hervor.

»Ich weiß nicht, mit wem ich sonst reden soll.« Suzies Augen füllten sich mit Tränen.

»Oh, Suze.« Cara legte ihr eine Hand auf die Schulter. »Geht es dir gut?«

Suzie schüttelte den Kopf. »Ich glaube, Bill belügt mich.«

Cara runzelte die Stirn. »Weshalb?«

»Als wir euch letzten Sonntag am Strand getroffen haben, hat er einen Anruf erhalten. Von einer Frau. Ich habe nicht gehört, was sie gesagt hat, aber sie klang sehr verärgert. Als wäre sie seine Freundin gewesen.«

Cara sah sie an. »Aber es hätte irgendjemand sein können.«

»Nein«, sagte Suzie, »es fühlte sich nicht richtig an.« Sie steckte sich die Haare hinter die Ohren. »Ich meine, wir treffen uns nun seit mehr als vier Monaten, und ich war *noch nie* bei ihm zu Hause. Nicht ein einziges Mal. Und er reist ständig und arbeitet zu den seltsamsten Zeiten. Ich glaube langsam, dass ich wirklich ziemlich dämlich war.«

Und ich höre mich auch dämlich an, dachte sie. Sie hatte sich noch niemals selbst erlaubt, solch negative Gedanken zu hegen, sie wollte keine Pessimistin wie Ginie sein. Aber nun, da sie Cara ihren Verdacht gebeichtet hatte, spürte sie, wie die Unsicherheit wuchs. Es klang alles so lächerlich. *Warum* hatte sie so lange gewartet?

»Ich weiß nicht, was ich tun soll«, flüsterte sie. »Was würdest du tun?«

Cara zögerte. »Ich bin keine Expertin auf diesem Gebiet. Aber ich glaube nicht, dass du dämlich bist, Suze.« Astrid wand sich in ihren Armen, und Cara ließ sie wieder hinunter auf den Küchenboden.

»Ich möchte nicht schon wieder verletzt werden. Nicht nach Nils.«

»Das kann ich mir vorstellen.« Cara legte einen Arm um sie. »Du kannst das alles wirklich nicht gebrauchen, nicht wahr? Du hast so schon genügend Dinge, um die du dich kümmern musst.«

Wieder stiegen Suzie die Tränen in die Augen. Cara verstand sie. Das tat sie immer.

Sie schwiegen einen Moment, dann sah Cara sie an. »Hast du schon einmal Bills Taschen durchsucht?«

Suzie schüttelte den Kopf.

Cara zuckte mit den Schultern. »Ich weiß, es ist eine blöde Idee. Direkt aus dem Kino.« Sie klopfte Suzie noch einmal auf die Schulter. »Ich denke, wenn es sich nicht mehr richtig anfühlt, Suze, dann solltest du deinem Bauchgefühl folgen. Vielleicht solltest du Bill eine Zeitlang nicht treffen?«

Suzie nickte.

»Hey«, rief Ginie aus dem Wohnzimmer herüber, »was habt ihr beiden Verschwörerinnen denn so lange zu flüstern?«

Suzie versteifte sich.

Ohne zu zögern, rief Cara zurück: »Wir besprechen einige Ideen für den ersten Geburtstag der Kinder. Es dauert ja nicht mehr lange, wie du weißt.« Sie ging zur Küchentür hinüber und schnitt Ginie die Sicht ab.

»Mein Gott, ihr seid aber vorausschauend«, sagte Ginie.

»Wir haben darüber nachgedacht, zusammen eine Geburtstagsparty zu organisieren, anstatt alle allein zu feiern«, fuhr Cara fort. »In Manly Dam gibt es eine Grillstelle und genügend Platz für die Kinder, damit sie sich austoben können. Wir könnten unsere Männer und unsere Familien einladen. Was meint ihr dazu?«

»Das klingt wunderbar«, sagte Ginie.

»Und es ist eine gute Ausrede, um gemeinsam Champagner zu trinken.« Miranda lachte.

»Vielleicht könnten wir die Feier am Muttertag veranstalten«, schlug Pippa vor. »Ihr wisst schon, wir könnten beides gemeinsam feiern. Das erste Lebensjahr der Kinder und unser erstes Jahr als Mütter.«

»Das wäre dann der zweite Sonntag im Mai, nicht wahr?«, fragte Ginie und scrollte durch den Kalender ihres iPhones. »Ja, da habe ich Zeit.«

»Ich werde versuchen, dass Willem nicht wieder im Ausland ist. Acht Wochen Vorlaufzeit sollten doch genug sein.«

Made schrieb das Datum in ihr braunes Batik-Notizheft. Sie lächelte. »Es ist gut für unsere Kinder, wenn sie ihren Geburtstag gemeinsam feiern. Der erste Geburtstag ist auf Bali sehr wichtig.«

»Ja, das ist eine großartige Idee, Pippa«, sagte Cara. »Ich kann mir keinen schöneren Muttertag vorstellen, als ihn mit den besten Müttern zu verbringen, die ich kenne. Also, lasst uns gleich besprechen, wer was mitbringt, oder?« Sie warf Suzie über ihre Schulter einen Blick zu.

Suzie lächelte sie dankbar an.

Dann wischte sie sich die Augen mit einem Taschentuch trocken und ging in Richtung Tür.

»Vielleicht sollten wir einen Clown engagieren oder jemanden, der die Gesichter der Kleinen schminkt«, sagte sie.

Dann gesellten sie sich zu den anderen.

»Ich muss gehen, meine Hübsche. Ich habe schon sehr früh eine Besprechung.«

Sie warf im Dunkeln einen Blick auf ihre Uhr. Es war erst sechs Uhr dreißig. Sie dachte an Freya, die bei Monika schlief.

Bill griff nach seinem Geldbeutel auf dem Nachttisch und zog sechs Fünfzig-Dollar-Scheine heraus. Er hielt sie ihr hin.

»Kauf die etwas Schönes. Du hast es dir verdient.«

»Danke.«

Er legte die Scheine auf den Nachttisch.

Bills Großzügigkeit hatte es ihr ermöglicht, Freya Sachen zu kaufen, die sie sich selbst nie hätte leisten können. Sie genoss es, neue Kleider und neues Spielzeug einzukaufen, anstatt die Regale der Heilsarmee durchforsten zu müssen. Als Cara vorgeschlagen hatte, dass sie sich alle an einem Wochenende im Taronga Zoo treffen sollten, hatte sie mitgehen können, obwohl der Eintritt sehr teuer gewesen war. Und wenn es ein Pantomime-Theater für Kinder in der Oper gab, dann zögerte sie nicht und kaufte Karten dafür. Bills regelmäßige Unterstützung war so hilfreich, dass sie die nagenden Zweifel, die sie hegte, bequemerweise zur Seite geschoben hatte.

Sie sah zu, wie er aufstand und nackt ins Badezimmer ging. Dann wartete sie auf das vertraute Geräusch des Wassers, das durch die Kupferrohre rann. Das Morgenlicht begann gerade erst, durch die Ritzen ihrer Jalousien zu dringen. Sie dachte an ihr morgendliches Picknick am Strand. Wie Freya zu Bill gekrabbelt war und er sie in die Luft geworfen hatte, wie es Väter taten. Wie wundervoll es gewesen war, zu dritt zu sein, eine Familie auf einer Picknickdecke, die billigen Orangensaft und französischen Champagner trank. Vor dem Anruf und der Stimme der Frau.

Sie betrachtete erneut Bills Geldbeutel auf dem Nachttisch. Dann warf sie einen Blick in seine Richtung, beugte sich hinüber und öffnete ihn. Sie durchsuchte den Geldbeutel nach seinem Führerschein, nach irgendetwas, das ihr verriet, wo er wohnte. Nichts. Ihr Atem ging schneller, als sie ein Bündel Papiere herauszog, das sich hinter dem Fach mit den Geldscheinen versteckte. Eine Mitgliedskarte für ein Fitnessstudio, eine Autoversicherungskarte, ein Blutspendeausweis. Und schließlich ein rosaroter Notizzettel, der hinten auf dem Bündel klebte. Sie schlug ihn auf, gerade als Bill die Dusche abschaltete. Ein Geschenkgutschein für eine Massage. Die Handschrift sah feminin und verspielt aus, der Text war mit silberner Tinte geschrieben: *Alles Gute zum Geburtstag. In Liebe, M.*

Sie faltete den Notizzettel zusammen und legte den Geldbeutel auf seinen Platz zurück. Dann lehnte sie sich zurück und versteckte sich unter der Decke.

Bill kam, ein Handtuch um die Hüften, aus dem Badezimmer. Sie rollte sich auf den Bauch und schloss die Augen. Sie hörte zu, wie er sich anzog: Boxershorts, Hemd, Hose, Manschettenknöpfe, Gürtel, Krawatte, Socken, Schuhe, Jacke.

Schließlich setzte er sich auf die Bettkante neben sie. Er zog die Decke zurück und presste seine Lippen auf ihre Wirbelsäule. Dann ließ er seine Finger über ihren mit Striemen überzogenen Hintern gleiten.

»Mein Gott, machst du mich scharf.«

Ihr wurde übel.

Er stand auf. »Wir sehen uns am Donnerstag im Café. Gib Freya einen Kuss von mir.«

Sie grunzte, als würde sie noch schlafen.

»Auf Wiedersehen, meine Hübsche.« Sie hörte, wie er die Tür hinter sich schloss.

Dann öffnete sie die Augen und begann zu weinen.

Nachdem sie Freya zu Bett gebracht hatte, saß sie eine Stunde lang am Küchentisch und überlegte sich, wie sie die Nachricht an ihn am besten formulieren konnte. Sie wusste, dass er diese Nacht in Melbourne verbrachte – das hatte er zumindest behauptet. Sie wollte ihn anrufen, mehr erfahren, wissen, was ihm diese andere Frau bedeutete. Ihn beschimpfen und das reinigende Gefühl der Gerechtigkeit spüren. Aber sie hatte auch Angst vor ihm. Er war es gewohnt, zu gewinnen und immer alles zu bekommen, was er wollte. Sie hatte ihm noch nie etwas abgeschlagen, da sie Angst vor seiner Reaktion gehabt hatte. Ihr wurde bewusst, dass sie ihn eigentlich gar nicht kannte. Sie stützte beschämt ihren Kopf auf ihre Hände. Er hatte sie mehr oder weniger für den Sex bezahlt. »M« konnte genauso gut seine Frau sein. Sie wollte es einfach nur noch beenden.

Sie entschied sich für zwei einfache Sätze: *Ich weiß von »M«, der anderen Frau in deinem Leben. Ich möchte dich nicht mehr sehen.*

Danach saß sie bis nach Mitternacht allein auf der Bank in ihrer Küche. Sie hoffte auf eine Antwort und fürchtete sich gleichzeitig davor. Schließlich schlief sie, den Kopf auf den Händen, ein. Am nächsten Morgen sah sie auf ihrem Handy nach.

M ist meine Mutter.

Sie starrte die Nachricht an und wollte ihm glauben. Doch ihr Instinkt sagte ihr, dass er log. Er hatte sie von Anfang an in jeder Hinsicht belogen. Sie schüttelte den Kopf und schrieb ihm zurück.

Bill, es ist aus.

Das Telefon läutete in der Dunkelheit. Sie fuhr vom Sofa hoch und sah sich mit aufgerissenen Augen um. Sie wusste nicht, wie spät es war oder wie lange sie geschlafen hatte. Der Fernseher lief, doch sie hatte den Ton leiser gestellt. Sie sah nach, wer der Anrufer war. Monika.

»Hallo?«, krächzte sie.

»Suzie, habe ich dich geweckt?«

»Ich bin auf dem Sofa eingeschlafen.«

Monika schwieg eine Weile. »Geht es dir gut, Suzie? Ich mache mir Sorgen um dich.«

Sie lehnte sich in das Kissen zurück und presste die Hand fest gegen die Augen. Monika fragte beinahe nie, wie es ihr ging. Suzies Lippen begannen zu zittern.

»Ich … fühle mich nicht wohl«, gab sie zu.

»Kann ich irgendetwas für dich tun? Freya kann noch eine weitere Nacht in dieser Woche bei mir übernachten, wenn du möchtest. Um dir eine Pause zu gönnen?«

»Danke.« Zum ersten Mal fühlte sie sich durch dieses Angebot nicht beleidigt. Monika meinte es nur gut, das wusste sie. Tatsächlich war Monika, abgesehen von den Frauen aus der Müttergruppe, eine der wenigen Personen, die sich wirklich um sie kümmerten. Und sie war die einzige Person auf der Welt, die alles stehen und liegen lassen würde, falls Freya sie brauchen sollte.

»Bist du noch dran, Suzie?«

»Ja«, seufzte Suzie. »Monika, hör zu. Ich habe mich gefragt, ob … ob du vielleicht an einem der nächsten Abende vorbeikommen und mir Gesellschaft leisten möchtest? Wir könnten uns eine DVD ansehen oder so?«

Suzie fiel es schwer, die Abende allein zu verbringen.

»Oh.« Sie hörte die Überraschung in Monikas Stimme. »Nun, das würde ich gerne. Ich könnte am Freitagabend etwas zu essen mitbringen, wenn du möchtest. Sagen wir um halb sieben?«

»Gut«, sagte Suzie. »Dann können wir uns ja weiter unterhalten.«

Sie legte auf.

Monika ist wie ich, dachte sie. Eine Frau, die ganz allein ist auf dieser Welt.

Ohne das zusätzliche Geld, das Bill ihr gegeben hatte, musste Suzie sämtliche Freizeitaktivitäten, die sie gerade erst aufgenommen hatte, wieder einstellen. Den Schwimmunterricht, das Eltern-Kind-Turnen, die Musikschule. Stattdessen begann sie, einmal in der Woche mit dem Zug nach Chatswood zu fahren. Es war billig und machte Freya Spaß. Zuerst fuhren sie mit der Fähre von Manly aus ab, dann nahmen sie die Schnellbahn nach Wynyard, und von dort waren es nur noch sieben Stationen bis nach Chatswood. Sie kauften sich hausgemachte Sandwiches und trafen sich mit Monika während der Mittagspause in einem Park in der Nähe der Fahrschule. Der Ausflug kostete weniger als zehn Dollar, und sie waren immer rechtzeitig zu Freyas Nickerchen wieder zu Hause.

Suzie war sich nicht sicher, was mehr Spaß machte – die Picknicks im Park zusammen mit Monika oder die Zugfahrt nach Chatswood. Freya sah zu, wie der Zug einfuhr, und klatschte in die Hände, wenn er den Bahnsteig erreichte. Dann gab sie leise summende und zischende Geräusche von sich, während sie das Triebwerk und die Schiebetüren des Zuges nachmachte. Sie saßen immer im offenen Teil des Wagens, der für Freyas Kinderwagen am besten zugänglich war, und sahen zu, wie die Welt an ihrem Fenster vorbeiflog. Selbst die banalsten Dinge begeisterten Freya: eine leuchtend blaue Plastiktüte, die unter einem Sitz vor sich hin flatterte, ein Einkaufswagen aus Stoff, eine kitschige Werbung für Kaugummi.

In Chatswood angekommen, gingen sie zu Fuß das kurze Stück zum Park und warteten dort auf Monika. Suzie lag auf der Picknickdecke und sah Freya zu, wie sie hinter den Tauben herwankte und in dem Herbstlaub spielte. Monika gesellte sich mittags zu ihnen und brachte immer ein kleines Geschenk für Freya mit: einen Aufkleber in Herzform, ein aufklappbares Buch, ein Stofftier.

An einem Donnerstag im April saßen sie gerade auf ihrer Picknickdecke und aßen ihre Sandwiches, als Monika einen Lollipop aus einer braunen Papiertüte zog und ihn Suzie gab. Sie drehte ihn in ihrer Hand und betrachtete das Etikett.

»Das ist ein Bio-Lollipop. Ich habe ihn in einem Bio-Laden gekauft«, erklärte Monika. »Er enthält keine künstlichen Farb- oder Konservierungsstoffe. Und anscheinend ist Manuka-Honig auch noch gesundheitsfördernd. Ist es in Ordnung, wenn ich Freya nach dem Sandwich einen gebe?«

Suzie errötete und freute sich, dass sie gefragt worden war. Monika hatte einen ziemlichen Aufwand betrieben, um genau die Art von Belohnung zu finden, die sie selbst ebenfalls gekauft hätte. Noch einige Monate zuvor wäre Monika niemals so rücksichtsvoll gewesen. Wie sehr sie sich verändert hat, dachte Suzie. Wie sehr *wir* uns verändert haben.

»Natürlich«, sagte sie, »das ist sehr lieb von dir.«

Monika tat das Lob mit einem Schulterzucken ab. »Diese Sandwiches sind ein wenig … zäh«, sagte sie. »Was ist das für eine Füllung?«

»Tahina.«

»Noch nie gehört.«

Suzie sagte nichts. In gewissen Dingen würde sich Monika wohl nie ändern. Aber *sie selbst* konnte sich ändern, das hatte sie in den einsamen Wochen seit der Trennung von Bill gelernt. Monika war nicht perfekt, doch sie selbst war es auch nicht. Und Monika hatte bereits dreißig Jahre länger als Suzie gelebt, das musste sie respektieren. Sie hatte ihr eigenes Leben, ihre eigenen Herausforderungen, und sie liebte Freya, wie es nur eine Großmutter konnte.

Wenn sie ihr und Freya zusah, dann wünschte sich Suzie, dass ihre Eltern nicht so weit fort in Brisbane leben würden. Nachdem Bill nicht mehr da war, hatte Freya kein männliches

Vorbild in ihrem Leben, nicht einmal einen Großvater. Die Müttergruppe war nun noch wichtiger für Suzie geworden, da es ihnen eine seltene Möglichkeit bot, soziale Kontakte zu pflegen, die sie beide brauchten. Suzie hoffte, dass es mit der Zeit mehr Unternehmungen in der Gruppe geben würde, die auch die Väter und Großväter mit einbezogen. Zusammenkünfte wie die Party zum ersten Geburtstag der Kinder, die auch gleichzeitig eine Muttertagsfeier werden würde und die Suzie gemeinsam mit Pippa organisierte. Wenn sie noch mehr solche Veranstaltungen durchführten, dann würde Freya wenigstens ein wenig Kontakt zu erwachsenen Männern bekommen.

An einem kalten Abend Ende April hielten die Mütter endlich jenes Treffen des Lesezirkels ab, das sie schon Monate hinausgeschoben hatten. Suzie hatte alle in ihre Wohnung in Dee Why eingeladen.

Cara, Miranda und Ginie quetschten sich gemeinsam auf das durchhängende Zweiersofa, Made hockte mit überkreuzten Beinen auf dem Hochflorteppich, Pippa saß auf einem Klappstuhl, den sie von zu Hause mitgebracht hatte, und Suzie hatte sich in ihrem braunen Patchwork-Sitzsack niedergelassen.

Die Tatsache, dass die Babys nicht bei ihnen waren und sie stattdessen einige Flaschen Wein geöffneten hatten, intensivierte ihre Gespräche. Vielleicht war es aber auch das Buch, Suzie war sich nicht ganz sicher. Sie hatte *Wir müssen uns über Kevin unterhalten* am vergangenen Abend zu Ende gelesen und war bis zum Schluss entsetzt gewesen. Die Szene gegen Ende des Buches, in der der *Soziopath* im Teenageralter einen tödlichen Amoklauf in der Schule unternimmt, hatte sie zutiefst beunruhigt. Die Mütter unterhielten sich nun bereits seit einer Stunde über das Buch, und die Diskussion wurde immer hitziger.

»Nun, ich finde, es war ein wenig weit hergeholt«, wandte Suzie ein und gab den Teller mit dem Käse und den Crackern an Made weiter. »Es war von Beginn an klar, dass Kevin ein Killer ist. Er wurde als kleines Monster beschrieben, selbst als er noch Windeln trug. Aber ich glaube nicht, dass Kevin *tatsächlich* so böse war, wie ihn seine Mutter dargestellt hat. Okay, er war wirklich ein schlimmes Kind. Aber je mehr Seiten ich gelesen hatte, desto mehr kam mir der Gedanke, dass die Mutter selbst einige Probleme hatte. Und zwar schwerwiegende. Etwa damals, als sie Kevin körperlich misshandelte.«

»Mein Gott, nein, Suze.« Ginie stöhnte. »Das war doch keine körperliche Misshandlung. Das war ein einmaliger Ausrutscher. Und Kevin hatte es verdient. Ich will damit nicht sagen, dass es in Ordnung war, aber ich habe durchaus verstanden, warum sie ihn geschlagen hat.«

»Nun, wenn es okay ist, dass seine Mutter ihm Gewalt vorlebt«, entgegnete Suzie, »warum sollte sich dann Kevin anders entwickeln, als er es letztlich getan hat?« Sie hörte selbst, wie schrill ihre Stimme klang, doch sie konnte nichts dagegen tun. »Und als seine Mutter war *sie* zu einem gewissen Teil an dem Massaker mitverantwortlich.«

Ginie schüttelte den Kopf. »Dieser Meinung bin ich nicht. Nicht alle schlimmen Dinge, die ein Kind macht, lassen sich auf eine schlechte Erziehung zurückführen. Kinder treffen auch eigene Entscheidungen.«

»Aber die Erziehung formt das Kind, Ginie«, widersprach Suzie. »Viele schlechte Eltern finden es sehr viel einfacher, sehr viel *bequemer,* etwas anderes – du weißt schon: die Gene, die Regierung, ihren anstrengenden Job – dafür verantwortlich zu machen, als selbst die Verantwortung für das Verhalten ihres Kindes zu übernehmen.«

Suzie fragte sich, ob Ginie die Anspielung begriffen hatte. Seit Monaten fragte sie sich, warum Ginie Roses Erziehung so bereitwillig einem Kindermädchen überließ, obwohl so wenig über die Langzeitfolgen bekannt war.

Cara mischte sich ein. »Ich weiß, was du meinst, Suzie. Die Szene, in der Eva Kevin den Arm brach, war furchtbar. Aber wie Ginie verstehe ich auch, warum sie es getan hat … und es war schrecklich für mich, dass ich mich mit ihr identifizieren konnte! Doch dann dachte ich, dass die Autorin vermutlich genau das beabsichtigt hat. Vielleicht war es ein Mittel, die Leser und Leserinnen – Mütter wie uns – dazu zu bringen, die traditionellen Vorstellungen davon, was eine Mutter zu denken und zu fühlen hat, zu hinterfragen.«

Suzie nippte an ihrem Wein und dachte über Caras Worte nach. Es war ein wenig zu abstrakt für sie. Sie ließ den Blick durch den Raum schweifen und wartete darauf, dass eine der anderen etwas sagte. Sie hatte sechs große Kerzen auf das Bücherregal gestellt und das Licht ausgemacht. Das Kerzenlicht, das über die Decke flackerte, war nicht unangenehm, lenkte allerdings auch ab. Die Luft roch sanft nach Zitrone. Der Geruch und das gedämpfte Licht ließen sie an Bill denken. Sie kniff die Augen zusammen und versuchte, das Bild zu verdrängen.

»Und was hältst du von dem Buch, Miranda?«, fragte Cara und brach damit das Schweigen.

Miranda war den ganzen Abend über still gewesen.

»Mehr Wein?«, fragte Ginie und hielt Miranda die Flasche hin.

Miranda nickte. Dann steckte sie die Nase in das Glas und atmete tief ein. Willem und Miranda waren Weinkenner und

Gourmets, wie Suzie herausgefunden hatte. Miranda und Ginie tauschten ständig Restaurantempfehlungen aus.

»Ich glaube …« Miranda verstummte. »Nun, so viele von euch haben bereits das gesagt, was ich sagen wollte.«

»Das zählt nicht«, widersprach Ginie. »Sag schon.«

»Okay, okay.« Miranda nahm einen Schluck Wein, dann griff sie nach ihrer Mineralwasserflasche und richtete sich auf dem durchhängenden Sofa auf.

»Nun, ich weiß, dass ihr euch alle auf die Mutter, auf Eva, und darauf konzentriert habt, wie sehr *sie* zu Kevins Problemen beigetragen hat«, begann Miranda. »Aber mich hat mehr die Rolle des Vaters interessiert. Zwischen Eva und Franklin blieben so viele Dinge ungesagt. Kevin hat etwas Schlimmes getan, und Franklin hat nichts dazu gesagt. Nach einer Weile dachte ich mir: Er ist ein intelligenter Mann, warum ist er so blind, was Kevin betrifft? Aber auch Eva hat nicht sehr vehement versucht, ihm das Problem näherzubringen. Vielleicht wollte sie Franklin nicht enttäuschen, ich weiß auch nicht. Ich habe mir bloß immer wieder gedacht, dass die beiden als Paar die Tragödie vielleicht hätten verhindern können, wenn sie sich zusammengesetzt und ernsthaft darüber gesprochen hätten. Der Titel des Buches ist interessant, denn sich miteinander zu unterhalten, das ist genau das, was sie nie getan haben.«

»Wow«, sagte Suzie beeindruckt, »hast du Literatur studiert?«

Der Titel des Buches war ihr seltsam vorgekommen, aber an diesen Aspekt hätte sie nie gedacht.

Miranda ignorierte das Kompliment. »Eigentlich habe ich bildende Kunst studiert.«

Suzie wandte sich an Made, da sie sie nicht ausschließen wollte. »Und was hältst du von dem Buch, Made?«

»Ich habe bloß das erste Kapitel gelesen«, erklärte Made

entschuldigend. »Obwohl wir mehr Zeit hatten. Es tut mir leid.« Die Frauen hatten die Diskussion mehrmals verschoben. Dennoch hatten viele Probleme damit gehabt, sich durch die Geschichte zu kämpfen.

»Aber ich habe mich über eine Sache gewundert«, sagte Made. »Im ersten Kapitel.«

Die anderen warteten.

»Ich habe mich gefragt, warum die Autorin die Hauptfigur aus Armenien kommen lässt. Ihr Name ist …« Sie öffnete das Buch auf der ersten Seite. »Khatch-a-dour-ian?« Sie sprach jede Silbe einzeln aus. Sie sah die anderen an. »Dieses Buch handelt von Amerika, nicht wahr? Von Amerikanern und ihren Problemen mit Waffen, von amerikanischen Familien, von der Gesellschaft in diesem Land. Warum ist die Mutter dann keine Amerikanerin?«

Suzie verlagerte ihr Gewicht auf dem Sitzsack. Das ist ein gutes Argument, dachte sie.

»Das ist wirklich interessant«, sagte Cara. »Ich meine, immer wenn man im Fernsehen einen Bericht über ein Massaker an einer amerikanischen Highschool sieht, sind die Täter weiße, angelsächsische, männliche Teenager aus der Mittelschicht.« Sie leerte ihr Glas. »Weißt du was, Made? Ich denke, das war die beste Anmerkung des Abends, selbst wenn du nicht das ganze Buch gelesen hast.«

Made lächelte schüchtern, als würde sie sich schämen.

»Nein, wirklich«, fuhr Cara fort. »Wir haben unsere Zeit damit verbracht, uns darüber Gedanken zu machen, ob Kevins Mutter oder Vater für seine Taten verantwortlich gemacht werden sollten. Aber vielleicht verrät uns das Buch auch etwas darüber, wie Menschen sich kulturelle Sündenböcke suchen. Ihr wisst schon: Der Täter kommt immer von woanders, niemals aus dem eigenen Hinterhof.«

Made nickte gedankenverloren. »Das Buch hat mich traurig gemacht, denn es geht darum, jemandem die Schuld zu geben. Auf Bali kümmern sich viele Menschen um ein Kind. Die Eltern, ja, aber auch andere. Wenn ein Kind etwas Schlimmes macht, dann sind viele im Dorf traurig, nicht nur die Eltern. *Viele* fühlen sich verantwortlich.«

»Ja«, sagte Cara aufgeregt, »vielleicht geht es in *Wir müssen uns über Kevin unterhalten* gar nicht um die Verantwortung eines jeden Einzelnen. Vielleicht weist es vielmehr darauf hin, dass die westlichen Gesellschaften es nicht schaffen, den Eltern jene Unterstützung zukommen zu lassen, die ihr auf Bali kennt. Ihr wisst schon: der Gedanke, dass ein ganzes Dorf notwendig ist, um ein Kind zu erziehen.«

»Nun, soweit es mich betrifft«, sagte Pippa plötzlich mit ernstem Blick, »seid *ihr alle* mein Dorf. Ich kann mir nicht vorstellen, wie ich die letzten elf Monate ohne euch überstanden hätte. Wirklich. Außer Robert habe ich niemanden sonst, der mich unterstützt.« Sie sah die anderen an. »Ich kann mich erinnern, wie ich mir als Teenager vorgestellt habe, dass ich eines Tages heiraten und Kinder bekommen würde und dass das alles der *natürliche* Lauf der Dinge sein würde.« Sie nahm einen Schluck Wein. »Aber so war es nicht. Ich wusste nicht, was es bedeutet, Mutter zu sein. Die Art, wie sich mein Körper verändert hat und wie sich meine Beziehung zu Robert dadurch verändert hat ... ich meine, natürlich liebe ich Heidi, aber ich hatte keine Ahnung, wie *erschöpft* ich mich fühlen würde.«

»Es ist seltsam, nicht wahr?«, sagte Miranda. »Niemand verrät einem diese Dinge, wenn es darum geht, wie es ist, Mutter zu sein. Es ist wie ein Geheimnis unter Müttern. Viele meiner Freundinnen haben vor mir Kinder bekommen, aber keine von ihnen hat mir erzählt, dass es so schwierig sein würde. Und wenn ich sie jetzt danach frage, dann sagen sie: ›Klar, aber ich kann einer schwangeren Frau doch nicht all die negativen Dinge erzählen.‹ Es ist, als gebe es einen Verschwiegenheitskodex.«

»So viel zum Thema Frauensolidarität«, stimmte ihr Pippa zu. »Mein Arzt hat mir erklärt, dass ein Drittel aller Frauen nach der Geburt schwerwiegende Probleme mit dem Beckenboden hat. Aber die meisten schämen sich zu sehr, um Hilfe in Anspruch zu nehmen, also müssen sie sich mit sechzig Jahren nach einem Gebärmuttervorfall operieren lassen.« Sie errötete. »Im letzten Jahr gab es Zeiten, wo ich das Gefühl hatte, nicht mehr weiterleben zu können. Es war tatsächlich nur die Müttergruppe, die mich dazu gebracht hat, durchzuhalten.«

Made beugte sich nach vorn. »Ja, mir ging es genauso.« Sie lächelte. »Gordon ist ein guter Mann, aber der Umzug nach Australien war sehr hart. Mit Freundinnen wie euch an meiner Seite ist es nun einfacher.«

Ginie räusperte sich. »Nun, ich gebe zu, dass ich zu Beginn skeptisch war, was die Müttergruppe anging.« Sie leerte ihr Glas. »Aber nun erzähle ich allen, dass ich meinen eigenen Aufsichtsrat für Babys habe.«

Alle lachten.

»Und wenn man bedenkt, wie verschieden wir sind«, fügte Suzie hinzu und lächelte Ginie an, »dann ist es wirklich wunderbar, dass wir es geschafft haben, einander zu unterstützen. Ich hatte es wirklich nötig, nachdem Nils mich verlassen hat und so weiter. Und nun, da auch Bill nicht mehr da ist …«

Sie biss sich auf die Lippe und zwang sich, nicht zu weinen. Sie schien die Einzige in der Gruppe zu sein, die so nahe am Wasser gebaut war. »Es ist wirklich schön, euch als Freundinnen zu haben.«

Cara stand auf. »Nun, nachdem der Inhalt des heutigen Buches so negativ war, ist es wunderbar, dass wir einen solchen positiven Abschluss gefunden haben. Ich denke, wir sind uns einig, dass ein Dorf notwendig ist, um ein Kind großzuziehen, und dass wir füreinander dieses Dorf darstellen. Und darauf sollten wir trinken.« Sie hob ihr Glas und prostete der Gruppe zu.

Alle stießen miteinander an.

MIRANDA

04:57 Uhr

Miranda blinzelte und warf im Halbdunkeln einen Blick auf den Wecker. Ich sollte dankbar sein, dachte sie sich. Zumindest ist es nicht *drei* Uhr siebenundfünfzig. Willem war vor einer halben Stunde zum Flughafen gefahren. Zuvor war er in seinen ägyptischen Baumwollsocken über die Dielen geschlichen und hatte so leise wie möglich seine Sachen zusammengesammelt. Natürlich waren seine Bemühungen sinnlos gewesen. Sie war daran gewöhnt, beim kleinsten Geräusch aufzuwachen. Als er den Reißverschluss seines Koffers zugezogen hatte, hatte sie sich ruckartig aufgesetzt. Danach hatte sie ihm zugehört, wie er sich geduscht und rasiert und sich auf den befreienden Moment vorbereitet hatte, an dem er die Haustür hinter ihrem Familienleben schließen, seine Krawatte glatt streichen, in ein Taxi klettern und in eine einfachere Welt hinübergleiten konnte.

Aus Rorys Zimmer drang ausnahmsweise kein Geräusch herüber. Meistens wachte er noch vor dem Morgengrauen auf und wimmerte leise in seinem Bettchen, bis sie auf Zehenspitzen mit einer Flasche Milch zu ihm kam. Die Stille war ungewöhnlich, doch sie widerstand dem Drang, nach ihm zu sehen. Digby hingegen war wach geworden und hatte nach ihr gerufen, sobald Willem die Haustür hinter sich geschlossen hatte. Sie war in sein Zimmer geschlichen und hatte ihm flüsternd erklärt, dass es noch nicht Zeit war, aufzustehen. Wundersamerweise hatte er sich zur Seite gerollt, seinen Daumen wieder in den Mund gesteckt und sich an seine abgewetzte blaue

Schmusedecke geschmiegt. Sie hatte ihm die Decke über die Schultern gezogen und sich zu ihm hinuntergebeugt, um seine Wange zu küssen, die noch warm vom Schlaf war. Als ihre Lippen seine Haut berührt hatten, hatte sie ein plötzliches Gefühl der Zärtlichkeit verspürt, doch als sie die Tür seines Zimmers hinter sich geschlossen hatte, war sie vor allem erleichtert gewesen.

Sie fragte sich, ob das wohl die Art von Müdigkeit war, die Soldaten nach einem Kampf verspürten.

Dann schüttelte sie den Kopf und verurteilte sich selbst für diesen Vergleich.

Ich bin noch nie in einer wirklich schlimmen Lage gewesen, dachte sie. Und Digby ist nicht mein Feind.

Sie kletterte wieder in ihr Bett und versteckte sich unter der Decke, die ihr Schutz vor dem Morgengrauen bot.

Dann rief Digby wieder nach ihr, dieses Mal nachdrücklicher.

Sie warf einen Blick auf die Uhr.

05:13 Uhr

Es war ihr schon immer schwergefallen, um diese Uhrzeit aufzustehen. Sie schlug die Decke zurück und setzte sich im Bett auf. Warum konnte er nicht wenigstens ein wenig länger schlafen? Ihr Kopf pochte, und der Nachgeschmack der Ravioli, die sie gestern Abend gegessen hatten, schien sich in ihrem Mund festgesetzt zu haben. Sie war stundenlang mit der Zubereitung beschäftigt gewesen, hatte selbstgemachten Nudelteig ausgerollt, vorsichtig kleine Quadrate ausgeschnitten und sie mit Spinat und Feta gefüllt. Doch als Willem davon gekostet hatte, hatte er das Gesicht verzogen und die Gabel zur Seite gelegt.

»Stimmt etwas nicht?«, hatte sie gefragt.

»Du hast Feta anstelle von Ricotta verwendet«, hatte er gesagt und die Nase gerümpft. »In Italien würde das niemand jemals so machen. Es schmeckt zu salzig.«

Willem war ganz versessen darauf, auf seine italienischen Vorfahren anzuspielen, wenn er nicht gerade ein paar Worte auf Niederländisch sagte. Sein Vater, Marco, war als Sohn italienischer Einwanderer in Australien geboren worden. Er hatte Willems Mutter, Hendrika, eine umwerfend aussehende Flugbegleiterin der KLM, bei einem Flug von Rom nach Amsterdam kennengelernt. Nach ihrer Verlobung war Hendrika bereitwillig mit ihm nach Australien gezogen, doch sie hatte ihren erstgeborenen Sohn, Willem, nach ihrem Vater benannt. Obwohl Hendrika eine blonde, niederländische Schönheit war, hatte Willem das italienische Aussehen seines Großvaters geerbt.

Miranda öffnete die oberste Schublade ihres Nachttisches und suchte nach der Packung Aspirin, die sie unter einem Stapel Strümpfe, einigen Kunstzeitschriften und mehreren halb fertigen Listen versteckt hatte. Sie drückte drei Tabletten aus der Folie und warf sie in ein Glas Wasser, das auf dem Nachttisch stand. Sie lauschte dem beruhigenden Sprudeln, als sich die Tabletten auflösten.

»Mama. Mama. Mama. Maaaaaama. Maaaaaaaama.« Digbys altbekannte Forderung gewann immer mehr an Lautstärke.

Ihr Körper hatte sich an die dumpfe Müdigkeit gewöhnt, doch ihr Geist wehrte sich nach wie vor. Bevor sie Kinder gehabt hatte, hatte sie sich für Yoga und meditative Rückzugsrituale begeistert und war oft während der unchristlichsten Morgenstunden mit geradem Rücken auf dem harten Holzboden gesessen. Damals war ihr das alles wunderbar erschienen, und sie hatte sich selbst für ihre mentale und körperliche Stärke gelobt. Nun konnte sie von jener Einsamkeit nur noch träumen. Von dem wunderbaren Gefühl des kalten Bodens unter ihrem Hintern. Bloß eine Stunde Zurückgezogenheit und danach eine Schüssel mit ungenießbarem Haferschleim zum Frühstück. Wieder für sich zu sein und sich nur auf die Entwicklung der eigenen Seele zu konzentrieren. Was für ein Glück.

»Maaaaaaama. Maaaaaaama.«

Sie schob ihr Füße in ihre Sandalen und ging in das Badezimmer, das an ihr Schlafzimmer grenzte. Sie ließ sich auf die Toilette sinken und vergrub den Kopf in den Händen. Ihr Urin stank. Er roch bitter und sah gelb aus. Ich muss heute unbedingt mehr Wasser trinken, ermahnte sie sich. Es war ein täglicher Vorsatz, den sie anscheinend nie einhalten konnte. Sie stand von der Toilette auf und hielt ihre Hände unter das kalte Wasser, während sie in den Spiegel starrte. Mit dreiunddreißig Jahren hatte sich ihr Gesicht verändert. Ihre Haut war stumpf, ihre Augen blutunterlaufen, und dünne Linien begannen, sich über ihre Stirn zu ziehen. Vor nicht allzu langer Zeit hatte ihr Willem noch gesagt, wie schön sie war.

»Maaaaaama.«

Digby hatte Rory aufgeweckt. Sie hörte, wie er im Zimmer nebenan unruhig wurde.

Sie öffnete die Tür zu Digbys Zimmer.

»Guten Morgen«, flüsterte sie. »Könnten wir beide bitte leise sein, während der kleine Rory noch schläft?«

»Neeeiiiin!«, kreischte er.

Sie sagte nichts. In den Elternratgebern, die sie so gerne las, wurden stets zwei wichtige Grundlagen für den Umgang mit Kleinkindern beschrieben. Zum Ersten sollte man unerwünschtes Verhalten ignorieren, zum Zweiten sollte man mit aller Kunstfertigkeit versuchen, das Kind abzulenken. Sie entschied sich für die zweite Variante.

»Ich habe mich gerade gefragt, wie heute Morgen wohl das Wetter sein wird, Dig. Sollen wir mal nachsehen?«

Sie zog die Vorhänge zurück.

»Das mache ich«, schrie Digby und kletterte aus dem Bett. Er schnappte sich einen der Vorhänge und versuchte, diesen zu Boden zu reißen.

»So öffnen wir die Vorhänge aber nicht, Digby. Lass bitte wieder los.«

»Nein!«, kreischte er.

»Komm, ich zeige dir, wie man das macht, bevor noch etwas kaputt geht. Dann kannst du es versuchen.«

»Neeeeiiin!«

»Digby, mein Schatz«, sagte sie mit fester Stimme, »ich zähle jetzt bis drei, und dann möchte ich, dass du den Vorhang loslässt. Ansonsten wird deine Mama dich bitten, deinen Tag noch einmal von vorn zu beginnen. Wir zerren nicht so lange am Vorhang, bis er kaputt geht. Bitte Digby. Ich beginne nun zu zählen. Eins ... zwei ...«

Digby sah sie erwartungsvoll an.

»Drei«, sagte sie. »In Ordnung. Leg dich wieder ins Bett.« Sie löste seine Hände von dem Vorhang. »Wir müssen den Tag noch einmal von vorn beginnen.«

Digby begann zu schluchzen. »Aber ich *möchte* den Tag nicht noch einmal von vorn beginnen.«

»Das ist nicht der Zeitpunkt, um darüber zu diskutieren, Digby. Ich habe dich nett darum gebeten, nicht länger am Vorhang zu ziehen, und ich habe dir erklärt, was passiert, wenn du nicht damit aufhörst. Und nun leg dich wieder hin.«

Es war vorhersehbar gewesen: Er benahm sich schlecht. Sie sprach eine Warnung aus. Er benahm sich weiterhin schlecht. Sie musste handeln. Es war wichtig, immer wieder die gleichen Konsequenzen zu ziehen. So stand es in den Ratgebern.

Sie versuchte, ihn auf das Bett zu drücken.

»Neeeiiin.« Er schlüpfte aus dem Bett, lief zum Spieltisch hinüber, ließ sich darunter fallen und rollte sich bis an die Wand.

»Na-na-na-na-naaaa-na, du erwischst mich nicht«, sang er.

Sie ließ sich auf die Knie fallen.

»Digby, ich muss Rory sein Fläschchen geben. Wenn du bereit bist, den Tag noch einmal von vorn zu beginnen, dann lass es mich wissen.« Sie stand auf und ging auf die Tür zu.

»Ich hasse dich, Mama«, brüllte er.

Ich bin nicht deine Mutter, dachte sie und schloss die Tür hinter sich.

05:26 Uhr

Rory lag auf dem Rücken und beobachtete das Regenbogenmobile, das über seinem Bettchen hing.

»Hallo, mein Süßer.«

Als er ihre Stimme hörte, drehte er sich zu ihr um und lächelte, wie er es immer tat. Er war nun elf Monate alt und hatte gerade erst zu krabbeln begonnen. Die anderen Kinder aus der Müttergruppe hatten bereits viel früher damit angefangen. Einige, wie etwa Astrid, hatten sich mit sechs Monaten auf dem Bauch vorwärtsbewegen, sich Treppen und Stühle hochziehen oder in Schränke klettern können. Doch Rory schien noch nicht in die Welt der Aufrechtgehenden eintreten zu wollen, und Miranda machte sich darüber auch keine allzu großen Sorgen. Sie wollte, dass Rory so lange wie möglich ein Baby blieb. Sie liebte alles an ihm: sein verschmitztes Lächeln, seine lebhaften Augen, sein sanftes Gemüt und die ruhige Gelassenheit, mit der er die Welt, wie er sie kannte, hinnahm, obwohl sie auf so unfaire Art vollkommen von dem hyperaktiven Digby eingenommen wurde.

»Hast du gut geschlafen?«, fragte sie, während sie sich über ihn beugte und die Fältchen unter seinem Kinn kitzelte.

»Ma-ma-ma-ma.« Rory lächelte sie schief an und zeigte die wenigen Zähnchen in seinem Mund. Sie liebte es, wenn er ihren Namen sagte.

Sie hob ihn aus seinem Bettchen und legte ihn auf den Wickeltisch. Es war sofort klar, dass die Windel gewechselt werden musste.

»Oh, das ist ein Geruch, den nur eine Mama lieben kann. Lass uns die hier wechseln.«

Er strampelte mit den Füßen und kicherte.

»Maaaaamaaa. Ich bin so weit. Ich möchte den Tag noch einmal von vorn beginnen«, rief Digby aus seinem Zimmer herüber. Miranda seufzte. Sie hatte gehofft, dass Digby noch länger in seinem Zimmer bleiben und schmollen würde, so dass sie in der Zwischenzeit das Zusammensein mit Rory genießen konnte.

»Okay, Dig«, rief sie zurück.

Sie hob Rory hoch und drückte ihn. »Lass uns Digby holen gehen.«

Sie drehte den Türknauf von Digbys Zimmertür und trat einen Schritt zurück, damit er an ihr vorbeilaufen konnte.

»Du bist der Bagger, und ich bin der Bulldozer«, schrie er und rannte ins Wohnzimmer.

Sie verdrehte die Augen. »Ich muss noch Rorys Windel wechseln, Dig. Ich komme gleich zu dir, dann können wir spielen.«

Seit er drei Jahre alt war, liebte Digby jenes Spiel, das in den Elternratgebern »Vorstellungsspiel« genannt wurde. Das bedeutete, dass es sich um ein Rollenspiel handelte, in dem Miranda die Rolle eines Objektes einnehmen musste. Sie verbrachte Stunden damit, stumpfsinnige Gespräche mit Digby zu führen, in denen Digby einen Bagger, ein Dampfschiff oder einen Lampenschirm darstellte. Manchmal suchte sich Digby Dinge aus dem Haushalt (»Du bist die Schaufel, ich bin die Bürste.«) oder aus dem Garten (»Du bist die Harke, ich bin der Besen.«) aus. An einem verregneten Nachmittag hatte er einmal von seinem Zeichenblock aufgesehen und ihr einen Buntstift zugeworfen. »Du bist der rote Stift, ich bin der blaue Stift«, hatte er grinsend gesagt. Sie hätte vor lauter Frust beinahe zu weinen begonnen. Ich *war einmal* jemand, hatte sie gedacht. Wichtige Menschen haben mich um meine Meinung gebeten. Ihr Leben vor den Kindern, als sie noch Kunstkuratorin und die Geschäftsführerin einer Galerie gewesen war, schien noch nie so weit entfernt gewesen zu sein.

Als sie Rory wieder auf den Wickeltisch legte, tauchte Digby an der Tür auf. »Hat Rory ein großes Häufchen in die Windel gemacht?«

»Ich bin mir nicht sicher, Dig. Ich sehe gleich mal nach.«

Sie wollte, dass er das Zimmer verließ. »Musst *du* denn vielleicht auf die Toilette gehen?«, schlug sie ihm vor und hoffte, dass er darauf eingehen und ins Badezimmer laufen würde.

»Nee.« Er schlenderte auf den Wickeltisch zu und begann, daran hochzuklettern.

»Digby, bitte klettere da nicht hoch.« Sie warf die schmutzige Windel in den Müllkübel.

»Aber ich möchte Rory einen Kuss geben.«

Sie sah ihn skeptisch an. »In Ordnung.«

Digby stand auf dem niedrigen Regal neben dem Tisch, spitzte die Lippen und beugte sich nach vorn. Rory lächelte ihn mit der vertrauensseligen Bewunderung eines jüngeren Geschwisterchens an. Doch als Digby seinen Mund auf Rorys Wange presste, begann dieser zu brüllen. Der Schock und die Empörung in diesem Schrei waren deutlich zu hören. Sie zog

Digby fort und schnappte nach Luft, als sie die Bissspuren auf Rorys Wange sah.

»Digby«, sagte sie mit zitternder Stimme, »geh sofort in dein Zimmer.«

»Nee.«

Ihr Zorn wurde übermächtig. »Wie kannst du es wagen!« Sie hob Rory vom Wickeltisch und legte ihn auf den Boden. Dann nahm sie Digby bei den Schultern, schob ihn in sein Zimmer und drückte ihn auf sein Bett.

»Du bleibst jetzt hier, bis du weißt, wie man sich richtig benimmt«, schrie sie.

Im selben Augenblick sprang er aus dem Bett und lief auf die Tür zu. Sie bekam seinen Schlafanzug zu fassen und warf ihn zurück auf das Bett. Sie schüttelte ihn heftig, während er sich von der Matratze hochstemmte.

»Maaaaaamaaa!«, schrie er. »Mama, lass mich los.«

Die Panik in seiner Stimme war unüberhörbar. Sie ließ ihn los, entsetzt von ihrem eigenen Verhalten. Ich bin hier die Erwachsene, erinnerte sie sich selbst.

Sie atmete tief ein. »Es tut mir leid, Dig. Das hätte Mama nicht tun dürfen.«

Sie streckte die Hand aus und berührte sein Gesicht. Er zuckte zurück, als hätte sie eine Waffe in der Hand gehabt. Rory wimmerte im Zimmer nebenan. Er lag noch immer ohne Windel auf dem Boden. Sie hoffte, dass er nicht auf den Teppich machen würde.

»Es tut mir leid«, wiederholte sie. »Ich war besorgt, dass du Rory traurig gemacht hast, weil du ihn gebissen hast.« Sie sah Digby an, der auf seinem Bett kauerte. Es war ihm egal, warum es passiert war. Die Gründe dafür interessierten ihn nicht. Er wusste bloß, dass seine Mutter ihn misshandelt hatte. Sie fühlte sich schrecklich.

»Wir benützen unseren Mund, um zu sprechen und zu lächeln, Digby«, fuhr sie fort, »und nicht, um zu beißen.«

Digbys Unterlippe schob sich vor. Er begann zu weinen.

Das Geräusch vermischte sich mit Rorys Wimmern aus dem Nebenzimmer. In Zeiten wie diesen, wenn beide Kinder weinten, wollte sie sich am liebsten im Schlafzimmerschrank einsperren.

»Ich gehe jetzt und helfe Rory«, sagte sie. »Ich muss etwas Eis auf seine Wange legen. Bitte bleib hier und denke darüber nach, was gerade passiert ist.«

»Neeeiiin«, widersprach Digby. »Ich möchte kuscheln.«

Rorys Schreie wurden lauter. »Das geht im Moment nicht, Dig. Ich muss Rory helfen. Aber wir können später kuscheln. Das würde mir auch gefallen.« Sie glaubte sich selbst nicht, und so, wie Digby sie ansah, glaubte er ihr ebenfalls nicht.

»Ich hasse dich«, schrie er. »Ich hasse, hasse, hasse dich.«

Sie zog die Tür hinter sich zu.

Die antike Uhr im Flur schlug sechs Mal.

Sie saß mit Rory auf der teuren Lederchaiselongue, die Willem unbedingt hatte kaufen wollen. An diesem Haus gab es nichts, was ihr gefiel, und auf die Einrichtung traf das auch zu. Willem war stolz auf seinen ästhetischen Geschmack, und als sie seinen Heiratsantrag angenommen hatte, hatte er ihr versprochen, ihr ein Traumhaus zu kaufen. Er hatte sein Versprechen gehalten – doch es war *sein* Traumhaus gewesen. Seine Leidenschaft für Innenarchitektur hatte sie nicht überrascht, doch sein Wunsch, seinen Stil in jedem noch so kleinen Detail – von den Wasserhähnen bis hin zu den Toilettensitzen – zum Ausdruck zu bringen, war befremdlich gewesen. Es ist, als wäre ich mit meiner Mutter verlobt, hatte sie bei einer Freundin gelästert.

Sie tupfte Rorys Mund mit einem weichen Tuch sauber und achtete sorgfältig darauf, dass nichts aus der Flasche tropfte. Sie wusste aus Erfahrung, wie unangenehm es werden konnte, wenn Willem einen Fleck auf dem Leder entdeckte. Er erwartete sich von seinem Zuhause Ordnung und Eleganz, und die Dinge zwischen ihnen liefen besser, wenn sie das akzeptierte. Während es schwierig war, die wandelnde Katastrophe namens Digby zu bändigen, war Rory einfacher zu handhaben.

»Maaaaama«, schrie Digby.

Rory hatte die Flasche erst zur Hälfte ausgetrunken. Digby würde einfach warten müssen.

Sie lächelte Rory an, während er an der Flasche nuckelte und seine Hände die ihren streichelten. Die Leute sagten oft, dass er Willem sehr ähnlich sah. Er hatte die markante Stirn, die eindrucksvollen Augen und das quadratische Kinn seines Vaters. Das stimmte auch, das wusste sie, aber sie mochte den Gedanken daran, dass er einige *ihrer Charaktereigenschaften* geerbt hatte. Er war liebenswürdig und entspannt, was ein Wunder war, wenn man bedachte, dass er ständig in Digbys Schatten stand, der über ihm kreiste wie ein Geier über seiner Beute.

Sie schloss die Augen. Ich muss Digby gegenüber positiver werden, dachte sie.

Das war ein weiterer täglicher Vorsatz, den sie nicht umsetzen konnte.

Willem hatte von Beginn an offen und ehrlich über Digby, den Sohn seiner ersten Frau, gesprochen. Digby war noch kein Jahr alt gewesen, als sie sich kennengelernt hatten, und sie hatten geheiratet, als er achtzehn Monate alt geworden war. Aus irgendeinem Grund hatte sie geglaubt, dass es ihr leichter fallen würde, in ihre Rolle als Stiefmutter hineinzufinden, da Digby noch ein Baby war. Sie hätte niemals gedacht, dass es so schwierig werden würde. Nicht in einer Million von Jahren. Aber selbst wenn jemand ihr gesagt hätte, wie schwierig es werden würde – und ihre Mutter hatte es auf ihre eigene, ruhige Art weiß Gott versucht –, so hatte sie jegliche Fähigkeit, eine vernünftige Entscheidung zu treffen, verloren. Damals war sie Willem und dem Lebensstil, für den er stand, hoffnungslos verfallen gewesen.

Er war wortgewandt, weit gereist und charismatisch. Ganz zu schweigen von seinem starken Körper und dem entwaffnenden Lächeln. Er war ein wandelndes Klischee – groß, dunkelhaarig und gutaussehend –, doch sein Geist beschäftigte sich in einem Augenblick mit Tausenden von Dingen gleichzeitig. Seine Fähigkeit, den Finanzmarkt zu verstehen und zu durchschauen, hatte ihm außerordentliche Investmenterfolge eingebracht, und sie hatte sich oft gefragt, ob er womöglich die Fähigkeiten eines Autisten hatte.

Er hatte sie von Anfang an vollkommen verzaubert. Als er an einem verregneten Nachmittag in die Galerie gekommen war, um nach einem Gemälde für seine Schwester zu suchen, hatte sie ihr Glück kaum fassen können.

»Sie ist Hausfrau und Mutter«, erklärte er. »Sie erzählt mir immer wieder, dass sie beinahe verrückt wird und die Wände hochklettern möchte, und ich dachte mir, dass ich ihr stattdessen etwas Schönes an die Wand hängen könnte.«

Sie lachte laut auf.

Sie schlenderten mehr als eine Stunde lang durch die Galerie. Er löcherte sie mit Fragen nach der Form, der Textur und der Komposition der Gemälde. Sie versuchte mit allen Mitteln, ihn spüren zu lassen, dass sie mit den Künstlern und ihren Werken – einer vielseitigen Mischung aus Acryl- und Ölgemälden und Arbeiten, die verschiedene Ausdrucksformen kombinierten – etwas Besonderes verband.

Am Ende entschied er sich für zwei ihrer Lieblingsbilder einer Künstlerin namens Estelle Umbria: Öl, Graphit und Wachs auf Leinwand.

»Eines für sie, eines für mich«, sagte er. »Können Sie sie auch liefern?«

Sie notierte sich seine Adresse, es war eine renommierte Straße in einem am Meer gelegenen Vorort von Manly.

»Buchen Sie den Betrag hiervon ab«, sagte er und gab ihr eine Platin-Kreditkarte. »Kunst entlohnt uns für unsere harte Arbeit. So ist die Investition schließlich gerechtfertigt.«

Sie lächelte und warf einen Blick auf den Namen, der auf der Karte stand, während sie die Zahlung durchführte: *Willem J. Bianco.*

»Vielen Dank, Mr. Bianco.« Sie achtete darauf, seinen Nachnamen mit einem italienischen Akzent auszusprechen; sie hatte die Sprache in der Highschool gelernt.

»Nennen Sie mich Willem.« Er unterzeichnete schwungvoll die Quittung mit einem silbernen Stift, den er aus der Innentasche seines Sportjacketts von Ralph Lauren gezogen hatte. Seine Unterschrift war kraftvoll und zielgerichtet. »Darf ich Sie fragen, wie Sie heißen?«

»Miranda Bailey.« Sie spürte, wie sie rot wurde. »Ich bin die Geschäftsführerin.«

»Das sieht man.« Er sah sie einen Moment länger an, als es normal gewesen wäre.

»Nun, Miranda, es war mir ein Vergnügen.« Er zog sich den Mantel an und trat auf die nasse Straße. »Auf Wiedersehen.«

Sie sah ihm nach, wie er davonging und sich dabei an den Pfützen vorbeischlängelte.

Es dauerte natürlich nicht lange, bis sie sich wiedersahen. Er rief innerhalb von zwei Stunden, nachdem er die Galerie verlassen hatte, an.

»Miranda«, sagte er mit sanfter, leiser Stimme, »hier spricht Willem.«

Ihr gefiel, wie er ihre beiden Namen verwendete, es klang so zwanglos und vertraut.

»Ich stehe gerade in meinem Wohnzimmer«, fuhr er fort. »Und ich weiß nicht, wo ich den *Jäger* hinhängen soll. Könnten Sie mir helfen?«

»Natürlich«, antwortete sie. »Wir bieten einen Service an, das Ihnen dabei hilft, einen Platz für die Gemälde zu wählen und diese aufzuhängen.« Sie warf einen Blick in den Kalender. »Der frühestmögliche Termin wäre diesen Freitag um vier Uhr. Da hätte Bruno, unser erfahrenster Berater, Zeit.«

»Ich verstehe.«

Sie konnte spüren, wie enttäuscht er war. »Es sind keine zusätzlichen Kosten damit verbunden«, versicherte sie ihm. »Es ist ein kostenloser Service.«

»Und was wäre, wenn ich gerne *Sie* als Beraterin hätte und nicht Bruno?«

Sie errötete. »Oh … aber natürlich. Ich bin nicht so erfahren wie Bruno, aber ich helfe gerne.«

»Gut. Sie haben ja meine Adresse. Wir sehen uns also am Freitag um vier Uhr?«

»Ich verlasse die Galerie nicht vor vier Uhr dreißig.« Sie hatte Angst, ihn zu enttäuschen. »Ist fünf Uhr dreißig zu spät?«

»Nein, umso besser«, sagte er.

Als Willem die Tür öffnete, hielt er einen kleinen Jungen auf dem Arm.

Miranda war vor Enttäuschung sprachlos.

»Das ist Digby«, sagte er. »Sag hallo zu Miranda, Digby.«

Er nahm eines der schlaffen Ärmchen des Babys und winkte

Miranda damit zu. Der Junge starrte sie mit regungslosem Gesicht an.

»Er ist etwas schüchtern, wenn er jemanden nicht kennt. Aber er ist erst dreizehn Monate alt. In seinem Alter war ich vermutlich auch schüchtern.«

Der Junge begann zu wimmern.

»Yasmin!«, rief Willem über seine Schulter.

Eine beeindruckende brünette Frau erschien barfuß auf dem gelbbraunen Teppich. Sie lächelte Miranda an, bevor sie Digby nahm und mit ihm davonschwebte.

»Yasmin ist rund um die Uhr bei uns, seit Digbys Mutter verstorben ist.« Willem sah ihr nach. »Sie leistet unbezahlbare Dienste beim Abendessen und beim Baden, und das kann wirklich hässlich werden, fürchte ich.«

Mirandas Kopf rauchte, während sie die Informationen zu verdauen versuchte.

»Es tut mir leid.« Sie war sich nicht sicher, was sie sonst hätte sagen können.

»Mir tut es ebenfalls leid, aber das Leben geht weiter. Kommen Sie herein.« Er deutete auf das offene Wohnzimmer im Hintergrund. »Willkommen in meinem Haus. Vorerst. Ich habe vor, es zu verkaufen.«

»Oh.« Sie fragte sich, warum er jemanden brauchte, der ihm half, ein Gemälde aufzuhängen, wenn er vorhatte, das Haus zu verkaufen. Sie folgte ihm durch den Vorraum und versuchte, nicht zu starren. Das Haus war terrassenförmig angelegt, ein Monument aus Glas, Holz und Licht mit Blick auf das Meer hinter Fairy Bower. Eine minimalistische, elfenbeinfarbene und graue Wand bot einen natürlichen Hintergrund, um die atemberaubenden Kunstwerke zur Geltung zu bringen. Miranda tat so, als wäre es alltäglich, einen Brett Whiteley und einen Albert Tucker bei einem privaten Sammler zu sehen. Doch als sie ein Kunstwerk von Emily Kngwarreye entdeckte, konnte sie ihre Begeisterung nicht mehr verbergen.

»Das ist doch nicht das, wofür ich es halte, oder?« Sie schnappte nach Luft, als sie die riesige gestreifte Leinwand betrachtete.

»Ich denke schon. Ich habe es vor zehn Jahren bei Sotheby's zu einem lächerlich niedrigen Preis erstanden. Wenn ich es jetzt versteigern ließe, würde ich das Zwanzigfache dafür bekommen.«

Sie schüttelte verblüfft den Kopf.

»Ich habe eine Flasche Mount Mary Quintet dekantiert«, erklärte er. »Darf ich Ihnen ein Glas anbieten, während wir überlegen, wo wir den *Jäger* aufhängen können?«

Er hielt ein Glas Rotwein in die Höhe und drehte es zwischen Daumen und Zeigefinger.

Sie lächelte. »Gerne.«

Sie trank üblicherweise nicht während der Arbeit, aber sie hatte keine Eile, in ihre Einzimmerwohnung über einer vietnamesischen Bäckerei in Darlinghurst zurückzukehren.

Und genau genommen kehrte sie auch nie mehr wirklich dorthin zurück.

Es war beinahe sechs Uhr dreißig, als sie Digbys Tür wieder öffnete. Er drängte sich mit seinem üblichen Schwung an ihr vorbei, die erzwungene Auszeit schien ihn nicht beeindruckt zu haben. Sie musste ihre gesamte Entschlossenheit aufwenden, um ihn zurückzurufen. Sie wollte sich nicht wieder auf ein Kräftemessen mit ihm einlassen, aber sie konnte ihn auch nicht davonkommen lassen, ohne dass er sich entschuldigt hatte. Von allen Prinzipien, die ihr in ihrem Zuhause wichtig waren, war Beständigkeit das wichtigste.

»Digby«, rief sie ihm nach, »bitte komm zurück.«

Er schlurfte über den Boden.

»Hast du darüber nachgedacht, warum es nicht in Ordnung war, dass du Rory gebissen hast?«

Er nickte und schlug die Augen nieder.

»Warum?«

»Weil Rory kein Keks ist.« Seine Augen funkelten, so sehr freute er sich über seinen eigenen Scherz. Einen Moment lang war sie versucht, ebenfalls zu lachen. Doch dann dachte sie daran, wie Rory geweint hatte, als sie ihm das Eis auf die Wange gelegt hatte. Digby musste sich entschuldigen.

»Digby.« Sie senkte ihre Stimme. »Große Jungen – Jungen, die drei Jahre alt sind, so wie du –, wissen, was richtig und was falsch ist. Also, was sagst du zu Rory?«

»Furzi-Furz, du kleiner Furz. Fuuurz, fuuurz, fuuurz.«

In Zeiten wie diesen wünschte sie sich, sie könnte eine der Mütter aus der Müttergruppe anrufen, um sich moralische Unterstützung oder einen praktischen Rat zu holen. Die meisten ihrer Freundinnen lebten auf der anderen Seite der Harbour Bridge, und es war schwierig, sich zumindest ab und zu zu treffen. Obwohl sie sich so nahe waren, verstand keine der anderen Mütter wirklich, wie es war, *zwei* Kinder zu haben. Einige von ihnen hatten versucht, ein oder zwei Stunden lang auf ihre Kinder aufzupassen. Doch es war nie genug gewesen. Der Kampf, in dem sie gefangen war, ging unaufhörlich weiter. Wenn die anderen Mütter sich beklagten, wie müde sie waren, dann brauchte sie ihre ganze Kraft, um nicht loszubrüllen: *Zumindest könnt ihr euch während des Tages hinlegen, ihr habt bloß ein Kind, um das ihr euch kümmern müsst.* Sie versicherten ihr zwar immer wieder, wie stark sie war und welch tolle Arbeit sie leistete. Aber was sie betraf, waren das alles bloß leere Worte.

»Digby.« Sie kniete sich nieder. Sie hatte einmal gelesen,

dass sich Kleinkinder von Erwachsenen respektiert fühlten, die sich auf ihre Augenhöhe herabließen. »Wolltest du vorhin nicht mit mir kuscheln?«

Er kräuselte die Nase. Sie merkte, dass er darüber nachdachte.

»Komm schon, Dig.«

Plötzlich beugte er sich zu ihr vor und schlang seine Arme um ihren Hals.

»Oh«, sagte sie und drückte ihn. In ihren Armen fühlte er sich zart an. »Das ist aber eine wundervolle Umarmung.«

Er zog sich wieder zurück.

»Rory liegt auf der Decke im Spielzimmer«, sagte sie. »Er würde sich freuen, wenn sein großer Bruder mit ihm spielen würde. Aber du musst zuerst noch etwas erledigen. Du musst ihm sagen, dass es dir leidtut, dass du ihn gebissen hast. Es hat ihn sehr traurig gemacht.«

Digby sah sie mit ausdruckslosem Gesicht an. Dann drehte er sich um und ging ins Wohnzimmer.

Er kauerte sich neben Rory nieder. Soweit es sie betraf, kam er ihm zu nahe, doch sie widerstand dem Drang, ihn zurückzurufen. Er beugte sich zu Rory hinunter.

»Es tut mir leeeeeiiid, dass ich dich gebissen habe«, sagte er mit seiner Singsang-Stimme.

Sie seufzte erschöpft. Sie kam nicht mehr weiter. Es wäre sinnlos, darauf zu bestehen, dass er sich noch einmal entschuldigte und dieses Mal von ganzem Herzen. Sie beschloss, es dabei zu belassen. *Beschränke dich auf das Wesentliche,* sagten die Experten.

Digby 1, Mama 0.

»Lasst uns noch ein Buch lesen, bevor wir frühstücken«, schlug sie vor.

»*Grüne Eier und Schinken!*«, schrie Digby.

»Können wir nicht etwas anderes lesen?«, bat sie ihn, doch er hatte ihr das Buch bereits in die Hand gedrückt.

Sie hob Rory auf ihren Schoß und legte einen Arm um Digby. »In Ordnung«, sagte sie. »*Grüne Eier und Schinken* von Doktor Seuss.«

Sie konnte es praktisch auswendig. Digby kicherte an den üblichen Stellen, er schien des Buches nie überdrüssig zu werden.

06:48 Uhr

Während sie das Frühstück zubereitete, dachte sie an Willem, der unterwegs nach Perth war. Gerade in diesem Moment ließ er sich vermutlich irgendwo über Australien von einer mürrischen Stewardess in der Business Class zweitklassigen Kaffee servieren. Als Mitbegründer und Vorstand der Firma Stanford Investments, einer kleinen Investmentfirma, arbeitete er in einer Welt, die sie nicht wirklich verstand. Doch das, was sie wusste, jagte ihr Angst ein. Tatsächlich war er für mehr als achthundert Millionen Dollar verantwortlich, die jedoch anderen Leuten gehörten. Es war eine Last, die mit jeder Marktfluktuation schlimmer wurde, doch Willem schien Erfolg zu haben und managte sein kleines Team von Analytikern und Maklern mit beinahe religiöser Hingabe. Er verbrachte einen Großteil seiner Zeit damit, durch Australien und die restliche Welt zu reisen, da er sämtliche Aspekte der Unternehmen verstehen wollte, in die er investierte. Diese Besuche in den einzelnen Betrieben nahmen meist zwei Wochen im Monat in Anspruch. Die Firma war so erfolgreich – eine Tatsache, die ausschließlich Willem und dem Mitbegründer Adam Tran, einen Freund von der Universität, zu verdanken war –, dass sie innerhalb von zehn Jahren zu den Firmen mit dem höchsten Eigenkapital in Australien zählte.

Als sie sich 2008 kennengelernt hatten, war die Finanzkrise, die Willem seit Jahren vorhergesagt hatte, tatsächlich eingetreten. Als es schließlich dazu gekommen war, überstanden die Klienten von Stanford Investment die Krise, und Willem wurde angemessen dafür belohnt. Kurze Zeit später schenkte er Miranda einen Vier-Karat-Diamantring zur Verlobung und ein neues Zuhause auf den Klippen im Süden des Strandes von Freshwater.

Sie rührte den Haferbrei um und nahm ihn von der Herdplatte. Digby mochte seinen Brei lauwarm und mit Honig verfeinert. Sie schälte einen Pfirsich und pürierte ihn, zusammen mit einer weichen Banane, für Rory. Digby erschien in der Küchentür.

»Ist das Frühstück schon fertig?«

»Nein, nicht ganz, Dig. Aber ich bin beinahe fertig.«

Er trat mit seinem Slipper gegen die Küchentür.

»Aber es gibt nichts zu tun«, jammerte er. »Mir ist langweilig.«

Sie lächelte. »Ich bin in drei Minuten fertig. Warum holst du nicht deine Bausteine und baust den höchsten Turm der Welt?«

Er verzog das Gesicht. »Ich möchte aber keinen Turm bauen. Du bist blöd.«

»Bitte sprich nicht so mit mir.«

»Es tut mir leid, es tut mir leid, es tut mir leid!«, brüllte er und lief davon. Auch diese Entschuldigung war nicht ernst gemeint. Sie wusste einfach nicht, was sie mit ihm machen sollte.

Sie erinnerte sich daran, dass ihre Mutter genau das vorhergesehen hatte.

Sie fuhr damit fort, das Obst zu pürieren.

Ihre arme Mutter. Tränen stiegen ihr in die Augen. Sie hatte viele Dinge vorhergesehen.

Es war nun beinahe ein Jahr her, seit sie gestorben war. Genau einen Monat vor Rorys Geburt. Sie hatte den Kampf gegen den Brustkrebs, der bereits Metastasen in ihrem Gehirn, ihrer Leber und ihren Lungen gebildet hatte, verloren. Miranda konnte sich noch genau an diesen Tag erinnern, an den Augenblick, an dem sie begriffen hatte, dass ihre Mutter tot war. An die Phrasen der Krankenschwester, dass ihre Mutter nun von ihren Schmerzen erlöst worden war, dass sie sich an einem besseren Ort befand und wie friedvoll ihr Tod gewesen war. Dass es ein seltenes Geschenk gewesen war, dass sie zu Hause hatte sterben dürfen. Miranda hätte sie am liebsten geschlagen. Alles, was sie wusste, war, dass ihre lebenslange Vertraute, jener Mensch, der sie besser verstand als sie sich selbst, nun fort war. Und seit diesem Tag fühlte sich alles um sie herum an wie eine billige Kopie jener anderen, authentischeren Welt, in der sie einst gelebt hatte.

Als Willem in ihr Leben getreten war, war die Krankheit bei ihrer Mutter gerade erst diagnostiziert worden. Während ihre Beziehung weiter fortschritt, war ihre Mutter zerbrechlich, reizbar und humorlos geworden. Miranda tat sich schwer, herauszufinden, ob die Ablehnung ihrer Mutter Willem gegenüber bloß auf die Auswirkungen der Chemotherapie zurückzuführen war. In der Woche, bevor sie starb, war Miranda am Bett ihrer Mutter in dem Haus gesessen, in dem sie ihre Kindheit verbracht hatte. Die von Laub bedeckten Straßen von Strathfield schienen stets einer anderen Welt anzugehören als Mirandas Leben in der Innenstadt. Doch die Erinnerungen waren tröstlich: großartige Weihnachtsfeiern und schiefe Partyhüte, im Gras versteckte Ostereier, Elstern, die auf den riesigen Palisanderbäumen saßen. An diesem einen Tag hatte sich Miranda, aus Gründen, die sie selbst nicht verstand, neben ihre Mutter ins Bett gelegt und sie fest umarmt. Dann hatte sie die zarte Hand ihrer Mutter genommen und sie auf ihren schwangeren Bauch gelegt.

»Spürst du, wie das Baby tritt?«, hatte sie gefragt.

Die Mundwinkel ihrer Mutter waren nach oben gewandert.

»Lass nicht zu, dass Digby das Baby drangsaliert«, hatte sie gemurmelt.

»Wie bitte?«

»Du hast mich schon verstanden.« Die Stimme ihrer Mutter war nicht mehr als ein Flüstern. »Kleinkinder sind selbstsüchtig. Ich möchte, dass du das Muttersein genießt. Bitte Willem um Hilfe. Lass nicht zu, dass er sich vor der Verantwortung drückt.«

Miranda hatte genickt und versucht, ihre Angst zu verbergen.

Drei Tage später hatte Mirandas Mutterschutz begonnen, und Willem hatte dem Kindermädchen gekündigt, ohne vorher mit ihr darüber gesprochen zu haben. Als Miranda ihn fragte, warum er das getan hatte, winkte er ab. »Du wirst mindestens ein Jahr, nachdem das Baby auf die Welt gekommen ist, nicht arbeiten«, sagte er. »Es wäre zu viel, wenn du *und* Yasmin da wärt, um euch um die Kinder zu kümmern.«

Eine Woche später war auch ihre Mutter fort.

07:08 Uhr

»Maaaaamaaaa.« Digby stürzte in die Küche. »Rory isst eines meiner Spielsachen.«

Sie ignorierte ihn. »Zeit fürs Frühstück, Dig. Setz dich bitte hin.«

Sie schob ihn ins Esszimmer und ging hinaus, um Rory aus seinem Laufstall zu holen.

Als sie sich über das hölzerne Geländer beugte, sah sie sofort, dass etwas in Rorys Mund steckte. Seine Wange war ausgebeult, und ein Speichelfaden hing bis zum Boden. Sie drehte ihn auf den Bauch und öffnete seinen Mund, woraufhin er zu würgen begann. Er keuchte und spie schließlich einen kleinen Holzdübel aus. Einen von acht Dübeln, die zu Digbys Mini-Heimwerkerset gehörten.

»Ach, mein Schatz, das kann man doch nicht essen«, sagte sie und richtete ihn auf. Auf dem Weg ins Esszimmer versuchte sie, ihren Ärger unter Kontrolle zu bringen. Sie hatte das Heimwerkerset am Abend zuvor weggeräumt, wie sie es jeden Abend tat. Dabei hatte sie die acht Holzdübel neben den Hammer und den Schraubenzieher in die Truhe gelegt. Nur Digby konnte die Truhe geöffnet haben. Er wusste, dass Rory nicht damit spielen durfte. Die Teile waren zu klein, es bestand die Gefahr, dass er daran erstickte. Dennoch hatte er damit gespielt und den hinter den Gitterstäben gefangenen Rory vermutlich mit einem der Dübel gefüttert. Die meiste Zeit war Digby bloß ein nervtötendes Kleinkind, doch Dinge wie diese schien er vorsätzlich zu tun.

Sie ignorierte ihn, während sie Rory in seinem Hochstuhl festschnallte.

»Wo ist mein Haferbrei?«, wollte Digby wissen.

»Wie sagt man?«

»Wo ist mein Haferbrei, bitte … *furzi-furz.*« Digby kicherte.

Sie verspürte den überwältigenden Drang, ihm den Brei über den Kopf zu gießen.

»Igitt«, sagte er, als sie die Schüssel vor ihn hinstellte.

»Wie bitte?«

»Igitt, igitt, igitt igittigitt«, sang er.

Sie nahm die Schüssel von seinem Tischset und stellte sie neben ihre eigene. Dann begann sie, Rory mit dem Bananen-Pfirsich-Püree zu füttern.

»Möchtest du etwas von Digbys Haferbrei probieren, Rory?

Digby möchte ihn nicht selbst essen … hier, Rory … oh, das ist gut, nicht wahr?« Sie nahm einen weiteren großen Löffel Haferbrei. Rory beugte sich dem Löffel entgegen.

»Aber der gehört doch *mir*«, brüllte Digby.

Sie sah ihn an. »Nun, Digby, wenn du deinen Haferbrei zurückhaben willst, dann schlage ich vor, dass du zuerst darüber nachdenkst, welche Dinge man am Frühstückstisch sagen darf und welche nicht.«

Digby verzog das Gesicht.

»Du könntest zum Beispiel ›danke, Mama‹ sagen.« Sie stellte die Schüssel wieder vor ihn hin.

Er nahm sie in beide Hände und schleuderte sie mit einer schwungvollen Bewegung über den Tisch. Sie zerschellte an der Wand hinter ihr. Haferbrei lief über eines der Bilder des Malers Namatjira, die Willem gehörten. Rory begann zu weinen.

Sie stand auf und zog Digby aus seinem Hochstuhl. Er schlug wild um sich und trat sie mit den Beinen, doch sie bemühte sich, gegen sein Gewicht anzukämpfen. Ihre Bauchmuskeln waren seit Rorys Geburt nicht mehr die alten, und sie hatte zu wenig Zeit, um den ursprünglichen Zustand wiederherzustellen. Der tägliche Kampf mit Digby, der mittlerweile achtzehn Kilogramm wog, hatte ihren bereits empfindlichen Rücken mehr als strapaziert.

Sie schleuderte Digby auf sein Bett und legte so viel Kraft in die Bewegung, wie sie nur aufbringen konnte.

»Essen ist nicht dazu da, herumgeworfen zu werden«, zischte sie. »Und Holzdübel sind nicht dazu da, um an Babys verfüttert zu werden. Denk mal darüber nach.«

Sie zog die Vorhänge vor, machte das Licht aus und warf die Tür hinter sich zu.

»Maaaaamaaaa«, jammerte Digby, »es ist dunkel.«

Sie stampfte zurück ins Esszimmer und setzte sich. Ihre Beine zitterten genauso wie ihre Hände. Sie schloss die Augen und versuchte, ruhig zu atmen. Digbys bemitleidenswertes Jammern ließ sie zusammenzucken. Sie wusste, dass er sich im Dunkeln fürchtete. Aber wie sonst sollte er lernen, dass seine Handlungen Konsequenzen nach sich zogen?

Sie öffnete die Augen und rang sich ein Lächeln ab, als sie den Blick auf Rory richtete. »Komm«, sagte sie und nahm seinen Plastiklöffel, »lass uns zu Ende frühstücken.«

07:32 Uhr

In Digbys Zimmer war es ruhig geworden. Sie vermutete, dass er sich unter seiner Bettdecke versteckte. Rory krabbelte in seinem Laufstall umher, vorbei an der riesigen Auswahl an Spielzeug, das auf Kommando klimperte, summte und sich im Kreis drehte. Sie stand in der Küche und schnitt die Kartoffeln für das Abendessen in Würfel. Ihr ganzer Tag drehte sich um die Planung und Zubereitung des nächsten Essens und um den Abwasch danach. Die Routine wurde nur durch die heftigen Diskussionen mit Digby über die nächste Mahlzeit unterbrochen. Er hasste dies, er hasste das. Das Essen war zu heiß, das Essen war zu kalt. Das Essen schmeckte schleimig, das Essen schmeckte eklig. Er wollte bloß Obst, er wollte überhaupt kein Obst. Willem verstand nicht, warum das alles sie so erschöpfte. Aber das überraschte sie nicht: Immerhin war *er* nie für drei Mahlzeiten am Tag, sieben Tage die Woche zu Hause.

Sie fragte sich, wie ihre Mutter wohl mit Digby umgegangen wäre. Sie hatte selbst zwei Kinder innerhalb kurzer Zeit geboren. *Und trotzdem hat sie keine Ahnung gehabt, wie es ist, eine Stiefmutter zu sein,* dachte Miranda. Das war doch sicherlich etwas anderes? Aber einer Sache war sie sich sicher: Wenn sich ihre Mutter von der Krebserkrankung erholt hätte, dann wäre für sie alles ganz anders gekommen. Für ihren Vater, der nun allein in Strathfield lebte und kaum noch das Haus verließ. Für ihren Bruder, der ohne die sanfte Führung ihrer Mutter der Familie den Rücken zugekehrt hatte. Und ganz sicher auch für Miranda.

Sie holte die Kartoffelschalen aus dem Spülbecken, warf sie in den Mülleimer und wandte sich den Karotten zu. Willem hatte keine Ahnung, wie schwer sie im Haushalt schuftete. Stattdessen verglich er oft sein eigenes hektisches Arbeitsleben mit den offenkundig einfachen Aufgaben, die sie im Haus zu erfüllen hatte. Erst am vorangegangenen Abend hatte er sie beleidigt, als er sich über die bevorstehende Arbeitswoche beschwert hatte, während der er wieder unterwegs sein würde.

»Was würde ich nicht dafür geben, wenn ich eine Woche einmal nicht auf Reisen gehen müsste und sie stattdessen einfach bloß mit den Kindern verbringen könnte«, hatte er während des Abendessens gesagt, sich in seinem Stuhl zurückgelehnt und sein Glas Pinot geleert. »In der Welt da draußen herrscht das reinste Chaos, weißt du.«

Da war sie wütend geworden. »Du kannst die Kinder jederzeit eine Woche lang ganz für dich haben, wenn du möchtest«, erwiderte sie kalt. »Ich persönlich würde gerne einmal eine Woche in einem Büro verbringen. Oder in einem Flugzeug.«

Er sah verletzt aus. »Miranda, ich weiß, dass es hart für dich ist.«

»Tatsächlich?«

Er schob seinen Stuhl zurück und ging in die Küche. Sie hörte, wie er eine weitere Flasche Wein öffnete. Er kam mit der Flasche und zwei frischen Gläsern zurück, schenkte ihr ein Glas Schiraz ein und drückte es ihr in die Hand.

»Warum, glaubst du, können wir uns all die Dinge leisten, die du hier genießen kannst?«, fragte er.

Sie blinzelte. Sein Argument verletzte sie.

»Ich wusste nicht, dass ich einen solch kostspieligen Lebenswandel habe.«

»Komm schon, Miranda, du weißt, was ich meine. Ich würde nicht so hart arbeiten, wenn es nur um mich ginge.«

Das bezweifelte sie. Sie sah die Leidenschaft in seinen Augen, wenn er über seine nächsten großen Investitionen sprach, die Erregung, wenn er sich wieder einmal auf die Jagd machte. Es war beinahe eine Art Glücksspiel, dachte sie oft. Eine von der Gesellschaft akzeptierte Sucht, so viel Geld wie möglich zu verdienen.

Er wartete, ob sie noch etwas sagte, doch sie blieb stumm.

In Wahrheit konnte sie es kaum erwarten, dass er sie am nächsten Morgen wieder allein lassen würde. Am Beginn ihrer Beziehung hatte sie sich auf die Tage gefreut, an denen er von seinen Geschäftsreisen zurück nach Hause gekommen war. Sie hatte sich darauf vorbereitet und war zum Friseur, in den Schönheitssalon und zur Fußpflege gegangen. Sie hatte auf den wunderbaren Moment gewartet, an dem er sie aufs Bett werfen und sie lieben würde. Im Bett war er so selbstbewusst und geschickt gewesen wie in jedem anderen Bereich seines Lebens. Er experimentierte gerne, und das war etwas, das sie vor ihm nicht gekannt hatte. Er hatte eine Vorliebe für Sexspielzeug und Rollenspiele. Am Anfang hatte sie gezögert und sich in den Kostümen lächerlich gefühlt. Doch als sie die Unbeholfenheit erst einmal überwunden hatte, war sie von ihrer eigenen Verwegenheit überrascht gewesen.

Nachdem sie nur zwei Monate nach ihrer Hochzeit schwanger geworden war, hatten sich die Dinge jedoch verändert. Obwohl die Magazine ständig davon sprachen, wie eine

Schwangerschaft die sexuelle Intimität in einer Beziehung steigerte, hatte sie es einfach nicht über sich gebracht, mit ihm zu schlafen. Willem hatte begonnen, wieder mehr zu reisen, und versucht, der weltweiten Finanzkrise zuvorzukommen. Und so hatte Miranda Yasmin um einiges besser kennengelernt, als sie es vorgehabt hatte. Bis zu dem Tag, als Willem ihr gekündigt hatte. Ab diesem Zeitpunkt hatte die märchenhafte Fassade ihres Lebens zu bröckeln begonnen.

Miranda zuckte zusammen. Sie hatte sich mit dem Kartoffelschäler in den Finger geschnitten. Die Karotte war blutverschmiert. Sie hielt ihren Finger unter den Wasserhahn und sah zu, wie das Blut davongeschwemmt wurde. Unwillkürlich dachte sie an Sandra, Willems erste Frau. Sie rief sich in Erinnerung, dass Willem eine Tragödie erlebt hatte, die sie sich nicht einmal vorstellen konnte. Sie sollte etwas nachsichtiger mit ihm sein.

07:50 Uhr

Sie schälte die Karotten fertig und warf sie in einen Topf mit kaltem Wasser. Das Aspirin und ihre zweite Tasse Kaffee zeigten Wirkung, und sie fühlte sich gut genug, um Digby gegenüberzutreten. Sie setzte Rory in den Kinderwagen und öffnete Digbys Tür.

»Komm, wir gehen spazieren«, verkündete sie. Digby hatte seinen Spieltisch unter das Fenster geschoben und den Kopf unter den Vorhang gesteckt. Er presste seine Nase gegen die Scheibe und wimmerte. Sie fragte sich, wie lange er schon dort stand, so verletzlich in seinem Schlafanzug, und wie viele Menschen ihn von der Straße aus wohl gesehen hatten.

»Dig, komm schon, lass uns in den Park gehen«, sagte sie. »Du kannst auf dem Weg dorthin ein paar Weintrauben essen, wenn du dich schön anziehst.«

Sie hasste es, ihn erpressen zu müssen, doch es war für gewöhnlich das Einzige, das funktionierte.

Er glitt von seinem Spieltisch zu Boden. »Okay.«

Sie gingen beinahe jeden Tag in den Park, selbst wenn es regnete. Schon bald, nachdem Yasmin gegangen war, hatte sie herausgefunden, dass Digby am Nachmittag nicht schlief, wenn er am Vormittag nicht gefordert wurde. Zu Mittag streifte er an solchen Tagen bereits wie ein wütender Löwe durch das Haus.

Während sie entlang ihrer üblichen Strecke zum Park gingen, trafen sie auf einen älteren Mann, der Digby von einer Bushaltestelle aus zuwinkte. »Hallo, mein Kleiner«, sagte er.

Digby versteckte sein Gesicht sofort hinter ihren Beinen.

»Bitte sag hallo zu dem Herrn, Digby.«

Digby klammerte sich an ihr Bein und weigerte sich, den Mann auch nur anzusehen.

»Es tut mir leid«, sagte sie. »Es ist wohl noch ein wenig zu früh für ihn.«

Ausreden über Ausreden. Sie fand ständig Ausreden für Digby, die sein Verhalten erklären sollten.

Auf einen unbeteiligten Beobachter wie den alten Mann wirkten sie wie eine perfekte Familie: Die Mutter führte das Kleinkind an der einen Hand, während sie mit der anderen den Kinderwagen schob. Sie sangen und klatschten und blieben stehen, um sich Blumen, Vögel und Steine anzusehen. Niemand ahnte, wie sehr ihr das alles widerstrebte. Sie wollte nicht in den Park gehen, sie mochte es nicht, sich in einem solchen Schneckentempo fortbewegen zu müssen. Ihr Tag bestand aus Dingen, die sie lieber vermieden hätte, wenn sie vor die Wahl gestellt worden wäre. Aber die Wahl zu haben gehörte der Vergangenheit an, es war etwas, das zu ihrem wundervollen Leben vor den Kindern gehört hatte.

Im Park ging alles seinen gewöhnlichen Lauf: Sie beobachtete Digby, während er auf dem Klettergerüst herumturnte, lobte ihn, wenn er über den glitschigen Hang hinunterglitt, setzte die Schaukel für ihn in Bewegung. Manchmal verbrachte sie den Tag mit den anderen Frauen im Park, während sie ihre Kinder von einem Spielplatz zum nächsten schoben. Fühlte sich eine von ihnen hinter ihren Sonnenbrillen und ihrem regungslosen, schmallippigen Lächeln genauso wie sie?

Seit Rory mit dem Krabbeln begonnen hatte, war die Zeit im Park zu einer größeren Herausforderung geworden. Nun musste sie beide Kinder im Auge behalten. Sie konnte niemals darauf vertrauen, dass Digby das tat, was sie ihm sagte, also mussten beide Kinder ständig in Reichweite sein. Manchmal, wenn Digby einen guten Tag hatte, erlaubt sie Rory, auf seinem Schoß zu sitzen, während er den Hang hinunterglitt.

»Wie wäre es, wenn du und Rory auf der Rutsche Zug spielt?«, schlug sie vor.

Digby trat mit dem Fuß nach der Pinie neben der Schaukel. »Okay.«

»Danke, Dig«, sagte sie.

Er kletterte auf die Rutsche und wartete, bis sie Rory auf seinen Schoß gesetzt hatte.

»Eins, zwei, drei … tuuut-tuuut!«, schrie Digby und schlang seine Arme um Rorys Taille.

Rory kreischte, während sie gemeinsam hinunterglitten. Sie landeten im Sand, ihre Arme und Beine waren ineinander verschlungen. Rory kreischte vor Begeisterung, als er sich nach Digby umdrehte. Miranda lachte ebenfalls und nahm ihr Handy heraus, um ein Foto von dem glücklichen Moment zu machen.

Nachdem sie eine Stunde im Park verbracht hatten, sah sie auf die Uhr.

»Zeit für einen Kaffee«, verkündete sie.

Sie gingen denselben Weg zurück und machten eine Pause in ihrem Lieblingscafé im Feshwater Village.

»*Ciao, Bella*«, begrüßte Alberto sie, der etwas ältere italienische Kellner.

Sie lächelte, obwohl sie sich nicht wirklich »*bella*« fühlte.

Während er die Milch für ihren Cappuccino aufschlug, begann sie, in der Tasche des Kinderwagens nach Münzen zu suchen. Wie vorauszusehen gewesen war, begann Digby zu jammern.

»Ich möchte ein Marshmallow.«

Sie ignorierte ihn, bis er begann, auf die Theke zu klettern. Sie befahl ihm, wieder herunterzukommen.

»Es tut mir leid, Dig, aber das sollte eine Belohnung sein. Wir essen nicht jeden Tag Marshmallows.«

»Aber ich MÖCHTE ein Marshmallow«, brüllte er.

Alberto steckte den Deckel auf ihren Kaffee, und sie gab ihm dafür vier Dollar. Er verschwand einen Moment lang hinter der Theke und kam mit einem Glas Marshmallows wieder zum Vorschein.

»Bitte schön, *Bambino*«, sagte er und öffnete den Deckel.

Digby steckte die Hand in das Glas und ließ seine Finger über die rosaroten und weißen Marshmallows gleiten.

»Nur eines, Dig«, warnte sie ihn. Er zog drei Bonbons heraus und leckte mit der Zunge darüber.

»Was bin ich Ihnen dafür schuldig?«, fragte sie beschämt.

»Nichts.« Alberto lächelte. »Es war mir ein Vergnügen.«

Sie wandte sich an Digby. »Was sagst du nun zu Alberto, Digby?«

Digbys Mundwinkel wanderten nach oben, und seine Augen blitzten schelmisch. Er machte einen Schritt nach vorn. *Bitte sag es, bitte sag es. Komm schon, Dig.*

»Furz, furzi-furz, du alter Furz.«

Sie zog ihn mit einem Ruck von der Theke fort und drehte seinen Arm in ihre Richtung. Die Bewegung kam so plötzlich, dass er den Halt verlor und mit den Knien auf dem Fliesenboden aufschlug.

Digby heulte wütend auf. Die anderen Gäste drehten sich um und starrten sie an.

»Aber nein, *Signora,* nein, nein«, sagte Alberto und fuchtelte mit den Händen. »Er ist doch noch ein kleiner ...«

Sie errötete. Tief gedemütigt von Digbys Verhalten, von der Tatsache, dass sie in der Öffentlichkeit die Beherrschung verloren hatte, und von Albertos offensichtlichem Widerspruch. Das war nicht die Art, wie man in Europa mit solchen Dingen umging, das wusste sie. Hendrika und Marco gaben *ständig* nach, was Digby betraf.

Sie zog Digby an der Hand mit sich fort.

»Danke, Alberto«, murmelte sie.

09:45 Uhr

Sie schob den Kinderwagen so schnell, dass Digby Mühe hatte, mit ihr Schritt zu halten. Sie hörte sein angestrengtes Keuchen und wie seine kleinen Turnschuhe einige Schritte hinter ihr auf den Gehweg knallten. Sie wusste, dass es kindisch war, aber sie wollte ihn bestrafen. Sie konnte nie mehr in dieses Café gehen. Nicht morgen und an keinem anderen Tag. Es war bloß ein weiterer Aspekt ihres Lebens, den Digby zerstört hatte.

Als sie wieder in die Nähe der Bushaltestelle kamen, bemerkte sie eine Frau, die sich in einen Minivan beugte, der unrechtmäßig in der Ladezone parkte. Die Warnblinkanlage des Vans war eingeschaltet, und über den Lärm der vorbeifahrenden Autos hinweg hörte man ein lautes, schrilles Geräusch. Noch eine Mutter mit einem Baby, dachte Miranda.

Doch als sie näher an die geöffnete Tür des Minivans kamen, sah Miranda, über was sich die Frau beugte. Es war ein junger Mann in einem Rollstuhl. Seine Arme und Beine waren spastisch verbogen, und er kreischte verärgert, während er versuchte, den Schnabelbecher zu erreichen, den ihm die Frau hinhielt.

»Da ist er, mein Liebling«, hörte Miranda die Frau sagen.

Von hinten sah Miranda, dass die Haare der Frau bereits grau wurden und ihre Handrücken mit Altersflecken überzogen waren. Sie konnte nicht viel jünger als fünfzig Jahre sein. Doch ihre geduldige Stimme, die sanfte Hand auf dem Kinn des jungen Mannes, der geneigte Kopf – das alles wirkte sehr mütterlich. Miranda erkannte, dass sie gerade einen sehr intensiven, vertrauten Moment zwischen Mutter und Sohn beobachtete.

Sie senkte den Blick und schob Rory hinter den Minivan.

»Komm schon, Dig«, sagte sie, während sie sich umdrehte und Digbys Hand nahm.

Sie hatte Tränen in den Augen.

Ich habe solches Glück, dachte sie. *Ich habe solches Glück, das muss ich mir immer in Erinnerung rufen.*

Sie blieb stehen und kniete vor den Kinderwagen nieder. Dann zog sie Digby auf ihren Schoß. Rory griff mit beiden Händen nach Mirandas Haaren und zog daran. Digby lachte und schlug Rory auf die Hände.

»Lass Mamas Haare los«, rief er.

Sanft löste Miranda Rorys Hände, hielt sie sich vor den Mund und küsste sie.

»Ich liebe euch beide«, flüsterte sie und drückte Digby an sich. »Mehr als alles andere auf dieser Welt.«

Digby lehnte sich an sie.

Dann stand sie auf, wischte sich hinter den Gläsern ihrer Sonnenbrille die Tränen aus den Augen und schob den Kinderwagen nach Hause.

10:00 Uhr

Es ist noch immer zu früh, dachte sie.

Sie schaltete den Fernseher ein und rief nach Digby. Sie hatte ihre guten Vorsätze, den Fernsehkonsum so gering wie möglich zu halten, bald verworfen. Es war die einzige Möglichkeit für sie, etwas Ruhe und Frieden zu finden.

»Es läuft gerade die Spiel-Schule«, verkündete sie und stapelte einige Kissen vor dem Fernseher auf. »Du und Rory könnt es euch ansehen, wenn ihr wollt.«

»Jaaa!« Ihre anderen Vorschläge lösten bei Digby nie eine solche Begeisterung aus.

Sie lehnte Rory gegen ein Kissen neben Digby. Die beiden saßen regungslos da und verfolgten jede Bewegung. Sie überlegte, dass sie gerade einmal dreißig Minuten Zeit hatte. Sie kehrte in die Küche zurück und warf einen Blick auf die To-do-Liste, die an dem Kühlschrank hing.

Dann nahm sie das Telefon und rief bei *Computerwelt* an. Eine Woche zuvor war ihr Laptop abgestürzt, nachdem ihn Digby vom Sofatisch gestoßen hatte. Ihre gesamten Fotos und Videos befanden sich auf diesem Laptop, zusammen mit ihren Kunstarchiven, Kontaktlisten und anderen wichtigen Dokumenten. Dummerweise hatte sie nie etwas davon extern abgespeichert.

»Chris«, sagte sie, »hier spricht Miranda Bianco. Gibt es schon Neuigkeiten, was meinen Laptop betrifft?«

»Zumindest keine guten, Miranda.«

Die Firma *Computerwelt* war ihr von Ginie empfohlen worden. Das war ein weiterer Vorteil, den die Treffen der Mütter mit sich brachten: Wenn eine von ihnen einen Rat brauchte, dann hatte eine andere sicher eine Idee. Im letzten Jahr hatte Miranda genau auf diese Art einen Klempner, eine Putzfrau und einen Landschaftsgärtner gefunden. Als sie ihren Computer nicht mehr hochfahren konnte, hatte sie eine kurze Nachricht an die anderen Mütter geschickt: *Mein Computer ist tot. Kennt eine von euch jemanden, der ihn wieder zum Leben erwecken kann?* Innerhalb von drei Minuten hatte Ginie bereits geantwortet und ihr Chris Morans Telefonnummer und folgende Nachricht geschickt: *Chris ist Daniels bester Freund. Er arbeitet seit Jahren mit Computern. Er ist ein Experte darin, Daten wiederherzustellen. Viel Glück.*

»Die Festplatte hat einen schwerwiegenden Hardware-Fehler«, sagte Chris. »Die Köpfe der Festplatte sind beschädigt beziehungsweise funktionieren nicht mehr richtig. Vielleicht schaffen wir es, einige der Daten wiederherzustellen, aber leider ist das das Schlimmste, was passieren konnte. Es kostet mindestens dreitausend Dollar, wenn mein bester Techniker es einmal versuchen soll. Und das bedeutet nicht, dass er Erfolg haben wird. Wir brauchen eine Anzahlung von tausend Dollar, wenn wir mit der Arbeit beginnen sollen, und wenn wir fertig sind, sind die restlichen zweitausend fällig.«

»Oh.« Miranda hatte auf bessere Nachrichten gehofft.

»Wollen Sie erst einmal darüber nachdenken?«, fragte Chris.

»Ich glaube, ich muss wohl mit meinem Mann darüber sprechen. Dreitausend Dollar … ich könnte mir davon einen neuen Laptop kaufen.«

»Ich weiß«, sagte er. »Aber es ist eine schwierige Aufgabe. Ich habe Ihnen schon einen guten Preis gemacht, da Sie mit

Ginie befreundet sind. Normalerweise verlange ich viertausend. Ich denke, es hängt wohl davon ab, welche Daten Sie auf der Festplatte gespeichert haben.«

Sie seufzte. Die meisten Fotos, die sie noch von ihrer Mutter hatte, waren auf dieser Festplatte gespeichert gewesen. Dreitausend Dollar waren eine geringe Summe, um sie wiederzubekommen. Sie musste nicht noch mit Willem darüber sprechen.

»Hören Sie, Chris, fangen Sie einfach an«, sagte sie. »Ich gebe Ihnen meine Kreditkartennummer, damit Sie die Anzahlung abbuchen können.«

Willem würde am Freitag zurückkommen. Dann würde sie ihm davon erzählen.

10:30 Uhr

»Jetzt spielen sie die *Wiggles*«, rief Digby aus dem Wohnzimmer.

Sie wog ihre Möglichkeiten gegeneinander ab: Sie konnte den Fernseher ausmachen und den Kampf mit Digby wieder aufnehmen, oder sie konnte eine weitere friedliche halbe Stunde genießen. Sie musste nicht lange darüber nachdenken.

»Okay, Dig«, rief sie zurück, »geht es Rory gut?«

»Ja.«

Sie ging zur Küchentür und warf einen Blick ins Wohnzimmer, um sich selbst davon zu überzeugen. Rory saß wie gebannt da, seine Augen waren halb geschlossen. In dreißig Minuten würde es Zeit für sein Nickerchen sein. Es konnte nicht schaden, wenn er sich schon vorher etwas entspannte.

Sie ging in die Küche zurück und ließ sich auf einen Stuhl sinken. Der Topf mit dem Wasser hatte erst vor kurzem zu kochen begonnen. Sie stellte die Kaffeepresse auf, gab vier Teelöffel gemahlene Bohnen hinein und übergoss diese mit kochendem Wasser. Während der Kaffee zog, blätterte sie die Tageszeitung auf der Suche nach Stellenanzeigen durch: Assistentin im Finanzsektor, Telefonverkäuferin, Assistentin in einer Kinderkrippe, Bäckereimitarbeiterin. Sie füllte den Kaffee in eine riesige Tasse und verzog das Gesicht, als sie den bitteren Geschmack schmeckte.

Es störte sie, finanziell abhängig zu sein. Willem behauptete, dass er ihr nichts in den Weg legen würde, aber dass nun er an der Reihe sei, für das Einkommen zu sorgen, während sie sich um die Kinder kümmerte. Doch bevor sie Willem kennengelernt hatte, hatte sie stets ihr eigenes Geld verdient, und es nagte an ihr, dass sich dies nun geändert hatte. Sie hasste es, ihn um Geld bitten zu müssen. Am Ende jedes Monats überprüfte er die Kreditkartenabrechnungen immer mit äußerster Genauigkeit und befragte sie über jede unklare Rechnung. »Was hast du in diesem Shop in Narabeen gekauft?«, »Du hast neunzig Dollar in einem Geschäft namens Ho Vanh ausgegeben, ist das ein Klamottenladen?«, »Was hast du in diesem Sportgeschäft gekauft?«

Sie war es leid, sich für jede kleine Ausgabe rechtfertigen zu müssen, vor allem, weil sie es sich ohnehin leisten konnten. Sie hätte am liebsten auf ihn eingeschlagen und ihn einen Geizhals genannt. Die meiste Zeit über hatte sie nichts erwidert, doch in letzter Zeit hatte er bemerkt, wie frustriert sie war.

»Ich weiß nicht, warum du in dieser Hinsicht so empfindlich bist«, hatte er gesagt und sie überrascht angesehen. »Ich überprüfe doch lediglich unsere Ausgaben. Wenn man sie nicht nachvollziehen kann, hat man sie nicht im Griff. Das weißt du doch.«

Sie nickte unterwürfig, doch innerlich kochte sie. Wenn ich bloß selbst genügend Geld verdienen würde, dachte sie, dann könnte ich mir eine eigene Kreditkarte leisten und Geld ausgeben, wofür auch immer ich Lust habe, ohne mich vor jemandem rechtfertigen zu müssen.

Manchmal machte sie sich Gedanken darüber, wie sie es anstellen könnte. Sie hatte überlegt, wieder in der Galerie zu arbeiten, sobald Rory ein Jahr alt war, aber der Posten der Geschäftsführerin war ein Vollzeitjob. Sie hatte versucht, den Besitzer zu überreden, sie Teilzeit zurückkehren zu lassen, doch er hatte abgelehnt. Er hatte ihr klargemacht, dass der Posten der Geschäftsführerin für sie frei gehalten wurde, solange sie in Elternzeit war, doch wenn sie zurückkehrte, dann musste es zu den alten Bedingungen sein – fünf Tage die Woche, acht Stunden am Tag. Doch sie wollte Rory nicht den ganzen Tag über in eine Kindertagesstätte geben, und die Fahrt von Freshwater nach Paddington war beschwerlich. Es hatte den Anschein, dass sie sich zwar verändert hatte, die Welt draußen aber gleich geblieben war.

Sie hatte hart gearbeitet, um den Posten als Geschäftsführerin der Galerie zu bekommen. Nachdem sie ihr Masterstudium der bildenden Kunst abgeschlossen hatte, hatte sie vier Jahre in Großbritannien und Europa verbracht, bevor sie, geschult durch ihre Besuche in den besten Galerien und Museen der Welt, nach Australien zurückgekehrt war. Nachdem sie einige Male für das australische Ministerium für Kunst und Kultur gearbeitet hatte, hatte sie ihren Traumjob als Geschäftsführerin einer zeitgenössischen Galerie für junge australische Künstlerinnen und Künstler bekommen. Sie hatte erst zwei Jahre in dieser Position gearbeitet, als sie Willem getroffen hatte und schwanger geworden war. Es war schwer, daran zu glauben, dass fünfzehn Jahre Studium und berufliche Weiterbildung nicht umsonst gewesen waren.

11:00 Uhr

Eine nervtötende, mechanische Melodie verkündete das Ende der Fernsehsendung. Digby stürmte in die Küche.

»Wo ist mein Sandwich?«, fragte er fordernd.

»Einen Moment noch, Dig. Ich hole zuerst Rory.«

Sie saßen an dem Küchentisch aus Edelstahl, Rory in seinem Hochstuhl und Digby unsicher auf dem Barhocker neben ihr. Rory rieb sich die Augen und ignorierte sein Eiersandwich. Digby verschlang sein Sandwich, der Ausflug in den Park hatte ihn hungrig gemacht.

»Kann ich Rorys Sandwich auch noch haben?«, fragte er und schluckte den letzten Bissen Brot hinunter.

»In Ordnung, Dig. Ich glaube nicht, dass Rory sein Sandwich noch essen wird.« Sie gab Digby den Teller. »Ich bringe Rory jetzt ins Bett, in Ordnung? Hier hast du noch ein Glas Wasser.«

Digby schlürfte das Wasser aus dem Plastikbecher, den sie ihm gegeben hatte.

Rorys Augen fielen bereits zu, während sie ihn in seinen Schlafsack steckte.

»Sch, sch, sch«, flüsterte sie, obwohl er nicht beruhigt werden musste. Als sie die Tür hinter sich schloss, hatte er bereits den Kopf zur Seite gedreht und damit seine übliche Schlafposition eingenommen. *Er ist ein Engel,* dachte sie.

13:30 Uhr

Sie sah verärgert auf die Uhr. Es war nun eine Stunde her, seit sie Digby zu Bett gebracht hatte, und er schlief immer noch nicht. Sie hörte, wie er in seinem Zimmer umherstreunte, Bücher und Spielzeug von einer Ecke in die andere warf, seine

Nachttischlampe an- und ausmachte und die Schranktür auf- und zuschob. Er hatte zwar alle üblichen Anzeichen dafür gezeigt, dass er müde war, doch er hatte anscheinend einfach beschlossen, nicht schlafen zu wollen, was mittlerweile oft der Fall war. Warum konnte er sich nicht zumindest etwas ausruhen und sich einige Bilderbücher ansehen? Rory würde ebenfalls bald wieder aufwachen.

Sie ließ den Kopf auf den Küchentresen sinken. Sie war erschöpft. Ihre Schwägerin hatte ihr erklärt, dass sich dieser Zustand bessern würde, wenn die Kinder etwa acht Jahre alt waren. Die Aussicht, weitere fünf Jahre warten zu müssen, war demoralisierend. Sie würde dann beinahe vierzig Jahre alt sein. Und sie vermutete, dass die Vorstellung, irgendwann einmal eine »Pause« einlegen zu können, reines Wunschdenken war. Kinder waren sicher in jedem Alter eine Herausforderung. Sie konnte die nächsten zwanzig Jahre genauso gut abschreiben.

Das Telefon klingelte. Es war ihre Schwiegermutter Hendrika. Vierzig Jahre in Australien hatten ihrem niederländischen Akzent keinen Abbruch getan.

»Schlafen die Kinder?«

»Nicht wirklich«, sagte Miranda. »Sie sind in ihren Zimmern, aber …«

»Nun, das ist wohl genauso gut, als würden sie schlafen.«

Miranda antwortete nicht. Ihre Schwiegermutter hatte die Angewohnheit, Sätze für sie zu Ende zu bringen.

»Ist Digby noch immer erkältet?«

Hendrika sprach Digby wie »Dickby« aus, was Miranda stets auf die Palme brachte.

»Nein, es geht ihm schon viel besser, danke.« Digby war oft erkältet, was Hendrika darauf zurückführte, dass er nicht warm genug angezogen war. Es hatte keinen Sinn, mit ihr darüber zu diskutieren.

»Willem hat am Sonntag Geburtstag.«

Als hätte Miranda das nicht gewusst. Sie hatte ihm bereits mehr als einen Monat vor seinem Geburtstag einen Gutschein für eine Massage geschenkt, in der Hoffnung, dass er ihn auch einlösen würde. Doch er war geschäftlich so eingespannt, dass sie bezweifelte, dass er jemals die Zeit dafür finden würde. Er hatte sich nie viel aus Entspannung gemacht.

»Ich habe mir gedacht, dass ihr am Sonntag vielleicht ausgehen wollt, um zu feiern«, fuhr Hendrika fort. »Nur ihr beide. Ich könnte Digby und Rory zu mir nehmen. Oder zumindest Digby.«

»Oh«, sagte Miranda, »das ist sehr nett von dir, danke.« Sie fühlte sich schuldig, weil sie gegenüber Hendrika so negativ eingestellt war. Sie versuchte offensichtlich, ihnen behilflich zu sein.

»Aber bloß am Vormittag«, fuhr Hendrika fort. »Am Nachmittag spielen wir Golf, wie du weißt.«

Natürlich. Miranda schloss die Augen. Willem davon zu überzeugen, am Sonntagmorgen aufzustehen, wenn es nicht um die Arbeit ging, würde vermutlich schwierig werden.

»Danke, Hendrika, ich werde mit Willem darüber sprechen. Er kommt am Freitag nach Hause. Vielleicht muss er aber am Sonntag schon wieder arbeiten. Du weißt ja, wie er ist.«

»Ja, er arbeitet hart, nicht wahr? Nicht jeder ist so engagiert«, sagte sie mit dem Stolz einer Mutter.

»Ich rufe dich am Samstagmorgen an und gebe dir Bescheid«, sagte Miranda. »Danke noch einmal, Hendrika.«

Sie legte den Hörer auf und starrte die Theke an. Rory hatte in seinem Bettchen zu weinen begonnen, und Digby ahmte ihn nach.

An diesem Nachmittag würde sie also keine Zeit mehr haben, um zur Ruhe zu kommen.

Sie öffnete den Kühlschrank und nahm die Flasche mit dem Mineralwasser heraus. Sie hasste die »Nachmittagsschicht«, wie die Mütter aus der Müttergruppe es nannten. Die immer weiter ansteigende Spannung zwischen zwei und sieben Uhr, die unweigerlich zu Wutanfällen und Tränenausbrüchen führen würde. Sie trank den letzten Rest des Mineralwassers und stellte die Flasche auf den Küchentresen. Sie warf noch einmal einen Blick auf ihre Uhr: zehn Minuten nach zwei. Es war schon beinahe halb drei, überlegte sie.

Sie öffnete den Kühlschrank und nahm die Flasche mit dem Wodka heraus, die Willem in der Tür aufbewahrte. Er hatte nicht bemerkt, wie oft sie diese schon ausgetauscht hatte, da er üblicherweise lieber Wein als harte Getränke trank. Es war einfach, ihn zu hintergehen. Wann immer sie online ihre Einkäufe tätigte, fügte sie der Bestellung stets eine Flasche Wodka hinzu. Dieser Posten tauchte auf der Kreditkartenabrechnung nicht gesondert auf. Willem akzeptierte sämtliche Ausgaben für Supermarkteinkäufe, da er davon ausging, dass es sich dabei um die für den Haushalt erforderlichen Dinge handelte. Er hatte noch nie einen Blick auf die Rechnung geworfen, und er war auch nie dabei gewesen, wenn die Lieferung angekommen war. So lagerte sie stets eine geschlossene Flasche in der Speisekammer, die sie in dem großen Plastikbehälter mit den Tortenverzierungen versteckte.

Sie öffnete den Verschluss und füllte den Wodka mit Hilfe eines Plastiktrichters in die Mineralwasserflasche. Dann stellte sie den Wodka zurück an seinen Platz und schloss die Kühlschranktür. Einen Moment lang stand sie einfach nur da und spürte, wie ihr ihr Herz bis zum Hals schlug. Selbst jetzt, nach so vielen Monaten, fühlte sie sich wie eine Diebin. Sie hob die Mineralwasserflasche an ihre Lippen und lauschte Rorys und Digbys Rufen. Keiner der beiden klang wirklich wütend. Sie behielt die Flüssigkeit in ihrem Mund und schloss die Augen, als sie das vertraute Feuer in ihrer Kehle spürte. Als sie schluckte, breitete sich die Wärme zuerst in ihrem Hals und dann in ihrer Brust aus. Sie seufzte erleichtert und öffnete die Augen.

16:00 Uhr

Ihr Körper fühlte sich frei an. Ihre Gelenke und Bänder waren geschmeidig. Ihre Stimmung war heiter und unerschütterlich.

»Okay, Cowboy«, rief sie mit ihrem besten amerikanischen Akzent, »zeig uns deinen tollsten Schuss.« Rory hing in seinem Babyrucksack auf ihrem Rücken und kicherte vor Aufregung. Digby stand konzentriert vor dem Fußball, den er zwischen die beiden uralten Zitronenbäume in ihrem Hinterhof gelegt hatte. Miranda stand vor den Bäumen und spielte Tormann. Digby machte einige Schritte zurück, bevor er auf den Ball zulief und ihn mit einem leisen Grunzen auf sie zuschoss. Miranda tat so, als würde sie den Ball stoppen wollen, bevor sie ihn zwischen ihren Beinen hindurchrollen ließ und lauthals »Tor!« rief.

Digby klatschte in die Hände und stampfte mit den Füßen auf. »Tor! Tor! Tor!«

Rorys Lachen drang an ihr Ohr.

Miranda trat hinter den Zitronenbaum, um den Ball zu holen und ihn zu Digby zurückzurollen. Er bereitete sich auf seinen nächsten Schuss vor. Es war der siebenundzwanzigste, seit Miranda zu zählen begonnen hatte. Abgesehen davon war ihr Gehirn angenehm leer. Sie war gleichzeitig anwesend und abwesend; anwesend genug, um am Spiel teilzuhaben, aber abwesend genug, um sich nicht darum zu kümmern. Digby hatte sich einige Male auf den Boden geworfen, weil ihn irgendetwas geärgert hatte, aber sie hatte sich nicht aus der Ruhe bringen lassen.

Sie streckte beide Daumen nach oben. »Bist du bereit, Cowboy?«

Digby nickte. »Du bist die Beste, Mama.«

»Oh, Dig.« Das unerwartete Kompliment trieb ihr die Tränen in die Augen. »Das ist aber nett, dass du das sagst.«

Er liebte sie auf seine eigene Art, das wusste sie. Sicher würde sie eines Tages einen Weg finden, besser mit ihm klarzukommen.

»Okay, Digby-Schatz, zeig mir deinen besten Schuss.«

Sie fühlte sich unbesiegbar, unantastbar. Nichts konnte ihr etwas anhaben.

19:50 Uhr

Sie lag erschöpft auf dem Sofa. Ihre Beine fühlten sich schwer an. Sie kicherte, als sie darüber nachdachte, wie betrunken sie eigentlich war. Nachdem sie den allabendlichen Zirkus, bestehend aus Abendessen, Baden und Vorlesen, hinter sich gebracht hatten, hatte sie die Kinder zu Bett gebracht. Die Küche sah aus wie ein Schlachtfeld, aber morgen würde auch noch genügend Zeit sein, um den Abwasch zu erledigen. Wenn Willem zu Hause war, akzeptierte er es nicht, dass das schmutzige Geschirr über Nacht im Spülbecken stehen blieb. Außerdem hätte er wohl auch ihr heutiges Abendessen nicht akzeptiert: Nachdem die selbstgemachte Pastete aus Hackfleisch und Kartoffeln angebrannt war, hatte es als Notlösung eine Packung Fischstäbchen gegeben. Digby war hocherfreut gewesen, als sie Tomatensauce dazu serviert und vorgeschlagen hatte, die Fischstäbchen mit den Fingern zu essen.

Sie rollte sich auf dem Sofa zur Seite. Ihre Kleider waren

noch immer feucht von dem Baderitual, das aus einem Wirrwarr aus Armen und Beinen, Schwämmen und Waschhandschuhen sowie Plastikbechern und von Digby namentlich benanntem Badespielzeug bestand. Rory war wie immer wie angegossen auf seinem Badehocker gesessen und hatte Digby beobachtet. Und sie hatte wie immer die Rolle von zwei fetten Plastikentchen übernehmen müssen, die Digby Quietschi und Tauchi getauft hatte, während Digby die Rolle von Kapitän Krabbenschere übernommen hatte. Es fiel ihr schwer, sich jeden Abend neue Abenteuer einfallen zu lassen, die Quietschi und Tauchi während der Badezeit bestehen mussten, doch Digby war nicht bereit, das Wasser auszulassen, bevor sie nicht etwas erlebt hatten.

»Zur Hölle mit den Quietschentchen«, sagte sie laut und kicherte.

Neben ihr begann ihr Handy zu vibrieren. Das ist vermutlich Willem, dachte sie. Er will mir wohl von seinem Tag erzählen. Sie holte das Telefon unter dem Kissen hervor und las die Nachricht. *Zu spät aus Mumbai fortgekommen. Haben drei verdammte Stunden auf den Abflug gewartet!*

Sie dachte darüber nach, was sie ihm antworten könnte, während der Ärger über sie hinwegrollte.

Ständig zu spät dran. Musste drei verdammte Stunden mit Digby immer dasselbe Puzzle legen!

Stattdessen löschte sie seine Nachricht, ohne darauf zu antworten, und schloss die Augen.

Ich habe noch so viel zu tun, dachte sie.

22:30 Uhr

Sie erhob sich vom Sofa und stolperte in Digbys Zimmer. Dann blieb sie verwirrt vor seinem Bett stehen. Hatte er denn nicht nach ihr gerufen?

Er lag auf dem Rücken und hatte die Arme um seine blaue Schmusedecke geschlungen. Sie streckte die Hand aus und wischte eine dunkle Strähne zur Seite, die ihm in die Augen gefallen war. Im Schlaf sah er beinahe aus wie ein Engel.

Sie ging auf den Zehenspitzen zurück zur Tür und schloss sie hinter sich.

Ihr Schädel pochte. Sie ging in die Küche, stellte sich an die Spüle und stürzte einige Gläser Wasser hinunter. Danach füllte sie die Mineralwasserflasche mit Wasser und trug sie zusammen mit einem frischen Glas für ihre morgendliche Dosis Aspirin zurück in ihr Zimmer.

Sie legte sich auf das Bett und dachte an Willem. Wohin er diese Nacht wohl fliegen würde? Sie hatte schon vor Monaten aufgehört, ihn danach zu fragen.

Morgen beginnt wieder ein neuer Tag, dachte sie. Morgen werde ich den Kühlschrank nicht mehr öffnen. Sie schloss die Augen, sie war ihrer eigenen Vorsätze müde geworden.

Als Willem am Samstagnachmittag – und nicht am Freitagabend, wie er es versprochen hatte – zurückkam, war es bereits zu spät, um Hendrika noch als Babysitterin engagieren zu können.

»Es tut mir leid, Liebling«, sagte er und warf ihr während des Abendessens über sein Weinglas hinweg einen Blick zu. »Ich muss morgen Vormittag außerdem noch einmal ins Büro. Könnten wir es stattdessen nächstes Wochenende versuchen?«

Sie erstarrte. »Du kannst dir nicht einmal am Sonntag

freinehmen? Auch nicht an deinem Geburtstag? Wir könnten ein Picknick veranstalten, irgendetwas Unkompliziertes.« Sie schob ihre gegarte Lammkeule – eines von Willems Lieblingsgerichten – von einer Seite des Tellers zur anderen. Sie hatte den Großteil des Nachmittages mit der Vorbereitung zugebracht, obwohl sie doch genauso gut Müsli hätte essen können.

»Das klingt nett«, sagte er. »Aber ich habe Adam gesagt, dass ich morgen ins Büro kommen werde. Wir müssen unsere Strategie für die jährliche Generalversammlung durchgehen. Es ist die einzige Möglichkeit, die Planungen abzuschließen.«

Sie zuckte mit den Schultern. Es war ihr eigentlich egal, warum er keine Zeit hatte.

»Was hältst du von nächstem Wochenende?«, fragte er beharrlich.

»Okay.« Sie wich seinem Blick aus.

Er stand auf und ging zur Rückseite ihres Stuhles. Dann schlang er einen Arm um ihre Schultern.

»Danke, dass du dich um Digby und Rory kümmerst. Du leistest gute Arbeit.«

Sie spürte seinen Atem auf ihrem Nacken und rümpfte die Nase. *Glaub ja nicht, dass wir heute Abend noch Sex haben werden.*

»Das ist schon in Ordnung«, antwortete sie. »Ich bin müde.«

Sie sagte ihm das, was ohnehin offensichtlich war. Aber was sollte sie ihm sonst sagen? *Ich langweile mich. Ich bin frustriert. Ich liebe Rory, aber manchmal habe ich das Gefühl, ich würde Digby am liebsten umbringen.*

Sie suchte nach den richtigen Worten. Nach ehrlichen Worten.

»Eine Mutter zu sein ist der schwerste Job, den ich jemals in meinem Leben hatte«, sagte sie und starrte auf ihre Hände.

Ihre Nägel waren kürzer als früher, genauso wie ihre Haare: Pragmatismus war das oberste Gebot. Sie hatte sogar ihren Verlobungsring abgenommen, er hatte die Angewohnheit, sich in Digbys strampelnden Gliedmaßen zu verfangen.

Willem sah sie an. »Sicher ist es manchmal hart«, sagte er. »Aber es bereitet einem doch mehr Freude als Unannehmlichkeiten, nicht wahr?«

Woher willst du das denn wissen?, dachte sie. Du erlebst deine Vaterschaft doch nur durch einen Filter, den ich für dich aufstelle.

»Hm«, murmelte sie.

Er schenkte sich ein weiteres Glas Wein ein und füllte ihres ebenfalls wieder auf.

»Ich habe mir heute die Kreditkartenabrechnung angesehen«, sagte er plötzlich. »Was hast du bei *Computerwelt* gekauft?«

»Oh, ich wollte dir ohnehin bereits davon erzählen. Die Firma ist darauf spezialisiert, Daten wiederherzustellen.«

»Und das kostet tausend Dollar?«

Sein Tonfall sprach Bände.

Sie wappnete sich gegen das, was kommen würde.

»Eigentlich war das bloß die Anzahlung. Es kostet dreitausend Dollar. Ich kann dir das Gutachten schicken, die Festplatte ist …«

»Ich muss das verdammte Gutachten nicht sehen«, fuhr er sie an. »Man hat dich offensichtlich verarscht.«

Sie lehnte sich abwehrend zurück. Sie hasste es, wenn er fluchte.

»Nein, das stimmt nicht«, sagte sie ruhig. »Der Typ, der das macht, ist ein Freund von Ginie.«

Willem spitzte die Lippen. »Dann soll ich mich also besser fühlen, wenn ich von jemandem über den Tisch gezogen werde, bloß weil er jemanden aus deiner Müttergruppe kennt?«

Sie stand auf. Ihre Beine zitterten.

»Danke *vielmals* für dein Verständnis. Mein halbes Leben befindet sich auf diesem Computer, den *dein* Sohn zerstört hat, so wie er ständig alles zerstört.«

Willems Augen wurden schmal. »Was soll das jetzt bedeuten?«

»Sag mir bloß eines«, sagte sie. »Wie viel hast du für deinen letzten Anzug von Armani ausgegeben? Mehr als tausend Dollar, da bin ich mir sicher. Aber ich weiß natürlich nicht, wie viel es genau war, denn ich wache ja nicht wie ein verdammter Geier über deine Ausgaben.«

Sie knallte das Weinglas so schwungvoll auf den Tisch, dass es zerbrach.

Willem schlief in dieser Nacht im Gästezimmer.

Ist es wirklich erst elf Uhr?

Rory war bereits seit Viertel vor fünf Uhr früh wach. Er hatte zu dieser unchristlichen Zeit zu weinen begonnen, und sie hatte es nicht geschafft, ihn wieder zu beruhigen. Willem war um sieben Uhr dreißig auf dem Weg ins Büro an ihr vorbeigegangen. Er hatte sie ignoriert und sich nicht einmal von den Kindern verabschiedet. Sie hatte Digby überschwänglich angelächelt und so getan, als sei alles in Ordnung.

Sie ging in die Speisekammer und holte Brot, Erdnussbutter und den Brotaufstrich aus Hefeextrakt. Sie hatte auf die harte Tour gelernt, dass gesündere Lebensmittel – wie Avocados, Luzerne, Hummus oder geriebene Karotten – von den Kindern ignoriert oder, was noch schlimmer war, über den Tisch oder zu Boden geworfen wurden.

»Es ist Zeit für unsere Sandwiches«, rief sie.

Digby stürzte in die Küche. »Erdnussbutter, Erdnussbutter, Erdnussbutter!«

»Okay. Setz dich, Digby. Ich hole Rory.«

Sie ging ins Wohnzimmer, beugte sich über den Laufstall und hob Rory in die Höhe.

»Hallo, mein Süßer«, sagte sie und schwang ihn über ihren Kopf. Rory kicherte vor Freude. Wenn sie bloß mehr Zeit mit ihm allein verbringen könnte, vielleicht wäre das Leben dann nicht so hart.

Sie ging zurück in die Küche und blieb wie angewurzelt stehen. Digby war auf die Theke geklettert und balancierte nun am Rand des Spülbeckens, wobei er ein langes Messer in der rechten Hand hielt.

»Digby«, sagte sie und schnappte nach Luft, »leg das wieder hin. Das ist gefährlich.«

»Hahaha!«, lachte er und schwang das Messer über seinem Kopf.

Sie setzte Rory in seinen Hochstuhl und ging vorsichtig auf Digby zu, als wäre sie eine Tierpflegerin, die sich einer Kobra näherte. Wie hatte er es innerhalb von einigen Sekunden geschafft, auf die Theke zu klettern?

»Dig, ich möchte nicht, dass du herunterfällst und dich verletzt«, warnte sie ihn.

»Verdammt, verdammt.«

»Was hast du gesagt?«

»Verdammt, verdammt«, wiederholte er.

Sie war entsetzt.

»Wo hast du denn das gelernt?«

»Von Papa«, sagte er. »Er sagt es immer am Telefon. Verdammt, verdammt.«

Sie ließ die Hände sinken. Sie hatte noch nie gehört, dass Willem das Wort in Digbys Gegenwart verwendet hatte.

»Nun«, erwiderte sie leise, »es ist mir egal, was Papa sagt. Und jetzt leg das Messer zur Seite, und ich helfe dir herunter.«

»Nein.«

Sie machte einen Schritt auf ihn zu.

Danach passierte alles wie in Zeitlupe. Digby hob den Arm und warf das Messer mit der Präzision eines ausgebildeten Messerwerfers. Es zischte an ihrem Ohr vorbei und blieb in Rorys Tischchen stecken, einige Zentimeter von Rorys Fingern entfernt. Dieser war sich der Gefahr nicht bewusst und sah interessiert das Messer an, das vor ihm hin und her schwankte wie ein Pfeil, der ins Schwarze getroffen hatte. Miranda stürzte auf ihn zu, zog das Messer heraus und legte es außerhalb seiner Reichweite ab.

Dann wandte sie sich Digby zu und hob ihn, ohne ein Wort zu sagen, von der Theke. Sie trug ihn in sein Zimmer und setzte ihn auf sein Bett. Adrenalin schoss durch sie hindurch. Sie war schweißgebadet und atmete schwer.

»Digby«, sagte sie, »ich rufe jetzt Papa an. Er muss wissen, was gerade passiert ist. Wir werfen niemals mit Messern. Und wir verwenden auch keine Schimpfwörter, wie du es getan hast. Bitte leg dich nun in dein Bett und mach ein Nickerchen. Wenn du aufwachst, dann wird dein Papa hier sein und mit dir sprechen.«

Sie ging auf die Tür zu.

»*Neeeeeeiiiiin. Neeeeeiiin.* Ich möchte ein Erdnussbuttersandwich!« Hellblaue Linien erschienen auf seinen Schläfen.

»Heute gibt es kein Mittagessen«, sagte sie streng. »Leg dich bitte hin und ruh dich aus.«

Sie schloss die Tür und beachtete sein Geschrei nicht weiter. Sie ging zurück in die Küche und bereitete Rorys Sandwich vor. Ihre Hände zitterten, während sie die Kruste abschnitt. Sie legte vier gleichmäßige Stücke auf Rorys Tablett.

»Hier, mein Liebling«, sagte sie ruhig. »Mama ruft jetzt Papa an.«

Sie hob den Hörer hoch.

Als Willem abhob, brach sie zusammen.

»Es ist mir egal, wie wichtig deine Arbeit ist«, schrie sie ins Telefon. »Du musst *jetzt sofort* nach Hause kommen.«

Erst nachdem sie den Hörer wieder auf die Gabel geknallt hatte, hielt sie einen Moment lang inne.

Sie hätte schwören können, dass sie im Hintergrund Kinderstimmen gehört hatte.

Als im Mai schließlich die Party zum ersten Geburtstag der Kinder stattfand, hatten sich die Dinge zwischen ihnen wieder beruhigt.

Nach dem Vorfall mit dem fliegenden Messer hatte Miranda begonnen, Willem gegenüber so bestimmt wie nie zuvor aufzutreten.

»Siehst du denn nicht, was Digby braucht?«, hatte sie ihn mit schriller Stimme gefragt. »Er braucht mehr von seinem Vater und weniger von seiner Stiefmutter. Entweder steigst du in das Spiel mit ein, Willem, oder ich steige aus.«

Es war mehr oder weniger ein Ultimatum gewesen. Willem hatte zunächst niedergeschlagen und gereizt, ja beinahe gekränkt reagiert. Doch als sie sich einige Wochen lang weigerte, seinen sexuellen Avancen nachzugeben, begann er, sich zu bemühen und mehr Zeit zu Hause zu verbringen. Nun, zwei Monate später, war sie beeindruckt, wie gut er es geschafft hatte, seine Arbeit zurückzustellen.

Als Gegenleistung gestattete sie ihm, sie wieder zu berühren. Es war mehr oder weniger ein Zeichen des guten Willens. Aber er liebte sie mit einer Grobheit, die sie verunsicherte. Zwei Körper, die im Dunkeln aufeinander einhämmerten. Zumindest hatte er sich an diesem Morgen die Mühe gemacht, ihr danach als Muttertagsgeschenk das Frühstück auf einem Tablett ans Bett zu bringen. Digby und Rory saßen unterdessen am Ende des Bettes und stürzten sich auf die Croissants.

»Hört auf damit, Jungs. Die gehören Mama«, widersprach Willem, bevor er ihnen schließlich doch das Tablett überließ.

Sie wusste, dass Willem noch einiges würde ändern müssen, wenn er dem Familienleben jenen Vorrang geben wollte, den er ihm noch nie zuvor gegeben hatte. Doch sie konnte sehen, dass er sich bemühte, und das beruhigte sie.

14:50 Uhr

Sie sah auf die Uhr.

»Es wird langsam Zeit, dass wir uns auf den Weg zu Rorys Geburtstagsparty machen, Dig«, rief sie, während sie in der Hintertür stand.

Willem spielte zwischen den Zitronenbäumen mit Digby Fußball.

Sie behielt die beiden im Auge und öffnete den Kühlschrank, um den Wodka herauszunehmen. Etwas Flüssigkeit tropfte auf den Küchentresen, als sie ihre Mineralwasserflasche damit auffüllte. Sie stopfte die Flasche gemeinsam mit einer kleinen Schachtel Minzbonbons, die sie immer bei sich trug, in ihre Handtasche. Der Geruch des Wodkas war relativ leicht zu überdecken. Wenn sie ein Minzbonbon aß, dann roch es, als hätte sie gerade Mundwasser benutzt.

»Kommt schon«, rief sie, »wir wollen doch nicht zu spät kommen. Du kannst die belegten Brote tragen, Digby.«

Digby kickte den Ball in den Garten und rannte ins Haus. »Ja! Belegte Brote!«

Willem folgte ihm eher zurückhaltend.

»Es ist doch nur von drei bis fünf Uhr«, erinnerte sie ihn. »Vielleicht macht es dir sogar Spaß. Und du lernst einige der anderen Väter kennen.«

Er nickte, jedoch ohne Begeisterung. Er hatte sich nie für die Müttergruppe interessiert. Sie nahm an, dass es für ihn eine Art Club für gelangweilte Hausfrauen war.

Sie nahm Rory auf den Arm. »Du siehst gut aus in deinen Geburtstagskleidern, mein Hübscher. Nicht wahr?«

Weder Willem noch Digby gaben ihr eine Antwort.

Sie kamen beinahe zwanzig Minuten zu spät in Manly Dam an. Der See war einer der beliebtesten Picknickplätze auf der Halbinsel. Bevor Rory geboren worden war, war Miranda jede Woche im angrenzenden Buschland spazieren gegangen. Es glich einer ländlichen Insel inmitten der Stadt und war ein Paradies für alle, die gerne schwammen, fischten oder Rad fuhren.

Pippa war die Erste, die auf dem Picknickplatz, den sie nicht unweit des Kinderspielplatzes reserviert hatten, auf sie zukam.

»Alles Gute zum Muttertag«, rief sie und winkte ihnen mit einem riesigen Bündel aus rosaroten Luftballons zu. »Und alles Gute zum Geburtstag, Rory.« Sie lächelte Willem an. »Sie müssen Willem sein. Ich bin Pippa. Es ist schön, Sie nach so langer Zeit endlich kennenzulernen! Ich bin froh, dass Sie hier sind, wir brauchen jemanden, der groß ist.« Sie sah Digby an. »Und wie geht es dir, Digby?«

Wie üblich gab Digby keine Antwort. Dann plötzlich streckte er Pippa die Zunge heraus.

»Bäääh«, machte er.

»Komm schon, Dig, sei bitte etwas höflicher«, ermahnte Miranda ihn.

Digby rannte, Willem im Schlepptau, davon. Miranda zuckte entschuldigend mit den Schultern und sah Pippa an. Obwohl Willem nun öfter zu Hause war, ließ Digbys Benehmen noch zu wünschen übrig. Als sie das letzte Mal im Lesezirkel über *Wir müssen uns über Kevin unterhalten* gesprochen hatten, hatte sie all ihre Kraft zusammennehmen müssen, um den anderen nicht von ihrer misslichen Lage zu erzählen. *Ich habe einen Kevin zu Hause,* hatte sie sagen wollen. *Er ist berechnend, er hat zwei Gesichter, vielleicht ist er ein Soziopath. Ich lebe mit ihm zusammen, aber er ist nicht mein Fleisch und Blut. Doch die Regeln der Mutterschaft besagen, dass ich ihn lieben muss.*

Willem zog Digby an der Hand zurück zu Miranda.

»Entschuldige dich bitte bei deiner Mutter«, befahl er. Digby verzog das Gesicht und trat mit dem Fuß in den Schmutz. Willem musste noch viel über effektive Erziehungsmethoden lernen.

Pippa kniete sich vor Digby auf den Boden. »Ich habe eine wichtige Aufgabe für dich und deinen Vater«, sagte sie. »Glaubst du, ihr könnt diese Ballons dort drüben aufhängen?« Sie deutete mit dem Kopf auf die hölzerne Laube, unter der einige Tische entlang des Feuers aufgestellt worden waren.

»Okay«, sagte Digby und nahm Pippa die Ballons ab, »komm schon, Papa.« Dann lief er auf die Laube zu.

Willem lächelte Pippa zu. »Sie haben das wohl schon einmal gemacht.«

Charmant wie immer, wenn wir unter Leuten sind, dachte Miranda.

Pippa wandte sich an Miranda. »Robert grillt gerade die Würstchen.« Sie deutete auf den Grill. »Und Suzie ist unterwegs, um einige zusätzliche Stühle aus ihrem Auto zu holen. Vielleicht kann Willem ihr helfen, sobald er mit den Ballons fertig ist, falls das für dich in Ordnung ist?«

Miranda nickte. »Du und Suzie habt bei der Organisation

tolle Arbeit geleistet, Pippa. Mein Gott, du siehst fantastisch aus.« Sie starrte auf die leuchtend blauen Leggins, die Pippa unter ihrem blauen Etuikleid und zu den Ballerinas trug. Seit ihrer Operation hatte Pippa zugenommen und die für sie so typische Blässe verloren.

Pippa strahlte. »Danke. Ich musste einiges durchstehen, aber nun fühle ich mich viel besser.«

Zumindest eine von uns, dachte Miranda.

Sie griff nach ihrer Mineralwasserflasche. Es waren ziemlich viele Leute gekommen, die meisten von ihnen kannte sie nicht. Ältere Kinder spielten Fangen, lachten und warfen mit Luftschlangen um sich. Großeltern saßen lächelnd in Klappstühlen, während sie Sandwiches ohne Kruste aßen. Die Frau, die die Kinder schminken sollte, hatte ihre Utensilien auf einem der Tische ausgebreitet und war gerade damit beschäftigt, Wayan in eine Hummel zu verwandeln. Made, die ein farbenfrohes balinesisches Kleid trug, hatte sich neben ihm niedergekniet, während Gordon herumschlenderte und Fotos machte.

Ginie und Daniel standen in der Nähe der Kühlbox mit den Getränken und unterhielten sich mit einer Gruppe von Leuten, bei denen es sich vermutlich um Ginies Eltern und Verwandte handelte. Die Kinder liefen um die Gruppe herum und spielten Fangen. Picknickdecken lagen auf dem Rasen, so dass er aussah wie eine Patchworkdecke, und einige der Babys tapsten schwankend, verfolgt von begeisterten Verwandten, darauf herum. Tanten, Onkel, Cousinen und Cousins, Patentanten und Patenonkel – sie alle waren zusammengekommen, um den ersten Geburtstag der Erstgeborenen zu feiern.

Miranda beneidete sie. Sie hatte kaum jemanden, den sie hätte einladen können. Ihr Vater hatte abgelehnt, das hatte sie schon im Vorhinein gewusst, ihr Bruder hatte einfach nicht geantwortet, und ihre Schwägerin machte gerade Urlaub auf den Seychellen. Willems Eltern hingegen hatten ihnen klargemacht, wie ungünstig es am Sonntagnachmittag für sie war, als hätte sie die Party eigens so geplant, dass diese mit ihrer wöchentlichen Verabredung zum Golf zusammenfiel. Sie war sich nicht sicher, ob sie noch kommen würden. Wäre ihre eigene Mutter noch am Leben gewesen, hätte Miranda sie nicht davon abhalten können, zu kommen.

Sie nahm einige Schlucke aus ihrer Mineralwasserflasche und verschloss sie sorgfältig.

Rory stemmte sich gegen den Gurt, der ihn festhielt.

»Bitte schön«, sagte sie und befreite ihn aus dem Kinderwagen. »Sieh dir die hier an.« Sie holte einige bunte Plastikbälle hervor, die sie eingepackt hatte, und ließ sie über das Gras rollen. Rory folgte sofort einem grünen Ball mit Plastikstacheln. Astrid lief einem roten Ball hinterher, bevor sie innehielt und auf eine Gruppe Enten zeigte, die in Ufernähe im See schwammen.

»Da-da-da!« Astrid starrte die Vögel fasziniert an.

Cara eilte sofort hinter ihr her. »Ja, Astrid, dort drüben sind die Enten. Kluges Mädchen.« Sie lächelte Miranda an. »Hallo«, sagte sie. »Ein wunderschöner Nachmittag, um unseren ersten Muttertag zu feiern, nicht wahr?«

»Ja, wirklich wunderschön«, sagte Miranda. »Wo ist Richard?«

»Er ist noch einmal losgefahren, um seine Eltern zu holen. Zuerst hat er meine hierhergebracht.« Sie deutete mit dem Kopf auf einen Mann, der in einem Rollstuhl auf der Sandbank am Ufer saß. Er hatte einen Schal im Schottenmuster um den Hals geschlungen. Neben ihm stand eine Frau und schob ihm eine Decke unter die Beine. »Ich glaube, du hast sie bereits kennengelernt, nicht wahr?«

Miranda nickte. »Als wir damals im Zoo waren. Wie geht es deinem Vater?«

»Seine Alzheimer-Erkrankung wird immer schlimmer. Und er ist beinahe gelähmt.«

Miranda warf dem alten Mann im Rollstuhl einen Blick zu. Sogar aus dieser Entfernung konnte man sehen, wie verräterisch schlaff seine Mundwinkel herabhingen und dass er auf unnatürliche Weise unbeweglich war. Caras Mutter schwirrte um ihn herum, zog seine Kappe zurecht und strich das Revers seiner Jacke glatt.

»Es ist so traurig.« Cara seufzte. »Oh-oh, meine Kleine macht schon wieder Schwierigkeiten.« Sie eilte hinter Astrid her, die sich auf den Weg zum Grillplatz gemacht hatte.

Miranda war froh, dass Rory noch nicht zu laufen begonnen hatte. Sie wusste, dass dann noch einiges auf sie zukommen würde.

Sie ließ ihren Blick über den Picknickplatz schweifen. Es war ein herrlicher Herbstnachmittag. Eine leichte Brise wehte die erdigen, für diese Gegend typischen Düfte der Banksia-, Eukalyptus- und Grevilleenbäume zu ihr. Das weit entfernte Lachen der Kinder, das vom Spielplatz herüberdrang, wurde von dem trägen, tiefen Schnattern der Enten übertönt. Sie reckte ihr Gesicht in die Sonne und schloss die Augen. Einen Moment lang verspürte sie wieder jenen spontanen Optimismus, den sie als Teenager vor Beginn der Sommerferien verspürt hatte. Die scheinbar zahllosen Möglichkeiten, die Wochen ohne Verpflichtungen, die sich unendlich vor ihr ausgedehnt hatten.

Als Miranda die Augen wieder öffnete, sah sie Suzie auf dem Parkplatz stehen. Sie trug Freya auf der Hüfte und mehrere Stühle in der anderen Hand. Sie benötigte ganz offensichtlich Hilfe.

Sie warf einen Blick auf die Laube, wo Willem auf einer Milchkiste stand und die letzten Ballons befestigte. Digby stand neben ihm und hielt die Rolle mit der Schnur.

»Willem!«, rief sie. »Kannst du dort drüben vielleicht helfen?« Sie deutete mit dem Kopf auf Suzie, die die Stühle auf dem Parkplatz abgestellt hatte. Miranda hob Rory hoch und ging auf Willem zu.

»Sie hat sonst niemanden, der ihr helfen könnte«, erklärte sie mit gesenkter Stimme. »Sie ist eine alleinerziehende Mutter. Ich passe auf Digby auf.«

»In Ordnung«, sagte Willem. »Halte das hier mal.« Er gab ihr eine Packung Reißnägel, die er verwendet hatte, um die Ballons aufzuhängen, und ging in Suzies Richtung.

Miranda unterhielt sich mit Robert, während sie versuchte, Digby vom Grillplatz fernzuhalten.

»Sie sind beinahe fertig, Kumpel«, sagte Robert und lächelte Digby an.

»Aber ich möchte *jetzt* ein Würstchen haben.«

»Du bekommst das erste Würstchen, das fertig ist«, sagte Robert. »Ich verspreche es.«

»Komm schon, Dig, lass uns mit Rory Ball spielen«, schlug Miranda vor, um ihn abzulenken. Sie zog Digby an der Hand zu den Picknickdecken und spürte, wie sich ihr Rücken gegen das Gewicht wehrte.

Nachdem sie Rory auf die Decke gesetzt und Digby einen Fußball gebracht hatte, tauchte Cara wieder auf. Sie wirkte ein wenig außer Atem, als wäre sie gelaufen.

»Miranda, kannst du einen Moment auf Astrid aufpassen?«, fragte sie. Sie setzte Astrid auf die Decke und gab ihr einen gelben Ball. »Ein Freund ist gerade vorbeigekommen, um hallo zu sagen, aber er kann nicht lange bleiben.« Miranda warf einen Blick in die Richtung, in die Caras Kopf zeigte. Ein großer, dunkler Mann stand in der Nähe des Spielplatzes.

»Sicher.«

»Danke.« Cara ging auf den Mann zu und begann bald darauf zu laufen.

Miranda suchte die andere Seite des Picknickplatzes nach Willem ab. Sie hatte ihn schon vor einer Weile zum Parkplatz geschickt, um Suzie zu helfen. Warum dauerte das so lange?

Sie holte die Mineralwasserflasche aus ihrer Handtasche und nahm einen weiteren Schluck.

Astrid und Rory rollten gemeinsam über die Picknickdecke und versuchten, den gelben Ball zu fangen. Digby kletterte in der Nähe auf einen riesigen Stein und war außer Atem, als er oben ankam. »Ich bin der König hier im Schloss, und ihr seid das niederträchtige Volk, nah-nah-nah.«

Sie tat so, als wäre sie begeistert, lächelte und winkte ihm zu.

Dann sah sie sie. Suzie und Willem standen am anderen Ende des Parkplatzes in der Nähe der Toiletten. Sie schienen sich angeregt miteinander zu unterhalten. Willem stand mit dem Rücken zu ihr, doch seine Körpersprache verriet ihr, dass etwas nicht stimmte. Selbst aus dieser Entfernung war es offensichtlich, dass Suzie verärgert war. Was war hier los? Hatte Willem etwas Falsches gesagt? Er konnte manchmal ungehobelt sein, und Suzie reagierte oft überempfindlich.

»Möchtest du ein Sandwich mit Würstchen?«, fragte Robert und hielt ihr einen Teller unter die Nase.

»Nein danke.« Ihr Magen zog sich zusammen.

»Wie bitte? Nachdem ich mir solche Mühe gegeben habe?«

»Oh. Okay.«

Er gab ihr ein Papiertuch und fuchtelte mit der Grillzange durch die Luft.

»Welches Würstchen möchtest du?«

»Egal.«

Sie warf wieder einen Blick auf Suzie und Willem. Ihre Unterhaltung hatte etwas Vertrautes an sich. Es war die Art, wie sie sich ansahen. Suzie fuchtelte mit den Händen, während Willem sich von ihr wegdrehte und einen Blick über die Schulter in Mirandas Richtung warf.

»Bitte sehr«, sagte Robert und gab ihr ein Würstchen, das in einem langen weißen Brötchen steckte. »Möchtest du eine Sauce dazu? Ich habe Tomatensauce, Barbecuesauce oder süße Chilisauce.«

Sie schüttelte den Kopf und schickte ihn fort.

Ihr Blick konzentrierte sich nur noch auf die beiden. Suzie und Willem. Alles andere trat in den Hintergrund. Ein bitterer Geschmack breitete sich plötzlich in ihrem Mund aus.

Willem drehte sich noch einmal um, und dieses Mal trafen sich ihre Blicke.

Und dann wusste sie es plötzlich. Suzie. Willem. *Bill.*

»Mama, schau mal!«, rief Digby. Er sprang von dem Stein herunter und landete unsanft auf dem Gras. »Aua«, jammerte er und hielt sich das rechte Knie.

Sie rang nach Luft.

Das Sandwich mit dem Würstchen fiel ihr aus der Hand. Sie sank auf die Knie und erbrach. Wodka und Galle rannen aus ihrem Mund und ihrer Nase.

»Mein Gott, ist alles in Ordnung?« Pippa beugte sich über sie.

»Wasser …« Sie musste den schrecklichen Geschmack loswerden. Pippa gab ihr ihre Mineralwasserflasche. Miranda schob sie zur Seite.

Kleine Finger griffen nach ihrer Schulter. Sie sah benommen auf.

»Mama?« Digby sah sie mit blassem Gesicht ängstlich an. Sein Knie blutete.

Rory krabbelte über die Picknickdecke auf sie zu.

Sie erbrach noch einmal.

Mehrere Menschen, die sie nicht kannte, standen plötzlich um sie herum und beobachteten sie neugierig.

Sie stemmte sich beschämt hoch. »Ich muss wohl etwas Falsches gegessen …«

»Hier, du Arme«, sagte Pippa und reichte ihr einige Babytücher. »Du bist aber nicht wieder schwanger, oder?«

Miranda schüttelte den Kopf. Sie warf einen Blick zu den Toiletten hinüber. Willem und Suzie waren verschwunden. Wo waren sie? Waren sie zusammen fortgegangen? Was sollte sie jetzt tun?

Sie tupfte sich mit zitternden Händen den Mund ab. Digby begann zu weinen.

»Ist schon okay, Dig«, sagte sie und setzte sich auf. »Mama ist nur ein wenig übel.« Sie streckte die Hand aus und berührte sein Knie. »Wir werden dir ein Pflaster auf dein Knie kleben.« Das, was sie sagte und tat, lief automatisch ab.

»Ich habe einen Erste-Hilfe-Koffer dabei«, sagte Pippa. Dann ging sie auf den Picknicktisch zu.

Plötzlich kam Willem von den Toiletten aus auf sie zu. Digby ging es augenblicklich besser. Er ließ Mirandas Hand los und lief wie ein aufgeregter Welpe auf ihn zu.

»Schau mal, Daddy!«, rief er, während er bereits wieder auf den Felsen kletterte und ein weiteres Mal hinuntersprang.

»Super, Kumpel«, sagte Willem, dann schlenderte er auf Miranda zu.

»Hey«, sagte er und hob Rory von der Decke hoch, »was ist los? Du siehst aus, als ginge es dir nicht gut.«

Miranda nahm ihm Rory weg und sah sich verstohlen um. Niemand schien in Hörweite zu sein.

Sie machte einen Schritt auf ihn zu, bis ihr Gesicht seines beinahe berührte. »Es ist eben ein Schock, wenn man herausfindet, dass der Ehemann bei einer Hure war. Und dass sie eine der Frauen aus der Müttergruppe ist.«

Er öffnete den Mund, aber er brachte kein Wort heraus.

»Bemüh dich nicht«, zischte sie. »Die vielen Dienstreisen.« Ihre Stimme war so leise, dass niemand sonst sie hörte. »Was für eine verdammte Idiotin ich doch bin.«

»Miranda, ich wusste nicht, dass Suzie …«

»Halte, verdammt noch mal, die Klappe.«

Sie ertrug seine Anwesenheit nicht mehr länger.

»Schaut mal!«, schrie Digby. »Ein Clown!« Eine kleine Gruppe versammelte sich in der Nähe der Laube, wo ein Clown mit einem obskuren Lächeln bis hinauf zu den Ohren auf hölzernen Stelzen balancierte. Er nahm seinen glänzenden schwarzen Zylinder ab, tat überrascht und zog einen lebendigen Hasen hervor. Die Menschen um ihn schnappten nach Luft und applaudierten.

Miranda sah, dass Suzie unter ihnen war. Sie hielt Freya in die Höhe, damit diese die Vorführung sehen konnte. Einen Moment später trafen sich ihre Blicke. Suzie errötete. Sie sah ängstlich und beschämt aus.

Miranda hielt den Blickkontakt aufrecht.

Du kannst Willem haben, dachte sie. Und Digby ebenfalls. Du kannst dir deine eigene verdammte Familie zusammenbasteln.

Plötzlich stand Cara wieder neben Miranda. Ihre Wangen waren gerötet, und sie lächelte.

»Wo ist Astrid?«, keuchte sie.

Miranda warf einen Blick auf die Picknickdecke. »Sie war gerade noch da.«

Caras Lächeln verschwand.

»Ich … ich habe auf sie aufgepasst«, sagte Miranda. »Sie kann nicht weit fort sein.«

»Astrid«, rief Cara und ließ ihren Blick über die Menschen schweifen. »Hat jemand Astrid gesehen?«

Miranda begann, in der entgegengesetzten Richtung zu suchen, und wandte sich noch einmal an Willem. »Mach dich nützlich«, fauchte sie ihn an.

Andere gesellten sich zu ihnen. Pippa sah hinter dem Grill und unter den Stühlen nach. Ginie suchte hinter Büschen und Bäumen. Made stürmte auf das östliche Ende des Picknickplatzes zu und sprach dort mit einem Mann in einer grünen Uniform. Vermutlich handelte es sich um einen Parkwächter oder einen Gärtner. Nachdem sie eine Minute lang gesucht hatten, wandte sich Cara mit aschfahlem Gesicht an Miranda.

»Wo *ist* sie?«

»Ich …« Miranda blickte von einer Seite zur anderen. In den Busch und zum Stausee. Ein Kleinkind konnte doch unmöglich so weit gekommen sein.

»Ist sie vielleicht bei deinem Mann?«, fragte Daniel, der in der Nähe stand und Rose auf dem Arm trug.

»Mein Mann ist noch nicht da«, sagte Cara mit schriller Stimme.

»Ich habe vorhin einen dunkelhäutigen Mann hier in der Nähe gesehen«, sagte eine ältere Frau, die Freya auf dem Arm trug. »Er war wohl Pakistani oder so ähnlich. Er hat die ganze Zeit zu uns herübergesehen.«

Daniel nickte. »Ich habe ihn auch gesehen.«

»Nein, nein«, sagte Cara mit zitternder Stimme. »Das war mein Freund Ravi. Ich war gerade noch bei ihm …« Sie schlug die Hände auf den Mund.

Menschen begannen, sich um sie herum zu versammeln.

Gordon legte eine Hand auf Caras Arm. »Wann haben Sie sie zum letzten Mal gesehen?«

Cara blickte sich verwirrt um.

»Ich weiß nicht, vielleicht vor zehn Minuten … ich habe sie hiergelassen, sie hat gespielt.« Sie sah Miranda an. »Mit Miranda.«

Miranda rauschte es in den Ohren. Sie hatte das Gefühl, als würde sich die Erde auftun und sie verschlucken.

Gordon wandte sich an sie. »Was ist passiert, Miranda? Haben Sie irgendjemanden zusammen mit Astrid gesehen?«

Mirandas Gedanken wirbelten durch ihren Kopf. Astrid war gerade noch da gewesen und hatte mit Rory gespielt. Dann war sie plötzlich fort gewesen. Woher sollte *sie* wissen, was passiert war? Es war nicht ihre Schuld. Es war Suzies Schuld. Und Willems. Und Caras. Die Schuld von allen anderen, die sich nicht um Astrid gekümmert hatten, während Miranda dort gekniet und sich übergeben hatte.

»Sie war gerade noch da …«, bettelte sie mit heiserer Stimme. Mirandas Beine gaben unter ihr nach, und sie sank zu Boden. Niemand bot an, ihr zu helfen.

Cara gab ein seltsames, gutturales Geräusch von sich und begann, über den Picknickplatz zu torkeln.

»Ich rufe die Polizei«, sagte Gordon und drückte drei Tasten auf seinem Handy.

Made kam mit dem Parkwächter zurück. Einige der Frauen begannen zu weinen. Die anderen Gäste begannen, laut miteinander zu sprechen und sich gegenseitig zu übertönen. Miranda wollte sich die Hände auf die Ohren pressen und sie alle zum Schweigen bringen.

Sie zog Rory auf ihren Schoß und vergrub ihr Gesicht in seinen süßlich duftenden Haaren.

Sie schloss die Augen und wünschte sich weit, weit fort.

Wenn es bloß möglich gewesen wäre, den Tag noch einmal von vorn zu beginnen.

PIPPA

Pippa zuckte zusammen, als sie den Klang der Sirenen hörte. Sie hatte versucht, Cara zu beruhigen, doch ihre Bemühungen waren erfolglos gewesen. Sie ließ ihren Blick ein weiteres Mal über den Picknickplatz schweifen und hoffte verzweifelt, Astrid irgendwo zu entdecken oder plötzlich einen erleichterten Aufschrei zu hören: *Da ist sie!* Doch alles blieb ruhig, und man hörte bloß Caras heiseres Schluchzen.

»Atme tief durch«, forderte sie Cara auf, während zwei junge Polizisten aus ihrem Wagen stiegen und auf die Gruppe zugingen. »Hier, trink einen Schluck Wasser.« Sie wollte ihr Mirandas Mineralwasserflasche geben, doch Cara wandte sich ab.

Also nahm Pippa stattdessen selbst einen Schluck aus der Flasche.

Eine beißende Flüssigkeit füllte ihren Mund. Sie spuckte sie hustend aus.

Sie sah sich die Flasche näher an und roch daran. Gin oder Wodka, sie konnte es nicht so genau sagen. Sie verschloss die Flasche wieder und starrte Miranda an, die sich auf der Picknickdecke an Rory gekuschelt hatte.

Wer trinkt unverdünnten Alkohol aus einer Mineralwasserflasche?

»Seit wann ist sie verschwunden?«

Pippa sah zu dem Mann in der grünen Uniform hoch, der neben Made stand.

Er nahm seinen Hut ab und wischte sich den Schweiß von der Stirn. »Ich bin hier der zuständige Parkwächter.«

Pippa bat ihn zur Seite. »Wir sind uns nicht sicher«, antwortete sie mit leiser Stimme. »Seit etwa zehn oder fünfzehn Minuten.«

Der Mann nickte und sah zu, wie Gordon die Polizisten zu Cara führte. Ihre Worte wurden von Caras Schluchzen unterbrochen. Einige Minuten später kehrte einer der beiden zum Wagen zurück und sprach in sein Funkgerät.

Als er wieder zurückkam, informierte er seinen Kollegen: »Der diensthabende Kollege kommt vorbei. Es wurde ein Such- sowie ein Rettungsteam angefordert und die Kollegen von der Kripo verständigt. Außerdem ist ein Rettungswagen unterwegs, um sich um die Mutter zu kümmern.«

Sein Kollege nickte und stand auf.

»In Ordnung, bitte alle mal herhören«, sagte er. »Ein Kind wird vermisst, und wir müssen von allen Anwesenden die Personalien sowie die Anschrift aufnehmen. Es sind noch mehr Kollegen auf dem Weg hierher, aber wir müssen Sie bitten, den Platz nicht zu verlassen.« Er sah sich um. »Hat jemand gesehen, ob eine Person die Feier frühzeitig verlassen hat?«

Mehrere Menschen schüttelten den Kopf.

Mein Gott, sie behandeln uns, als wäre hier ein Verbrechen geschehen.

»*Ich* habe jemanden fortgehen gesehen«, erklärte Monika, Suzies Schwiegermutter. Sie wiegte Freya in ihren Armen. »Einen dunkelhäutigen Mann. Er war nur kurz hier, und es schien, als hätte er es eilig gehabt.« Sie machte einen Schritt auf den Polizisten zu. »Und es sah so aus, als würde er Astrid kennen.«

»Kennen Sie vielleicht seinen Namen?« Einer der Polizisten öffnete ein schwarzes Notizbuch und begann, sich Aufzeichnungen zu machen.

»Sein Name«, sagte Cara plötzlich, »ist Dr. Ravi Nadkarni.«

Pippa zuckte zusammen. Das war der Arzt, der bei ihrer Operation vor vier Monaten assistiert hatte.

»Er ist ein Freund aus Studientagen«, fuhr Cara fort. »Wie oft muss ich euch das noch sagen?« Ihr Gesicht war voller Flecken, und ihre Brust hob und senkte sich, als würde sie hyperventilieren. »Ravi hat Astrid nicht angerührt. Er hat sie nicht einmal *gesehen*. Er hat nur mich gesehen. Er hat mir … ein Geburtstagsgeschenk für sie gegeben.« Sie brach weinend zusammen. Made hielt sie fest, während sie weinte. Sie streichelte ihr sanft über die Haare.

Der Polizist nickte. Sein Gesicht blieb ausdruckslos.

»In Ordnung«, sagte er und hob den Kopf. »Wir werden nun von Ihnen allen die Daten aufnehmen. Beginnen wir gleich mit Ihnen.« Er nickte Monika zu, die sich aufzurichten schien, als er mit ihr sprach.

»Hat schon jemand unten am See nachgesehen?« Die drängende Stimme des Parkwächters drang an Pippas Ohr.

Sie drehte sich um und starrte ihn an. »Sie kann doch unmöglich so weit gekommen sein«, sagte sie. »Sie ist erst ein Jahr alt.«

Der Klang der Sirenen kam immer näher. Vermutlich war das der Krankenwagen, der sich um Cara kümmern sollte.

»Ich sehe trotzdem nach.« Er ging bereits mit großen Schritten zum See hinab. Sein grünes Hemd war am Rücken schweißnass.

Pippa folgte ihm. Sie warf einen Blick auf Robert, der mit Heidi am Rand des Grillplatzes saß. Gott sei Dank geht es ihr gut, dachte sie, bevor sie sich selbst für ihre egoistischen Gedanken rügte. *Das Kind einer Freundin wird vermisst.*

Sie kamen an Mrs. Bainbridge, Caras Mutter, vorbei, die ihren Mann im Rollstuhl auf die Gruppe zuschob.

»Was ist denn dort oben geschehen?«, fragte sie.

Mein Gott, sie weiß es noch nicht. Und sie ist die Großmutter.

Pippa legte eine Hand auf ihren Arm. »Hören Sie, wir

wissen noch nichts Genaueres. Aber Astrid ist … verschwunden.«

Die alte Dame schlug die Hand auf den Mund.

»Die Polizei ist hier und hat alles unter Kontrolle«, log Pippa. »Könnten Sie bitte Richard anrufen? Cara ist sehr aufgeregt.«

Mrs. Bainbridge kramte in ihrer Handtasche. »Er holt gerade seine Eltern«, stammelte sie.

»Ich weiß«, sagte Pippa und lief dem Parkwächter nach. Ihre Ballerinas drückten schmerzhaft gegen ihre Fersen, und ihre Haare wehten ihr in die Augen. Sie hatte sie heute Morgen sorgfältig gewaschen und geföhnt. Sie holte den Parkwächter an der Stelle ein, als der Sandstreifen in steiniges Gelände überging. Schließlich erreichten sie einen grasbewachsenen Hügel, der von Schilf umgeben war. Wasserlilien trieben auf dem trüben Wasser des Sees.

Ganz in der Nähe hatten sich Dutzende Enten versammelt, die sich auf dem grasbewachsenen Ufer, das zum See hin abfiel, sonnten.

Pippa kniff die Augen zusammen und blickte auf die weitläufige Wasserfläche hinaus, wobei sie die Augen mit einer Hand abschirmte. Die Sonne reflektierte auf der Oberfläche des Sees, und sie senkte den Blick.

Und dann sah sie sie. Sie trieb mit dem Gesicht nach unten hinter dem Schilf im schaumig trüben Wasser. Sie hatte die Arme ausgestreckt, so dass sie aussah wie ein Stern. Ihr Kleid war aufgebläht.

Der Parkwächter hörte, wie sie nach Luft schnappte, und fuhr herum.

Dann sprang er in das knietiefe Wasser.

»Mein Gott«, sagte er und ströhnte vor Anstrengung.

Er zog sie aus dem Wasser und stolperte nach hinten. Dabei

fiel einer ihrer Schuhe zu Boden. Die rosaroten Pailletten glitzerten, als er im Wasser versank. Der Parkwächter stand tropfend und keuchend vor Pippa und drückte Astrid gegen seine Brust. Ihre Augen waren geschlossen, die Lippen leicht geöffnet, die Haut fahl.

Pippa sah, wie der Parkwächter in dem geräuschlosen Vakuum, das sie umgab, den Mund bewegte. Seine Lippen formten Worte, weißer Speichel tauchte in seinen Mundwinkeln auf, sein Kopf bewegte sich auf und ab. Es war bedeutungslos, so als würde man ohne Ton fernsehen.

Dann stürzten plötzlich Tausende Geräusche auf sie ein. Sirenen und Motorenlärm, ein donnernder Bass in weiter Ferne, das unzusammenhängende Gemurmel der Menschen, das Geschrei der Enten. Und ein urtümliches, schrilles Heulen. Sie drehte sich um und sah Cara, die den Hügel herab auf sie zulief. *Lasst sie nicht sterben. Lasst sie nicht sterben.*

Pippa hörte, wie der Parkwächter sie brüllend aufforderte, Hilfe zu holen, aber ihre Beine weigerten sich, sich zu bewegen. Sie sah wie gelähmt zu, wie er Astrid ins kalte Gras legte. Ihre nassen Babyhaare klebten an ihrem Nacken, aus ihrem festlichen Kleid rann rosarote Farbe über ihre blassen Beine. Er begann, ihre winzige Brust mit seinen dicken Fingern zu massieren.

Cara ließ sich zu Boden fallen und nahm Astrids Kopf in die Hände. *O mein Gott, lasst sie nicht sterben.*

Plötzlich begann Pippa zu laufen. So schnell, wie sie noch nie zuvor gelaufen war. Sie lief über die Uferböschung und den Hügel hinauf zum Picknickplatz. Sie spürte kaum, wie ihr der Urin die Beine hinunterlief.

Später konnte sich Pippa nicht mehr daran erinnern, was genau sie zu den Menschen gesagt hatte, die sich oben versammelt hatten, doch die Rettungssanitäter eilten sofort zu

Astrid hinunter und trugen sie zum Krankenwagen. Eine unnatürliche Stille senkte sich über die Gruppe. Sie wurde nur durch Caras Heulen unterbrochen, die nach Astrid in den Krankenwagen stieg. Dann schlossen sich die Türen ruckartig, und der Krankenwagen schoss davon.

Die Sirenen wurden leiser, und alle begannen gleichzeitig zu sprechen.

»Dieser Scheißkerl hat sie ertränkt«, sagte jemand. »Hat er sie auch missbraucht?« Ein älterer Mann drohte den Polizisten mit der Faust. »Warum habt ihr zuerst unsere Daten aufgenommen, bevor ihr überhaupt nach ihr gesucht habt, ihr verdammten Idioten?«, brüllte er. Eine Frau, die Pippa nicht kannte, sank weinend zu Boden.

Warum, warum, warum. Pippa stand regungslos inmitten des Chaos und suchte den Picknickplatz nach Heidi und Robert ab. Als sie die beiden schließlich in der Nähe des Grillplatzes entdeckte, lief sie auf Heidi zu und drückte sie an sich. »Gott sei Dank, es geht dir gut«, flüsterte sie. »*Gott sei Dank.*«

Vier weitere Polizeiautos trafen ein. Uniformierte Polizisten und Beamte in Straßenkleidung stiegen aus. Dann traf ein Bus mit Mitgliedern einer freiwilligen Hilfsorganisation ein. Sie trugen orangefarbene Warnwesten und verteilten mit freundlichen Gesichtern Tee aus tragbaren Teemaschinen, um die geschockten Anwesenden zu versorgen. Ein Team der Spurensicherung sperrte den Picknickplatz mit einem blauweißen Band ab. Richard und seine Eltern, allesamt weinend, wurden in ein Polizeiauto verfrachtet, um Cara ins Krankenhaus zu folgen. Sie waren später gekommen und hatten angenommen, dass die Geburtstagsfeier bereits im vollen Gang sein würde. Stattdessen hatte man Richard die furchtbare Nachricht überbracht. Er war auf die Knie gesunken und hatte zu weinen begonnen, obwohl die anderen versucht hatten, ihn zu beruhigen. Pippa hatte noch nie gehört, dass ein erwachsener Mann solch urtümliche, furchtbare Laute ausgestoßen hatte.

Die Polizei verhörte die Anwesenden stundenlang. Die Schatten wurden im Laufe des Nachmittages immer länger, während die Gäste ihre Aussagen machten. Als der Himmel dunkler wurde, begannen diejenigen, die bereits befragt worden waren, sich zu verabschieden und sich, mit hängenden Schultern und geröteten Augen, auf den Weg zu ihren Autos zu machen. Ginie und Daniel sowie ihre Angehörigen gingen zuerst, dann folgten Made und Gordon mit Wayan, Suzie, Freya und Monika, der Parkwächter, die Dame, die die Kinder geschminkt hatte, und der Clown.

Kurz vor Sonnenuntergang wurde schließlich Pippa verhört. Der Kriminalbeamte stellte sich als Detective Constable Warren Harrison vor und öffnete müde sein schwarzes Notizbuch. Pippa versuchte, ihn über das mechanische Surren des Nachrichtenhubschraubers hinweg zu verstehen, der im Tiefflug über den See kreiste. Er notierte Pippas Namen, Adresse und Geburtsdatum.

»Erzählen Sie mir doch, wie Sie die Geschehnisse des heutigen Tages erlebt haben, Mrs. Thompson.«

Pippa begann zu weinen, als sie ihm von ihrer Entdeckung am Ufer des Sees erzählte. »Ich habe keine Ahnung, wie sie so weit kommen konnte«, sagte sie.

»Warum sind Sie eigentlich zum See hinuntergegangen, um dort nach Astrid zu suchen, Mrs. Thompson?«

»Der Parkwächter hat es vorgeschlagen«, sagte sie. »Ich habe gesehen, wie er auf dem Weg, der durch das Gebüsch führt, gearbeitet hat, als wir ankamen. Made hat ihn geholt, um uns zu helfen. Ich denke, wir haben uns wohl nur darauf konzentriert, wer Astrid … mitgenommen haben könnte. Es ging alles so schnell.« Sie blinzelte die Tränen zurück. »Ich meine, wir waren doch *alle* da. So viele Menschen …«

Der Beamte sah sie einen Augenblick lang an. »Unfälle passieren innerhalb von Sekunden.« Er räusperte sich und warf wieder einen Blick in sein Notizbuch. »Und wer war Ihres Wissens bei Astrid, kurz bevor sie verschwand, Mrs. Thompson?«

Pippa schluckte. »Soweit ich weiß, war Miranda bei ihr … Miranda Bianco. Eine der Frauen aus der Müttergruppe.« Sie warf einen Blick auf Miranda, die noch immer auf der Picknickdecke kauerte. Sie hatte sich seit Stunden nicht bewegt. Willem hatte Digby und Rory nach Hause gebracht.

»Woher wissen Sie, dass sie bei Miranda war?«

»Weil ich gehört habe, wie Cara Miranda gebeten hat, ein Auge auf Astrid zu werfen, während sie sich mit einem Freund unterhielt. Und dann habe ich gesehen, wie Miranda mit ihrem Sohn Rory und Astrid auf der Picknickdecke dort drüben saß.« Sie deutete mit dem Kopf auf die Decke, auf der Miranda immer noch hockte.

»Und was ist dann geschehen?«

»Das weiß ich nicht.« Pippas Augen füllten sich erneut mit Tränen. »Ein Clown hat in der Nähe des Grillplatzes Kunststücke aufgeführt, und ich war wohl abgelenkt. Ich denke, viele von uns waren abgelenkt.«

Der schwarze Stift des Polizisten wanderte kratzend über das Papier.

»Und ist Ihnen im Laufe des heutigen Tages etwas Ungewöhnliches aufgefallen, Mrs. Thompson?«

Pippa zögerte. »Ich weiß nicht, ob das wichtig ist oder nicht …«, begann sie. »Ich habe gesehen, dass Miranda sich übergeben musste, also bin ich zu ihr hin, um ihr zu helfen. Ich dachte, dass sie vielleicht schwanger sei.« Sie hielt inne. »Ich habe ihr etwas Wasser aus ihrer eigenen Mineralwasserflasche angeboten.« Sie hob die Flasche in die Höhe. »Aber als ich selbst einen Schluck daraus nahm, bemerkte ich, dass sie nicht mit Wasser gefüllt ist, sondern mit Alkohol.«

Der Beamte sah sie prüfend an. »Glauben Sie, dass sie vielleicht nicht in der Verfassung war, auf ein Kind aufzupassen?«

Pippa zuckte mit den Schultern. »Ich weiß es nicht ... Wir hatten alle schon einige Gläser Champagner getrunken. Es war ja eine Geburtstagsfeier. Und unsere Muttertagsfeier.« Ihre Stimme brach.

Der Beamte holte einen verschließbaren Beweisbeutel aus seiner Tasche, öffnete ihn und steckte die Flasche hinein.

»Ist Ihnen an Mrs. Biancos Verhalten sonst noch etwas aufgefallen, woraus zu schließen gewesen wäre, dass sie sich in keiner gesunden physischen oder mentalen Verfassung befand?«

Pippa schüttelte den Kopf. »Sie hat sich bloß übergeben«, sagte sie. »Ehrlich gesagt schien sie nicht betrunken zu sein.«

»Vielen Dank, Mrs. Thompson, das war im Augenblick alles. Wir werden vielleicht im Zuge der Ermittlungen noch einmal auf Sie zurückkommen.«

Sie nickte.

Der Beamte ging zu einem seiner Kollegen.

Pippa begann, ihre Sachen zusammenzusuchen, als sie sich plötzlich der Fernsehkameras bewusst wurde, die am Parkplatz aufgebaut worden waren. Sie entdeckte Robert, der auf einer Holzbank auf der Südseite des Sees saß. Er schien Heidi, die in ihrem Kinderwagen saß, zu füttern. Sie warf einen Blick auf die Uhr. Der Gedanke daran, dass Cara und Richard gerade mit Astrid im Arm im Krankenhaus saßen, tat ihr körperlich weh.

Zwei Kriminalbeamte bewegten sich auf Miranda zu. Einer der beiden berührte ihre Schulter. Sie hob kaum den Kopf.

»Mrs. Bianco«, hörte Pippa ihn sagen, »wir müssen uns mit Ihnen darüber unterhalten, was heute geschehen ist, und wir möchten dieses Gespräch im Revier führen. Können Sie für eine Befragung mit uns kommen?«

Miranda sah erstaunt aus. »Bin ich verhaftet?«

»Nein«, antwortete er. »Und Sie sind auch nicht verpflichtet, mit ins Revier zu kommen. Aber nach allem, was heute passiert ist, würden wir die Befragung gerne offiziell durchführen.«

Miranda sah von einem zum anderen. »Kann ich … kann ich zuerst noch meinen Mann anrufen?«

»Natürlich.«

Sie holte ihr Handy hervor und begann zu wählen. Dann hielt sie plötzlich inne und steckte es wieder in ihre Tasche.

»Ich komme gleich mit Ihnen mit«, sagte sie.

Die Beamten halfen ihr hoch.

Während sie Miranda im Halbdunkeln beobachtete, verspürte Pippa den überwältigenden Wunsch, ihr zu helfen.

»Miranda«, rief sie, »wenn du irgendetwas brauchst, sag einfach Bescheid.«

Doch Miranda sah sie nur ausdruckslos an, als wäre sie gar nicht da.

Robert griff nach ihrer Hand, während sie im Wohnzimmer saßen und auf die Spätnachrichten warteten. Es kam als zweite Meldung des Tages, gleich nach einem Bericht über eine verheerende Flutkatastrophe, die in Brasilien mehr als dreihundert Menschenleben gefordert hatte. Das Foto einer lächelnden Astrid erschien unter der Überschrift: *Tragödie am Muttertag.* Eine jugendlich frische Reporterin mit blondem Bob und auffallend rotem Lippenstift stand auf dem Parkplatz vor Manly Dam. Der Picknickplatz wurde von riesigen Halogenscheinwerfern erleuchtet, unter denen das Team der Spurensicherung nach wie vor seiner Arbeit nachging.

»Ein Team der Spurensicherung arbeitet nach dem tragischen Tod der einjährigen Astrid Jenkings bis spät in die Nacht in dem beliebten Freizeitgebiet für Familien an den Stränden nördlich von Sydney«, erklärte sie. »Die Polizei kann noch nicht bestätigen, ob es weitere Ermittlungen hinsichtlich eines Gewaltverbrechens geben wird, aber es scheint, als hätte sich Astrid in der Obhut von Familie und Freunden befinden sollen, als sie schließlich mit dem Gesicht nach unten im seichten Wasser treibend gefunden wurde. Die Sanitäter konnten das Kind nicht mehr wiederbeleben, und so wurde es bei seiner Ankunft im North-Shore-Krankenhaus für tot erklärt. Zeugen, die die Geschehnisse beobachtet haben, gaben an, dass ein unbekannter Mann das Kind möglicherweise von der Feier zu seinem ersten Geburtstag weggelockt haben könnte. Die Polizei wollte diese Angaben nicht bestätigen.«

Die Kamera zeigte einen Mann mittleren Alters mit beginnender Glatze, der als Detective Chief Inspector Russell Bale aus Manly vorgestellt wurde. »Heute ist etwas Schreckliches passiert, und wir werden keine Spekulationen darüber anstellen, was vorgefallen sein könnte«, sagte er. »Ein Gerichtsmediziner wird sich des Falles annehmen, und die Ermittlungen werden fortgesetzt.«

Die blonde Reporterin starrte in die Kamera. »Zeugen haben zu Protokoll gegeben, dass der See, in dem das Kind ertrank, nicht von einem Zaun umgeben war.« Sie hielt inne. »Jocelyn Farrell mit den neuesten Nachrichten für Kanal Neun.«

Pippa schaltete den Fernseher aus, und sie saßen einige Minuten schweigend da.

»Möchtest du darüber reden?«, fragte Robert.

Sie schüttelte den Kopf.

»Wir sollten zu Bett gehen«, sagte er. »Es war ein langer Tag.«

Sie stellte sich Cara und Richard in den stillen Zimmern ihres gemütlichen Hauses vor. Was machen sie wohl gerade?, fragte sie sich. Was *kann* man noch machen, wenn das eigene Kind tot ist?

»Gut, ich gehe schlafen«, sagte Robert. Er hob ihr Kinn an. »Bleib nicht zu lange wach, um zu grübeln. Es ist schrecklich, aber du musst dich ein wenig ausruhen.« Er deutete in Richtung Heidis Zimmer.

Er hat recht, dachte sie. Es gibt jemanden, dessen Leben von mir abhängt.

Sie würde heute Nacht nicht schlafen können.

»Hey.«

Unter ihrem Mundwinkel hatte sich eine feuchte Stelle gebildet, und ihr rechter Arm war eingeschlafen.

»Hey.«

Sie öffnete die Augen. Neben ihr im Licht des frühen Morgens hockte Robert in seiner Arbeitsmontur und den Arbeitsstiefeln.

»Es ist sechs Uhr«, sagte er. »Du hast die ganze Nacht hier geschlafen.«

Sie hatte die meiste Zeit wach im Wohnzimmer gelegen und den vergangenen Tag noch einmal durchlebt. War sie nachlässig gewesen? Hätte sie etwas tun können, um Astrids Tod zu verhindern? Sie hatte gehört, wie Cara mit Miranda gesprochen hatte: Warum hatte sie nicht ebenfalls ein Auge auf Astrid geworfen? Erst als sie schließlich gehört hatte, wie die Vögel den neuen Morgen willkommen hießen, war Pippa, müde von den eigenen Gedanken, eingeschlafen.

»Ich muss jetzt zur Arbeit.« Robert nahm ihre Hand. »Schaffst du es?«

Sie nickte.

»Bist du sicher?«

Sie nickte noch einmal.

»Kannst du … ich weiß auch nicht. Kannst du vielleicht deinen Psychologen anrufen und ihm erzählen, was gestern passiert ist? Ich meine, du warst dabei, als sie Astrid aus dem Wasser gezogen haben.«

Einer der freiwilligen Helfer hatte einen ähnlichen Vorschlag gemacht.

»Ich schaffe das schon.«

Robert blieb vor ihr stehen.

»Es ist gerade alles … du weißt schon: besser geworden. Deine Stimmung und das alles. Ich will nicht, dass das hier …«

Sie starrte ihn ungläubig an. »Was? Dass das hier unser Leben ruiniert?« Sie schüttelte den Kopf. »Ich glaube nicht, dass wir uns zu viele Sorgen darüber machen sollten, wie Astrids Tod unser Leben beeinflussen könnte, Robert. Denk doch an Cara und Richard. Ihr Leben wird *nie wieder* so sein wie früher.« Tränen stiegen in ihre Augen.

»Ich wollte bloß …«

Sie unterbrach ihn. »Begreifst du, dass ein Kind tot ist? Das Kind einer meiner *Freundinnen?*«

Robert sah sie verletzt an. »Natürlich«, sagte er leise. »Ich war ebenfalls dabei.« Er klopfte mit der Stiefelspitze auf den Boden. »Wir gehen alle unterschiedlich mit solchen Dingen um, weißt du.«

Sie atmete aus, ihr Ärger löste sich in Luft auf. Sie blickte in Roberts müde Augen und streckte die Hand aus.

»Es tut mir leid«, sagte sie. »Du hast recht.«

»Ich muss jetzt gehen«, sagte er und küsste ihre Hand.

»Aber wenn ich nach Hause komme, dann möchte ich, dass du mir erzählst, dass du einen Termin bei deinem Psychologen hast. Es ist wichtig, Pip. Versprichst du es mir?«

»Ich verspreche es.«

Es hatte lange gedauert, bis ihre große Highschool-Liebe eine solche emotionale Intelligenz entwickelt hatte. Er war immer ein körperbetonter Mensch gewesen, ein erfolgreicher Highschool-Sportler, der seinen Körper bis an die Grenzen belastet hatte. Er hatte die katholische Knabenschule in Manly besucht, während sie in die Schule der Klosterschwestern gegangen war. Sie hatten sich während ihres zwölften Schuljahres bei einer regionalen Sportveranstaltung kennengelernt und sich von der körperlichen Verfassung des jeweils anderen angezogen gefühlt. Und zu Beginn ihrer Beziehung hatten sie sich gegenseitig zu Höchstleistungen angespornt. Sie waren den Kokoda-Trail entlanggewandert, mit dem Kajak den Murrumbidgee River hinuntergefahren und hatten mit dem Fahrrad den Nullabor-Nationalpark durchquert. Als sie mit dreiundzwanzig Jahren ihren fünften Jahrestag feierten, hielt er auf dem Gipfel des Mount Kosciuszko um ihre Hand an. Zu dieser Zeit hatte er gerade seine Ausbildung im Baugewerbe abgeschlossen, während sie sich im letzten Jahr ihres Studiums der Arbeitspsychologie befand.

»Das ist alles nicht greifbar«, hatte Robert über ihr Studium gescherzt. »Ich brauche etwas, das ich jeden Tag anfassen und fühlen kann.«

Ihre Familien waren sehr erfreut über ihre Heirat gewesen. Er war das Jüngste von sieben Kindern einer Arbeiterfamilie aus Narrabeen. Sein Vater war Mechaniker, seine Mutter Verkäuferin. Und als seine Ausbildung aufgrund der schlechten finanziellen Situation seiner Familie in Gefahr gewesen war, hatte er Glück gehabt und ein Stipendium erhalten, um die letzten beiden Jahre finanzieren zu können.

Im Gegensatz dazu war Pippa das einzige Kind einer Mittelklassefamilie aus Fairlight, das sich nie viel vom Leben erwartet hatte. Sie war ein spätes, zauberhaftes Geschenk für ihre Eltern gewesen. Ihr Vater stand kurz vor der Pensionierung, als sie geboren worden war, und ihre Mutter war mit fünfundvierzig Jahren bereits »uralt«, wie sie selbst immer sagte. Ihre Eltern waren mittlerweile über siebzig beziehungsweise neunzig Jahre alt und lebten gemeinsam mit einer Perserkatze und einem Wellensittich in einer Zweizimmerwohnung in Fairlight, die Terrasse voller Usambaraveilchen. Obwohl sie Pippa jede Woche anriefen, waren sie zu gebrechlich, um sie zu besuchen. Manchmal dachte Pippa, dass sie ihr wie ihre eigenen Großeltern vorkamen.

Pippa und Robert begannen sofort nach ihrer Heirat, der eine dreijährige Verlobungszeit vorangegangen war, ihren Wunsch nach Nachwuchs zu verwirklichen. Robert nahm den katholischen Glauben ernster als sie. Ihre strenge schulische Erziehung hatte dazu beigetragen, dass ihr Glaube jegliche Lebendigkeit verloren hatte. Robert hingegen ging jeden Freitag und Sonntag zur Kirche und war gegen Abtreibung, Sterbehilfe und Verhütungsmittel. Sie widersprach ihm nicht. Mit sechsundzwanzig Jahren war sie alt genug, um ein Kind zu bekommen. Sie wollte es nicht zu lange aufschieben und wie ihre Eltern enden: zu alt, um das Kind genießen zu können.

Doch die Dinge verliefen nicht nach Plan. Zu Roberts Überraschung und schließlich auch wachsender Fassungslosigkeit schafften sie es nicht, ein Kind zu zeugen. Nach drei Jahren suchten sie einen Spezialisten auf. Zahlreiche Tests zeigten, dass Pippa wie ihre Mutter unter Gebärmutterzysten litt. »Heutzutage können wir etwas dagegen unternehmen«, versicherte ihr der Facharzt.

Nach einer Operation und neun kostspieligen Behandlungen zur künstlichen Befruchtung war sie endlich schwanger geworden.

Vielleicht lag es an der Energie, die sie investiert hatten, um ihr erstes Kind in den Armen halten zu können. Vielleicht war es die unendliche Erleichterung gewesen, als sie ihr Kind lange genug austragen konnte. Was auch immer der Grund war, keiner der beiden war auf das vorbereitet, was nach Heidis Geburt geschehen war.

Es war alles so schnell gegangen. Als sich ihr Muttermund bereits sechs Zentimeter geöffnet hatte, war der Drang zu pressen unerträglich geworden.

»Nicht pressen!«, hatte die Hebamme gerufen und einen Blick zwischen ihre Beine geworfen. »Sie müssen noch warten. Sie sind noch nicht so weit.«

Doch Pippa konnte nicht mehr warten. Sie presste zwei Mal, so fest sie nur konnte. Das Baby schoss aus ihr heraus und in die Hände der Hebamme.

Sie spürte weder den Einriss noch den Eingriff, den der Assistenzarzt, der bei der Geburt dabei gewesen war, unter einer lokalen Betäubung zur Reparatur der Schäden durchführte. Sie war zu glücklich, um sich darüber Gedanken zu machen. Sie lag neben Robert im Entbindungsraum, hielt ihr Baby fest und weinte vor Freude. Hier war die Tochter, die sie sich immer gewünscht hatte.

»Heidi«, flüsterte sie und küsste die glitschige Wange des Neugeborenen.

Drei Tage später wurde sie aus dem Krankenhaus entlassen. Eine der Hebammen hatte ihr ein Merkblatt mit dem Titel

»Pflege bei Dammrissen« und einen Vorrat an Binden mitgegeben.

»Sie werden einige Zeitlang Blutungen haben und inkontinent sein«, hatte die Hebamme gemeint. »Die Nähte werden sich in den nächsten sechs Wochen auflösen. Wenn Sie Fragen haben, rufen Sie einfach an.«

In den ersten Wochen war sie zu glücklich und zu sehr auf Heidis Bedürfnisse fixiert, um sich Gedanken über ihre eigenen Probleme zu machen. Die Blutungen versiegten innerhalb von drei Wochen, doch ihr Damm war so geschwollen wie ein Tennisball. Urin und Kot tropften ungehindert auf die Binden. Es überraschte sie, wie viel es war, und der Gestank verursachte ihr Übelkeit.

Als Heidi sechs Wochen alt war, rief sie im Krankenhaus an und beschrieb ihre Symptome. Die Hebamme holte ihre Akte hervor und bat sie, Geduld zu haben.

»Ihr Baby war sehr groß. Sie war viereinhalb Kilogramm schwer«, sagte die Hebamme. »Ihre Symptome kommen also nicht überraschend. Es kann eine Zeitlang dauern, bis alles verheilt ist. Hat sich die Inkontinenz verschlimmert?«

»Nein, es ist eigentlich gleichbleibend«, antwortete Pippa.

»Nun, ich würde vorschlagen, Sie warten noch einige Zeit ab. Eine Geburt ist für den Körper schwer zu verkraften, vor allem, wenn es das erste Mal war. Es kann bis zu sechs Monate dauern, bis sich alles normalisiert.«

Und so wurden die Inkontinenzbinden bald fester Bestandteil von Pippas wöchentlichem Einkauf. Nach drei Monaten war sie es leid, ihre Unterwäsche bleichen zu müssen, und fand im Internet eine Seite mit Inkontinenzartikeln. Sie stieg von Binden auf Windelhöschen für Erwachsene um, die es ihr ermöglichten, kurz das Haus zu verlassen, ohne eine Packung Binden mitnehmen zu müssen. Die Bestellung über das Internet ersparte ihr außerdem die Peinlichkeit, im Supermarkt Inkontinenzartikel auf das Kassenband legen zu müssen.

»Es ist bloß für kurze Zeit«, erklärte sie Robert, als er das erste Mal sah, dass sie unter ihrem Rock eine Windel trug. »Heidi war so groß, dass die Hebamme im Krankenhaus gemeint hat, dass es sechs Monate dauern kann, bis alles wieder normal ist.«

Robert nickte und machte dabei ein seltsames Gesicht. Pippa erkannte den Ausdruck sofort als das, was es war: Ekel.

Gleichzeitig wurde auch die Distanz zwischen Robert und ihr immer größer. Sie hatten stets ein gutes Liebesleben gehabt, doch nun war es lediglich eine Belastung. Sie schämte sich zu sehr, um mit ihm darüber zu sprechen, und sie verstand seinen Abscheu, denn sie fand ihre Inkontinenz ebenfalls ekelhaft.

Sie begann, weniger zu essen, vor allem in der Öffentlichkeit. Anfangs beschwerte sich Robert darüber, da sie immer gerne zusammen auswärts essen gegangen waren.

»Mein Gott, Pippa«, sagte er vier Monate nach Heidis Geburt, »wir können uns von der Welt dort draußen doch nicht ewig zurückziehen.«

»Ich habe keine Kontrolle darüber, was aus mir herauskommt«, fuhr sie ihn an. »Aber ich kann sehr wohl kontrollieren, was in mich *hineinkommt.*«

Sein Gesichtsausdruck wurde weicher. »Es tut mir leid … ich denke, ich weiß wohl wirklich nicht, was du durchmachst.«

Das überraschte sie nicht. Er verstand auch nicht, warum sie nicht mehr zum Laufen ging, das sie beide vor ihrer Schwangerschaft sehr genossen hatten. Aber ihr Beckenboden verkraftete es einfach noch nicht. Selbst wenn sie einen Wäschekorb hochhob oder eine Treppe hinaufstieg, fühlte sie ein beunruhigendes Ziehen zwischen ihren Beinen.

Er begann, mehr zu arbeiten, da ihnen ihr Gehalt fehlte. Sie mussten das Haus und das Auto abbezahlen und für die Kreditkarte aufkommen. Aber wie sollte sie in ihrem Zustand wieder arbeiten? Als Mitarbeiterin der Personalabteilung einer kleinen Firma, die sich auf »Karriereplanung« – ein Euphemismus für Entlassungen und Restrukturierungen – spezialisiert hatte, verbrachte sie ihren gesamten Arbeitstag in unmittelbarer Nähe von anderen Menschen. Sie musste Vier-Augen-Gespräche führen, schlechte Nachrichten überbringen, niedergeschlagene Mitarbeiterinnen und Mitarbeiter trösten. Ursprünglich hatte sie geplant, wieder ins Berufsleben einzusteigen, sobald Heidi vier Monate alt war, doch aufgrund ihrer gesundheitlichen Probleme musste sie ihre Elternzeit nun auf zwölf Monate verlängern.

Um den Verlust auszugleichen, nahm Robert vor Beginn und nach Ende seiner regulären Arbeitszeit sowie am Wochenende zusätzliche Jobs an. An der Nordküste gab es immer genügend Arbeit für einen verlässlichen Bauarbeiter. Es gab viele junge Familien, die ihre Häuser renovieren wollten, und zahlreiche stolze Hausbesitzer im Ruhestand, die einen Handwerker benötigten. Meistens verließ er das Haus um sechs Uhr morgens und kam erst nach acht Uhr abends wieder nach Hause. Er war müde, und das sah man ihm auch an.

Sie versuchte, eine so gute Hausfrau wie nur möglich zu sein. Das erschien ihr nur fair.

Sobald Heidi am Abend eingeschlafen war, brachte sie Ordnung in das Chaos des Tages und bereitete alles für Roberts Rückkehr vor. Sie wärmte sein Essen im Ofen, putzte die Küche, räumte das Wohnzimmer auf, schrubbte das Waschbecken im Badezimmer und brachte das Bett in Ordnung. Sie versuchte, die vielen Dinge im Haushalt, die mittlerweile auf natürliche Weise zu ihrem Lebensmittelpunkt geworden waren, nicht zu hassen: den unendlichen Kreislauf aus Waschen, Trocknen, Bügeln und Aufräumen. Ich bin doch kein Dienstmädchen, dachte sie manchmal, wenn sie Heidis winzige Overalls, Unterhemdchen und Söckchen auf der Wäscheleine befestigte. Oft stand sie unter der Wäscheleine und starrte hinauf in den Nachthimmel und zu den Wolken, die vor dem Mond vorbeizogen. Wie können sich diese Wolken so schnell bewegen, wenn mein Leben doch so langsam an mir vorbeizieht?, fragte sie sich.

Trotz der Müdigkeit hatte sie Schwierigkeiten, in der Nacht zu schlafen. Sie lag neben Robert wach und lauschte seinem Atem, lange nachdem er bereits eingeschlafen war. Während sie spürte, wie sich ihre Windel bis hinauf zur Hüfte füllte, dachte sie an ihr früheres Leben. An das Wandern, das Radfahren, den Sex. Wohin war das alles verschwunden? Sie hätte sich nie gedacht, dass sie sich einmal so verändern würde. Ihre Taschen waren bis zum Rand gefüllt mit Windeln, Tüchern, Wundcreme, Zahnringen, Spielzeug und Bilderbüchern. Ein endloses Durcheinander, das jedem Babyladen Freude bereitet hätte, füllte ihr Leben bis zum letzten Winkel aus.

Wenn Heidi in der Nacht aufwachte – was sie immer tat –, dann ballte Pippa die Hände zu Fäusten und presste sie so fest gegen die Matratze, dass sich ihre Fingernägel in ihr Fleisch bohrten. Schließlich setzte sie sich auf und machte sich auf den Weg in Heidis Zimmer, wobei sie sich der schweren Windel zwischen ihren Beinen nur allzu bewusst war. Sie hasste sich selbst. Sie hasste ihr Leben.

Robert schlief weiter. Das tat er immer.

Und so sah er sie nie vor dem Kinderbettchen stehen, während Heidi weinte und immer weiter weinte. Er erfuhr nie, wie fest sie Heidi manchmal gegen ihre Brust drückte und wie sie zitternd den Wunsch hegte, sie zu schütteln. Er hörte nie, wie sie Heidi Beleidigungen entgegenspie, während sie sie wickelte, fütterte und sie wieder ins Bett legte. Doch die Worte, die sie in diesen dunklen Stunden zu ihr sagte, kamen am Morgen wieder, um sie zu verfolgen. Wie konnte sie dieses winzige, hilflose Menschenkind – das Baby, nach dem sie sich so lange gesehnt hatte – so schlecht behandeln?

Die Schuldgefühle richteten sie zugrunde.

Robert drängte sie dazu, eine Müttergruppe zu besuchen.

»Wir bekommen nicht gerade viel Unterstützung von unseren Familien«, brachte er das Offensichtliche zur Sprache. »Und du triffst dich nicht sehr häufig mit deinen Freundinnen.«

Er hatte recht. Aufgrund der Inkontinenz hatte sie sich aus dem gesellschaftlichen Leben zurückgezogen.

»Die Müttergruppe könnte nützlich sein«, sagte er. »Geh doch einige Monate hin, und wenn es dir nicht gefällt, dann lass es wieder bleiben.«

Sie war hingegangen, um ihn zu beruhigen, obwohl sie vor Angst wie gelähmt gewesen war. War die Windel vielleicht undicht? Würde sie den Stuhl beschmutzen? Konnte man die Windel unter ihrem Rock sehen? Nach dem ersten Kennenlernen hatte sie absichtlich vorgeschlagen, sich das nächste Mal im Freien zu treffen, wo es nicht so wahrscheinlich war, dass die anderen Frauen sie *riechen* konnten. Sie hasste es, sich überhaupt darüber Gedanken machen zu müssen. Soweit sie wusste, hatte keine der anderen Frauen in der Gruppe ein ähnliches Problem. Sie waren alle *normal*.

Abgesehen von der Müttergruppe, traf sie sich selten mit anderen Menschen. Ihre Eltern saßen in ihrer Wohnung in Fairlight und unterstützten sie kaum, was man ihnen allerdings nicht zum Vorwurf machen konnte. Wenn Pippa sie besuchte, dann sangen sie Heidi etwas vor oder schaukelten sie auf den Knien, doch ansonsten waren sie keine große Hilfe. Sie wurden immer älter und baten Pippa ihrerseits, ihnen zu helfen: Sie sollte eine Glühbirne wechseln, einkaufen gehen oder den Fernseher neu programmieren. Pippa erledigte diese Aufgaben zwar nicht ungern, doch sie brauchte einen Ort, an dem sie zur Ruhe kommen konnte. Sie hatte mit ihren eigenen Problemen zu kämpfen, weshalb sie begann, ihre Eltern zu meiden. Sie hatte ein schlechtes Gewissen, aber sie wusste nicht, was sie sonst hätte tun sollen.

Stattdessen ging sie zu Hause im Flur auf und ab, während Heidi in ihrem Kinderwagen schrie, oder sie drehte Hunderte Runden in dem kleinen asphaltierten Viereck, das Robert als Hinterhof bezeichnete. Schließlich traute sie sich auch weiter fort und verbrachte ganze Tage damit, mit Heidi irgendwo spazieren zu gehen. Eines Tages nahm sie ihren ganzen Mut zusammen und besuchte das nahegelegene Einkaufszentrum, wo sie Runde um Runde durch die kühlen Stockwerke drehte. Doch nach einer peinlichen Situation in einem Bücherladen eilte sie schnell wieder nach Hause: Sie hatte lautstark gefurzt, während sie *Eat, Pray, Love* gekauft hatte. Ihr Körper hatte sie verraten, und sie hasste ihn für seine Unzulänglichkeit. Also ging sie weiter spazieren, ohne jemals stehen zu bleiben, in der Hoffnung, dem Gestank, dem abscheulichen Geruch, den sie ihrer Meinung nach hinter sich herzog, davonlaufen zu können. Sie wanderte von Freshwater nach Curl Curl, Dee Why oder Manly. Jeden Tag, bei jedem Wetter. Ihre Hosen begannen, an ihr herabzuhängen, ihr Gesicht wurde schmal. Sie verlor immer mehr Gewicht.

»Du hast morgen einen Termin im Schönheitssalon«, erklärte Robert eines Abends, als Heidi sechs Monate alt war. »Für eine Gesichtsbehandlung. Um zehn Uhr. Ich habe alles bereits bezahlt und nehme mir den Tag frei, um auf Heidi aufzupassen. Du musst bloß noch hingehen.«

Pippa richtete sich total überrascht auf dem Sofa auf. Sie hatte noch nie erlebt, dass er sich einen Tag freigenommen hatte.

»Du brauchst eine Auszeit«, sagte er. »Sieh dich doch an, wie dünn du bist. Du bist so sehr damit beschäftigt, dich um Heidi zu kümmern, dass du dich selbst vergessen hast.«

Sie sah ihn an, als würde sie ihn zum ersten Mal sehen. War das wirklich der Mann, der ihr zum Geburtstag stets praktische Dinge schenkte – Socken, Unterwäsche, Sportausrüstung –, falls er überhaupt an ihren Geburtstag dachte? Sie waren seit sechzehn Jahren zusammen, und er hatte sie noch nie mit einem spontanen Geschenk überrascht.

Ich habe mich wohl tatsächlich vernachlässigt.

Ihr stiegen die Tränen in die Augen. Sie hatten seit sechs Monaten nicht mehr miteinander geschlafen. Das war etwas, das sich keiner von ihnen vor Heidis Geburt jemals hätte träumen lassen. Doch jedes Mal, wenn sie an Sex dachte, zuckte sie zusammen. *Wenn wir miteinander schlafen, dann zerbreche ich vermutlich in Tausende Stücke und alles läuft aus mir heraus und über dich hinweg.* Ohne die übliche körperliche Nähe hatte sich zwischen ihnen eine gewisse Unbeholfenheit entwickelt. Ein Graben, über den sie nicht sprachen und den keiner von ihnen überwinden konnte. Roberts Großzügigkeit war überwältigend.

Tränen liefen ihr über die Wangen.

»Was ist los?«, fragte Robert verwirrt. »Möchtest du denn keine Gesichtsbehandlung machen lassen?«

Sie versuchte, sich wieder unter Kontrolle zu bringen.

»Danke«, flüsterte sie, »das bedeutet mir sehr viel.«

Es war das erste Mal, dass sie Heidi allein ließ. Als sie ins Auto stieg und den Motor startete, musste sie gegen den Drang ankämpfen, zurück ins Haus zu laufen, Heidi aus Roberts Armen zu reißen und sich im Wohnzimmer zu verstecken. Robert stand am Schlafzimmerfenster und winkte ihr zu, als sie die Auffahrt hinunterfuhr. Heidi saß auf seiner Hüfte. Als sie das Auto auf die Straße lenkte, warf sie einen letzten Blick über die Schulter. Es wird alles gutgehen, dachte sie. Es sind doch bloß zwei Stunden.

Noch bevor sie am Ende der Straße angekommen war, piepte bereits ihr Telefon. Sie hatte eine SMS bekommen.

Wir kommen zurecht. Genieß es.

Sie lachte laut auf.

Das Autofahren wurde ohne Heidi im Kindersitz zu einer gänzlich neuen Erfahrung. Sie schaltete die CD mit Mozarts Werken speziell für Babys ab und drehte stattdessen das Radio auf. Die Zehn-Uhr-Nachrichten gingen gerade zu Ende. Es war Monate her, seit sie sich zum letzten Mal über das Weltgeschehen informiert hatte. Die Welt hatte sich weitergedreht, doch *sie selbst* hatte sich vollkommen verändert. Nach der unbändigen Freude und der furchtbaren Enttäuschung, die mit Heidis Geburt einhergegangen waren, war sie nicht mehr dieselbe. Selbst die Wettervorhersage klang nun anders.

Die Nachrichten waren vorüber, und eine vertraute Melodie erklang. Eine Hymne ihrer Jugend. Sie drehte das Radio lauter und wippte mit dem Kopf im Takt. Sie erinnerte sich, wie sie zusammen mit ihren Schulfreundinnen im Wohnzimmer gestanden und »Forever Young« in ihre Haarbürste geträllert hatte und in leuchtenden Strümpfen und »Pro-Leben«-T-Shirts umhergetanzt war. Schockiert erkannte sie, dass das alles bereits fünfundzwanzig Jahre her war. Sie ließ das Fenster herunter, verwarf alle ihre üblichen Bedenken und begann, lauthals mitzusingen.

Let us die young or let us live forever
We don't have the power but we never say never
Sitting in a sandpit, life is a short trip
The music's for the sad men …

Als sie vor einer roten Ampel anhalten musste, warf sie einen Blick auf das Auto neben ihr. Ein Mann zwinkerte ihr durch das offene Fenster seines Geländewagens zu. Beschämt hörte sie auf zu singen. Der Mann verzog das Gesicht, als sei er enttäuscht.

Sie riss die Augen auf. *Mein Gott, er flirtet mit mir.*

Sie umklammerte das Lenkrad und unterdrückte ein Lächeln.

Die Ampel schaltete auf Grün, und der Vertreter gab Gas und fuhr mit quietschenden Reifen davon.

Sie lächelte den ganzen Weg zum Schönheitssalon.

Vor der Gesichtsbehandlung holte sie noch drei Mal ihr Handy hervor.

»Es tut mir leid«, sagte sie, während sie den Stumm-Modus aktivierte. »Ich habe meine Tochter noch nie mit meinem Mann allein gelassen.«

Die Kosmetikerin lachte. »Ach, machen Sie sich keine Gedanken. Ich weiß, wie Sie sich fühlen. Ich rufe meinen Mann auch ständig an, wenn er einmal auf unsere Kinder aufpasst. Es ist schwierig, einmal abzuschalten, nicht wahr? Aber Sie müssen sich auch etwas Zeit für sich selbst nehmen.«

Pippa lehnte sich auf dem Stuhl zurück und dachte über die Wortwahl der Kosmetikerin nach.

Wenn er einmal auf unsere Kinder aufpasst …

Ja, dachte sie, genauso ist es. Wenn die Kinder bei der Frau sind, dann kümmert sie sich um sie. Wenn die Kinder jedoch bei ihrem Mann sind, dann *passt er einmal auf sie auf.*

Die Kosmetikerin wickelte sanft ein Stirnband um Pippas Kopf, dann legte sie ein heißes Tuch auf ihr Gesicht. Trotz ihrer Ängste – *Wird die Windel so lange trocken bleiben? Kann mich die Kosmetikerin riechen?* – spürte Pippa, wie sie sich unter den Händen der Kosmetikerin entspannte.

Warum habe ich das nicht schon viel früher gemacht?, fragte sie sich.

Sie wachte ruckartig auf, als die Kosmetikerin ihr sanft auf die Schulter klopfte.

Pippa blickte lächelnd zu ihr hoch. Sie fühlte sich, als hätte sie eine Woche lang geschlafen.

»Wir sind fertig, Pippa. Lassen Sie sich Zeit beim Aufstehen.«

Die Kosmetikerin räumte das Zimmer auf, verschloss ihre Fläschchen und drückte ihre Schwämme aus.

»Ähm, ich will Sie ja nicht beunruhigen«, sagte sie, »aber ihr Mann hat vorhin hier im Salon angerufen.«

Pippa fuhr hoch. »Warum? Ist etwas passiert?«

Die Kosmetikerin legte ihr beruhigend die Hand auf den Arm.

»Er wollte bloß wissen, wann wir mit der Gesichtsbehandlung fertig sind.«

Pippa runzelte die Stirn. Warum hätte er anrufen sollen, wenn alles in Ordnung war?

Sie kletterte aus dem Stuhl.

»Danke«, sagte sie, »das war herrlich.« Dann kramte sie in ihrer Handtasche nach ihrem Handy. Vier unbeantwortete Anrufe, alle von Robert. Ihr wurde flau im Magen.

Sobald sie den Schönheitssalon verlassen hatte, rief sie Robert an. Er hob nicht ab. Sie lief zum Auto und fuhr mit Vollgas vom Parkplatz. Während der sieben Minuten, die die Fahrt nach Hause dauerte, liefen Hunderte furchtbarer Filme vor ihrem inneren Auge ab.

Sobald sie die Haustür öffnete, hörte sie Heidi weinen. Es war ein ungewöhnliches, dumpfes Stöhnen. Sie geriet in Panik und lief den Flur hinunter. Robert stand in der Küche und schälte Kartoffeln. Pippa blieb verwirrt stehen. Heidi war nirgendwo zu sehen.

»Wo ist Heidi?«, fragte sie.

Robert legte das Schälmesser zur Seite.

»In ihrem Zimmer«, sagte er. »Sie hat eine kleine … Beule abbekommen. Sie hat ein wenig geweint und dann begonnen, sich die Augen zu reiben, also habe ich sie zu Bett gebracht. Das war vor etwa zehn Minuten. Sie ist noch nicht eingeschlafen, daher dachte ich, dass sie vielleicht Hunger hat.« Er deutete auf die Kartoffeln.

Pippa starrte ihn an, sie fand keine Worte. Dann drehte sie sich ruckartig um und eilte den Flur hinunter.

Robert folgte ihr. »Es geht ihr gut, mach dir keine Sorgen. Wie war deine Gesichtsbehandlung?«

Pippa antwortete nicht. Sie öffnete Heidis Zimmertür und schnappte nach Luft.

Heidi lag mit hochrotem Kopf in ihrem Bettchen, Speichel lief aus ihrem Mund. Eine große, eiförmige Beule hatte sich über ihrem rechten Auge gebildet.

»O mein Gott.« Sie hob Heidi aus ihrem Bettchen und legte sie auf den Wickeltisch, dann beugte sie sich über sie und untersuchte die Beule. Die Oberfläche war mit purpurroten, geplatzten Äderchen übersät.

Sie drehte sich zu Robert um, der in der Tür stehen geblieben war.

»Wie ist das passiert?«

»Sie lag auf dem Sofa«, begann Robert.

»Wie bitte?« Pippa konnte nicht glauben, dass er Heidi woanders als auf dem Boden abgelegt hatte.

»Ich war ja bei ihr«, sagte er. »Aber dann hat mein Handy geklingelt, und sie ist wohl heruntergefallen. Es tut mir leid.«

»Sie ist *heruntergefallen?*« Pippa starrte ihn ungläubig an. »Und wie ist das genau passiert, da du doch bei ihr warst?«

Robert sah sie müde an.

»Hör mal, es war ein Unfall. Der Anruf kam von der Baustelle. Ich habe Heidi mit einer Hand festgehalten, und mit der anderen das Handy genommen, und dann ist sie …«

Pippa legte Heidi wieder in ihr Bettchen und sah Robert an. Eine glühend heiße Wut, wie sie sie noch nie zuvor verspürt hatte, durchfuhr sie. Als sie auf ihn zuging, hatte sie das Gefühl, als würde sie durch Treibsand waten: Die Demütigungen, die sie aufgrund ihrer Inkontinenz aushalten musste, das erniedrigende Gefühl, das Robert sich vor ihr ekelte, jeder lange, einsame Spaziergang, den sie mit Heidi im Kinderwagen unternommen hatte – hatte sie das alles und auch die würdelosen Jahre der künstlichen Befruchtungen durchgestanden, damit Robert ihr kostbares Baby wie einen Karton Eier *zu Boden fallen* ließ?

Sie schlug ihm mit einer Kraft ins Gesicht, die sie beide überraschte.

»Ich bringe Heidi ins Krankenhaus«, sagte sie. »Sie hat womöglich eine Gehirnerschütterung.«

Robert presste eine Hand auf die Wange und starrte sie an wie ein geprügelter Hund.

»Jetzt sofort«, sagte sie und drängte sich an ihm vorbei.

Sie holte die Wickeltasche, ihren Geldbeutel und die Autoschlüssel. Mit Heidi auf der Hüfte schob sie den Kinderwagen durch die Haustür und schlug sie hinter sich zu.

In der Notaufnahme angekommen, musste sie nicht allzu lange warten. Sowohl Heidi als auch Pippa waren in einem so schlechten Zustand, dass die Notschwester sie vorgezogen hatte. Bereits nach zehn Minuten wurden sie von einem jungen Assistenzarzt in einen Behandlungsraum geführt.

»Hallo«, sagte er und lächelte Heidi an, »ich bin Dr. Lee. Was ist denn mit Heidi geschehen?«

Pippa atmete tief ein. »Sie ist vom Sofa gefallen und hat sich den Kopf angestoßen. Mein Mann hat auf sie aufgepasst. Es ist etwa eine Stunde her.«

Dr. Lee machte sich auf seinem Klemmbrett einige Notizen. »Okay, dann sehen wir sie uns einmal an. Sie kann auf Ihren Knien sitzen bleiben.«

Dr. Lee fuhr mit den Fingern über Heidis Kopf und Nacken, tastete ihre Gliedmaßen ab, überprüfte ihre Reflexe mit einem Hämmerchen und maß den Blutdruck. Als er ihre Augen untersuchte, griff Heidi nach dem Augenspiegel. Dr. Lee lächelte und klopfte ihr damit gegen die Brust. Heidi kicherte.

»Nun, es scheint ihr ganz gutzugehen«, sagte Dr. Lee schließlich. »Sie hat eine Beule abbekommen und steht unter Schock, aber das ist alles. Ich gebe Ihnen ein schmerzstillendes Mittel für Kleinkinder mit, und Sie müssen die nächsten vier Stunden zur Beobachtung hierbleiben. Das ist bei Kindern mit einer Kopfverletzung so üblich.«

Pippa nickte. »Okay.«

»Sie haben gesagt, dass Ihr Mann auf Heidi aufgepasst hat, als sie sich die Verletzung zuzog«, sagte Dr. Lee. Dann hielt er inne. »Ist so etwas zum ersten Mal passiert?«

»Ja. Ich habe solche Schuldgefühle deswegen. Es war das erste Mal, dass ich Heidi mit jemand anderem allein gelassen habe.«

Heidi begann, sich auf Pippas Schoß zu winden. Sie knabberte auf ihrem Beißring herum. Pippa verlagerte ihr Gewicht auf dem Stuhl. Wegen der Aufregung hatte sie vergessen, ihre Binde zu wechseln. Die Feuchtigkeit wurde langsam unangenehm.

Dr. Lee sah von seinem Klemmbrett auf. »Gibt es irgendwelche Anzeichen von Gewalt bei Ihnen zu Hause?«

Pippa war schockiert. »Sprechen Sie von meinem Mann?«

Dr. Lee nickte.

»Nein, natürlich nicht.«

Pippa errötete, als Dr. Lee sie weiterhin ansah.

»*Auf alle Fälle* nicht mein Mann.«

Dr. Lee hob eine Augenbraue.

»Ich meine«, stammelte sie, »heute, nachdem mein Mann zugelassen hatte, dass Heidi vom Sofa fiel, war ich so wütend auf ihn, dass ich ihn hätte umbringen können.« Sie schob sich die Haare hinter die Ohren. »Ich habe die Beherrschung verloren und ihm ins Gesicht geschlagen. Ich habe vorher noch nie in meinem ganzen Leben jemanden geschlagen.« Sie spürte, wie ihr die Tränen in die Augen stiegen.

Sie starrte beschämt auf ihren Schoß. Sie wünschte, sie hätte gar nicht erst davon angefangen. Dr. Lee gab ihr eine Schachtel mit Taschentüchern. Sie zog eines heraus und tupfte sich damit die Augen trocken.

»Und wie kommen *Sie* zurecht?«, fragte Dr. Lee und legte das Klemmbrett zur Seite. »Es kann schwierig werden, sich auf das Muttersein einzustellen. Wie haben Sie das alles erlebt?«

Sie lehnte sich auf ihrem Stuhl zurück und betrachtete ihn. Dieser frisch rasierte Arzt konnte nicht älter als sechsundzwanzig Jahre sein. Er hatte wohl gerade erst sein Studium abgeschlossen. Dennoch hatte er ihr diese eine Frage gestellt, die ihr noch nie zuvor jemand gestellt hatte. Weder Pat aus dem

Gesundheitszentrum für Kinder noch die Frauen aus der Müttergruppe. Nicht einmal ihr Ehemann. Seit Heidis Geburt hatte noch niemand sie gefragt, wie *sie* mit allem zurechtkam.

Sie atmete aus. »Ich komme nicht allzu gut mit der Situation zurecht. Das haben mir die heutigen Ereignisse deutlich gezeigt.« Die Feuchtigkeit breitete sich bereits auf ihrem Rock aus, das konnte sie spüren. »Ich brauche eine Inkontinenz-Binde«, brach es plötzlich aus ihr hervor. »Haben Sie vielleicht eine für mich?«

Dr. Lee hob den Kopf.

»Ich bin seit der Geburt inkontinent«, erklärte Pippa. »Heidi war ein großes Baby. Ich hatte einen schlimmen Einriss.«

Dr. Lee nahm sein Klemmbrett wieder zur Hand. »Aber das ist mittlerweile … mehr als sechs Monate her. Diese Symptome sollten sich inzwischen zurückgebildet haben.« Er machte sich weitere Notizen. »Kein Wunder, dass Sie nicht gut mit der Situation zurechtkommen. Sind Sie oft müde oder ängstlich?«

Mehr oder weniger ständig, dachte Pippa.

»Nun, die meiste Zeit über bin ich nicht gerade glücklich.«

»Das ist nur allzu verständlich, wenn man Ihren Zustand betrachtet«, sagte er. »Wer war Ihr Arzt bei der Geburt?«

»Ich hatte keinen. Heidi kam im Gebärzimmer einen Stock tiefer zur Welt.« Pippa konnte sich kaum noch an diese Nacht erinnern. »Die Hebammen haben mir erklärt, dass ich sechs Monate warten muss, bis sich mein Körper vollständig erholt hätte.«

Dr. Lee nickte. »Hören Sie, ich bin hier als Arzt für die Notaufnahme zuständig«, sagte er. »Und Sie sind heute wegen Heidi hierhergekommen. Aber ich denke, Sie sollten bezüglich der Gründe für Ihre Inkontinenz eine zweite Meinung einholen. Und Sie sollten einen Psychologen kontaktieren. Es ist nicht ungewöhnlich, dass Frauen in Ihrer Situation an einer postnatalen Depression erkranken. Ich kann Sie gerne an einige der Spezialisten in diesem Krankenhaus überweisen. Was halten Sie davon?«

Pippa starrte ihn an und dachte über seine Worte nach. Eine zweite Meinung zu den Gründen für ihre Inkontinenz konnte nicht schaden. Aber eine postnatale Depression? Es war ihr nie in den Sinn gekommen, dass das, was sie gerade erlebte, womöglich so bezeichnet werden konnte.

»In Ordnung.«

Während er die Überweisungsscheine schrieb, drückte Pippa Heidi an sich. Sie dachte an Robert und daran, wie er sie angesehen hatte, nachdem sie ihn geschlagen hatte. Wie konnte sie das jemals wiedergutmachen?

»Bitte sehr«, sagte Dr. Lee, als er ihr die Unterlagen gab. »Ich muss in zwei Stunden nach Heidi sehen und dann noch mal nach zwei Stunden. Ich werde die Schwestern bitten, Ihnen ein paar Binden und einige Spielsachen für Heidi zu bringen. Tee und Kaffee gibt es draußen auf dem Flur.« Er deutete auf die Tür. »Da draußen gibt es auch ein Telefon, falls Sie jemanden anrufen möchten.«

»Danke«, sagte sie.

Dr. Lee stand auf. »Wir sehen uns bald wieder.« Er ging und schloss die Tür hinter sich.

Pippa griff in ihre Handtasche und zog das Handy hervor, um Robert anzurufen.

Als der Facharzt ihr schließlich erklärte, dass sie einen Einriss der Stufe vier hatte, der nur durch eine Operation wiederhergestellt werden konnte, weinte Pippa vor Erleichterung.

»Ich werde so bald wie möglich einen Termin für Sie vereinbaren«, sagte Dr. Sturgess. »Es hätte schon viel früher gemacht werden sollen. Aber sobald die Operation vorbei ist, werden Sie sofort einen Unterschied spüren.«

Robert drückte ihre Hand.

Pippa stellte sich vor, wie sie nach Hause zurückkehren und alle Inkontinenzartikel zusammensammeln würde – die Binden, den Matratzenschoner, die Erwachsenenwindeln. Danach würde sie alles im Hinterhof verbrennen.

»Was genau geschieht denn während der Operation?«

Dr. Sturgess reichte ihr mehrere Broschüren.

»Lesen Sie sich die hier zu Hause durch«, sagte er. »Wir werden die Muskeln und Bänder in diesem Bereich wiederherstellen. Es ist nicht ganz klar, welche Eingriffe genau notwendig sein werden, bevor Sie auf dem Operationstisch liegen, aber in Ihrem Fall wird es wohl darum gehen, sowohl die Blase als auch den Enddarm zu verstärken. Bei der Operation werden ich selbst, ein weiterer erfahrener Chirurg, ein Anästhesist und eine Krankenschwester anwesend sein.«

»Und wie lange wird die Genesungszeit dauern?«, fragte Robert.

»Ah, die Ehemänner machen sich ständig Gedanken über solche Dinge.« Der Facharzt lächelte. »Sie werden innerhalb einer Woche wieder auf den Beinen sein, und sechs Wochen danach wird es eine Nachuntersuchung geben. Möchten Sie gleich mit meiner Sekretärin einen Termin vereinbaren?«

»Ja, bitte.« Sie musste die Sache nicht noch mit Robert besprechen. Es spielte keine Rolle, wie viel es kosten würde.

»Haben Sie noch Fragen?«

Pippa schüttelte den Kopf. »Nein danke, Dr. Sturgess.«

Als sie nach dem Aufenthalt im Krankenhaus die erste Nacht wieder zu Hause verbringen durfte, stöhnte sie vor Schmerzen, als sie sich schließlich ins Bett hievte. Robert schlief bereits. Er hatte sich sechs Tage lang allein um Heidi gekümmert und war offensichtlich erschöpft. Sie war am Nachmittag nach Hause gekommen, bestärkt durch die Unterstützung der Frauen aus der Müttergruppe und der großen Freundlichkeit, die sie ihr entgegengebracht hatten. Sie hatten Essen und Kaffee gekocht und Robert damit versorgt, sie hatten Heidi zum Spielen eingeladen, Pippa im Krankenhaus besucht und ihr Blumen und Geschenkgutscheine mitgebracht.

Sie dachte daran, wie schnell jedoch der Alltag wieder einkehrte. Es war, als hätte sie das Haus niemals verlassen. In der Spüle stapelte sich das ungewaschene Geschirr, mindestens vier Waschmaschinenladungen ungewaschene Wäsche lagen im Wäschezimmer, und die Speisekammer musste neu aufgefüllt werden. Im Seifenspender war keine Seife, auf der Toilette fehlte das Toilettenpapier und im Kühlschrank die Milch.

Sie streckte gerade die Hand aus, um die Nachttischlampe auszumachen, als Robert sich plötzlich zu ihr rollte und die Arme um sie schlang. Sie spürte seinen warmen Atem auf ihrem Gesicht. Ihre Körper waren sich so nahe wie seit Monaten nicht mehr.

»Ich habe nie gewürdigt, wie anstrengend das alles ist«, sagte er mit ernstem Gesicht. »Mit Heidi, meine ich.«

Sie sah ihn im Schein der Lampe an.

»Ich meine, ich wusste, dass du viel Arbeit mit ihr hast«, fuhr er fort. »Aber erst als du im Krankenhaus warst, habe ich erkannt, *wie* hart es wirklich ist. Und es war ja nicht so, dass ich auf mich allein gestellt gewesen wäre. Die Frauen aus der Müttergruppe waren unglaublich. Ich musste weder für mich noch für Heidi kochen. Und das erledigst du sonst ja auch noch.«

Er streichelte ihre Wange.

»Es tut mir wirklich leid, Pippa. Du hattest niemanden, der dir geholfen hätte, obwohl du selbst krank warst. Ich wusste nicht, wie ich mit … den Verletzungen nach der Geburt umgehen sollte. Ich dachte bloß, dass es irgendwann vorbeigehen würde. Und ich dachte, dass es genügen würde, wenn ich an den Wochenenden zu Hause wäre. Das alles tut mir leid.«

Tränen liefen über ihre Wangen. Zum ersten Mal seit Monaten fühlte sie sich verstanden.

Sie dachte an den Tag, als sie bei der Gesichtsbehandlung gewesen war und wie sie ihn geschlagen hatte. Sie hatten seither nie wieder darüber gesprochen. »Mir tut es auch leid«, flüsterte sie. »Ich hätte dich niemals schlagen dürfen. Und ich werde es auch *nie mehr wieder* tun. Ich weiß nicht, was mit mir los war.«

»Ich schon«, sagte Robert. »Du hast deine Tochter beschützt. Ich habe nicht aufgepasst, sie hat sich verletzt, und du hast die Konsequenzen gezogen. Du hast in den letzten acht Monaten enorm unter Druck gestanden.«

Sie nickte. »Aber ich hätte besser damit umgehen sollen. Ich werde diesen Schlamassel beenden, Robert. Das verspreche ich.«

Er lächelte sie mit sanften Augen an.

»*Wir* werden diesen Schlamassel beenden. Wir ziehen das gemeinsam durch.«

Und ganz langsam schafften sie es auch. Es schien, als hätte die Operation nicht nur ihre körperlichen Wunden geheilt, sondern auch die tiefergehenden Wunden in Pippas Herz.

Sie suchte einen Psychologen auf, der sich auf postnatale Depressionen spezialisiert hatte. Er verschrieb ihr Antidepressiva und schlug vor, sie solle ein Mal in der Woche eine Selbsthilfegruppe für Frauen mit postnatalen Depressionen besuchen. Zuerst schämte sie sich, doch als die anderen Frauen von ihren dunkelsten Stunden erzählten, wusste sie nur zu gut, wovon sie sprachen. Sie musste sich ihre Geschichten anhören und auch ihre eigene erzählen.

Die Operation hatte kein Wunder bewirken können. Die schlimmeren Symptome waren abgeklungen, doch ihre Blase war immer noch schwach. Der Facharzt empfahl ihr einen Besuch bei einem auf Beckenbodengymnastik spezialisierten Physiotherapeuten, und acht Wochen später schliefen Robert und sie das erste Mal wieder miteinander. Sie war nervös, stellte sich ungeschickt an und fühlte so gut wie nichts. Dennoch weinte sie danach voller Erleichterung. Es gibt noch Hoffnung, dachte sie, während sie Robert im Dunkeln im Arm hielt. Ich habe überlebt.

Als sie damals, vierzehn Tage vor der Operation, den Frauen aus der Müttergruppe von ihren Problemen erzählt hatte, hatte sie gespürt, wie die Last, dieses Geheimnis mit sich herumschleppen zu müssen, von ihren Schultern gefallen war. Sie hatte begonnen, sie auf eine Weise kennenzulernen, die sie sich selbst zuvor nicht erlaubt hatte. Und sie hoffte, dass sie ihnen irgendwann die Großzügigkeit, mit der sie ihr während der Zeit im Krankenhaus geholfen hatten, vergelten könnte.

An einem Mittwochmorgen, als Heidi etwa neun Monate alt war, ergab sich eine solche Gelegenheit. Pippas Handy klingelte, und sie stand von der Spieldecke auf, um den Anruf entgegenzunehmen. »Hallo?«

»Pippa, hier ist Ginie.« Die Geräusche im Hintergrund waren enorm, so als würde sich Ginie auf einem Flughafen befinden.

»Hi«, sagte Pippa. »Bist du denn nicht in Melbourne?«

»Doch, ich bin gerade angekommen.« Ginies Stimme klang eindringlich. »Darf ich dich um einen Gefallen bitten?«

»Natürlich.«

»Ich würde dich normalerweise nicht damit belasten, aber da du gleich um die Ecke wohnst …«

»Sag schon«, sagte Pippa.

»Nun, Rose hat heute einen Arzttermin, um die Impfungen zu erhalten, die man mit sechs Monaten machen lassen muss. Wir sind drei Monate zu spät dran, aber ich hatte so viel zu tun …« Die Leitung wurde unterbrochen. »Entschuldigung, ich stehe gerade am Taxistand. Hör zu, der Termin ist um elf Uhr. Ich habe Daniel am Montag daran erinnert, aber ich bin mir sicher, dass er ihn vergessen hat. Ich habe ihn sechs oder sieben Mal auf dem Handy angerufen, aber es geht niemand ran. Und das Kindermädchen ist in der Stadt einkaufen, das heißt, sie ist auch keine große Hilfe.« Ginie hielt inne und sprach mit gedämpfter Stimme mit dem Taxifahrer.

»Wie auch immer«, fuhr sie fort. »Ich möchte nicht, dass Rose den Termin versäumt. Wir fliegen doch in zwei Wochen ins Ausland.«

Bei dem Treffen der Mütter in der vorigen Woche hatte Ginie den geplanten Familienurlaub mitsamt dem Kindermädchen auf Tahiti erwähnt. Pippa hatte neidvoll darüber nachgedacht, wie es wohl wäre, am Strand zu liegen, während sich jemand anderes um Heidi kümmerte.

»Wäre es möglich, dass du zu uns hinüberfährst und an die Tür klopfst, um Daniel an den Termin zu erinnern?«, fragte Ginie. »Er hat vermutlich alle Hände voll mit Rose zu tun und findet sein Handy nicht. Männer sind nicht multitaskingfähig.«

Pippa lachte. »Natürlich. Ich schaue gleich mal rüber.«

Ginies Haus lag weniger als zwei Kilometer von ihrem Haus entfernt. Es war ein schöner Spaziergang entlang einer mit Bäumen gesäumten Straße, die sich zur Küste hinunterzog.

Pippa stellte den Kinderwagen auf dem Grünstreifen neben dem Briefkasten ab und hob Heidi heraus. Sie trug das Baby auf der Hüfte, während sie an der Vordertür vorbei hinüber zum Seiteneingang ging. Sie hatte Ginie mit den Frauen aus der Müttergruppe oft besucht, so dass sie das Grundstück kannte. Wenn sie an der Vordertür klopfte, war es unwahrscheinlich, dass Daniel sie hörte. Der beste Weg, um seine Aufmerksamkeit zu erregen, wäre, durch den Garten, der an den hinteren Teil des Hauses grenzte, zu gehen. Dort, wo die riesige Küche und das Wohnzimmer auf eine Terrasse führten, die einen Blick auf das Meer bot. Die Familie verbrachte einen Großteil ihrer Zeit im hinteren Teil des Hauses, der vordere Teil war formellen Anlässen vorbehalten.

Pippa ging gerade an der Hecke, die den Garten umgab, entlang, als sie jemanden kichern hörte. Sie kannte das Geräusch: Es war das ansteckende Lachen von Nicole, Ginies Kindermädchen. Sie muss wohl früher vom Einkaufen zurückgekommen sein, dachte Pippa.

An der südlichsten Ecke des Gartens bog sie um die Hecke herum und blieb wie angewurzelt stehen. Nicole saß auf dem Sofa im Wohnzimmer hinter der Terrasse und trug ein körperbetontes Kleid mit tiefem Ausschnitt. Sie hatte die Augen geschlossen, und vor ihr stand Daniel. Er trug eine tief auf den Hüften sitzende Hose und blickte durch eine Kamera mit Objektiv. Pippa hörte das Klicken der Kamera, während er um sie herumging. Er lehnte sich nach vorn und flüsterte ihr mit leiser Stimme etwas zu, woraufhin sie wieder zu kichern begann. Rose war nirgendwo zu sehen.

Pippa versteckte sich sofort wieder hinter der Hecke. Ihr Herz klopfte wild. Die plötzliche Bewegung hatte jedoch Heidi aufgeschreckt, die den Rücken durchdrückte und zu jammern begann. Pippa versuchte, das Geräusch zu dämpfen, indem sie das Baby gegen ihre Brust drückte, doch das verärgerte Heidi nur noch mehr. Sie hörte, wie die beiden hinter der Hecke panisch miteinander flüsterten, und zögerte, weil sie nicht wusste, was sie tun sollte. Am liebsten wäre sie sofort wieder verschwunden. Aber wie sollte sie das Ginie erklären? Sie traf eine schnelle Entscheidung.

»Hallo?«, rief sie, so laut sie konnte. Sie hielt inne, um Zeit zu gewinnen. Dann trat sie wieder hinter der Hecke hervor und schaukelte Heidi auf der Hüfte.

Während sie über den Rasen ging, konzentrierte sie sich auf Heidi und machte absichtlich viel Aufhebens um sie.

»Mein Gott«, sagte sie, als sie vor dem Eingang zum Wohnzimmer stehen blieb, »was für einen Lärm wir doch machen.«

Daniel stand vor dem Sofa, hatte die Arme vor der Brust verschränkt und sah sie misstrauisch an.

»Hallo, Daniel«, sagte Pippa bemüht entspannt, »ich bin Pippa, eine von Ginies Freundinnen aus der Müttergruppe. Wir haben uns letzten September kennengelernt, als auch die Väter und Lebenspartner eingeladen waren.«

Er sah sie verwirrt an. »Ach ja.«

Er warf einen Blick über seine Schulter hinüber zum Sofa. Ob sich Nicole wohl dahinter versteckt?, fragte sich Pippa. Sie wollte unbedingt sofort verschwinden.

»Ähm, Ginie hat mich heute Morgen angerufen. Sie konnte Sie telefonisch nicht erreichen.« Ihre Augen wanderten unwillkürlich über Daniels Brust. »Sie waren wohl gerade … unter der Dusche.« Sie räusperte sich. »Sie wollte, dass ich Sie an Roses Termin um elf Uhr erinnere.«

Daniel sah sie verständnislos an.

»Sie muss geimpft werden«, fuhr Pippa fort. »Ginie will nicht, dass sie den Termin versäumt, da Sie doch bald ins Ausland fahren und so …«

»Oh.« Daniels Gesicht entspannte sich. »Ich habe gerade gearbeitet.« Er warf einen Blick auf seine Uhr. »Nun, dann hole ich Rose. Vielen Dank, dass Sie mich daran erinnert haben.«

»Ist schon okay.« Sie lächelte und machte sich auf den Weg zurück zur Hecke. »Ich hoffe, es wird nicht zu unangenehm für Rose. Als Heidi geimpft wurde, hat das nicht gerade Spaß gemacht. Nicht wahr, kleine Lady?« Sie kitzelte Heidi, so dass diese zusammenzuckte. Sie konnte selbst nicht glauben, wie gut sie in einer solchen Situation über Belanglosigkeiten sprechen konnte. »Also dann, auf Wiedersehen.«

Sie wartete Daniels Antwort nicht ab, drückte Heidi an ihre Brust und eilte den Weg entlang zur Straße.

Später am Abend saß Robert ruhig da, während sie ihm erzählte, was sie gesehen hatte.

»Ich weiß nicht, was ich tun soll«, sagte sie schließlich. »Wie erklärt man einer Freundin, dass ihr Mann sie betrügt?«

Robert nahm einen letzten Schluck Bier, dann stellte er die Flasche ab. »Gar nicht.«

Pippa runzelte die Stirn. »Soll ich etwa so tun, als hätte ich nichts gesehen?«

»Genau.«

»Aber wenn ich in ihrer Lage wäre«, widersprach sie, »dann würde ich doch wissen wollen, wenn mein Mann mit dem Kindermädchen schläft.«

»Nun, du *bist* aber nicht in ihrer Lage. Und du weißt nicht, wie es um ihre Beziehung steht, Pip. Selbst wenn du wirklich etwas gesehen haben solltest …«

Pippa starrte ihn an. »Glaubst du etwa, ich hätte mir das alles bloß eingebildet? Glaubst du, ich bin eine dämliche Hausfrau, die nichts Besseres zu tun hat, als sich Geschichten über die Ehemänner anderer Leute auszudenken?«

»Nein, so habe ich das nicht gemeint. Es kann bloß sein, dass es nicht das war, was du denkst.«

Pippa schnaubte. »Wie bitte? Sie ist dort herumgetollt, hat eine Schnute gezogen und gekichert. Und er hat ihr ins Ohr geflüstert. Ich weiß nicht, was es sonst hätte sein sollen.«

»Aber er ist doch *Fotograf*. Vielleicht war es einfach ein Fotoshooting.«

»Ach, komm schon.«

Robert schob seinen Teller zur Seite. »Hör mal, Pippa, du musst einfach sehr vorsichtig sein, wenn du vorhast, deine Nase in die Angelegenheiten anderer Leute zu stecken.«

»Aber das hatte ich doch nicht vor«, fuhr sie ihn an. »Ich bin nicht dorthin gegangen, weil ich auf der Suche nach Streit war. Ich bin dort gewesen, um Ginie zu helfen. Aber ich weiß, was ich gesehen habe. Sie fahren nächste Woche fort. Und dieses verdammte Kindermädchen kommt mit ihnen. Er wird es im Urlaub mit ihnen beiden treiben. Wie kann ich das für mich behalten?«

Er stand auf. »Hör mal, du hast mich um einen Rat gebeten. Ich habe dir gesagt, was ich davon halte. Aber du hörst nicht auf mich, denn ich bin ja bloß dein Mann.« Seine Augen funkelten. »Du willst meine Meinung gar nicht hören, Pippa. Du willst, dass ich deine bestätige. Wenn du dich dazu entschließt, es Ginie zu sagen, komm bloß nicht heulend zu mir, weil du damit alle ins Chaos gestürzt hast.«

Er nahm sein Handy und die Autoschlüssel vom Küchentresen.

»Wo gehst du hin?«

»Hinaus.« Dann schlug er die Haustür hinter sich zu.

Pippa ließ sich gegen den Esszimmertisch sinken.

Je länger sie darüber nachdachte, was sie gesehen hatte, desto unsicherer wurde sie. Augenzeugen waren bekanntermaßen unzuverlässig, rief sie sich selbst in Erinnerung. Das hatte sie während ihres Psychologiestudiums gelernt. War sie trotz allem nur Zeugin eines harmlosen Fotoshootings geworden? Vielleicht war nichts Böses passiert, wie Robert gemeint hatte.

Aber nein, das glaubte sie nicht. Es konnte einfach nicht harmlos gewesen sein. Die Körpersprache der beiden und die Nähe, die das Gelächter hatte vermuten lassen, sprachen zu sehr für sich. Und die Tatsache, dass Ginie der Meinung gewesen war, dass Nicole den Tag mit Einkaufen verbringen würde, war ebenfalls verdächtig. Doch immer, wenn Pippa beschloss, dass sie Daniel tatsächlich beim Fremdgehen erwischt hatte, begann sie sich darüber Gedanken zu machen, wie sie *Ginie* das alles beibringen sollte. Immerhin standen sie sich trotz der acht Monate, die sie gemeinsam die Müttergruppe besucht hatten, nicht sehr nahe. Pippa empfand Ginies arrogantes Auftreten als abstoßend. Sie war eigensinnig und selbstbewusst – all das, was Pippa nicht war. In Wahrheit jagte ihr Ginie ein wenig Angst ein. Also zögerte Pippa und wartete auf den richtigen Moment, um es ihr zu sagen.

Doch der richtige Moment kam nie. Es waren stets zu viele andere Menschen in Hörweite. Ginie eilte nach den Treffen der Mütter sofort irgendwo anders hin. Außerdem war es unmöglich, einmal ein Treffen allein mit ihr zu organisieren, da Ginie mehr oder weniger den ganzen Tag über arbeitete. Tatsächlich kam sie oft nicht zu den Treffen am Freitag, da sie beruflich eingespannt war. Und Pippa brachte es nicht über sich, sie einfach anzurufen und ihr zu sagen – nun, was genau würde sie ihr sagen? *Hallo, Ginie, hier ist Pippa. Ich rufe bloß an, um dir zu sagen, dass Daniel mit dem Kindermädchen schläft.*

Aus Tagen wurden Wochen, und je mehr sie darüber nachdachte, Ginie zu erzählen, was sie an jenem Tag beobachtet hatte, desto mehr begann sie, die Vorstellung zu genießen. Sie stellte sich Ginies entsetztes Gesicht vor, wenn sie ihr die Nachricht überbrachte. *Na, wie sieht dein perfektes Leben jetzt aus, Ginie?* Pippa schämte sich, weil sie überhaupt solche Gedanken hegte. Es muss wohl eine Auswirkung der postnatalen Depression sein, sagte sie sich. Der Arzt hatte gesagt, dass es bis zu sechs Monaten dauern konnte, bis die Medikamente richtig wirkten.

Einmal hatte sie versucht herauszufinden, ob Ginie etwas von der Affäre zwischen Daniel und Nicole ahnte. Sie hatte vorgegeben, selbst darüber nachzudenken, ein Kindermädchen einzustellen, und so getan, als würde sie sich Sorgen machen, dass sich Robert vielleicht zu der Frau hingezogen fühlen könnte. Doch Ginie hatte die Bedenken vorbehaltlos zurückgewiesen. Schließlich wurde es Pippa leid, die Last noch weiter mit sich herumzutragen. Ihre Unsicherheit belastete sie, weshalb sie beschloss, Roberts Rat zu folgen und nichts zu sagen. Sie entschied, dass es für alle das Beste sein würde. Zumindest hätte Robert das Gefühl, dass sie wenigstens ein Mal seinen Rat befolgte.

Robert. Sie öffnete die Augen. Sie war sich sicher, dass sie gehört hatte, wie sein Geländewagen die Auffahrt herauffuhr. Aber das war unmöglich: Es war erst elf Uhr vormittags. Sie musste noch einmal eingeschlafen sein, nachdem sie Heidi für ihr Vormittagsschläfchen zu Bett gebracht hatte. Sie setzte sich auf dem Sofa auf und erinnerte sich daran, dass sie versprochen hatte, ihren Psychologen anzurufen. Um Roberts, aber auch um ihrer selbst willen.

Sie stand vom Sofa auf und ging zur Haustür. Auf seinem Weg nach draußen hatte ihr Robert die Tageszeitung unter der Tür hindurchgeschoben. Sie hob sie von der Matte hoch und schlurfte zurück in die Küche. Sie warf einen Blick auf das Brot, das neben dem Toaster lag. Sie aß nun wieder normal, doch heute hatte sie keinen Appetit auf Frühstück. Sie setzte sich auf den Küchenhocker und schlug die Zeitung auf.

TRAGISCHER TOD EINES KLEINKINDES BLEIBT WEITERHIN EIN RÄTSEL erklärte die ungewöhnlich große Überschrift, unter der eine weitere fette Überschrift prangte: MUTTER DREHT KIND DEN RÜCKEN ZU – KIND VERSCHWINDET. Pippa schnappte nach Luft, als sie das Foto von Astrid sah, die im Strandhäuschen auf Caras Knien saß und lächelte. Die Bildunterschrift lautete: *Cara und Astrid Jenkins in glücklicheren Tagen.*

Der Artikel war von einem jungen Journalisten verfasst worden, der Augenzeugen zitierte, ohne deren Namen zu nennen. Pippa riss die Augen auf, als sie die Spekulationen las, dass Astrid möglicherweise von einem der Gäste missbraucht und ertränkt worden war. Und es kam noch schlimmer, als eine von »Caras Freundinnen aus der Müttergruppe« zitiert wurde: »Ich weiß nicht, warum sie Astrid überhaupt allein gelassen hat. Das passt gar nicht zu ihr.«

Pippa starrte die Zeitung an. Ihre Hände zitterten. Hatte tatsächlich eine der Frauen aus der Müttergruppe mit einem Journalisten gesprochen? Sie hätte es nicht geglaubt, wenn nicht das Foto gewesen wäre.

Sie ließ sich zurücksinken. *Mein Gott, arme Cara!!*

Heidi begann, in ihrem Bettchen zu wimmern. Der Tag mit all seinen trivialen Anforderungen rief nach ihr. Wie konnte sie Heidis Windeln wechseln, sie mit Brei füttern, ihr Schlafreime vorlesen und sie zu Bett bringen, da Astrid *tot* war? Und dennoch hatte sie keine andere Wahl. Heidis Tagesablauf ging unermüdlich weiter, egal, welche Bedürfnisse Pippa hatte. Das Leben ging weiter, ob man dafür bereit war oder nicht.

Während des Tages nutzte Pippa jede Gelegenheit, um sich zu informieren, was die Medien über Astrids Tod berichteten. Während Heidi um drei Uhr nachmittags ein Nickerchen machte, hörte sich Pippa eine bekannte Talkshow im Radio an. Sie verzog das Gesicht, als sie die einleitenden Worte des Moderators hörte: »*Wir kennen noch nicht alle Details, meine werten Hörerinnen und Hörer. Die Ermittlungen der Polizei dauern noch an, aber wir wissen, dass die Mutter des Kindes nicht am Grillplatz war, als es verschwand. Und was lernen wir daraus, werte Hörerinnen und Hörer? Dass es nichts Wichtigeres gibt, als sein Kind im Auge zu behalten. Ich erwarte Ihre Anrufe.*«

Die nächste Stunde lang liefen die Leitungen heiß. Der Großteil der Anruferinnen waren Mütter, die ihr tiefstes Mitgefühl zum Ausdruck brachten, aber ... »*Wie kann eine Mutter ihrem Kind den Rücken zukehren? Niemand sollte so egoistisch oder dumm sein. Manche Frauen sind einfach nicht dazu gemacht, Mutter zu sein.*«

Pippa hörte zu, bis ihr übel wurde. Dann schaltete sie das Radio aus. *Ihr redet hier von Cara,* hätte sie am liebsten gerufen. *Von der süßen, großzügigen, gutherzigen Cara. Sie könnte nicht einmal einer Fliege etwas zuleide tun.*

Etwas später las sie die neuesten Meldungen im Internet und war schockiert von der Vielzahl der Kommentare in Online-Artikeln und Blogs, die sich alle mit Astrids Tod beschäftigten. Jemand hatte sogar ein Facebook-Profil angelegt, das sich dem Vorfall widmete. Es gab hasserfüllte Kommentare, die kundtaten, dass Cara Astrid vernachlässigt hatte, andere verurteilten die Behörden, da der See nicht eingezäunt gewesen war, und einige Menschen glaubten, dass es sich um Kindesmissbrauch handeln musste, denn »*Wie konnten all diese Menschen auf der Feier zulassen, dass ein Kind einfach verschwand?*«, Pippa weinte, als sie durch die Tausenden von Postings scrollte.

Beim Abendessen zappte sie zwischen den Fernsehsendern

hin und her, während sie Heidi Würstchen und Erbsen in den Mund steckte. Sämtliche privaten Kanäle beschäftigten sich mit den laufenden polizeilichen Ermittlungen, obwohl es keine neuen Erkenntnisse gab.

Sie ging zu Bett, noch bevor Robert nach Hause kam, lag wach und dachte noch einmal über die Medienberichte nach. Als sie schließlich hörte, wie Robert nach neun Uhr abends ins Zimmer schlich, gab sie vor zu schlafen. Sie war erleichtert, dass er ins Bett krabbelte und das Licht ausmachte. Sie hätte es nicht ertragen, das alles noch einmal durchzukauen.

Drei Tage später hielt sie wieder einmal das Handy in der Hand, so wie sie es seit Sonntag Hunderte Male getan hatte.

Sie wusste, dass es sinnlos gewesen wäre, Cara eine Nachricht zu schreiben. Was konnte sie schon schreiben? Wie konnte sie das gesamte Universum in eine hundert Zeichen umfassende Nachricht verpacken? Sie konnte ihre Trauer jetzt noch nicht stören. Und eine Nachricht an Miranda? Immerhin hatte Pippa sie am Sonntagabend mit der Polizei allein gelassen. Es war mittlerweile Donnerstag, und sie hatte noch nichts von ihr gehört. Gott allein wusste, was in dem Polizeirevier geschehen oder was aus der Mineralwasserflasche geworden war. Und wusste Miranda, dass *sie* es gewesen war, die sie verraten hatte?

Sie dachte daran, wie sehr ihr die Frauen aus der Müttergruppe während ihrer eigenen Krise geholfen hatten. Konnten sie das alles gemeinsam durchstehen? Sie musste mit ihnen sprechen, ihnen erzählen, was sie gesehen hatte, herausfinden, wie sie damit zurechtkamen. Ihre Finger wanderten über ihr Handy. *Ich lade euch alle morgen um 10 Uhr zu mir nach Hause ein,* schrieb sie. Das Strandhäuschen war nun kein geeigneter Treffpunkt mehr. *Ich bin so traurig,* schrieb sie weiter. Dann löschte sie den letzten Satz wieder.

Sie sandte die Einladung an alle, außer an Cara. Sie hatte keine Ahnung, wer die Einladung annehmen würde.

Made kam als Erste. Sie trat einen Schritt nach vorn und umarmte Pippa auf der Türschwelle.

»Oh.« Der Laut entwich aus Pippas Mund wie die Luft aus einer Luftmatratze. Sie lehnte sich an Mades winzigen Körper und ließ den Kopf sinken. »Es ist so unfair.«

Made nickte und klopfte ihr auf den Rücken. »Sag nichts«, sagte sie. »Sag nichts.«

Schließlich hob Pippa den Kopf und führte Made ins Wohnzimmer.

»Tee?«, fragte sie und wischte sich die Augen trocken.

»Ja, bitte«, antwortete Made, während sie Wayan aus seinem Kinderwagen hob und auf den Boden setzte. Heidi und Wayan begannen mit ihrem üblichen Enthusiasmus, miteinander zu spielen, sie waren sich nicht bewusst, dass eine aus ihrer Gruppe für immer verschwunden war.

Suzie kam als Nächste. Sie trug Freya auf der Hüfte. Ihre Augen waren geschwollen.

»Kommt Miranda auch?«, fragte sie und setzte Freya auf den Boden.

Pippa zuckte mit den Schultern. »Ich weiß es nicht.« Sie wusste nicht, was sie sonst tun sollte, also klopfte sie Suzie unbeholfen auf die Schulter. Wir sind alle so verletzlich, dachte sie. Vielleicht war das Treffen doch keine so gute Idee.

Suzie ließ sich auf das Sofa fallen und schlug die Hände vors Gesicht.

»Ich habe Tee aufgestellt …«, begann Pippa.

»Nein danke. Ich kann nichts bei mir behalten.«

In diesem Augenblick trat Ginie durch die Tür. Sie trug Rose auf dem Arm, die den anderen Kindern zuwinkte.

»Oh, ich dachte, du wärst …«

»Im Büro? Nein.« Ginie sah Pippa an, ihre Stimme zitterte. »Ich habe mir diese Woche freigenommen. Ich muss in Roses Nähe sein. Ich kann sie nicht aus den Augen lassen.«

Pippa nickte verständnisvoll. Ihr ging es mit Heidi genauso.

Ginie setzte sich neben Suzie auf das Sofa. Rose rutschte sofort auf den Boden, um die Verfolgung einer grünen Plastikraupe aufzunehmen.

»Ich habe Cara nicht eingeladen«, sagte Pippa. »Ich glaube einfach nicht, dass …«

»Nein, es wäre wohl zu hart für sie gewesen.« Suzie seufzte und deutete mit der Hand auf die Kinder. »Aber wir sollten … ich weiß auch nicht, versuchen, etwas für sie zu tun.« Sie unterdrückte ein Schluchzen.

»Aber was können wir tun?«, fragte Ginie. »Nichts, was wir tun, kann Astrid wieder zurückbringen.«

Pippa runzelte die Stirn. »Ich weiß auch nicht. Wir sollten Cara irgendwie beistehen. Sie wissen lassen, dass sie nicht schuld daran ist … und dass sie nicht allein ist.« Pippa erinnerte sich daran, wie sehr sie sich von den anderen isoliert gefühlt hatte, als sie noch in ihrer eigenen Hölle gefangen gewesen war.

»Aber sie *ist* doch schuld daran, das kann man nicht verleugnen«, sagte Ginie mit leiser, ruhiger Stimme. »Cara hätte Astrid nie so lange allein lassen dürfen.«

Suzie schnappte nach Luft. »Wie kannst du so etwas *sagen*, Ginie? Cara hat Astrid in unserer Obhut gelassen, in der Obhut der Frauen aus ihrer Müttergruppe. Das haben wir alle schon einmal getan. Wenn du ihr die Schuld gibst, dann kannst du uns *allen* die Schuld geben.«

»Ach, komm schon«, fuhr Ginie sie an. »Es ist ja nicht so, als wären wir ausgebildete Erzieherinnen. Keine von uns hatte die Verantwortung, was Astrid betraf. Hört mal, Cara ist sehr nett, versteht mich nicht falsch. Doch solange kein Kinderschänder vorbeigekommen ist und Astrid entführt hat, gibt es nur eine Schuldige, und das ist Cara. Ob es uns gefällt oder nicht.«

Pippa schlug die Hand vor den Mund. Das Gespräch schien außer Kontrolle zu geraten. »Hört mal, wir sind alle durcheinander. Ich ... ich denke, wir sollten alle tief durchatmen.« Ihr Mund war trocken. »Astrid ist letzten Sonntag gestorben. Wir wissen nicht genau, was passiert ist. Wir sollten die polizeilichen Ermittlungen abwarten, bevor wir ...«

Ihr Handy piepte. Sie hatte eine Nachricht bekommen. Sie warf einen Blick darauf. Die Nachricht war von Miranda. Pippa las sie einige Male, bevor sie leise sagte: »Das war Miranda. Sie ist in einer Drogen- und Alkoholentzugsklinik.«

»Wie bitte?«, fragte Ginie ungläubig.

Suzie gab einen leisen Laut von sich, dann öffnete sich ihr Mund.

Pippa las die Nachricht laut vor. »*Kann heute nicht kommen. Wurde gestern in der Delamere-Entzugsklinik aufgenommen. Du kannst es den anderen auch erzählen. Willem ist hier. Hendrika kümmert sich um die Jungen. Es tut mir alles so leid.*«

»Was, zum Teufel, ist hier los?«

Pippa zögerte. Sie überlegte, wie viel sie den anderen verraten sollte. »Ich bin mir nicht sicher«, sagte sie. »Aber ich glaube, Miranda hat ein Alkoholproblem.«

»Nein«, widersprach Ginie, »das glaube ich nicht.« Ihre Augen wurden schmal. »Warum sagst du so etwas?«

»Ihr wisst doch, dass sie immer eine Mineralwasserflasche bei sich hatte? In der Flasche war kein Wasser.« Pippa spürte, wie sie errötete, als Ginie sie anstarrte. »Ich habe letzten Sonntag einen Schluck davon probiert.«

»Und?«

»In der Flasche war Alkohol. Wodka oder Gin.«

»Na und?«, fragte Ginie. »Wir haben alle etwas getrunken, nicht wahr?« Sie sah sich im Zimmer um. »Das bedeutete aber nicht, dass wir ein Alkoholproblem haben. Das ist eine üble Unterstellung.«

Pippa seufzte. »Hör mal, das ist bloß das, was ich weiß. In Mirandas Wasserflasche, die sie letztes Wochenende zu der Feier mitgenommen hat, befand sich hochprozentiger Alkohol. Und ich habe gehört, wie Cara sie gebeten hat, auf Astrid aufzupassen. Die Polizei hat Miranda am Sonntagabend zu einer Befragung mit ins Revier genommen.«

»Wie bitte?«, fuhr Ginie sie an. »Und hatte sie einen Anwalt dabei?«

Pippa zuckte mit den Schultern. Sie fühlte sich plötzlich erschöpft. »Ich glaube nicht. Sie ist freiwillig mitgegangen.«

»Und hast *du* der Polizei von der Sache mit dem Alkohol erzählt?«

Pippa fühlte sich, als wäre sie in ein Kreuzverhör geraten. Sie nickte.

»Mein Gott, Pippa, was hast du dir bloß dabei *gedacht?*« Ginies Augen funkelten. »Ist dir eigentlich bewusst, dass Miranda deshalb wegen fahrlässiger Tötung angeklagt werden könnte?«

Pippas Magen zog sich vor Angst zusammen. Sie hatte keine Ahnung gehabt, dass es so weit kommen konnte. »Ich … war der Meinung, das sei das einzig Richtige«, stammelte sie. »Der Polizei alles zu erzählen.«

»Ach, komm schon.« Ginie schüttelte den Kopf. »Es ist mir egal, wie betrunken Miranda war – oder sonst irgendjemand. Mütter haben nur eine Aufgabe in ihrem Leben, und zwar, auf ihre Kinder aufzupassen. So einfach ist das. Wenn sich eine

Mutter nicht um ihr Kind kümmert, wer soll es dann tun?« Eine Träne kullerte über Ginies Wange. Sie wischte sie verärgert fort. »Letztes Wochenende war es *Cara,* die Astrid allein gelassen hat. So traurig es auch ist, *sie* ist diejenige, die schuld an der Situation ist. Dennoch gratuliere ich dir, Pippa, du hast vermutlich auch Mirandas Leben zerstört.«

Suzie schlug sich die Hände vors Gesicht und begann zu weinen. Made saß wie eine Statue auf dem Boden. Sie hatte den Kopf zur Seite geneigt, als würde sie einem kaum hörbaren Geräusch lauschen.

Pippas Herz hämmerte in ihrer Brust. Sie konnte beinahe hören, wie das Blut durch ihre Adern schoss. So hatte noch nie jemand mit ihr gesprochen.

»Ich habe der Polizei bloß alles erzählt, was ich gesehen habe«, sagte sie stockend. »Meine Eltern haben mich dazu erzogen, die Wahrheit zu sagen.« Sie hatte immer schon gewusst, dass Ginie etwas gegen dumme Menschen hatte. Zum letzten Mal hatte sie sich während ihrer Schulzeit so schlecht gefühlt.

»Weißt du was, Ginie?«, sagte sie herausfordernd. »Was Cara am Sonntag passiert ist, hätte *jeder* von uns passieren können. Mir. Und dir ebenfalls. Aber vielleicht ist dir dein Mitgefühl während deines Jura-Studiums abhandengekommen.«

Pippa konnte selbst nicht glauben, dass sie das eben gesagt hatte. Und auch nicht, wie gut es sich angefühlt hatte.

Ginie starrte sie einen Moment lang an. »Es hätte sicher auch *dir* passieren können«, sagte sie, und ihre Stimme klang kalt. »Aber mir nicht. Ich hätte Rose nie so auf dem Präsentierteller zurückgelassen. Keine vernünftige Mutter hätte das getan.«

Pippa richtete sich auf. »Und das sagt gerade die Frau, die ein Vollzeitkindermädchen beschäftigt. *Du* lässt Rose doch ständig in der Obhut anderer. Nicole verbringt mehr Zeit mit Rose wie du.«

»Das war nun aber ein Schlag unter die Gürtellinie.«

»Hört auf«, rief Suzie, »hört sofort damit auf. Alle beide.«

Made griff nach Suzies Hand und streichelte sie.

Aber Pippa konnte noch nicht aufhören. Sie hatte Ginies selbstgerechte Kommentare ein ganzes Jahr lang ertragen. Dass sie nun Cara angriff, war zu viel. Pippa stand auf und holte Heidi hinter dem Sofa hervor. »Man kann die Dinge nicht immer kontrollieren, Ginie«, sagte sie. »Manchmal macht das Leben mit dir, was es will. Es geschehen Dinge, die man nicht voraussehen kann. Vielleicht glaubt man, dass man alles unter Kontrolle hat, aber das hat man nicht.«

Ginie schnaubte. »Ich verdiene mein Geld damit, Risiken einzuschätzen. Die Leute zahlen Tausende Dollar für meine Meinung. Aber was weiß ich schon?«

Pippas Zorn war nicht mehr einzudämmen. »Nun, wenn du einen Beweis dafür haben willst, dass du nicht alles unter Kontrolle hast, dann geh doch nach Hause und frag Daniel, was er mit dem Kindermädchen so alles treibt.«

Ginies iPhone fiel zu Boden.

»Was hast du gerade gesagt?«

Pippa sah ihr in die Augen. »Du hast mich schon verstanden. Damals, als ich bei euch zu Hause vorbeigegangen bin, als du in Melbourne warst und Rose geimpft werden musste? Da habe ich die beiden zusammen gesehen.«

Ginies Gesicht wurde aschfahl. »Nein«, sagte sie, »Daniel hat eine Menge Fehler. Aber er ist kein Betrüger.«

Pippa zuckte mit den Schultern. »Ich weiß, was ich gesehen habe.«

Ginie stand da und starrte Pippa an, ihre Lippen bewegten sich beinahe unmerklich.

Dann begann sie, im Zimmer umherzugehen und ihre Sachen zusammenzusammeln: Roses Schuhe, die Wickeltasche, ihre Autoschlüssel.

»Ich weiß nicht, was du glaubst, gesehen zu haben«, sagte Ginie schließlich, »aber wir sollten immer daran denken, dass bei dir eine *psychische Krankheit* diagnostiziert wurde.«

Die beiden starrten sich an.

Ginie hob Rose hoch und eilte hinaus. Als sie bei der Tür angekommen war, drehte sie sich um. »Du tust mir leid, Pippa«, sagte sie. »Ich weiß, dass du sehr unter den Depressionen leidest. Aber ich muss mir einen solchen Quatsch nicht länger anhören.«

Und dann war sie verschwunden.

Pippa saß vor Schock wie gelähmt auf dem Sofa. Eine riesige Welle der Erleichterung war durch sie hindurchgeflossen, sobald sie die Worte ausgesprochen hatte. Sie hatte sich euphorisch gefühlt, hatte einen Sieg errungen. Sie hatte die Wahrheit gesagt. Doch jetzt, wo sie Ginie nachsah, fühlte sie nichts mehr.

Suzie hockte mit aufgerissenen Augen auf dem Boden. Made saß mit gesenktem Kopf neben ihr. Pippa sah die beiden an und wurde sich schmerzhaft der Tragweite dessen bewusst, was sie gerade getan hatte. Nicht bloß dessen, was sie Ginie angetan hatte, sondern auch, was sie der ganzen Gruppe angetan hatte. Wie hatte bloß alles so außer Kontrolle geraten können? Ein gemeinsamer Moment der Trauer und des Verständnisses war irgendwie zu einem Moment voller Gift und Hass mutiert. Und *sie* war dafür verantwortlich.

Einen Augenblick später begann sie zu weinen. Made ging hinüber zum Sofa und legte einen Arm um sie.

»Es tut mir leid, es tut mir leid«, wiederholte Pippa immer wieder. »Ich hätte nichts von alledem sagen dürfen.«

Suzie gab ihr ein Papiertuch. »Es muss dir nicht leidtun. Wir sind alle bloß Menschen. Es war klar, dass es mit Ginie einmal so kommen würde. Es war schon seit langer Zeit vorbestimmt.«

Made sah sie nachdenklich an. »Der Tod ist schwer für die Menschen«, sagte sie. »Menschen sagen falsche Dinge, weil es am Anfang zu schwer ist. Aber die Zeit vergeht, die Dinge werden besser. Vielleicht kommt Ginie eines Tages zurück.«

Doch das konnte sich Pippa nicht vorstellen.

Einen Monat später erhöhte Pippa auf Anraten ihres Psychologen hin die Dosierung ihrer Antidepressiva.

»Es ist bloß eine Übergangslösung«, versicherte er ihr. »Sie werden die Medikamente nicht für immer nehmen müssen. Aber Sie haben ein erhebliches Trauma erlitten. Ihr Mann hat recht: Sie brauchen nun zusätzliche Unterstützung. Sie haben vor Astrids Tod einige bemerkenswerte Fortschritte gemacht. Aber nun müssen Sie in Ruhe trauern.« Der Psychologe hielt inne und musterte sie. »Sie müssen sich selbst erlauben, zu trauern, Pippa. Einer der Gründe für Ihre postnatale Depression war, dass das Leben vor Heidi, das Sie so sehr geliebt haben, nach ihrer Geburt unwiderruflich vorüber war. Und Sie haben sich nicht erlaubt, darum zu trauern. Dieses Mal müssen Sie die Trauer annehmen. Denken Sie darüber nach, wie Sie Ihre Trauer annehmen und schätzen lernen können. Denn nur wenn wir unsere Trauer schätzen lernen, dann können wir sie hinter uns lassen.«

Als Robert am Abend desselben Tages von der Arbeit nach Hause kam, saß Pippa ihm gegenüber am Küchentisch und hatte Angst vor dem Streit, der vielleicht bevorstehen würde.

»Ich möchte nächsten Monat nicht wieder ins Büro zurückkehren«, erklärte sie ihm und starrte auf das Tischtuch. Sie hatte ein volles Jahr Elternzeit und weitere acht Wochen Urlaub in Anspruch genommen, der sich angesammelt hatte.

Robert öffnete erstaunt den Mund. »Aber … du hast keine Möglichkeiten mehr, bezahlten Urlaub zu nehmen. Und dir geht es doch wieder besser. Ich dachte, du wolltest dein altes Leben zurückhaben.«

»Das will ich auch. Ich meine, das *wollte* ich.« Sie seufzte. »Es ist kompliziert.«

Durch die Hilfe des Psychologen, der Medikamente und der Selbsthilfegruppe für Frauen mit postnatalen Depressionen fühlte sie sich mittlerweile viel besser, was ihr Leben und die Mutterschaft betraf. Es war, als hätte sie eine zweite Chance erhalten, und genau das war das Problem. Nun, da sie ihr Leben wiederhatte, wollte sie es nicht im Büro verbringen.

»Rob, ich habe erst jetzt das Gefühl, eine richtige Mutter sein zu können«, begann sie. »Heidi macht mir nun tatsächlich *Freude*. Ich möchte nicht sofort wieder zu arbeiten beginnen und ihre ersten Lebensjahre versäumen.« Sie warf einen Blick durch das Küchenfenster hinaus auf den Gemüsegarten, den sie gerade erst angelegt hatten. »Heidi ist bloß für kurze Zeit Kind. Wer weiß, was die Zukunft bringen wird? Wir bekommen nur eine Chance. Astrids Tod hat mich das gelehrt. Ich möchte nichts bereuen.« Pippa starrte auf den Küchentisch.

»Ich weiß, das ist nicht das, was wir vereinbart hatten. Ich weiß, dass wir uns finanziell kaum über Wasser halten können. Ich werde wieder arbeiten, wenn du es möchtest.« Diese Möglichkeit trieb ihr die Tränen in die Augen.

»Wir bringen das schon alles unter einen Hut«, sagte er und griff über den Tisch hinweg nach ihrer Hand. »Ruf morgen im Büro an. Erklär die Situation. Erzähl ihnen von der Operation und von Astrid. Sie wissen ja nichts davon, oder?«

Sie schüttelte den Kopf.

»Frag sie, ob sie deinen Urlaub verlängern können. Wenn sie ablehnen, finden wir einen anderen Weg.« Er drückte ihre Hand. »Du verdienst eine zweite Chance als Mutter.«

Entgegen allen Erwartungen bewilligten ihr ihre Vorgesetzten sechs weitere Monate unbezahlten Urlaub.

Das Leben erschien ihr vollkommen neu, als hätte ihr jemand die Scheuklappen abgenommen. Plötzlich konnte sie alles sehen. Wie unglaublich schön Heidi war, wenn sie schlief, und wie ihre durchsichtigen Lider zuckten, wenn sie träumte. Die intensive körperliche Anwesenheit von Heidi, wenn sie wach war und versuchte, ihren eigenen Körper und die Welt um sich herum unter Kontrolle zu bringen. Die atemberaubende Macht ihres Lächelns, die Schönheit ihrer winzigen Finger, die immer größere Bereiche entdeckten. Den überwältigenden Schmerz, wenn sie von Heidi getrennt war. Ein Schmerz, der nur von der Freude über die Wiedervereinigung übertroffen wurde. Sie konnte Heidi riechen, sie schmecken und fühlen. Sie war ein Teil von ihr, und nur der Tod konnte sie trennen. Doch dieser Gedanke war unerträglich.

Sie erinnerte sich an die ersten Monate mit Heidi, als ihr ihr Leben wertlos erschienen war und sich nichts richtig oder normal angefühlt hatte. Nun erschien es ihr vollkommen natürlich, dass sie nur das Beste für Heidi wollte. Pippa war nicht religiös, dennoch konnte sie sich an jene Stelle in der Bibel erinnern, die ihr vor Jahren in der Schule eingetrichtert worden war. *Also hat Gott die Welt geliebt, dass er seinen eingeborenen Sohn gab, auf dass alle, die an ihn glauben, nicht verloren werden, sondern das ewige Leben haben.*

Erst jetzt, als Mutter, ergab diese Stelle für sie einen Sinn. Wenn es tatsächlich einen Gott gab, dachte sie, dann schien es absolut passend, dass er Vater war. Was sonst konnte göttlicher Liebe so nahe kommen wie die Liebe der Eltern zu ihrem Kind? Eine so uneingeschränkte Liebe, so selbstverständlich aufopfernd, so voller Selbsterniedrigung und so beständig. Die Liebe zwischen Erwachsenen, zwischen Geschwistern und Freunden schien gegen die Liebe der Eltern zu ihrem Kind zu verblassen. Sie hätte alles getan, um Heidi vor Schmerzen zu bewahren. Nur eine göttliche Macht schaffte es, ihr eigenes Kind zum Wohle anderer Menschen leiden zu lassen.

Wenn sie Heidi ansah, dann hatte sie das Gefühl, als hätte sie den wahren Sinn des Lebens entdeckt. Sie zitterte, wenn sie an die Hölle dachte, durch die sie einst gegangen war, als sie allein vor Heidis Bett gestanden und ihr zugehört hatte, wie sie weinte. Sie wusste nicht, wie, und sie wusste nicht, warum, aber auf irgendeine Art war sie aus dieser dunklen Zeit heraus wiedergeboren worden.

Es war einer Gnade gleichgekommen, so schien es, denn sie selbst hatte nichts damit zu tun gehabt. Vielleicht war es Astrid gewesen. Und diese Tatsache wollte sie irgendwie würdigen.

Es zog sie zu Made hin, und so suchte sie am Freitagvormittag anstelle der Treffen mit den anderen Müttern deren Nähe. Manchmal kam Suzie ebenfalls vorbei. Ginie kam jedoch nie. Mehr als zwei Monate nach Astrids Tod stellte sie endlich jene Frage, die ihr schon lange im Kopf umhergeschwirrt war.

»Made, als du mich im Krankenhaus besucht hast, hast du mir einige Blumen in einem geflochtenen Korb mitgebracht«, begann sie.

Made nickte.

»Der Korb enthielt Weihrauch und einige andere Dinge. Was war das genau?«

Made sah sie entschuldigend an. »Ich hoffe, es hat dir nichts ausgemacht«, begann sie. »Es war ein hinduistisches Opfer, um zu heilen. Hat es dir nicht gefallen?«

»Doch, doch«, sagte Pippa, »es war wunderschön, ich habe es sogar noch. Ich habe mich nur gefragt, ob du mir vielleicht helfen könntest.« Sie errötete. »Ich bin keine Hindu, aber … ich möchte mich für meine Heilung bedanken. Und für Heidi. Und ich möchte für Astrid und Cara beten. Darf ich dich bitten, mir dabei zu helfen?« Sie war sich nicht sicher, worum sie Made eigentlich bat.

Made lächelte. »Komm nächste Woche zu mir. Wir beten gemeinsam.«

Und so fand sich Pippa in Mades Hinterhof wieder. Sie hatte sich einen Batik-Sarong um die Hüfte gewickelt und hielt eine Opfergabe in den Händen. Sie folgte Mades Anweisungen und legte den Korb auf den Schrein. Weihrauch umwehte sie, als sie zu dem Sonnenschirm aufblickte, dessen Quasten im Wind hin und her baumelten.

Made klingelte drei Mal mit einer silbernen Glocke und legte ihre Hände zum Gebet aneinander. Das Glockengeläut wurde leiser, und plötzlich war es vollkommen still. Kein Wind fuhr mehr durch die Blätter, keine Vögel zwitscherten in den Bäumen, in der Ferne war kein Verkehr mehr zu hören. Pippa schloss die Augen und gab sich der Leere hin.

Astrid und Cara tauchten vor ihr in der Dunkelheit auf. Eine Gänsehaut lief ihr über die Arme. Ein kleiner weißer Vogel schoss durch ihre Gedanken und hob Astrid hoch, hoch hinauf in den endlosen blauen Himmel. Cara blieb, ihr Gesicht war vor Schmerz verzerrt. Dann fiel ein warmer Lichtschein aus demselben Himmel herunter, legte sich über Cara und bewachte sie sanft in ihrer Trauer.

Pippa wusste nicht, wie viel Zeit sie an jenem Ort verbrachte. Schließlich verblasste Caras Abbild. Als Pippa tief durchatmete, spürte sie, wie ihr Körper und Geist sich befreiten. Alle Verzweiflung des letzten Jahres schien aus ihrem Körper herauszulaufen. Ihr Herz fühlte sich leicht und warm an. Sie war so dankbar, dass sie keine Worte fand.

Plötzlich kreischte Heidi laut auf. Pippa öffnete ruckartig ihre Augen. Der Augenblick war vorüber, aber er war dennoch perfekt gewesen. Heidi schwang ihre pummeligen Fäustchen durch die Luft und grinste.

Pippa grinste zurück.

Made klingelte erneut drei Mal mit der silbernen Glocke, dann öffnete sie die Augen und erhob sich. Sie wischte ein herabgefallenes Gummibaumblatt von ihrem Sarong.

»Wir sollten Cara besuchen«, sagte sie. »Die Vorfahren haben es mir gesagt.«

Pippa nickte. »Ich habe dasselbe gefühlt. Cara und Astrid standen direkt vor mir. Danke, dass du mit mir gebetet hast, Made.«

Made schüttelte den Kopf. »Nein, du verstehst nicht. Wir sollen Cara bald besuchen. Es ist das Richtige, das sagen die Vorfahren.«

Pippa schluckte. Der Gedanke daran, Cara wiederzusehen, war zu schmerzhaft, um ihn in Worte fassen zu können. Doch als sie in Mades Gesicht sah, wusste sie, dass es das Richtige war.

CARA

Cara wachte schlagartig auf, als sie das Weinen hörte. War sie es gewesen, die geweint hatte, oder Astrid? Sie war sich nicht sicher. Desorientiert zog sie an der Schnur, die über ihrem Bett baumelte. Die elektrische Jalousie schoss in die Höhe. Durch die dichten Weinreben, die an den Rankgittern außerhalb ihres Schlafzimmers hinaufwuchsen, drang Licht in den Raum. Staubpartikel wirbelten durch die Strahlen der blassen Wintersonne. Sie vermutete, dass es früher Nachmittag war.

In einer Vase auf dem Tischchen neben ihrem Bett stand ein Strauß Lilien, der am Vortag geliefert worden war. Knollige, purpurrote Staubblätter ragten aus gelben Blütenhälsen. Ihr scharfer, muskatartiger Geruch war beinahe erotisch. Sie hatte die beiliegende Karte weggeworfen, sobald sie sie gelesen hatte, doch sie konnte sich nicht mehr erinnern, weshalb. Sie setzte sich im Bett auf und lauschte auf die Geräusche, die aus Astrids Zimmer zu ihr hätten herüberdringen müssen, doch sie hörte nichts.

Dann traf es sie wie ein Fausthieb. Die alles zerstörende Gewissheit bahnte sich unaufhaltsam ihren Weg durch den alles dämpfenden Nebel der Beruhigungsmittel. Aus Astrids Zimmer würde kein Weinen und kein Gelächter mehr zu ihr herüberdringen. Die Overalls und die winzigen Kleidchen, die noch immer sorgfältig gebügelt in den Schubladen lagen, waren nun überflüssig geworden. Es würde keine verlorenen Haarspangen in der Badewanne mehr geben. Keine Stofftiere im Auto. Keine Puppenhäuser und Fingerpuppen. Der Mensch, den sie auf dieser Welt am meisten geliebt hatte – ihr Augenstern –, war tot.

Sie lehnte sich in das Kissen zurück und starrte zur Decke hoch. Die Medikamente hatten Auswirkungen auf ihre Fähigkeit zu weinen gezeigt. Es war mittlerweile August. Astrid war erst seit drei Monaten fort, und dennoch konnte sie nicht mehr weinen. Doch die Verzweiflung war noch immer da und würde immer bleiben, die schleichende, qualvolle Gewissheit, dass Astrid allein in dem schmutzigen Wasser des Stausees gestorben war und wie leichtsinnig und ignorant sie selbst gewesen war. Immer wieder sah sie Astrids letzte Augenblicke vor sich: Wie sie nach Luft rang, während sie nur vom Wasser umgeben war. Wie ihre Hände nach einem Halt suchten. Die Verwirrung, die sie vermutlich empfunden haben musste. Und dann nichts mehr.

Lediglich der dumpfe Nebel des durch die Beruhigungsmittel herbeigeführten Schlafes bot Cara einen Rückzugsort.

Ihr Blick wanderte wieder zu den Lilien hinüber. Die Blumen sind ein Geschenk von Ravi, dachte sie plötzlich. Ja genau, Ravi hatte die letzten drei Monate jede Woche Blumen geschickt. Seit es passiert war. Richard hatte nichts dazu gesagt und sie pflichtschuldig an ihr Bett gebracht. Vielleicht hatte er gehofft, dass sie aufstehen und sie selbst in Empfang nehmen würde. Dann hatte er wortlos zugesehen, wie sie die Karten in winzige Stückchen zerrissen hatte.

Richard wurde ebenfalls vom Schmerz zerfressen, das war offensichtlich. Seine Augen waren stumpf, sein Gesicht von Falten durchzogen, seine Schultern gebeugt. Dennoch brachte er ihr jeden Tag drei Mal etwas zu essen, legte die Zeitung ans Fußende ihres Bettes und fragte sie, wie sie sich fühlte. Jeden Morgen stieg er die Treppe zu dem Schlafzimmer hoch, das sie sich einst geteilt hatten, öffnete die Tür und zwang sich zu einem Lächeln.

»Heute ist ein schöner Tag«, sagte er dann. Oder etwas anderes, ähnlich Banales.

Er ignorierte die Tatsache, dass sie nichts darauf erwiderte, und wanderte im Zimmer umher. Er öffnete die Jalousien und Fenster, entfernte die schmutzigen Teller vom Abend zuvor und legte ihr frische Kleider zurecht.

»Gut, ich gehe dann zur Arbeit«, erklärte er schließlich, wenn es sonst nichts mehr zu sagen gab. Er beugte sich zu ihr und gab ihr einen Kuss auf die Wange. Der sanfte Duft seines Rasierwassers erinnerte sie an ihren Großvater.

Obwohl sie noch immer nichts gesagt hatte, drehte er sich an der Tür stets noch einmal zu ihr um. »Ruf mich an, wenn du etwas brauchst, Cara.«

Sie nickte jedes Mal, obwohl sie beide wussten, dass sie es niemals tun würde.

Richard verhielt sich selbst in dieser tragischen Situation wie ein Gentleman. Warum hatte sie das nie erkannt, bevor ihre Welt aus den Angeln gehoben worden war? Warum hatte sie sich sinnlosen Fantasien von einem Leben ohne ihn hingegeben?

Das war etwas, das sie nie wirklich verstehen würde. Und auch etwas, das sie sich nie verzeihen würde.

Sie hatte gedacht, dass die Sache mit Ravi an seinem Hochzeitstag ein Ende gefunden hätte.

Das Foyer des großen Saales der Universität war voller Menschen gewesen, die ihr bekannt vorgekommen waren, die sie aber nicht zuordnen konnte. Eine Frau hatte sie sogar wie eine alte Freundin begrüßt.

»Cara!«, rief die Frau begeistert und drückte ihr das Programm für die Messe in die Hand. »Du siehst fantastisch aus. Mein Gott, wie lange ist das mittlerweile schon her?«

Cara suchte in den großen blauen Augen nach einem Hinweis auf ihre gemeinsame Zeit als Studentinnen.

»Zu lange«, antwortete sie. »Und du siehst ebenfalls sehr gut aus.« Sie warf einen Blick in die Kapelle. »Auf welcher Seite sitzen die Freunde des Bräutigams?«

»Ach, du kennst doch Ravi«, sagte die Frau liebevoll. »Es gibt diesbezüglich keine Einteilung. Du kannst dich hinsetzen, wo immer du möchtest.«

»In Ordnung«, erwiderte Cara. »Sehen wir uns später?«

Doch die Frau begleitete bereits weitere Gäste durch die hölzerne Eingangstür und in das abgedunkelte Innere der Halle.

Du kennst doch Ravi.

Cara war sich des klickenden Geräuschs, das ihre Absätze auf dem schwarz-weißen Marmorboden verursachten, mehr als bewusst. Die Gäste saßen auf Holzbänken, die wie Kirchenbänke aufgestellt worden waren, und unterhielten sich mit gesenkten Stimmen.

Auf der gegenüberliegenden Seite der Halle stand ein riesiger Tisch, der mit einem purpurroten Tuch bedeckt war. Vier große, mit Ringelblumen verzierte Kerzen verliehen dem Ambiente ein indisches Flair.

Cara umklammerte ihre Handtasche und schritt, auf der Suche nach einem freien Platz, den mit rotem Teppich ausgelegten Mittelgang hinunter. Einen Moment lang stellte sie sich unwillkürlich vor, wie es wäre, den Gang als Ravis Braut hinabzuschreiten. Dann entschied sie sich für eine Bankreihe und drängte sich an einigen anderen Gästen vorbei.

»Entschuldigung«, flüsterte sie, während sie darauf achtete, keine Aufmerksamkeit zu erregen.

Sie ließ sich auf die Bank sinken. Schweiß verursachte unter ihren Achseln Flecken auf dem dünnen Stoff ihres Kleides. Sie schloss die Augen und konzentrierte sich auf ihren Atem. *Das hier ist eine Hochzeit wie jede andere.*

Das Flüstern der Gäste verstummte, als die ersten Takte von Pachelbels *Kanon und Gigue in D-Dur* durch die Halle schwebten. Cara drehte sich um und entdeckte ein Streichquartett, das in einer Ecke in der Nähe der Tür saß. Das alles war so traditionell und entsprach Ravi überhaupt nicht. Wie viel musste sich in einem Jahr verändert haben.

Mehrere Menschen hatten sich im vorderen Teil des Saales, außerhalb der Reichweite der Kerzen, versammelt. Sie bemühte sich, den größten unter ihnen auszumachen. Es war Ravi. Sein Profil war unverkennbar. Er schien sich mit einem Mann in einer langen Robe zu unterhalten, vermutlich würde dieser die Zeremonie abhalten. Dann trat Ravi plötzlich mit einem überschwänglichen Lächeln ins Licht. Caras Magen überschlug sich wie immer, wenn sie dieses Lächeln sah. Makellose weiße Zähne hoben sich von der olivfarbenen Haut ab, haselnussbraune Augen lachten über einen Scherz. Er trug dieselbe Art von ruhiger Selbstsicherheit zur Schau, die sie immer bewundert hatte. Eine Kombination aus dem Erbe seiner Vorfahren, Bescheidenheit und reinem Arbeitseifer. Nach all der Zeit war er immer noch *ihr* Ravi.

Ihr Herzschlag setzte aus, als die Musik lauter wurde und ein Streifen Tageslicht auf den mit Teppich ausgelegten Mittelgang fiel. *Hier kommt die Braut.* Die Gäste erhoben sich mit einem kollektiven Rascheln von ihren Plätzen. Cara reckte den Hals, um die Frau sehen zu können, der Ravi sein Herz geschenkt hatte.

Sie war sehr anmutig, das war offensichtlich. Sie hatte feine Gesichtszüge, war zierlich und sah aus wie eine Balletttänzerin. Ihr Spitzenkleid schmiegte sich auf so natürliche Weise an ihren Körper wie die Flechten an einen schlanken Baum. Ihre karamellfarbenen Haare, die Caras eigenen Haaren nicht unähnlich waren, waren zu einem klassischen französischen Knoten hochgesteckt. Cara hielt den Atem an, als sie an ihr vorbeiging. Sie konnte ihr keine Schuld geben. Die bewundernden Seufzer verursachten ihr Übelkeit.

Die Messe war überraschend altmodisch gehalten: Die Hochzeitsliturgie wurde durch einige Gedichte und Lesungen hinduistischer Upanischaden ergänzt. Während das Eheregister unterzeichnet wurde, erklang ein langweiliges Musikstück, bevor sich der Geistliche mit seiner letzten, formelhaften Ansprache an die Gäste wandte.

»Meine Freunde, ich präsentiere Ihnen nun stolz Ravi und Tess … als Mann und Frau.«

Die Menge brach spontan in Beifall aus. Das Brautpaar lächelte sich an und beugte sich zueinander, um sich lange und sanft zu küssen. Cara zuckte zusammen, als jemand hinter ihr einen bewundernden Pfiff ausstieß.

Und dann gingen sie gemeinsam den Mittelgang hinunter, und ihre Arme schwangen hin und her, als wären sie zwei glückliche Kinder.

Der Empfang fand in einem der altehrwürdigen Gebäude der Universität statt. Es handelte sich um ein zweistöckiges Haus aus Sandstein mit Giebelfenstern und einem gepflegten Rosengarten. Der Garten durfte von den Studenten nicht betreten werden und war nur über eine Treppe erreichbar, die von einem Marmorbalkon im zweiten Stock hinabführte. Doch Cara konnte sich daran erinnern, wie sie gemeinsam mit Ravi einige Monate nachdem sie sich kennengelernt hatten, nach einem Quizabend über die zwei Meter hohe Hecke geklettert war. Sie waren auf der anderen Seite zu Boden gefallen und hatten dabei die Flasche mit dem billigen Champagner zerbrochen, die sie im Rosengarten hatten trinken wollen. Mit klebrigem, rosarotem Alkohol bekleckert, waren sie kichernd in der Dunkelheit gesessen, bis ein mürrischer Wachmann seine Taschenlampe auf ihre Gesichter gerichtet und sie aufgefordert hatte, zu verschwinden. Später am selben Abend hätten sie sich am Bahnhof von Redfern beinahe geküsst. Ravi beugte sich zu ihr vor. Sein Atem war warm vom Alkohol und roch schwach nach Gewürzen.

»Cara, du bist wunderschön«, flüsterte er, und seine Lippen waren nur noch wenige Zentimeter von ihren entfernt.

»Ravi, du bist betrunken«, erwiderte sie.

Und dann fuhr der Zug ein, und ein Schwall Luft drang aus dem Tunnel am Ende des Bahnsteiges. Die Bremsen quietschten, und die automatischen Türen öffneten und schlossen sich zischend. Schließlich saß sie in dem leeren Wagen und lächelte Ravi durch das Fenster hindurch an. Er stand auf dem Bahnsteig und hatte die Hand halb zum Gruß erhoben, als der Zug sich in Bewegung setzte. Er sah sie neugierig an.

Es war derselbe Gesichtsausdruck gewesen, den er Jahre später gezeigt hatte, als er den Blick seiner frisch angetrauten Braut zuwandte.

Sie hatten sich in einer kulturwissenschaftlichen Vorlesung mit dem Titel »Frauen, Wahnsinn und Medizin« kennengelernt. Cara war im ersten Semester nach ihrem Bachelor-Abschluss in Medienkunde und fest entschlossen, die Welt zu verändern. Ravi war im zweiten Jahr seines Masterstudiums der Medizin und hatte ein staatliches Stipendium für talentierte Studenten aus wirtschaftlich aufstrebenden Ländern erhalten.

Es war die dritte Woche des laufenden Semesters, und Cara kritisierte gerade heftig die Einmischung der Psychiatrie in das Leben von weiblichen Patientinnen.

»Und zum Abschluss«, erklärte sie den anwesenden Studenten, »möchte ich anmerken, dass die biologische Psychiatrie ein totalisierendes, epistemologisches Paradigma darstellt, das Frauen eine medikamentöse Lösung ihrer Probleme anbietet, dabei jedoch die systemischen und sozialen Aspekte außer Acht lässt, die die psychische Gesundheit von Frauen beeinflussen.«

Sie sammelte verlegen ihre Unterlagen zusammen, während ihre Studienkollegen höflich applaudierten. Sie ließ den Blick durch den Raum schweifen und entdeckte auf der anderen Seite einen exotisch aussehenden Mann, der begeistert applaudierte. Sie wandte den Blick ab, musste aber kurz darauf wieder zu ihm hinsehen. Ihre Blicke trafen sich, und dann tat er etwas Ungeheuerliches: Er zwinkerte ihr zu. Sie reckte das Kinn vor und vermied es, ihn noch einmal anzusehen.

Die Tutorin, eine unscheinbare, ältere Studentin, stand auf, um zu den Studenten zu sprechen.

»Das war ein sehr interessantes Referat, Cara«, sagte sie. »Gibt es dazu noch Fragen?«

Sie nickte jemandem am anderen Ende des Raumes zu. Cara wusste genau, wohin das alles führen würde.

Der exotisch aussehende Typ lächelte. »Es war ein außerordentliches Referat«, sagte er mit einem feinen britisch-indischen Akzent. »Die Parallelen zwischen einer patriarchalischen Gesellschaft und der Psychiatrie sind sehr interessant. Aber, Cara, gehst du wirklich davon aus, dass es keine biologische Basis für psychische Erkrankungen wie etwa Schizophrenie bei Frauen gibt? Dass diese Krankheiten einzig und allein durch den sozialen Kontext der Frauen ausgelöst werden?«

Cara errötete. Ihr Name war ihm so natürlich über die Lippen gekommen. Sein Akzent war äußerst verwirrend.

»Nun, nein, dem stimme ich nicht zu. Ich meine, zumindest

nicht ganz«, erwiderte sie. »Aber ich bin keine Expertin, was Schizophrenie anbelangt.« Sie blätterte ihre Unterlagen durch. »Du etwa?«

»Nein, nicht im Geringsten.« Er lächelte. »Aber im Laufe meines Medizinstudiums habe ich gelernt, dass den meisten psychischen Erkrankungen eine biologische Ursache zugrunde liegt. Nicht jede psychische Erkrankung wird durch soziologische Einflüsse ausgelöst.« Er hielt inne. »Aber vielleicht bin ich auch Teil des patriarchalischen medizinischen Systems, das davon ausgeht, dass alle Menschen Männer sind.«

Mehrere Studenten kicherten. Cara wusste nicht, ob er sie verhöhnte. Sie starrte die Wand am anderen Ende des Raumes an und hoffte, dass die Stunde bald vorüber sein würde.

Und schließlich war sie es auch. Die Studenten verließen plaudernd und lachend den Raum. Als Cara ihre Unterlagen in den Plastikumschlag gleiten ließ, spürte sie, dass er neben ihr stand. Sie hob in dem Moment den Blick, als er sich räusperte.

»Die Art, wie du deine Argumente strukturiert hast, war sehr beeindruckend«, sagte er. »Ich würde gerne mehr darüber erfahren, was du von unserem medizinischen System hältst.« Seine formelle Ausdrucksweise war entwaffnend.

»Oh?« Sie wollte, dass er sich mehr Mühe gab.

»Natürlich nur, wenn du deine Ansichten mit mir teilen möchtest«, fügte er hinzu. »Ich glaube, dass Mediziner sehr viel von den Geisteswissenschaften und Sozialwissenschaften lernen können.«

»Davon bin ich überzeugt.« Sie schloss den Reißverschluss ihrer Umhängetasche und ging auf die Tür zu.

»Warte.« Er lief ihr nach, um sie einzuholen. »Ich heiße Ravi.« Er streckte ihr die Hand entgegen. »Dein Referat hat mich gefesselt, Cara. Wir Chirurgen sind ja für unsere ungehobelte Art bekannt.«

Cara blieb stehen. Er hatte wieder ihren Namen gesagt, und zwar im gleichen Satz wie das Wort »gefesselt«. Und hatte er gerade gesagt, dass er Chirurg war? Sie drehte sich zu ihm um und konnte nicht anders, als ihn anzulächeln. Sie war nicht gut darin, sich zu verstellen.

»Möchtest du einen Kaffee mit mir trinken?«, fragte er.

»Nein«, erwiderte sie. »Ich meine, ich mag den Geschmack von Kaffee nicht. Aber ich trinke andere Dinge. Tee und so weiter …« Sie errötete und hatte Angst, allzu verzweifelt geklungen zu haben.

»Möchtest du ins *Holme* gehen?« Auf dem Campus gab es ein Café, das nicht weit entfernt war.

»Gerne«, sagte sie. »Aber meine nächste Vorlesung beginnt in dreißig Minuten.«

»Keine Sorge«, versicherte er ihr. »Wir brauchen nicht lange.«

Und er hatte recht behalten. Es dauerte nicht länger als eine halbe Stunde, bis Cara begann, sich in Ravi zu verlieben.

Während ihrer ersten Tasse Tee erfuhr sie einiges über ihn. Er war achtundzwanzig Jahre alt und hatte bereits in Indien sein Medizinstudium und eine Ausbildung als Chirurg abgeschlossen. Er hatte vorgehabt, in sein Heimatdorf zurückzukehren, um dort zu arbeiten, doch dann war er von dem Angebot überrascht worden, ein Stipendium für die Fortsetzung seines Studiums in Australien zu erhalten.

»An jenem Tag hat mir das Glück ins Gesicht gelacht«, sagte er.

Cara bezweifelte, dass es irgendetwas mit Glück zu tun gehabt hatte. »Vermisst du deine Familie denn nicht?«

Er nickte. »Doch. Aber meine Mutter und meine Schwester sind sehr starke Frauen, Cara. Mein Land ist nicht wie Australien. Warst du schon einmal in Indien?«

Sie schüttelte den Kopf. »Ich möchte es aber gerne.«

»Gudda, mein Heimatdorf, ist sehr einfach. Es ist ungewöhnlich, dass es jemanden wie mich hierherverschlägt. Alle waren überrascht, als ich begann, die Universität in Delhi zu besuchen. Sie hätten nicht gedacht, dass ich danach nach Australien gehen würde.« Er lachte laut auf. »Meine Familie ist sehr stolz.«

Sie konnte sich kaum vorstellen, wie hart er dafür gearbeitet haben musste, hier in einem Studentencafé der Universität von Sydney zu sitzen und Tee zu trinken. Im Vergleich zu ihm war sie lediglich durchschnittlich. Sie entstammte einer Mittelklassefamilie mit zwei weißen Eltern und einem missratenen kleineren Bruder. Sie war in einem Vorort von Seaforth mit weißen Lattenzäunen aufgewachsen und hatte eine anglikanische Privatschule besucht. Und so wäre ihr Leben wohl weiterhin verlaufen, wenn sie nicht in der elften Klasse ein Stipendium des Rotary Clubs gewonnen hätte, das sie nach Papua-Neuguinea geführt hatte. Der sechsmonatige Aufenthalt hatte ihr Leben für immer verändert. Die Armut, der Mangel an Bildung und die vielen vermeidbaren Krankheiten hatten sie schockiert. Als sie zurückgekehrt war, hatte sie sich vorgenommen, dabei zu helfen, den Lebensstandard in den ärmsten Ländern der Welt zu verbessern. Nach der Schule hatte sie einen Bachelor-Abschluss in internationaler Entwicklung erworben. Danach hatte sie begonnen, Medienwissenschaften zu studieren. Sie träumte davon, als Journalistin für soziale Gerechtigkeit zu kämpfen.

»Journalistin zu werden ist ein edler Vorsatz«, sagte Ravi, als sie ihm von ihren Plänen berichtete. »Die Pressefreiheit ist die einzig wahre Basis unserer Gesellschaft.«

Von seinem Interesse beflügelt, bat sie ihn, ihn bezüglich seiner Erfahrungen als »Neuankömmling« in Australien für die

Universitätszeitschrift *Honi Soit* interviewen zu dürfen. Sie tauschten ihre Telefonnummern aus – er teilte sich eine Wohnung in Glebe mit einem Technologiestudenten – und vereinbarten, sich in der nächsten Woche nach der kulturwissenschaftlichen Vorlesung wiederzusehen.

Damals wusste Cara noch nicht, dass diese erste gemeinsame Tasse Tee der Beginn einer Freundschaft sein würde, die zehn Jahre lang andauerte.

»Guten Abend alle zusammen.« Eine körperlose Stimme drang aus den Lautsprechern. »Mein Name ist Michael Hughes. Ich bin nicht bloß der Bruder der wunderschönen Braut, sondern habe auch die Ehre, Sie als Zeremonienmeister durch den heutigen Abend begleiten zu dürfen.«

Cara rutschte auf ihrem Stuhl hin und her und versuchte herauszufinden, wem die Stimme gehörte. Ein Mann in den Dreißigern stand hinter einem Podium in der Nähe des Tisches mit dem Brautpaar. Er sah genauso verloren aus wie Tess, doch bei einem Mann wirkte das bei weitem nicht so attraktiv.

Sie lehnte sich in ihrem Stuhl zurück und wappnete sich gegen die unvermeidliche Abfolge an Ankündigungen und Ansprachen, die bald kommen würde. Was habe ich mir bloß dabei gedacht, zu dieser Feier zu kommen?, dachte sie. Die Toilette rief. Sie schob ihren Stuhl zurück und richtete sich auf.

»Entschuldigung«, murmelte sie.

Sie hatte das Gefühl, als würden ihr Hunderte Augenpaare folgen, als sie sich im Halbdunkeln ihren Weg zwischen den Tischen hindurchbahnte. Der Bruder der Braut sprach gerade nahezu lyrische Worte über das Brautpaar. Plötzlich kreuzte ein Kellner, der den Hauptgang servierte, mit einem Stapel Teller ihren Weg.

»Verdammt«, murmelte er und versuchte, ihr auszuweichen.

Doch er hatte zu spät reagiert. Die Teller glitten aus seiner Hand und fielen zu Boden, wo sie in winzige Stücke zersprangen.

»Verdammt«, stöhnte der Kellner noch einmal und sah Cara wütend an.

Der Bruder der Braut hielt mitten im Satz inne, und alle drehten sich um, um sie anzustarren. Cara ließ sich zu Boden sinken und begann, die Scherben aufzusammeln, wobei sie inständig hoffte, dass Ravi sie nicht gesehen hatte.

»Nicht«, sagte eine Stimme ganz in ihrer Nähe. Eine weiche weiße Hand legte sich auf ihre. Cara hob den Blick und sah in sanfte Augen. »Nicht«, sagte der Mann noch einmal. »Ich bin mir sicher, er kann das hier allein aufräumen. Hier …« Er gab ihr eine Serviette. »Sie haben da etwas Sauce.« Sie sah hinunter und schnappte nach Luft. Ein riesiger brauner Fleck hatte sich auf ihrem Dekolleté ausgebreitet, und die Sauce lief bereits über ihr Kleid.

»O mein Gott.« Sie versuchte verzweifelt, den Fleck abzuwischen.

Die blassen Augen lächelten sie an. Sie begann, vor ihm zurückzuweichen.

»Ähm … es tut mir leid. Und – danke«, sagte sie und hielt sich die Handtasche vor die Brust.

Sie stürzte zu ihrem Tisch zurück und sank auf ihren Stuhl. Sie war nun dankbar, dass es in dem Raum so dunkel war, und schloss sich den anderen Gästen an, die applaudierten, nachdem die Trauzeugin ihnen Geschichten von Tess' Eskapaden als Schulmädchen auf dem Hockeyfeld erzählt hatte. Es hatte alles sehr banal geklungen.

Dann stand plötzlich Ravi vor dem Mikrofon. Er zog ein Bündel Notizzettel aus seiner Tasche und lächelte die Gäste mit seinem üblichen legeren Lächeln an.

»Als ich Tess zum ersten Mal sah …«, begann er.

Der Raum schien sich um Cara herum zusammenzuziehen. Die Wände neigten sich nach innen und drohten zusammenzubrechen. Ihr Herz schlug so laut, dass sie Ravi nicht mehr verstehen konnte. Sie hörte, dass jemand in weiter Ferne Worte von sich gab, doch sie verstand sie nicht.

Nach dem Bekenntnis auf dem Bahnsteig vertiefte sich die Freundschaft zwischen Ravi und Cara. Sie lernten zusammen, besuchten Quizabende und arbeiteten gemeinsam für die Universitätszeitschrift. Doch ihre Beziehung ging nicht über eine Freundschaft hinaus. Cara hatte diesen einen Abend immer wieder in Gedanken durchgespielt und sich an Ravis Geständnis erinnert. Hatte sie ihn durch ihre abwehrende Haltung verletzt? Was auch immer der Grund dafür gewesen war, Ravi hatte nie mehr versucht, ihr auf romantische Art näherzukommen, und sie hatten auch nie wieder darüber gesprochen.

Das sollte sich jedoch an dem Abend von Ravis Abschlussfeier ändern.

Sie waren seit neun Monaten befreundet, und Ravi hatte sie überraschenderweise zur offiziellen Abschlussfeier eingeladen.

»Mein Mitbewohner kommt, aber ich habe mich gefragt …« Er hielt inne. Cara glaubte, eine leichte Röte auf seinen olivfarbenen Wangen erkennen zu können. »Würdest du mir die Ehre erweisen und zu meiner Abschlussfeier kommen?«

»Das würde ich sehr gerne.«

Sie bereitete sich sorgfältig auf den Nachmittag vor. Er hat keine Familie in Australien, überlegte sie, während sie eine zusätzliche Schicht Wimperntusche auftrug. Es gibt niemanden, den er sonst hätte einladen können.

Das Masterstudium der Medizin war eine relativ neue Studienrichtung, und so war Ravi einer von nur zwanzig Studenten, die das Studium an diesem Tag abschlossen. Cara saß stolz inmitten von Eltern, Geschwistern und Partnern in der dritten Reihe im Großen Saal und hatte ihre Kamera gezückt. Als er die Hand an seinen Doktorhut legte, um dem Vize-Rektor die Ehre zu erweisen, und schließlich die Bühne verließ, traf sein Blick Cara. Sie war so durcheinander, dass sie vergaß, ein Foto zu schießen, und stattdessen von ihrem Stuhl aufsprang und applaudierte.

»Er sieht sehr gut aus«, sagte eine matronenhafte Frau zu ihrer Rechten. »Sie müssen sehr stolz sein.«

»Ja, das bin ich«, sagte sie und errötete. Erst jetzt, wo sie mit einer vollkommen Fremden über Ravi sprach, bemerkte sie, dass sie sich in ihn verliebt hatte.

Nach der Zeremonie wurden im Innenhof unter einer weißen Markise Erfrischungen und Snacks gereicht. Cara knabberte auf ihrem Hühnersandwich herum, doch sie brachte nur einige Bissen hinunter. Als sie gerade an ihrem zweiten Glas Champagner nippte, winkte ihr Ravi von der anderen Seite des Hofes zu.

»Cara«, rief Ravi und deutete auf einen zerzausten jungen Mann an seiner Seite, »das ist mein Mitbewohner Paul.«

»Hallo«, sagte Cara.

»Hi«, antwortete Paul.

Ravi deutete mit dem Kopf in Richtung Rasen. »Es wird Zeit für die Fotos. Ich bin gleich wieder da.«

Paul war sehr zurückhaltend, und es war schwierig, sich mit ihm zu unterhalten. Ihren Versuchen, Small Talk zu betreiben, begegnete er mir einsilbigen Antworten, doch sie gab allein aus Höflichkeit nicht auf. Schließlich kehrte Paul an die Bar zurück, und Cara machte sich auf den Weg auf die andere Seite des Innenhofes, wo die Absolventen für einen Fotografen posierten. Einige warfen ihre Hüte in die Luft, andere küssten ihre Partner oder hakten sich bei Freunden unter und lächelten in die Kamera.

»Hallo«, sagte eine sanfte Stimme neben ihrem Ohr.

Sie drehte sich um und lächelte Ravi an. »Gratulation, Herr Doktor.«

»Möchtest du gehen?«

»Ja, bitte.«

Er nahm ihre Hand und winkte Paul, der immer noch an der Bar herumlungerte, zum Abschied zu.

»Er ist nicht sehr aufgeschlossen«, sagte Ravi entschuldigend. »Aber er war ein guter Mitbewohner.«

Sie machten sich schnell auf den Weg in Ravis Wohnung in der Glebe Point Road. Im Inneren des Hauses führte ein dunkler Flur zu einer knarrenden Treppe. Am Ende der Treppe drehte sich Ravi zu ihr um und fragte sie mit einem Anflug von Unsicherheit in der Stimme: »Ähm, möchtest du eine Tasse Tee?«

»Nein danke«, sagte sie schnell.

Er öffnete die Tür zu seinem Schlafzimmer und schaltete die Nachttischlampe ein. Er hatte offensichtlich nicht vorgehabt, sie zu verführen. Sein Bett war zerwühlt, an den Wänden lagen Wäscheberge, und medizinische Fachbücher waren über dem Boden verteilt. Hinter dem Fenster befand sich ein Balkon, auf dessen Geländer aus Gusseisen zahlreiche Badetücher hingen.

»Es tut mir leid, dass es hier so unordentlich ist«, sagte er.

Cara zuckte mit den Schultern. Es war ihr egal, wie das Zimmer aussah.

Plötzlich stand er vor ihr, und ihre Gesichter berührten sich beinahe.

»Du bist *wirklich* wunderschön, Cara.«

Sie starrte ihn an und fand keine Worte. Seit jenem Moment auf dem Bahnsteig waren neun Monate vergangen.

Er hob ihre Hand an seine Wange.

Sie küssten sich zuerst neugierig, dann wurden die Küsse intensiver. Er zog sie auf sein ungemachtes Bett und ließ sich neben sie sinken. Schließlich setzte sich Cara auf und begann, ihre Bluse zu öffnen.

Einige Zeit später wurden sie von einem Klopfen an der Tür überrascht. Cara hielt sich die Decke vor die Brust, und Ravi sprang aus dem Bett.

»Wer ist da?«

»Ich bin's, Paul. Tut mir leid, Kumpel.«

Cara runzelte die Stirn. Paul musste einige Zeit lang im unteren Stockwerk gewartet haben. Sie hatte nichts gehört, außer Ravis Atem.

»Deine Mutter hat aus Indien angerufen«, klang es durch die Tür. »Sie hat es schon zwei Mal versucht, aber ich habe sie abgewimmelt. Ich wusste ja, dass du … beschäftigt bist. Aber sie klingt ein wenig verärgert. Sie ist noch in der Leitung.«

Ravi seufzte. »Ich kommt gleich hinunter.«

Cara hörte zu, wie Paul ging. Musste Ravi gerade jetzt *wirklich* mit seiner Mutter telefonieren?

»Meine Mutter ruft selten an«, erklärte er ihr, als er ihr Unbehagen bemerkte.

»Okay.« Sie beugte sich über das Bett und begann, ihre Unterwäsche zusammenzusammeln, wobei sie sich immer noch das Decke vor die Brust hielt.

»Dann ist die Leidenschaft wohl dahin«, sagte er mit einem schiefen Lächeln.

»Ja, aber das ist in Ordnung.« Sie zog sich ihre Bluse über. »Ich werde jetzt gehen. Danke für den netten Abend.« Sie stand auf und fühlte sich ziemlich dämlich.

»Cara.«

Ravi stand mit nackter Brust vor ihr. Er legte eine seiner weichen Hände unter ihr Kinn und zwang sie, ihm in die Augen zu sehen. »Es war die Nacht meines Lebens.«

Sie lächelte ihn erleichtert an. »Ich finde schon allein hinaus.«

Dann schwebte sie hinüber zum Bahnhof und konnte an nichts anderes als an Ravi denken.

Am nächsten Tag – es war ein gewöhnlicher Samstag im November – schien Caras Welt sich plötzlich vollkommen verändert zu haben. Die Farben erschienen ihr heller, die Wochenendzeitungen unterhaltsamer, der Telefonanruf ihres Bruders, der sie wie immer um Geld bat, erträglicher. Alles schien ein Versprechen zu beinhalten, angefangen von den Werbemails in ihrem Postfach bis hin zur ungeöffneten Fernsehzeitschrift. Ravi rief nicht an, doch sie war sich sicher, dass er sich am Sonntagnachmittag melden würde.

Doch am Sonntagabend hatte Ravi noch immer nicht angerufen. Sie machte es sich mit einer Schüssel Makkaroni mit Käse vor dem Fernseher gemütlich. Vermutlich wollte er ihr bloß den angemessenen Freiraum geben, überlegte sie, trank eine halbe Flasche Rotwein, sah sich eine Kriegsdokumentation an und ging schließlich zu Bett.

Er rief auch am Montag und Dienstag nicht an. Sie konnte sich keinen Reim darauf machen. Fühlte er denn nicht so, wie sie fühlte? Hatte sie ihn auf irgendeine Art verärgert, ohne es zu wissen? Er kam nicht zu dem Quizabend in der Manning Bar, den sie jeden Mittwoch besuchten, und niemand von den anderen wusste, wo er war. Am Freitagnachmittag verwandelte sich ihre Verwirrung in Ärger. *Was war er nur für ein Scheißkerl, dass er sich eine Woche lang nicht meldete?*

Am Samstagmorgen nahm sie das Telefon zur Hand. Paul hob nach dem dritten Klingeln ab.

»Hallo, Paul, hier spricht Cara. Ist Ravi da?«

»Nein«, sagte Paul. Er war so einsilbig wie eh und je.

»Weißt du, wann er wiederkommt?«

»Nein.«

»Nun, sagst du ihm bitte, dass ich angerufen habe?« Dann legte sie auf.

Eine weitere Woche verging, ohne dass Ravi auf ihren Anruf reagierte. Caras Ärger verschwand und wurde von einem nagenden Bedauern abgelöst. Wie hatte sie die Beziehung zwischen ihnen beiden so vollkommen falsch einschätzen können? Und wenn er keine Beziehung eingehen wollte, warum konnte er es ihr nicht ins Gesicht sagen?

Am darauffolgenden Wochenende versuchte Cara es erneut. Sie wählte Ravis Nummer, und ihr Magen zog sich zusammen.

»Paul«, sagte sie leise, als Ravis Mitbewohner abhob, »ich bin's, Cara. Ich erreiche Ravi nicht. Ist er da?«

»Nein.«

»Paul«, sagte sie mit drängender Stimme, »kannst du mir bitte helfen?«

Paul schwieg einen Moment lang. »Er ist verschwunden. Und ich muss jetzt die ganze Miete allein zahlen.«

»Wie meinst du das?«

»Er hat einfach seine Sachen gepackt und ist gegangen, so meine ich das.«

»Wann?«

»Am Morgen nach seiner Abschlussfeier. Ich bin aufgestanden und habe gerade noch das Taxi davonfahren gesehen.«

Cara war fassungslos. »Aber warum?«

»Ich habe keine Ahnung, sag du es mir doch. Du warst die Letzte, die ihn gesehen hat.«

Cara versuchte, Pauls Worte zu verdauen. Er war verschwunden? Ohne jemandem zu sagen, wohin und warum? Das ergab doch keinen Sinn.

»Ich kann mir nicht vorstellen, was ihn dazu veranlasst hat«, sagte sie. Tränen stiegen ihr in die Augen. »Ich hoffe, es geht ihm gut.«

Paul schwieg.

»Ähm, wenn du von ihm hörst, sagst du ihm bitte, dass ich versucht habe, ihn zu erreichen?«

Paul grunzte zustimmend.

Cara legte auf und starrte ins Leere. War Ravi in Schwierigkeiten geraten?

Drei Wochen später läutete ihr Telefon. Es war Paul.

»Hast du etwas von Ravi gehört?«, fragte Cara atemlos.

»Nein«, sagte Paul. »Nichts.«

»Oh.«

Sie biss sich auf die Lippe und versuchte, die Tränen zurückzudrängen.

»Möchtest du ins Kino gehen?«

Cara hielt inne. »Weshalb?«

»Weil das Semester zu Ende ist«, antwortete er. »*Hexenstunde* soll recht gut sein.«

Und dann dämmerte es ihr. Paul hatte sie angerufen, um sie um eine *Verabredung* zu bitten.

»Nein danke«, sagte sie schroff. »Es ist ja so, dass Ravi und ich, wir waren … nun, wir waren … Wie auch immer. Nein danke.« Sie musste ihm die Situation nicht erklären.

»Auf Wiederhören, Paul.« Dann legte sie auf.

Aus Wochen wurden Monate, und langsam begann die durch den Verlust erlittene Kränkung an Intensität zu verlieren. Cara ging hinüber zu Ravis Wohnung und durchsuchte Ravis Zimmer, wobei ihr Paul ständig folgte. Es wies nichts darauf hin, dass er die Wohnung eilig verlassen musste. Die meisten seiner persönlichen Dinge waren verschwunden, abgesehen von den größeren Möbelstücken wie dem Schrank und dem Bett. Er hatte sogar die Decke abgezogen. Paul erzählte ihr, dass niemand aus Indien angerufen hätte und dass es keine Anzeichen gäbe, dass seine Familie ihn vermisste. Cara nickte abwesend, als Paul ihr erklärte, dass ein neuer Mieter in der kommenden Woche das Zimmer übernehmen würde.

»Möchtest du Ravis Bett haben?«, fragte er. »Nachdem ihr beide ja …«

Sie schüttelte den Kopf.

»Gut. Dann verkaufe ich es auf eBay.«

Sie hatte Ravi Dutzende Mails geschickt, die alle unbeantwortet geblieben waren. In einem letzten verzweifelten Versuch, ihn zu finden, stattete Cara dem Meldeamt der Universität einen Besuch ab und erklärte einem grauhaarigen Beamten, der sie über seine Brillengläser hinweg geringschätzig ansah, die Lage.

»Ich kann Ihnen diese Art von persönlichen Informationen über einen Studenten leider nicht geben, es sei denn, Sie sind eine Angehörige«, sagte er. »Das besagen die Datenschutzrichtlinien.«

Caras Lippen begannen zu zittern.

Der Beamte schien sich unwohl zu fühlen. Er schob seine Brille hoch und begann, auf seine Tastatur einzuhämmern. Nach einigen Minuten, während derer niemand etwas sagte, sah er blinzelnd auf seinen Bildschirm. Dann wandte er sich an Cara.

»Ich kann Ihnen leider nur versichern«, sagte er, dieses Mal mit milderer Stimme, »dass er einen Weg finden wird, um mit

Ihnen in Kontakt zu treten, wenn Sie wirklich mit ihm befreundet sind.«

Cara fühlte sich, als hätte er ihr eine Ohrfeige verpasst.

Sie taumelte aus dem Meldeamt und über die Stufen aus Sandstein hinunter. Sie war sprach- und fassungslos. Die Universität wusste, wo Ravi sich befand. Das konnte nur bedeuten, dass er sie absichtlich mied.

Sie verließ das Universitätsgelände und kehrte nie mehr dorthin zurück. Sie hatte alle Voraussetzungen erfüllt, um ihren Abschluss zu machen. Es hatte keinen Sinn, dem Studentenleben noch länger treu zu bleiben.

Als der Sommer in den Herbst überging, widmete sie sich ganz und gar dem Vorhaben, einen Job zu finden. Innerhalb von drei Monaten bekam sie einen Praktikumsplatz bei einem Frauenmagazin. Das war eine außergewöhnliche Leistung für jemanden, der gerade sein Studium abgeschlossen hatte, obwohl der Schwerpunkt des Magazins auf Mode lag, was nicht ganz Caras Präferenzen entsprach. Der anstrengende Arbeitsalltag hielt sie jedenfalls davon ab, zu viel nachzudenken.

Acht Monate nachdem Ravi verschwunden war, begann Cara, mit Jason, einem Fotografen, auszugehen. Sie hatte ihn bei Fotoaufnahmen kennengelernt, und im Gegensatz zu vielen anderen Männern im Modezirkus interessierte er sich ernsthaft auch für andere Dinge außer für Magazine. Er war verträumt und fürsorglich, und er überhäufte sie mit ausgefallenen Geschenken. Sie lachten viel, und sie war glücklich, wenn auch nicht verliebt. Nachdem sie vier Monate lang jedes Wochenende in seinem Haus verbracht hatte, fragte Jason sie, ob sie nicht zu ihm ziehen wollte. Sie hatte noch nie zuvor mit einem Mann zusammengelebt, und nun, mit fünfundzwanzig Jahren, war sie bereit, es zu versuchen. Innerhalb von vierzehn

Tagen hatte sie ihre Sachen zusammengepackt und war in Jasons großes umgebautes Lagerhaus in Erskineville gezogen.

Fünf Monate später, mehr als ein Jahr nach Ravis Verschwinden, erhielt sie eine E-Mail: *Cara, ich bin wieder in Australien. Ich habe gerade erst deine E-Mails erhalten. Können wir uns treffen? Ravi*

Sie schrieb ihm eine lange, hasserfüllte Mail. Sie beschimpfte ihn und fragte ihn, warum sie sich mit ihm treffen sollte. Dann schloss sie die E-Mail mit dem Satz: *PS – Ich bin nun mit jemand anderem zusammen.*

Doch sie schickte sie niemals ab.

Stattdessen fiel ihre Antwort äußerst kurz aus: *Ravi, es überrascht mich, von dir zu hören. Wir können uns am Montag um 11 Uhr im Café Pronto in der Alfred Street treffen. Cara*

Sie hatte sich vorgenommen, distanziert aufzutreten, doch der Vorsatz löste sich in Luft auf, sobald sie ihn sah.

»Wo, um alles in der Welt, hast du gesteckt, Ravi?«

Seine Augen sahen mitleiderregend aus.

»Ich musste nach Indien fliegen«, sagte er. »Meine Mutter hat mich an dem Abend angerufen, als wir … damals, nach meiner Abschlussfeier. Ich habe den ersten Flug genommen. Ich habe Paul eine Nachricht für dich hinterlassen. Meine Schwester ist bei einem Küchenbrand ums Leben gekommen.« Seine Stimme klang matt.

»Wie bitte?«

»Lina, meine kleine Schwester. Sie ist tot.« Ravi zuckte mit den Schultern.

Caras Magen zog sich zusammen.

»Aber warum?«

»Du *weißt*, warum«, antwortete Ravi knapp. »Weil es in Indien immer wieder vorkommt, dass junge Frauen abgefackelt werden. Weil die Männer keinen Respekt vor Frauen haben.

Weil Schwiegermütter bösartig sein können. Weil das Gesetz nicht immer funktioniert.« Er fuhr sich mit den Fingern durch die Haare. »Es tut mir leid.« Er schluckte. »Lina hat Anant, einen älteren Mann aus dem Dorf, geheiratet – erinnerst du dich? Alle dachten, er wäre eine gute Partie.«

Cara nickte. Sie erinnerte sich, wie nahe es Ravi gegangen war, dass er sich den Flug nach Hause nicht hatte leisten können, um bei der Hochzeit dabei zu sein. Sie hatte ihm angeboten, ihm Geld zu leihen, doch er hatte abgelehnt.

»Einen Monat nach der Hochzeit forderte Anant meine Eltern auf, die Aussteuer zu erhöhen, doch sie konnten es sich nicht leisten. Sie hatten ihm bereits alles gegeben, was sie besaßen. Daraufhin hat Anants Mutter am Morgen vor meiner Abschlussfeier Lina mit Benzin übergossen und angezündet.«

Cara schnappte nach Luft.

»Sie war nicht sofort tot. Es hat drei Monate gedauert. Sie hatte innere Verletzungen. Ich habe alles getan, was ich konnte. Ich habe einen auf Verbrennungen spezialisierten Arzt aus Delhi geholt, aber ...« Er schüttelte den Kopf. Er konnte nicht mehr weitersprechen.

Cara streckte die Hand über den Tisch.

»O Ravi, es tut mir so leid. Ich hatte ja keine Ahnung.«

Er zog seine Hand zurück. »In der Nachricht, die ich Paul hinterlassen habe, befand sich meine Adresse in Rajasthan.« Er sah sie anklagend an. »Ich habe darauf gewartet, dass du anrufst oder vielleicht schreibst. In Gudda gibt es keine Internetverbindung, aber zumindest gibt es Telefonanschlüsse. Du hast nicht angerufen. Ich dachte, du hättest mich vergessen.« Er sah verletzt aus.

»Aber ich habe mehrere Male mit Paul gesprochen, Ravi«, widersprach sie. »Ich bin sogar in deiner Wohnung gewesen. Paul hat nie eine Nachricht erwähnt.«

»Ich habe sie in der Küche liegen lassen«, beharrte er. »Er konnte sie nicht übersehen.«

Cara studierte sein Gesicht. Sie sah, dass er die Wahrheit sagte. Plötzlich erinnerte sie sich daran, wie Paul sie mehrere Monate nach Ravis Verschwinden angerufen und sie um eine Verabredung gebeten hatte. Er hatte Ravis Nachricht doch sicher nicht *absichtlich* zurückgehalten?

»Ravi, das ist schrecklich.« Sie wusste nicht, was sie sagen sollte.

Seine Hände zitterten, als er die Kaffeetasse an seine Lippen hob.

»Mein Vater ist einen Monat nach Lina gestorben«, fuhr er fort. »Herzinfarkt. Nun ist nur noch meine Mutter übrig.«

»O Ravi.« Nun verstand sie, warum er so lange fort gewesen war. »Ist eine Anklage gegen die Schwiegermutter erhoben worden?«

»Nein, es fehlen die Beweise. Die meisten Verbrennungen von jungen Frauen in Indien werden nicht juristisch verfolgt. Aber das ist mein Land. So wunderschön und so barbarisch.«

Cara wusste nicht, was sie sagen sollte. »Und wie kommt deine Mutter zurecht?«, fragte sie schließlich.

»Sie ist in ein anderes Dorf gezogen. Zu meiner Tante. Sie ist ebenfalls Witwe. Meine Mutter kann nicht mehr länger in Gudda leben.«

Cara nickte. »Aber warum bist du nicht …« Sie hielt inne. Sie wollte Ravi fragen, ob er Gudda in dem Jahr, in dem er fort gewesen war, denn nie verlassen hatte. Ob er nie in einer größeren Stadt gewesen war und seine E-Mails überprüft hatte. Und warum *er* nicht ein einziges Mal versucht hatte, sie zu erreichen.

Sie sah ihm ins Gesicht. Er sah schmaler und älter aus.

Ravi brach das Schweigen. »Du hörst das alles zum ersten

Mal, das sehe ich. Ich dachte, du hättest deine Meinung geändert. Das war dumm von mir. Hast du meine Nachricht denn wirklich nicht bekommen?«

Sie schüttelte den Kopf, ihre Augen brannten.

»Ich hätte herausfinden sollen, warum du keinen Kontakt zu mir aufgenommen hast. Aber ich war allein im Dorf und habe meiner Mutter geholfen. Es tut mir leid.«

Sie saßen schweigend da und sahen einander an.

»Was wirst du jetzt machen?«, fragte sie. »Kehrst du wieder nach Hause zurück?«

Er schüttelte den Kopf. »Nein. Meine Mutter möchte, dass ich weitermache. Mittlerweile noch mehr als jemals zuvor. Ich werde meine Facharztausbildung abschließen. Vielleicht kann ich sie eines Tages mit nach Australien nehmen.«

Cara griff nach seiner Hand.

»Ich bewundere dich, Ravi. Und es tut mir so leid.« Sie blinzelte die Tränen zurück. »Wenn ich dir irgendwie helfen kann, lass es mich bitte wissen.«

An einem Sonntagmorgen, etwa einen Monat später, löste Cara gerade das Wochenendkreuzworträtsel, als das Telefon klingelte.

»Es ist für dich«, rief Jason aus der Küche. Er gab ihr das schnurlose Telefon und sah sie fragend an.

Sie nahm den Hörer. »Hallo?«

»Ich bin's, Ravi.«

Cara schluckte. »Hallo«, sagte sie in einem geschäftsmäßigen Tonfall. Sie sah Jason an und zuckte mit den Schultern, dann ging sie ins Schlafzimmer und schloss die Tür hinter sich.

»Cara, ich werde in den Westen von Australien ziehen. Ich habe dort eine Stelle in der Allgemeinchirurgie in Pilbara, in einem Krankenhaus für Aborigines, angeboten bekommen. Es ist meine große Chance, den Eingeborenen zu helfen.«

Den Benachteiligten helfen zu wollen war typisch für Ravi, dachte Cara.

»Das ist ein mutiger Schritt.«

»Komm mit mir, Cara.« Seine Stimme war leise und drängend.

Sie schluckte. Ihr Herz begann zu klopfen.

»Komm mit mir«, drängte er wieder. »Wir haben im letzten Jahr viele Fehler gemacht. Lass es uns wiedergutmachen.«

Ja, dachte Cara. *Ja.*

Sie schloss die Augen.

»Ich kann nicht«, sagte sie schließlich. »Ich habe mittlerweile einen guten Job. Und Jason. Ich kann das alles nicht zurücklassen.«

Ravi wartete.

»Du warst zu lange fort.« Die Worte sprudelten aus ihr heraus. »Du hast nicht einmal *versucht*, mich zu kontaktieren. Du hättest es zumindest versuchen können. Die Dinge haben sich geändert, Ravi. *Ich* habe mich geändert.«

»Ich verstehe«, antwortete er. »Es war dumm von mir, dich überhaupt zu fragen.«

»Ravi, ich …« Sie bereute ihre Worte bereits.

»Nicht«, sagte Ravi. »Ich verstehe dich. Wir bleiben Freunde. Ich schreibe dir.«

Und das tat er auch. Jeden Monat, die nächsten vier Jahre lang.

Im Laufe der Zeit gab Cara sowohl Jason als auch ihren Job auf. Als Jason sie an ihrem dritten Jahrestag bat, ihn zu heiraten, lehnte sie ab, ohne sagen zu können, weshalb. Nicht lange nachdem sie aus seinem Lagerhaus ausgezogen war, bekam sie eine Stelle als Redakteurin in der Niederlassung der *Global Voice* in Sydney. Sie konnte ihr Glück kaum fassen und schrieb Ravi in einer E-Mail: *Eines Tages werden sie mich an einen sehr aufregenden Ort schicken!*

Und das geschah schneller, als sie es sich gedacht hätte. Als Ravi zwei Jahre später nach Sydney zurückkehrte, lebte sie bereits in Johannesburg. Er schrieb ihr eine lange E-Mail.

> Es ist seltsam, ohne dich hier in Sydney zu sein, Cara. Ich habe meine Prüfungen bestanden und teile mir nun eine Praxis mit Dr. Robert Sturgess, einem Allgemein- und Kolorektalchirurgen. Er wird sich bald zur Ruhe setzen und sich aus der Praxis zurückziehen. Es gibt ein Sekretariat, die Patienten werden an die Praxis überwiesen, und ich habe ebenfalls Zugang zu Patienten. Ich assistiere bei einigen seiner Operationen, hauptsächlich bei Darmresektionen und Koloskopien und auch bei einigen urologischen Eingriffen. Es ist zwar alles ziemlich alltäglich, aber ich brauche eine Pause vom Leben in abgelegenen Gebieten. Die Probleme in Pilbara sind so schwerwiegend, dass ein Chirurg allein sie nicht bewältigen kann. Ich weiß jedoch nicht, wie lange ich hier in der Stadt bleiben werde. Wer weiß, ob es mich nicht auch noch nach Afrika verschlagen wird?

Es war ein Kommentar am Rande, doch Cara klammerte sich daran fest. Als für Themen der sozialen Gerechtigkeit zuständige Korrespondentin in Afrika arbeitete sie sehr hart. Sie reiste von einem Land ins nächste und schrieb Artikel über Epidemien und Hungersnöte, Stammeskriege und ethnische Säuberungen. Die Arbeit forderte ihren Tribut, und allmählich verlor Cara den Glauben an das Gute im Menschen und an die Möglichkeit zur Veränderung. Sie verlor Gewicht, und sie verlor ihr Herz. Sie war nicht einsam – sie hatte viele Freunde, die ebenfalls ausgewandert waren, und auch einige seltene Liebesbeziehungen, die jedoch nie lange hielten. In Südafrika war alles im Wandel begriffen. Die Leute verschwanden so schnell, wie sie gekommen waren. Die Aussicht darauf, dass Ravi nach Johannesburg kommen und sich mit ihr der Anarchie in Afrika stellen würde, war aufregend.

An ihrem dreißigsten Geburtstag klingelte das Telefon in ihrem Büro.

»*Global Voice,* Johannesburg.«

»Alles Gute zum Geburtstag, Cara.«

Einen Augenblick lang konnte sie die Stimme nicht zuordnen.

»Ravi!« Sie war so aufgeregt wie ein kleines Kind. »Es ist so schön, deine Stimme zu hören.«

Rief er sie an, um ihr zu sagen, dass er zu ihr kommen würde?

Sie sprachen über die Arbeit. Sie erzählte ihm von ihren Erfahrungen in Afrika.

»Es dreht sich hier alles hauptsächlich um Despoten, Diktatoren und Krankheiten«, sagte sie lachend. »Aber irgendjemand muss den Job wohl machen. Es würde dir hier gefallen, Ravi. Menschen mit deinen Fähigkeiten stehen hier hoch im Kurs, weißt du.«

»Da bin ich mir sicher«, sagte er. Und dann plötzlich: »Ich habe jemanden kennengelernt.«

»Oh.« Cara versuchte, locker zu klingen.

»Ihr Name ist Tess. Sie arbeitet als Sekretärin hier in der Praxis.«

»Oh«, sagte sie noch einmal.

»Sie ist wirklich sehr nett.«

»Das freut mich für dich«, log sie.

»Danke, Cara.«

Sie schloss die Augen und lehnte sich in ihrem Stuhl zurück.

Sie konnte nicht weiter höfliche Nichtigkeiten mit ihm austauschen. Nicht jetzt. Nie mehr.

»Ravi, ich muss gehen. Es tut mir leid. Ich habe in fünf Minuten eine Besprechung.«

»Sicher.« Sie glaubte, einen Anflug von Enttäuschung in seiner Stimme zu hören. »Wir bleiben in Kontakt.«

Sie legte das Telefon beiseite, schlug die Hände vors Gesicht und begann zu weinen.

Cara saß allein in ihrem Büro in Johannesburg, Tausende von Kilometern von den Menschen entfernt, die sie liebte. Und da erkannte sie die Wahrheit, die sie lange Zeit verleugnet hatte: Es wurde Zeit, nach Hause zurückzukehren.

Einen Monat später landete sie in Sydney. Als das Flugzeug zum Landeanflug ansetzte, presste Cara ihr Gesicht gegen das Fenster und weinte. Die Fähren zogen schäumend ihre Bahnen durch den Hafen von Sydney, die kurvige Fassade des Opernhauses leuchtete weiß. Zwei große, graue Brücken überspannten die Stadt, die sie liebte. Hier waren all die vertrauten Sehenswürdigkeiten, die sie so sehr vermisst hatte.

Ihre Eltern holten sie vom Flughafen ab. Als sie durch die Glastüren der Zollstation trat, entdeckte sie in der Menschenmenge zuerst ihre Mutter, die einen Luftballon in Herzform mit den Worten *Willkommen zu Hause!* in den Händen hielt. Neben ihr stand ihr Vater und winkte wie verrückt. Als sie sich schließlich mit ihrem riesigen Koffer den Weg durch die Menge zu ihnen gebahnt hatte, weinten sie bereits alle.

»Es tut mir leid«, schluchzte sie an der Brust ihres Vaters. »Ich habe dich vermisst, Papa.«

Sie zog wieder in das Haus ihrer Eltern in Seaforth und machte sich auf die Suche nach einer Wohnung. Ihr Lektor bei der *Global Voice* gab ihr gerne wieder einen Job im Büro in

Sydney. Das Team war erweitert worden und kümmerte sich nun um Indonesien, Papua-Neuguinea, Mikronesien und Neuseeland.

Nicht lange nach ihrer Rückkehr rief sie Ravi in seiner Praxis an. Es war nicht schwierig gewesen, ihn im Telefonbuch ausfindig zu machen.

»Hallo, Ravi.« Sie bemühte sich, ruhig zu klingen. »Ich bin wieder in Sydney. Wie geht es dir?«

»Wow«, sagte er mit einem schwachen australischen Akzent. »Cara, ich kann es kaum glauben. Mir geht es gut. Wie geht es dir?«

»Nun, du weißt ja, wie es ist, wenn man lange fort war. Es ist seltsam, wieder zu Hause zu sein.« Sie war dankbar dafür, dass er ihr Gesicht nicht sehen konnte. Sie atmete tief ein. »Können wir uns treffen, Ravi?« Sie wollte ihn schon fragen, ob er noch mit Tess zusammen war, doch sie hielt sich gerade noch zurück.

»Natürlich. Wie wäre es morgen Abend?«, fragte er. »Wir könnten uns nach der Arbeit treffen.«

Und so trafen sie sich in einem Café in Glebe wieder. Cara hatte Schwierigkeiten gehabt, einen Parkplatz zu finden, und kam zehn Minuten zu spät. Sie eilte in das Café und entdeckte ihn sofort am anderen Ende des Raumes. Ravi war nun Mitte dreißig und sah sogar noch besser aus. Er war nicht mehr so schlank, doch es stand ihm gut. Cara bemerkte eine seltsame graue Strähne in seinen dichten, schwarzen Haaren. Er strahlte sie an, sein Gesicht leuchtete.

»Cara.« Er erhob sich und küsste sie auf die Wange. Cara wollte den Augenblick für immer festhalten. Die sanfte Berührung seiner Lippen erinnerte sie an den Abend der Abschlussfeier vor so vielen Jahren. Er roch sogar noch wie damals. Nach einem Hauch von Gewürzen.

Aber es war unmöglich, vier Jahre einfach fortzuwischen. Außerdem war es offensichtlich, dass Tess noch immer zu Ravis Leben gehörte. Seine Augen wurden sanft, wenn er von ihr sprach.

»Du musst sie kennenlernen, Cara«, sagte er. »Du wirst sie mögen. Wir veranstalten nächsten Samstagabend eine Einweihungsparty. Wir haben eine Wohnung in Waverton gekauft. Kommst du?«

Cara schüttelte den Kopf. »Ähm, nein. Ich kann nicht. Es tut mir leid. Ich habe schon etwas vor.«

Ravi sah ihr in die Augen. Er wusste, dass sie ihn anlog.

Danach sahen sie einander beinahe ein Jahr lang nicht. Sie schrieben sich jedoch E-Mails und telefonierten ab und zu. Cara wartete geduldig und hoffte wider besseren Wissens, dass Ravi ihr eines Tages mitteilen würde, dass Tess und er sich getrennt hatten. In der Zwischenzeit stürzte sie sich in die Arbeit und unternahm einige Reisen nach Übersee. Sie fand eine Wohnung in Annandale und begann, alte Freundschaften wieder aufleben zu lassen. Sie hatte ab und zu eine Verabredung, doch nie wurde mehr daraus.

Als sie schließlich an einem Dienstagabend nach Hause kam, fand sie im Briefkasten einen mit Gold verzierten Umschlag, auf dem in makelloser Handschrift ihr Name und ihre Adresse standen. Sie öffnete ihn und entdeckte eine schlichte weiße Karte, die sie herzlich zur Vermählung von Ravi Nadkarni und Tess Hughes einlud. Sie schnappte nach Luft und taumelte gegen den Küchentresen, als hätte jemand sie geschlagen.

Sie starrte die Einladung mehrere Stunden lang an und hoffte, dass sie sich als Hirngespinst erweisen würde. Doch die handgeschriebene Notiz auf der Rückseite der Karte, die Ravi in seiner typischen Arzthandschrift hinterlassen hatte, war nicht zu leugnen: *Cara, ich hoffe, du kommst. Es würde mir sehr viel bedeuten.* Am Ende war es diese Bemerkung, die sie dazu veranlasste, Ms. Hughes zu antworten und ihr mitzuteilen, dass sie zur Hochzeit kommen würde. Und: Nein, sie würde keine Begleitung mitbringen.

»Entschuldigen Sie bitte. Möchten Sie vielleicht tanzen?«

Cara sah überrascht auf. Sie saß mittlerweile allein an ihrem Tisch.

Ein freundlich aussehender Mann lächelte sie an. Es war derselbe Mann, der ihr geholfen hatte, als sie mit dem Kellner zusammengestoßen war. Er stand nun so nahe bei ihr, dass sie seine roten Haare und die Sommersprossen sehen konnte.

»Es tut mir leid«, sagte sie. »Ich war gerade mit den Gedanken woanders.«

Ihre Nachspeise stand unberührt vor ihr. Wie lange war sie hier gesessen und hatte über die Vergangenheit nachgedacht?

»Heißt das, dass Sie nicht tanzen wollen?«

Sie lächelte. »Nein, es tut mir leid. Wie unhöflich von mir.«

»Meine Mutter ist mit Ihrer Mutter befreundet«, sagte der Mann plötzlich. »Sie hat mir gesagt, dass ich nach Ihnen Ausschau halten soll.«

»Tatsächlich?« Cara konnte sich nicht vorstellen, woher sich die beiden kannten.

»Ja, sie besuchen dieselbe Selbsthilfegruppe in Balgowlah. Mein Vater leidet ebenfalls unter Alzheimer.«

Cara starrte ihn an. Sie sprach nicht einmal mit ihren engsten Freunden über die Krankheit ihres Vaters. Nachdem sie aus Südafrika zurückgekehrt war, hatten ihre Eltern drei Monate gewartet, bevor sie ihr von der Diagnose erzählt hatten.

»Ich heiße jedenfalls Richard.« Er schüttelte Caras Hand. »Ich bin Michaels bester Freund.«

Sie sah ihn verständnislos an.

»Michael. Der Bruder der Braut«, erklärte er. »Wir sind gemeinsam zur Schule gegangen.«

»Oh.« Sie nickte höflich.

»Ich habe Ihre Mutter einige Male nach den Treffen der Selbsthilfegruppe nach Seaforth gebracht«, fuhr er fort. »Meine Eltern wohnen nicht weit von Ihren Eltern entfernt. Drüben in Clontarf.«

Nun sah sie sich Richard genauer an. Sie wusste, dass ihre Mutter jeden Mittwochnachmittag eine Selbsthilfegruppe besuchte.

»Müssen Sie am Mittwoch denn nicht arbeiten?«, fragte Cara.

»Theoretisch schon.« Er lächelte. »Aber ich habe eine eigene Firma. Im Moment ist alles sehr schwierig für meine Mutter. Sie kümmert sich Tag und Nacht um meinen Vater. Ich denke, ich kann wohl zwei Stunden erübrigen, um sie ein wenig zu unterstützen. Mein Büro befindet sich in Balgowlah. Das ist also kein Problem.«

»Das ist sehr nett von Ihnen.« Im Vergleich zu ihm kam sich Cara ziemlich nachlässig vor.

»Ihre Mutter und meine Mutter sind recht gute Freundinnen geworden. Ich bringe sie morgen Vormittag zum Opernhaus.«

»Oh.« Es fühlte sich seltsam an, eine solche Information aus zweiter Hand zu erhalten. »Nun, Richard«, sagte sie, »ich denke, dann sollten wir jetzt tanzen.«

Sie gingen gemeinsam zur Tanzfläche. Auf ihren hohen Absätzen war sie etwas größer als er. Sie bewegte sich in die Mitte der Tanzfläche, die bereits voller Menschen war, und wiegte sich unbeholfen von einer Seite zur anderen. Sie war noch nie eine gute Tänzerin gewesen.

Und dann sah sie sie. Ravi und Tess tanzten keine zwei Meter von ihr entfernt. Der DJ hatte sie ebenfalls entdeckt, und die Musik wechselte zu den Anfangsakkorden eines Liebesliedes aus einem Film von Baz Luhrmann. Gratulanten versammelten sich um das Paar, und der DJ beugte sich zu seinem Mikrofon vor. »Meine Damen und Herren, es folgt nun der Brautwalzer.«

Cara taumelte zurück und stieß direkt mit Richard zusammen.

»Entschuldigung.«

»Geht es Ihnen gut? Sie sehen aus, als würden Sie sich nicht wohl fühlen.«

»Ich brauche frische Luft.«

Eine Menge von Schaulustigen blockierte den Ausgang.

Ravi und Tess bewegten sich wie eine Einheit, während der Scheinwerfer ihnen folgte. Tess hatte ihren Kopf an Ravis Brust gedrückt und ihre Arme fest um seine Hüften geschlungen. Während sie sich gemeinsam langsam im Kreis bewegten, hob Ravi den Kopf und öffnete seine Augen. Sie konnte den Blick nicht von ihm abwenden.

Sie bahnte sich ihren Weg durch die Menge. Jemand rief ihren Namen, doch sie blieb nicht stehen. Sie stürzte durch die Tür, die Treppe hinunter und hinaus auf die dunkle Straße. Erst als sie atemlos und schmerzerfüllt vor ihrer Wohnungstür stand, bemerkte sie, dass sie ihre Handtasche vergessen hatte. Es war unmöglich, dass sie heute Abend noch einmal zu der Hochzeit zurückkehrte. Also schob sie ihre Finger unter den Blumentopf und griff nach dem Reserveschlüssel.

Das Türschloss klickte, als sie die Tür in ihre leere Wohnung öffnete. Alles lag im Dunkeln, lediglich das unheimliche Licht des Aquariums schien durchs Zimmer. Sie warf ihre Ohrringe auf den Tisch im Esszimmer und löste ihre Haare. Im Schlafzimmer angekommen, ließ sie die Jalousien herunter. Ihr Kleid fiel wie Herbstlaub zu Boden. Sie schleuderte ihre Stöckelschuhe gegen den Schrank und sank aufs Bett.

Jemand klopfte an die Tür. Sie setzte sich ruckartig auf und warf blinzelnd einen Blick auf die Uhr. Neun Uhr dreißig. Sie vermutete, dass es ihr Nachbar war. Er hatte keinen Sinn für Anstand, nicht einmal am Wochenende. War der Sonntagmorgen denn nicht heilig?

Cara schlug die Decke zurück und griff nach ihrem Morgenmantel. Dann marschierte sie zur Tür und riss sie auf.

Auf der Schwelle standen ihre Mutter und eine Frau, die sie nicht kannte. Die beiden wurden von dem Mann begleitet, den sie letzten Abend kennengelernt hatte – Rodney oder so ähnlich.

»Oh, du bist also *doch* zu Hause. Ich habe dir vor einer Stunde eine Nachricht hinterlassen«, sagte ihre Mutter.

»Es ist Sonntagmorgen«, erwiderte Cara kurz angebunden. »Natürlich bin ich zu Hause.«

»Ja, nun, Richard hat ...« Ihre Mutter warf einen Blick auf den Mann neben ihr. »Er war ein wenig besorgt. Er hat erwähnt, dass du gestern Abend so ausgesehen hättest, als würde es dir nicht gutgehen. Und er hat deine Handtasche und deine Schlüssel mitgenommen. Und dein *Handy.* Ich kann mir nicht vorstellen, wie du das alles vergessen konntest. Und da wir gerade vorbeifuhren, habe ich vorgeschlagen, bei dir vorbeizuschauen ...«

Cara sah sie der Reihe nach an. Sie waren gerade *vorbeigefahren?* Ihre Wohnung in Annandale lag nicht einmal annähernd in der Nähe des Hauses ihrer Eltern in Seaforth. Richard sah sie entschuldigend an.

»Es geht mir gut.« Sie schlang den Morgenmantel enger um ihre Brust. »Trotzdem danke.«

Richard gab ihr ihre Handtasche.

»Wir sind unterwegs zu einem Konzert«, sagte ihre Mutter fröhlich.

Cara konnte sich dunkel daran erinnern, dass Richard etwas in der Art erwähnt hatte. Die Frau neben ihm musste *seine* Mutter sein.

»In Ordnung. Viel Spaß.«

»Es tut mir leid, dass wir Sie geweckt haben«, sagte Richard. Er sah verlegen aus. »Ich … darf ich auf dem Heimweg noch einmal vorbeikommen?«

Cara war überrascht. *Wozu sollte das gut sein?*

Ihre Mutter nickte lächelnd.

»Ich gehe später noch auf den Markt«, antwortete Cara. »Aber, ähm … sicher.«

Richard sah erleichtert aus.

»Also gut, mein Liebling«, zwitscherte ihre Mutter. »Auf Wiedersehen.«

Sie sah ihnen argwöhnisch nach, als sie sich auf den Weg machten.

Eine Stunde später klopfte Richard an die Tür. Dieses Mal öffnete Cara weniger schwungvoll.

»Es tut mir leid wegen vorhin«, sagte sie. »Ich bin kein Morgenmensch.«

Richard zog einen Strauß Margeriten hinter seinem Rücken hervor und gab ihn ihr.

»Ich sollte derjenige sein, der sich entschuldigt. Ich hätte nichts zu Ihrer Mutter sagen dürfen. Aber Sie haben schrecklich ausgesehen, als Sie die Feier verlassen haben. Ich habe mich gefragt, ob Sie es überhaupt nach Hause geschafft haben.«

»Es war nicht gerade ein schöner Abend.« Sie vergrub ihre

Nase in dem Blumenstrauß. Seltsamerweise waren die Blumen geruchlos. »Danke für die Blumen, das wäre wirklich nicht nötig gewesen.«

Sie sah ihn an, wie er unbehaglich auf der Schwelle stand. »Möchten Sie eine Tasse Tee? Ich wollte gerade einen aufsetzen.«

»Das wäre nett.«

Sie führte ihn ins Wohnzimmer und deutete auf das Sofa. »Machen Sie es sich doch bequem.«

Sie ging in die Küche und stellte die Teekanne, Tassen, Untersetzer und einen Teller Kekse auf ein Tablett.

»Es ist sehr nett, dass Sie meine Mutter zu dem Konzert gefahren haben«, sagte Cara, als sie ihm die Tasse überreichte. »Milch und Zucker?«

Er nickte. »Das war doch kein Problem. Meine Mutter brauchte ebenfalls eine Pause. Letzte Woche hätte mein Vater fast einen Unfall verursacht.« Er hielt inne. »Er hätte beinahe das Haus niedergebrannt, während meine Mutter einkaufen war. Er wollte sich Spiegeleier machen und hat die Pfanne dann einfach auf dem Herd stehen lassen.«

»Oje«, sagte Cara.

Richard schüttelte den Kopf. »Also passt heute eine Nachbarin auf Vater auf. Aber ein Babysitter wird bald nicht mehr ausreichen.«

Cara starrte die Teeblätter in der Kanne an. »Es ist eine schreckliche Krankheit.«

Sie fragte sich, ob man ihrem eigenen Vater noch zutrauen konnte, allein zu Hause zu sein, bevor sie den Gedanken wieder verdrängte. Bei ihm war die Krankheit noch nicht so weit fortgeschritten, redete sie sich ein.

Sie sprachen ein wenig über ihre Arbeit. Richard hatte eine eigene Buchhaltungskanzlei, davor hatte er zehn Jahre in einer großen Firma gearbeitet. Er hatte sich auf Steuerrecht spezialisiert. Sie nickte höflich, während er ihr seinen typischen Arbeitsalltag beschrieb. Finanzen langweilten sie.

Vielleicht spürte er ihr Desinteresse, auf jeden Fall wechselte Richard abrupt das Thema.

»Ich möchte nächstes Wochenende mit meinem Vater in den Taronga Zoo gehen«, erklärte er. »Bevor er in den Ruhestand ging, hat er als Tierarzt gearbeitet. Er hatte eine Praxis in einem Vorort und vorwiegend Katzen und Hunde als Patienten. Er war seit Jahren nicht mehr im Zoo. Ich habe mir gedacht, dass ich meiner Mutter auf diese Art eine Auszeit verschaffen könnte.«

Cara nickte. Sein Mitgefühl berührte sie.

»Ich habe mich gefragt, ob Sie vielleicht mitkommen möchten?«, meinte er vorsichtig. »Und vielleicht nehmen Sie auch Ihren Vater mit? Er heißt Peter, nicht wahr?«

»Oh …« Cara hatte keine Einladung erwartet. »Ähm, ich muss zuerst in meinem Kalender nachsehen.« Sie durchsuchte ihre Handtasche und zog ein schwarzes, in Leder gebundenes Buch hervor. Sie tat so, als würde sie ihre Termine durchgehen. Die Seiten für das kommende Wochenende waren beängstigend leer.

Während sie auf den Terminkalender starrte, dachte sie über sein Angebot nach. Es war eine nette Idee, aber sie kannte Richard kaum. Und die Aussicht, mit ihrem Vater ohne die sichere Hand ihrer Mutter einen Ausflug zu unternehmen, machte ihr Angst. Sie hatte so etwas noch nie zuvor getan. Was war, wenn etwas schieflief und sich ihr Vater aufregte? Wie würde sie damit zurechtkommen?

Sie warf einen Blick auf Richard, der geduldig auf dem Sofa wartete.

»Nun, nächsten Sonntag würde es gehen«, sagte sie. »Etwa

um drei Uhr?« Mit diesem Vorschlag ging sie auf Nummer sicher, denn so würde ihr Ausflug höchstens drei Stunden dauern.

»Wunderbar«, sagte Richard strahlend. »Ich kann Sie bei Ihren Eltern abholen, wenn Sie möchten?«

»In Ordnung.«

Er lächelte sie noch immer an, und sie fragte sich, ob sie nicht einen furchtbaren Fehler gemacht hatte.

»Ich möchte ja nicht unhöflich sein«, sagte sie, »aber ich muss nun wirklich los und noch einige Dinge einkaufen.«

Es war immerhin Sonntag. An diesem Tag besuchte sie immer den Fischmarkt und las danach die Zeitung in einem nahegelegenen Park. Sie warf einen Blick auf ihre Uhr.

Richard stand auf. »Natürlich. Danke für den Tee.«

Sie sammelte die Tassen ein.

»Danke für die Margeriten.« Sie deutete mit dem Kopf in Richtung Tür. »Ich begleite Sie hinaus.«

Er ging auf die Tür zu und mühte sich mit dem Schloss ab, bis Cara an ihm vorbeigriff und es öffnete.

»Auf Wiedersehen, Cara.« Er trat durch die Tür und drehte sich um, als wollte er noch etwas sagen.

»Auf Wiedersehen«, sagte sie und schloss die Tür.

Dann ging sie zurück ins Wohnzimmer. Der Gedanke an ihren Vater hatte sie erschöpft. Sie warf einen Blick auf den Weidenkorb auf dem Tisch und die Einkaufsliste, die oben auf dem Korb lag. Der Markt konnte auch bis zum nächsten Wochenende warten.

Sie kauerte sich auf dem Sofa zusammen und schloss die Augen.

Zwei Jahre später war sie mit Richard verheiratet.

Seine nette Art, seine Geduld und seine Beharrlichkeit hatten sie überzeugt. Aus ihrem ersten gemeinsamen Zoobesuch war eine Gewohnheit geworden, die sie alle vierzehn Tage wiederholten. Sie verbrachten jeden zweiten Sonntag damit, ihre Väter durch die Bereiche der verschiedenen Wildtiere zu lotsen, Anakondas und Leguane zu bewundern und mit ihnen anschließend eine Tasse Tee im Zoo-Café zu trinken. Innerhalb eines Jahres erkannte Cara, dass Richard geradezu übertrieben verlässlich, loyal und großzügig war.

Schließlich besuchten sie nicht nur gemeinsam den Zoo, sondern gingen ins Kino und in Cafés oder fuhren am Wochenende gemeinsam fort. Richard war ein absoluter Gentleman. Er öffnete ihr stets die Tür und auch den Regenschirm, lehnte es ab, die Rechnung zu teilen, und ging immer auf der der Straße zugewandten Seite des Gehweges. Manchmal erschien er ihr wie ein Mann aus längst vergangenen Tagen, den es in die moderne Welt verschlagen hatte. Die sexuelle Anziehung zwischen ihnen war nur mittelmäßig, doch ihre Freundschaft war ehrlich und entspannt. Er brachte sie zum Lachen, er brachte sie zum Nachdenken, und er brachte ihr das Frühstück ans Bett. Und allmählich zog sich Ravi in ihren Gedanken immer weiter zurück und erschien nur ab und zu als Schattengestalt mit olivfarbener Haut und einem strahlenden Lächeln in ihren Träumen.

Als Richard sie fragte, ob sie ihn heiraten wollte, war sie nicht überrascht. Er war in so vielerlei Hinsicht der Richtige, und sie war dreiunddreißig Jahre alt. Sie würde entweder mit fünfunddreißig Jahren Mutter werden, oder der Zug wäre für immer abgefahren. Und hier stand ein Mann vor ihr, der finanziell unabhängig war und die Raten für ein Haus in Freshwater abbezahlte, das in der Nähe des Hauses ihrer Eltern lag. Es war, wie ihre Mutter gesagt hatte: Sie würde kaum etwas Besseres finden. Am meisten bedeutete Cara jedoch, dass Richard ihr gezeigt hatte, dass sie für ihn das Wichtigste im Leben war.

Er war aufmerksam, ja beinahe ehrfürchtig. Ein Leben mit ihm wäre mehr als komfortabel. Außerdem war es sinnlos, sich nach Dingen zu sehnen, die sie doch nicht haben konnte.

Die Hochzeit fand in einem ungezwungenen Rahmen im Standesamt statt, ihre Familien waren die einzigen Gäste. Sie wollte kein großes Fest ausrichten, während dem der langsame Verfall ihres Vaters nur allzu sichtbar geworden wäre. Und tatsächlich war ihr Vater während der Trauung in Tränen ausgebrochen und hatte hinausbegleitet werden müssen.

Drei Monate nach der Hochzeit war sie mit Astrid schwanger.

Die ersten Wochen mit Astrid waren eine intensive Zeit, und Cara war noch nie glücklicher gewesen. Dieses zarte, unschuldige Wesen hatte sie verzaubert, und sie verbrachte ganze Tage damit, sie anzustarren, zu baden und mit nacktem Oberkörper neben ihr auf dem Sofa zu liegen. Alles, was zählte, war füttern, schlafen, rülpsen und Astrids Verdauung. Richard unterstützte sie, wo er nur konnte, genau, wie er es versprochen hatte. In den ersten Wochen fuhr er in das Gesundheitszentrum für Kinder und holte Dutzende Broschüren über Babypflege. Er hatte ihr sogar einen Platz in der Müttergruppe besorgt, da er sichergehen wollte, dass sie ein gutes Netzwerk aufgebaut hatte, wenn er wieder Vollzeit zu arbeiten begann.

Als Astrid drei Monate alt war, konnte sich Cara nicht mehr erinnern, wie sie die Tage verbracht hatte, bevor sie Mutter geworden war. Sie wusste noch, dass sie ständig beschäftigt gewesen war, jedoch nie *so* beschäftigt. Astrid verschlang ihre Zeit einfach. Cara startete mit einer Liste von zwölf Dingen, die sie zu tun hatte, in den Tag und hatte am Ende gerade zwei oder drei Dinge erledigt. Doch es machte ihr auf wundersame Art nichts aus. Außerdem war Richard ziemlich flexibel, was seine Arbeitszeiten betraf. Er ging meistens erst nach neun Uhr ins Büro und kam bereits vor sechs Uhr wieder nach Hause. Gerade richtig zur »schlimmen Stunde«, wie sie es nannten, wenn Astrid unweigerlich gereizt wurde.

Doch Richard machte noch viel mehr. Er bestand darauf, dass Cara jeden Samstagmorgen ausschlief, und beschäftigte das Baby so lange, bis es unumgänglich wurde, dass er Cara weckte, damit sie Astrid im Bett stillen konnte. Am Sonntag besuchten sie den Markt in Manly und kauften Gebäck und Tee mit Milch zum Mitnehmen. Richard wusste, wie sehr sie die Märkte in der Innenstadt vermisste. Und manchmal, wenn Cara Astrid mitten in der Nacht stillte, dann erschien Richard im Türrahmen und sah ihnen einfach bloß zu, bevor er schließlich auf Zehenspitzen den Raum betrat und ihr solidarisch den Nacken massierte.

Richard unterstützte sie in den ersten Monaten so gewissenhaft, dass es sie manchmal zu Tränen rührte.

»Ähm, Liebling, das ist nicht ganz …« Sie sah zu, wie Richard versuchte, Astrids Windel zu wechseln. Der Wickeltisch war voller Papiertücher und eine schmutzige Windel lag gefährlich nahe am Rand.

Richard hielt inne. Der Muskel unter seinem rechten Auge zuckte. »Warum beobachtest du mich?«, fragte er. »Habe ich etwas falsch gemacht?«

»Es tut mir leid«, sagte sie versöhnlich. »Aber du musst sie von vorn nach hinten abwischen.« Sie zeigte es ihm. »Wenn du es anders machst, könnte sie eine Blasenentzündung bekommen.«

»Oh.« Richard sah enttäuscht aus. Er hielt einen Moment inne, dann sagte er: »Ich wollte bloß helfen.«

Cara nickte. »Ja, Liebling, du konntest das ja auch nicht wissen.«

»Aber woher weißt *du* es denn?«, fragte er. »Ich meine, in welche Richtung man sie abwischen muss?«

»Oh, ich weiß es einfach. Das ist Frauensache.« Sie lächelte. »Und außerdem hat mich letzte Woche in der Müttergruppe jemand daran erinnert.«

»Und wer braucht schon einen Ehemann, wenn es die Frauen aus der Müttergruppe gibt, nicht wahr?«

Cara lachte. »Ja, sie sind wirklich erstaunlich.«

Sie begann, Astrid für das übliche Treffen am Freitagvormittag anzuziehen. Sie liebte die Treffen mit den anderen Müttern, sie waren ein Fixpunkt in ihrer Woche.

Obwohl sie viele andere Freundinnen mit Kindern hatten, war keines von ihnen so alt wie Astrid. Dieses Mal freute sie sich besonders auf das Treffen, da sie heute den Lesezirkel starten wollten. Als sie den anderen von ihrer Idee erzählt hatte, waren alle begeistert gewesen. Cara hatte *Eine gute Partie* von Vikram Seth vorgeschlagen, ein Buch, das jahrelang in ihrem Regal gestanden hatte. Ravi hatte es ihr während ihrer Zeit in der Universität zum Geburtstag geschenkt, aber die lange Geschichte hatte sie immer abgeschreckt. Sie brauchte den Ansporn durch den Lesezirkel, um das Buch zu lesen. Doch für das erste Treffen war Suzies Vorschlag ausgewählt worden. *Eat, Pray, Love* war Caras Meinung nach einfach zu lesen. Sie war innerhalb einer Woche damit fertig gewesen.

Sie hob Astrid vom Wickeltisch hoch und wandte sich Richard zu. »Macht es dir etwas aus, uns auf dem Weg ins Büro im Strandhäuschen abzusetzen?«

Richard schüttelte den Kopf. »Es tut mir leid, ich habe eine Besprechung in der Stadt. Aber ich kann dich bis in die Lawrence Street mitnehmen, wenn du möchtest.« Von dort war es nur ein kurzer Spaziergang bis zum Strandhäuschen, und der Weg führte außerdem bergab, aber es war untypisch für

Richard, ihr nicht behilflich zu sein. Die Arbeit muss ihm wohl langsam über den Kopf wachsen, dachte sie.

»Okay, danke.«

»Ihr Mütter seid ganz schöne Gewohnheitstiere, nicht wahr?«, sagte er. »Ihr trefft euch nie woanders als im Strandhäuschen.«

»Nun, es ist einfach praktisch. Miranda hat ja auch noch Digby dabei, wie du weißt.« Sie schüttelte den Kopf. »Ich bin schon erschöpft, wenn ich ihm bloß zusehe. Ich weiß nicht, wie sie das alles schafft. Er ist hyperaktiv, aber Miranda scheint gut damit klarzukommen. Wenn *wir* schon der Meinung sind, dass ein Baby zu haben harte Arbeit ist, dann sollten wir wohl abwarten, bis Astrid zwei oder drei Jahre alt ist. Aber man sagt ja, dass Mädchen anders sind als Jungen.«

»Ach so?«

Sie musterte sein Gesicht. »Richard, stimmt etwas nicht?«

»Nein.«

»Du scheinst ein wenig …« Sie suchte nach dem richtigen Wort.

»Unterdrückt?«

Sie blinzelte. »Wie bitte?« Sie hatte noch nie gehört, dass er sich so bezeichnet hätte.

»Ich scheine, was Astrid betrifft, nie etwas richtig zu machen, Cara. Ich kann deine Erwartungen nicht erfüllen.«

Sie sah ihn mit offenem Mund an. »Ich habe nicht … ich bin nicht … du *weißt* doch, wie sehr ich deine Hilfe zu schätzen weiß.«

Er sah sie, die Arme vor der Brust verschränkt, an.

»Richard.« Sie legte eine Hand auf seinen Arm, während sie Astrid auf ihrer Hüfte balancierte. »Du bist ein *großartiger* Vater.«

»Vielleicht sollte ich mich einfach darauf beschränken, das

Geld nach Hause zu bringen, Cara. Manchmal glaube ich, dass du gar nicht möchtest, dass ich dir mit Astrid helfe.«

Sie errötete. »Das stimmt nicht.«

In Wahrheit hatte sie *tatsächlich* oft das Gefühl, dass Richards Versuche, ihr zu helfen, sie eher behinderten. Er meinte es gut, aber wenn er etwas falsch machte, dann war *sie* diejenige, die die Konsequenzen zu tragen hatte. Ein schreiendes Baby, das aus seiner Routine gerissen worden war.

»Du bist eine großartige Hilfe«, sagte sie fröhlich und hatte Angst, dass er sie durchschauen würde. »Lass uns gehen.«

Sie fuhren schweigend bis in die Lawrence Street. Cara beobachtete durch das Fenster das Leben draußen auf der Straße. Menschen mit Hunden, Jogger, Schulkinder auf Fahrrädern, Menschen mit dem Handy in der Hand. Sie beneidete sie alle um ihre Zielstrebigkeit. Sie konnte sich noch an die Zeit erinnern, als ein neuer Tag voller unerwarteter Möglichkeiten sich vor ihr ausbreitete. Eine neue Story, für die es zu recherchieren galt, ein ungeplanter Telefonanruf, ein spontanes Abendessen mit Freunden.

Mittlerweile genügte ihr das Familienleben. Sie war vierunddreißig Jahre alt, und Richard sorgte dafür, dass es ihr an nichts fehlte. Außer vielleicht an Spontanität.

»Hier sind wir.« Richard bog direkt nach der Kreuzung an den Straßenrand.

»Danke.« Cara küsste ihn auf die Wange. Dann griff sie nach hinten und befreite Astrid aus ihrem Autositz, während Richard den Kinderwagen aus dem Kofferraum hob. Er baute ihn mit der Unbeholfenheit eines Mannes, der selten einen Kinderwagen benutzt, zusammen und trat einen Schritt zur Seite, während sie ihn in die richtige Position brachte. Sie schnallte Astrid fest und befestigte den Sichtschutz. Es war Zeit für Astrids Morgenschläfchen.

»Ich wünsche euch einen schönen Tag«, sagte er.

»Wir dir auch, Liebling.«

Sie winkte ihm nach, als er davonfuhr.

Das Familienleben hätte ihr genügen sollen. Auch dann noch, als sich Astrid von einem wehrlosen Baby in ein aktives Familienmitglied verwandelte und sie begannen, sich über Erziehungsmethoden uneinig zu sein; als die weltweite Finanzkrise Einfluss auf Richards Geschäfte nahm und er immer gereizter wurde; als sich der Zustand ihrer beider Väter weiter verschlechterte und sie kurz vor der Einweisung in ein Heim standen. Dennoch hätten sie es ihrer Meinung nach schaffen können – wäre Ravi nicht gewesen.

Es waren Monate, vielleicht sogar Jahre vergangen, seit sie das letzte Mal an Ravi gedacht hatte. Und dann war er plötzlich wieder in ihr Leben getreten. Gerade hatte sie Pippa in ihrem kargen Krankenhauszimmer besucht, als sie plötzlich in Ravis warme, schokoladenbraune Augen sah.

Sie hatte die Ereignisse in Gedanken immer wieder durchgespielt. Wenn sie Pippa nicht gerade an diesem Tag zu dieser bestimmten Zeit besucht hätte, dann hätte sie Ravi nicht getroffen. Und sie hätte nicht eingewilligt, einen Monat darauf um der alten Zeiten willen einen Tee mit ihm zu trinken. Sie hätte niemals voller Freude zugehört, als er ihr von seiner unglücklichen Ehe und der Scheidung erzählte, und sie hätte auch nicht wieder begonnen, ihm E-Mails zu schreiben. Sie hätte niemals Hoffnungen gehegt – worauf eigentlich? –, die sie schließlich dazu veranlasst hatten, Ravi, einer spontanen Eingebung folgend, zu Astrids Geburtstagsfeier einzuladen, da sie genau gewusst hatte, dass Richard erst später kommen konnte.

Sie hasste sich selbst dafür. Sie hatte bloß eine Tasse Tee mit Ravi getrunken, und schon war sie von Gefühlen übermannt worden, von denen der gesunde Menschenverstand sie lehrte, sie zu ignorieren. Seine Aufmerksamkeit und die Möglichkeit, eine Beziehung mit ihm eingehen zu können, hatten sie verzaubert. Sie hatte sich vorgestellt, wie sie Richard verlassen und ein neues Leben beginnen würde. Astrid würde mit ihr kommen, und mit der Zeit würde sie sich an die neue Umgebung gewöhnen. Cara und Richard würden sich im Guten trennen und Astrids Betreuung und die Besuchszeiten korrekt regeln. Sie und Ravi würden versuchen, gemeinsam Kinder zu bekommen, und dann würden sie das Leben leben, das seit ihrem ersten Treffen für sie bestimmt gewesen war.

Sie war so dumm gewesen, dass es schon albern war, und es hatte schrecklich geendet.

Nun saß sie oft da und öffnete und schloss den Deckel der Dose mit den Beruhigungstabletten. Dabei durchlebte sie noch einmal den Nachmittag am Stausee: Die Aufregung, als sie Ravi entdeckt hatte, wie er dunkel und markant in der Ferne auf sie gewartet hatte. Ihr kurzes, verführerisches Treffen. Ravi hatte ein Geschenk für Astrid mitgebracht, und als er sich vorgebeugt hatte, um es ihr zu geben, hatte er sie geküsst, und seine Lippen hatten ihre sanft berührt. Sie erinnerte sich an ihre angenehm ruhige Unterhaltung, das Gelächter, die strahlenden Augen. An den Augenblick, als sie die Brusthaare bemerkt hatte, die am Kragen seines Hemds herausragten. Als sie den Blick wieder gehoben hatte, hatte er sie mit demselben wissenden Lächeln angesehen, das sie auch während ihrer ersten und letzten Nacht bei ihm bemerkt hatte. Er hatte sie gefragt, ob sie am darauffolgenden Mittwoch mit ihm zu Mittag essen wollte, und sie hatte genickt, während ihr Herz wie wild geklopft hatte. Schließlich hatte sie kehrtgemacht und war ohne ein weiteres Wort zur Party zurückgeeilt.

Und dann war die Welt, wie sie sie kannte, um sie herum zusammengebrochen.

Nun, drei Monate später, konnte sie sich nicht mehr daran erinnern, wie Astrid ausgesehen hatte, als man sie aus dem See gezogen hatte. Ihr Psychologe hatte ihr erklärt, dass es nicht ungewöhnlich war, dass das menschliche Gehirn solche schrecklichen Erinnerungen auslöschte. Dennoch konnte sie sich an die schleichende Angst und an das darauffolgende, plötzliche und unbeschreibliche Entsetzen erinnern. Und schließlich versank sie in unendlichem Kummer und unendlicher Scham.

Im ersten Monat nach Astrids Tod war sie oft dagesessen und hatte die Tabletten aus der Dose auf das Bett geleert. Sie hatte große Pillen mit den Händen aufgefangen und zugesehen, wie sie zwischen ihren Fingern hindurchrieselten wie Sand durch das Sieb eines Kindes. Eines Tages hatte Richard sie dabei überrascht.

»Was machst du da?«, hatte er gefragt.

Sie hatte ihm keine Antwort gegeben. Sie hatte seit Astrids Tod weder mit ihm noch mit irgendjemandem sonst gesprochen.

»Ich nehme die hier mit, Cara.« Seine Augen waren vor Erschöpfung gerötet. »Ich werde dir genauso viele Tabletten geben, wie du pro Tag benötigst, aber nicht mehr.«

Sie starrte ihn an und war froh, dass er mittlerweile im Gästezimmer schlief. Sie ertrug keine anderen Menschen um sich herum.

Seit diesem Tag hatte er ihre Medikamente rationiert. Sie nahm jedes Mal drei der vier Tabletten in den Mund und schwemmte sie mit einem Schluck Wasser hinunter, wobei sie die vierte Pille geschickt vor ihm versteckte. Sobald Richard den Raum verlassen hatte, legte sie sie in ein Federetui, das sie unter der Matratze versteckte. Diesen Vorgang wiederholte sie nun seit zwei Monaten, während sie darauf wartete, dass sich etwas veränderte, dass sich ihre Gefühle veränderten, wenn auch nur minimal. Aber es war nichts dergleichen geschehen. Jeder Tag war wie der vorangegangene: eine Dusche, drei Mahlzeiten und die weiße Decke über ihrem Kopf. Der dumpfe, unerbittliche Schmerz, den sie fühlte, seit Astrid fort war. Richards sinnlose Versuche, sie aus dem Schlafzimmer zu locken, bevor er sich geschlagen gab und ins Büro zurückzog.

Innerhalb der letzten zwei Monate hatte sie bereits sechsundfünfzig Tabletten gesammelt, doch sie wollte absolut sichergehen. In zwei Wochen würde sie ihr Ziel von siebzig Tabletten erreicht haben.

»Da ist jemand, der dich sehen möchte.«

Sie starrte Richard an, als hätte er in einer fremden Sprache zu ihr gesprochen. Seit dem Begräbnis hatte sie alle Besucher fortgeschickt, sogar ihre Eltern. Richard war mehr als rücksichtsvoll gewesen, hatte Telefonanrufe abgewimmelt, besorgte Freunde beruhigt und die Post zurückgehalten. In den ersten Wochen hatte er auch die zahlreichen Blumensträuße entgegengenommen. Doch die Sträuße kamen nun seltener, denn die Zeit der unmittelbaren Trauer war vorüber. Eine Ausnahme bildeten lediglich Ravis regelmäßige Blumensendungen. Die meisten ihrer Freunde hatten ihren Wunsch, allein zu sein, akzeptiert. Doch das Interesse der Medien war ungebrochen, und zu Caras Entsetzen hatten Menschen, die sie noch nie getroffen hatte, versucht, mit ihr in Verbindung zu treten. Richard erhielt viele Briefe, nachdem eine Zeitung den Namen seiner Buchhaltungskanzlei abgedruckt hatte. Laut Richard stammten die meisten Briefe von Menschen, die es gut meinten. Einige boten ihr an, ihr zu helfen oder für sie zu beten.

Andere wollten »bloß ihre Meinung kundtun«, wie er es nannte, und sie wusste, dass es eine Umschreibung dafür war, dass diese Menschen sie anklagten. Sie hatte es nicht über sich gebracht, auch nur einen Brief zu lesen.

»Es sind einige der Frauen aus deiner Müttergruppe«, erklärte Richard ihr. »Sie haben ihre Kinder allerdings nicht dabei.«

Sie schüttelte den Kopf.

»Ich wusste, dass du so reagieren würdest.« Er trat ins Zimmer und schloss die Tür hinter sich.

»Du musst es versuchen, Cara.« Er fuhr sich mit den Händen über die roten Bartstoppeln auf seinem Kinn. »Ich weiß nicht mehr weiter. Ich habe versucht, dich zu unterstützen, aber sie war auch *meine* Tochter.«

Tränen liefen über sein Gesicht. Er ließ sich auf den Boden sinken und vergrub das Gesicht in den Händen.

»Ich weiß nicht, wie lange ich das hier noch durchhalte, Cara. Du hilfst mir nicht. Ich vermisse sie ebenfalls. Ich vermisse *dich*.« Er hob den Kopf. »Du kannst dich nicht hier oben einsperren. Du kannst nicht für immer schweigen.«

Der ernste, würdevolle, gutherzige Richard. Reduziert auf das hier.

»Ich habe dir *kein einziges Mal* einen Vorwurf gemacht.« Seine Stimme zitterte. »Wenn sie gestorben wäre, während *ich* auf sie aufgepasst hätte, wie denkst du, hättest du *mich* behandelt?«

Aus Caras Kehle drang plötzlich ein leiser, gutturaler Schrei. Sie starrte Richard an. Sie kannten beide die Antwort auf diese Frage.

»Rede mit mir, Cara. Wenn wir versuchen, es gemeinsam durchzustehen, dann bringen wir es vielleicht wieder in Ordnung. Warum *hilfst* du mir nicht?«

»Es tut mir leid«, krächzte sie. Es waren ihre ersten Worte seit drei Monaten.

Er sah sie an, einen Schimmer Hoffnung in den Augen.

»Aber es ist *nicht* in Ordnung, Richard«, flüsterte sie. »Es wird für uns beide niemals wieder in Ordnung sein.«

Er stand langsam auf.

»Lass sie herein«, sagte sie. »Du musst mich nicht mehr länger beschützen.«

Richard blieb einen Moment in der Tür stehen, dann nickte er und schloss sie hinter sich.

Sie machte sich nicht die Mühe, ihre Haare zu kämmen oder die Kissen aufzuschütteln. Die Schritte auf der Treppe klangen so respektvoll wie jene von Schülern, die ein Kriegsmuseum besuchten. Sie spürte, wie die Frauen unsicher vor der Tür verharrten.

»Kommt herein«, sagte sie.

Der Türknauf drehte sich, und Made spähte vorsichtig ins Zimmer.

»Bist du wach? Richard sagte, es ist in Ordnung.«

Cara zuckte mit den Schultern.

Dann kamen sie der Reihe nach herein. Zuerst Made, deren blitzblauer Sarong den Boden berührte. Winzig kleine, silberne Knöpfe waren in dem Stoff eingewoben, so dass er aussah wie ein mit Sternen übersäter Nachthimmel. Danach kam Pippa. Sie war eine vollkommen andere Frau geworden. Ihre Haut war rötlich, beinahe gebräunt, und sie trug eine enge, cremefarbene Hose und ein blaues, ärmelloses Shirt. Sie hatte einen großen Strauß gelber Rosen dabei und umklammerte ihn mit beiden Händen. Nach Pippa betrat Suzie den Raum. Ihr langes, violettes Kleid bauschte sich um ihre Knöchel, und sie sah aus, als würde sie sich äußerst unwohl fühlen.

Sie blieben am Ende des Bettes stehen. Cara forderte sie nicht auf, sich zu setzen.

»Wo sind die Kinder?«, fragte sie.

Suzie öffnete den Mund.

»Robert passt auf sie auf«, antwortete Pippa. »Und Monika hilft ebenfalls.«

»Das ist nett von ihnen«, sagte sie. »Die Kleinen müssen mittlerweile schon groß sein.«

»Oh, Cara.« Suzie schlug sich die Hand auf den Mund. »Es tut mir so leid.«

»Ich weiß.«

»Wie geht es dir?«, fragte Pippa.

Cara antwortete nicht.

Sie standen da und schwiegen betreten. Cara wollte, dass sie gingen.

»Wir wollen nächste Woche Miranda besuchen«, sagte Made plötzlich. »Vielleicht kommt Cara auch mit? Nächsten Donnerstag am Vormittag. Sie ist in der Delamere-Klinik.«

Cara hatte noch nie von dieser Klinik gehört.

»Das ist eine Privatklinik«, erklärte Pippa. »Für Menschen mit Alkohol- und Drogenproblemen.«

Cara wusste, dass die Polizei Miranda verhört hatte und dass diese erklärt hatte, am Tag von Astrids Tod betrunken gewesen zu sein. Doch die Ermittlungen der Polizei hatten nicht genügend Beweise erbracht, um irgendjemandem die Schuld zuweisen zu können, schon gar nicht Miranda.

Obwohl die Medien anfangs von einer Entführung oder von einem Fall von Kindesmissbrauch berichtet hatten, hatte die Obduktion gezeigt, dass kein gewaltsamer oder sexueller Übergriff stattgefunden hatte. Es stand fest, dass Astrid ertrunken war.

Die Medien hatten dennoch versucht, einen Schuldigen zu finden, und sowohl Mirandas als auch Caras Rolle in Bezug auf Astrids Tod unter die Lupe genommen. Richard hatte aufgehört, ihr die Zeitungen zu bringen, um sie nicht mit der öffentlichen Meinung zu konfrontieren. Doch für Cara war es nur eine Bestätigung dessen, was sie ohnehin wusste: Dass ihre Tochter an jenem Sonntagnachmittag gestorben war, weil sie selbst sie im Stich gelassen hatte. Niemand sonst war für ihren Tod verantwortlich, nicht einmal Miranda. Cara lag jeden Tag im Bett und wartete darauf, dass die Polizei kommen und sie verhaften würde. Die Schuldige.

Es war also eine Überraschung gewesen, als der Gerichtsmediziner einige Monate nach Astrids Tod seinen Bericht abgeschlossen hatte. Sie hatte den Brief des Anwaltes Dutzende Male gelesen: *Der Gerichtsmediziner gibt zu Protokoll, dass keine weiteren Untersuchungen notwendig sind. Es haben sich keine Verdachtsmomente ergeben, und es wurde festgestellt, dass Astrids Tod durch Ertrinken ein Unfall war. Es wird keine gerichtliche Untersuchung geben, und es ist unwahrscheinlich, dass weitere polizeiliche Ermittlungen durchgeführt werden.*

»Cara.« Drei Frauen standen am Fußende ihres Bettes.

Ach ja, dachte sie, *sie sind ja noch immer hier.*

»Ich wollte bloß sagen, dass wir immer für dich da sind«, sagte Suzie.

Made bewegte sich auf das Bett zu. Cara starrte ihren Sarong an, sie war von den glitzernden, silbernen Sternen wie hypnotisiert.

»Ich habe das hier mitgebracht.« Made zog einen kleinen grünen Korb aus ihrer Tasche: saftige Rosenblätter, der Zweig eines Passionsfruchtbaumes, ein süßer Kuchen und einige Reiskörner lagen auf den großen grünen Blättern in dem Korb. Sie zog zwei Räucherstäbchen und eine Schachtel Streichhölzer aus den Taschen ihres Sarongs.

»Ich lasse die hier bei dir, damit du sie anzünden kannst, wenn du die Götter zu dir rufen möchtest.«

Cara sah sie an.

»Und das hier.« Made legte eine Rolle aus weißem Papier neben Caras Hand. »Wenn du es lesen möchtest.«

Cara nickte. »Ich bin müde.«

Die Frauen verschwanden schnell wieder.

Cara lag da und starrte zur Decke hoch, während ihre Schritte immer leiser wurden. Schließlich klopfte Richard an die Tür.

»Deine Schlaftabletten.« Er reichte ihr vier Pillen und ein großes Glas Wasser.

Sie legte den Daumen über eine Tablette und steckte sich den Rest in den Mund.

»War es in Ordnung, die anderen wiederzusehen?« Er legte eine Hand auf ihre.

Sie erstarrte, weil sie befürchtete, dass er vielleicht die Tablette entdecken würde.

»Sie …« Sie suchte nach etwas, womit sie ihn ablenken konnte. »Sie haben mir einige schöne Dinge mitgebracht.« Sie deutete mit dem Kopf auf die Blumen.

»Was ist das hier?« Richard nahm die Papierrolle in die Hand.

Sie ließ die Tablette unter ihr Bein gleiten.

»Ich weiß es nicht«, sagte sie gereizt. »Sieh doch nach.«

Er öffnete die goldene Schleife und rollte das Papier auf. »Es ist ein Brief«, sagte er. »Ich lasse ihn hier, damit du ihn lesen kannst.« Er stand vom Bett auf und wandte sich ihr zu. »Das, was du heute Morgen über uns gesagt hast … ich stimme dir nicht zu. Wir können es schaffen, Cara. Wir müssen es nur gemeinsam durchstehen, einen Tag nach dem anderen.«

»Richard«, flüsterte sie, »bitte.«

Seine Schultern sackten herab. Er drehte sich um und verließ den Raum.

Sie suchte nach der Tablette unter ihrem Bein, zog das Federetui aus seinem Versteck, öffnete den Reißverschluss und ließ die Pille hineinfallen. Sie seufzte erleichtert.

Als sie sich in das Kissen zurücklehnte, berührte ihre Hand die Schriftrolle. Sie nahm sie und begann zu lesen.

Liebe Cara,
das ist mein erster Brief auf Englisch, also bitte verzeih die Fehler, die er sicher enthält.
Als ich ein jüngeres Mädchen war, starb mein Bruder an Denguefieber. Er war der ganze Stolz meiner Mutter. Er war das Licht in unserer Familie. Nachdem er gestorben war, hat sich meine Mutter verändert. Ich denke, warum ist meine Mutter noch immer traurig, wenn doch mein Bruder traurig wäre, wenn er davon erfahren hätte? Dann antworte ich mir selbst: Meine Mutter hatte keine Gelegenheit, im Inneren zu heilen, seit er tot ist. Sie arbeitet immer, sie ist nie ruhig und lässt sich nicht von den Göttern helfen.
Ich habe Neuigkeiten. Gordon hat keine Arbeit mehr in Australien. Die Wirtschaftskrise war schlecht für seine Firma. Sie haben ihn gebeten, nicht mehr zu arbeiten. Wir kehren eine Zeitlang nach Bali zurück. Auf Bali ist das Leben billiger. Wir bleiben dort, bis Wayan zwei oder drei Jahre alt ist. Dann kommen wir zurück nach Sydney, damit er an der Lippe operiert werden kann. Wir bleiben das ganze nächste Jahr in meinem Dorf in den Bergen. Vielleicht sogar länger.
Der Hof meiner Familie ist nicht groß. Aber wir haben Platz für dich. Wir haben laute Hähne, die dich bei Sonnenaufgang wecken, aber das Leben im Dorf ist gut. Zeit, um ruhig zu sein und heilen zu können.
Ich wollte fragen, ob du mit uns kommst, Cara?
Ich bin keine gute Freundin, ich weiß. Wir kennen uns noch nicht lange. Aber du bist eine Freundin in meinem Herzen. In der Trauer. Du bleibst lange im Dorf oder auch nicht, es ist egal. Meine Familie heißt dich willkommen. Und Richard auch, wenn du möchtest.
Wir fliegen am 21. September.

Wenn du mit uns kommst, freut uns das. Wenn nicht, spielt es keine Rolle. Ruf mich an, wenn du es möchtest.

Deine Freundin,
Made

Cara legte den Brief zur Seite und starrte zur Decke hoch.

Das hier ist nicht *Eat, Pray, Love,* dachte sie. Hier *gibt* es kein Happy End.

»Was machst du da?« Richard sah sie erstaunt an.

Sie wandte sich vom Spiegel ab und ihm zu. »Ich trage Lippenstift auf.«

Sein Mund formte einen Moment lang lautlos einige Silben. »Das ist … schön zu sehen.«

Sie verteilte etwas Rouge auf ihren eingefallenen Wangen. Sie hatte viel zu viel abgenommen.

Wer bin ich?, fragte sie sich, als sie in den Spiegel starrte. Ich sehe nicht mehr wie früher aus. Ich fühle mich nicht mehr wie früher. Ich bin nicht mehr ich selbst.

Sie griff nach ihrer Handtasche. »Ich fahre fort«, sagte sie. »Zur Delamere-Klinik. Miranda ist wieder dort. Sie hatte einige Rückfälle, seit …« Sie brachte es noch immer nicht über sich, es auszusprechen. »Pippa holt mich ab.«

Richard runzelte die Stirn. Er legte eine Hand auf ihren Arm, um zu verhindern, dass sie sich an ihm vorbeidrängte. »Bist du dir sicher, dass du bereit dafür bist?«, fragte er. »Du bist seit Monaten nicht mehr aus dem Haus gegangen. Und … möchtest du dich denn wirklich mit *ihr* treffen?«

»Ja«, sagte sie knapp.

Richard sah sie unsicher an. »Nun, kann ich dich danach vielleicht abholen?«

»Nein danke«, sagte sie. »Pippa bringt mich wieder nach Hause.«

Jemand hupte.

»Da ist sie schon.«

Sie stieg in Pippas Auto und versuchte, die offensichtlichen Spuren, die Heidi hinterlassen hatte, zu ignorieren. Die halben Kekse, den Geruch nach abgestandener Milch, die Stofftiere, die über dem Autositz baumelten.

»Hallo«, sagte sie und befestigte den Sicherheitsgurt.

»Hi«, sagte Pippa. »Wie geht es dir?«

Cara wusste nicht, wie sie wahrheitsgemäß auf diese Frage antworten sollte. »Ich denke, du kennst die Antwort.«

»Ich bin mir ziemlich sicher, dass ich sie nicht kenne«, sagte Pippa. »Ich kann mir nicht vorstellen, dass *irgendjemand* sie kennt.«

Cara lehnte sich in ihrem Sitz zurück und starrte aus dem Fenster. »Du hast recht.«

Sie legten die restliche Strecke schweigend zurück. Pippa wollte kein Gespräch erzwingen, und Cara hatte nichts zu sagen. Durch das Fenster hindurch beobachtete sie die Welt dort draußen, die sich unaufhörlich und wie wild weiterdrehte.

Die Delamere-Klinik war ein unscheinbares, in Creme und Blau gehaltenes Gebäude in einer gewöhnlichen Straße in einem Vorort. Es sieht aus wie jeder andere Wohnblock, dachte Cara, abgesehen von dem Schild, das in der Eingangshalle hing: *Veränderung ist der erste Schritt zu einer lebenslangen Genesung.* Hinter dem Empfangstresen saß eine Frau mittleren Alters in einer rosaroten Bluse. Sie sah von ihren Papieren hoch und lächelte sie an.

»Wir sind hier, um Miranda Bianco zu besuchen«, sagte Pippa.

Sie nickte. »Bitte tragen Sie sich hier ein und gehen Sie

dann zur Besucherzone am anderen Ende des Gebäudes. Gehen Sie diesen Flur entlang und biegen Sie nach der Cafeteria rechts ab. Dann sehen Sie sie. Die Besuchszeit endet um elf Uhr.«

Pippa warf einen Blick auf die Uhr. »Zwanzig Minuten sollten genügen.«

Als sie in der Cafeteria um die Ecke bogen, entdeckte Cara Miranda sofort inmitten der Patienten und Besucher, die sich im Innenhof versammelt hatten. Sie saß mit gesenktem Kopf auf einer langen Holzbank. Neben ihr lag ein dünnes Buch, das in der Mitte aufgeschlagen war. Ihr Profil war immer noch umwerfend. Cara hatte erwartet, dass die Wut wie eine Flutwelle über sie hinwegrollen würde, doch als sie Miranda sah, fühlte sie nichts. Miranda sah zerbrechlich aus. Als ob ein einzelner Windstoß sie in Tausende von Stücken zerschmettern könnte.

Als sie den Innenhof überquerten, sahen sie, dass sich Miranda mit jemandem unterhielt. Auf der anderen Seite der Bank hockte Suzie. An den zuckenden Schultern erkannte Cara, dass Suzie weinte. Miranda hatte die Augen geschlossen, und ihr Gesicht war schmerzverzerrt. Cara blieb stehen. Pippa stand neben ihr. Keine der beiden sagte ein Wort.

Dann öffnete Miranda die Augen. Sie sah Cara an und öffnete den Mund, sei es aus Angst oder aus Schock.

Suzie folgte Mirandas Blick.

»Oh.« Suzie setzte sich auf. »Ich habe euch nicht gehört. Es ist schön, euch beide zu sehen.« Sie wischte sich über die Augen. »Miranda und ich haben gerade … nun, ich musste mich entschuldigen.«

Cara schaute von einer zur anderen. Beide Frauen sahen so aus, als hätten sie geweint.

»Müssen wir das nicht alle?«, fragte Miranda. Sie stemmte sich mit ihren knochigen Händen von der Bank hoch.

Cara sah ihr dabei zu. Ein mit Haut bedecktes Skelett. Der menschliche Körper ist so zerbrechlich, dachte sie. Astrid hatte ihren kleinen Körper so schnell verlassen, dass sie sie nicht mehr zurückrufen konnte.

Miranda machte einige Schritte auf Cara zu.

»Ich habe mir diesen Moment Tausende Male vorgestellt«, sagte sie. »Ich hätte nicht gedacht, dass ich einmal die Möglichkeit bekommen würde.« Ihre Brust hob und senkte sich. »Du hast mir vertraut, und ich habe versagt.« Tränen liefen über ihre Wangen. »Ich wünschte, ich könnte mein Leben gegen Astrids eintauschen.«

»Das wünschen wir uns beide«, flüsterte Cara.

»Ich werde dich nicht um Verzeihung bitten«, sagte Miranda. »Das erwarte ich nicht, niemals. Aber ich möchte, dass du weißt, dass ich den Rest meines Lebens für Astrids Tod bezahlen werde.«

»Das werde ich auch.«

Ich wünschte, wir wären beide tot, dachte Cara. *Ich habe einen Fehler gemacht, aber du hast es geschehen lassen.* Sie presste die Augen zusammen, um den Ärger zu vertreiben. *Aber das bringt sie nicht zurück. Nichts bringt sie zurück.*

Dann öffnete sie die Augen wieder. Miranda stand noch immer wie ein blasser Geist vor ihr.

Cara schüttelte den Kopf.

Plötzlich war sie unendlich müde. Sie streckte die Hand aus.

Miranda nahm ihre Hand zwischen ihre beiden Hände.

»Hallo.« Eine bekannte Stimme unterbrach sie. Hinter ihnen stand Made und hielt zwei Tabletts mit Kaffeebechern in der Hand.

Miranda ließ Caras Hand los.

»Es tut mir leid, ich bin zu spät. Ich bringe den Kaffee«, sagte Made.

»Den brauchen wir jetzt auch«, sagte Miranda mit einem schwachen Lächeln.

Made sah von einer zur anderen. »Es ist schön, euch alle zu sehen.« Sie legte ihre weiche Hand auf Caras Arm. »Vor allem Cara.«

Mades Berührung war sehr sanft. Obwohl Richard seit Astrids Tod sehr aufmerksam gewesen war, hatte er es nicht geschafft, sie zu berühren. Sie hatte es nicht gewollt. Aber Mades Hand auf ihrem Arm schien bis in ihre Brust vorzudringen und die einzelnen Teile ihres Herzens sanft zusammenzuhalten. Tränen schwammen in ihren Augen.

Ein quäkendes Geräusch ließ Cara zusammenzucken. Sie sank in einen Stuhl, als sie Wayan sah, der hinter Made in seinem Kinderwagen saß und ihr ein schiefes, zahnloses Lächeln schenkte. Seine Gliedmaßen waren mittlerweile viel länger geworden. Schwarze Haare fielen ihm über die Ohren, und seine Hände stemmten sich gegen den Gurt, der ihn festhielt.

»Möchtest du heraus, Wayan?« Made öffnete den Gurt. Wayan glitt geschickt zu Boden und lief ohne Hilfe umher.

»Hier, Cara, der Kaffee.« Made reichte ihr den Pappbecher. Cara nippte an dem Kaffee, doch ihre Augen folgten Wayan. Sein Hämangiom fiel immer noch auf, ein violetter Riss über seiner Lippe. *Und dennoch ist er perfekt,* dachte Cara. Solch außergewöhnliche Schönheit in seiner Menschlichkeit. Sie sahen ihm zu, wie er im Innenhof umherschlenderte und Stuhlbeine, Blumentöpfe und Risse in den Fliesen untersuchte.

»Wann fliegt ihr denn nach Bali, Made?«, fragte Suzie plötzlich.

»Nächsten Mittwoch«, sagte Made. Sie lächelte strahlend. »Ich werde bald meine Familie wiedersehen.«

Suzie nickte. »Ich weiß, wie du dich fühlst. Ich werde wieder nach Queensland ziehen.«

Die anderen reagierten verblüfft.

»Ich habe einige Fehler gemacht.« Suzie sah Miranda an. »Und das Leben in Sydney ist zu teuer. Es tut mir leid, dass ich Monika verlassen muss, aber …«

»Du musst das nicht wegen mir machen«, sagte Miranda plötzlich. »Es war nicht deine Schuld.«

Natürlich war es nicht ihre Schuld, dachte Cara. Es war meine Schuld.

Suzie seufzte. »Ich möchte einfach bloß wieder nach Hause.«

Sie schwiegen einen Moment.

»Das möchte ich auch«, sagte Miranda. »Ich bin zum dritten Mal innerhalb von vier Monaten hier.« Sie tupfte sich die Augenwinkel trocken. »Für mein Problem gibt es keine schnelle Heilung, obwohl ich zum Wohl der Kinder wünschte, es wäre so. Sie kommen ganz gut mit Hendrika zurecht, aber es ist trotzdem beunruhigend für sie. Und was Willem betrifft …« Sie seufzte. »Es sieht nicht sehr gut aus für uns.«

Sie hob das schwarze Buch von der Bank neben ihr hoch. Cara fragte sich, ob es sich vielleicht um eine Bibel handelte. Ob Astrids Tod wohl zu einer Art religiöser Besinnung geführt hatte. »Das hier hat Ginie mir geschickt«, sagte Miranda und sah die anderen an. »Es ist Daniels Roman.«

Sie drehte das Buch in ihren Händen hin und her und glitt mit den Fingern über die silberne Schrift auf dem schwarzen Umschlag. *Schuldlos* von Daniel Hargreaves.

Cara nickte. Sie hatte dasselbe Geschenk von Ginie einige Wochen zuvor bekommen, aber sie hatte es nicht einmal geöffnet. Sie konnte einfach nicht eine erfundene Geschichte über das Leben anderer Personen lesen, während ihr eigenes Leben in Chaos versank.

»Ja, ich habe die Buchbesprechung gesehen, und dann hat

mir Ginie ein Exemplar geschickt«, sagte Suzie. »Es ist Ginie gewidmet, wisst ihr?«

Pippa brummte überrascht.

»Ich habe Ginie nicht mehr gesehen, seit …« Pippa errötete. »Seit ich einige Dinge zu ihr gesagt habe, die ich nicht hätte sagen sollen. Ich muss sie anrufen und mich entschuldigen. Sie hat uns nicht erzählt, dass Daniel an einem Roman gearbeitet hat.«

»Ich hätte auch nicht gedacht, dass er den Roman jemals veröffentlichen würde.« Cara drehte sich um und sah plötzlich Ginie neben sich stehen.

»Oh …« Pippas Gesicht wurde rot.

»Hallo.« Ginie blickte von einer zur anderen. »Als Made mir erzählt hat, dass ihr heute alle hier sein werdet, musste ich einfach kommen.«

Sie trat nach vorn und legte Miranda eine Hand auf die Schulter. »Wie geht es dir?«

»Es ging mir schon mal besser«, sagte Miranda.

Ginie nickte. »Es muss schwer für dich sein.«

Dann wandte sie sich an Cara. »Geht es dir … gut?«

Cara zuckte mit den Schultern.

»Was für eine dumme Frage.« Ginie schüttelte den Kopf.

Ginie scheint sich verändert zu haben, dachte Cara. Sie war noch immer groß und kantig, aber sie wirkte irgendwie weicher.

Ginie deutete auf das Buch, das Miranda in der Hand hielt. »Ich habe Daniels Arbeit nicht ernst genommen. Eigentlich habe ich *ihn* nicht ernst genommen.« Sie setzte sich neben Miranda auf die Bank. »Daniel und ich waren bei einem Paartherapeuten. Und *du* hast uns dazu gebracht, Pippa. Hier ist dein Exemplar.« Ginie durchsuchte ihre Handtasche und gab Pippa das Buch.

Pippa errötete noch stärker. »Es tut mir so leid, was ich damals …«

»Das muss es nicht«, unterbrach Ginie sie. »Du hast mir gesagt, was du an jenem Tag gesehen hast. Das war schon in Ordnung.« Sie sah sich im Innenhof um. »Daniel schwört, dass er mich nicht betrogen hat. Er gibt allerdings zu, dass die Beziehung zu Nicole zu eng geworden ist, und ich bin furchtbar wütend auf die beiden. Ich musste Nicole kündigen, und es hat sich verdammt schlecht auf meine Arbeit ausgewirkt.« Sie ließ den Kopf sinken. »Außerdem habe ich Daniel erklären müssen, dass nicht alles zwischen uns wieder in Ordnung ist, bloß weil er nicht mit ihr im Bett war.« Sie hob den Blick. »Es ist nicht so einfach, wie es aussieht. Daniel hätte Nicole nie so nahekommen dürfen, doch nachdem Rose zur Welt gekommen war, habe ich mich nicht mehr um ihn bemüht. Ich war nicht sehr warmherzig, und er war mir irgendwie egal. Aber es ist schwierig, wenn man ein Baby hat, nicht wahr?« Sie zögerte. »Wie auch immer, ihr werdet es vielleicht nicht verstehen, aber ich musste einsehen, dass ich in dieser verdammten Sache ebenfalls eine Rolle gespielt habe.«

Pippa rückte näher an Ginie heran und legte eine Hand auf ihre Hände. »Ich denke, wir verstehen dich.«

Ginies Augen füllten sich mit Tränen. »Ich muss mich ebenfalls entschuldigen«, sagte sie. »Bei euch allen. Aber vor allem bei dir, Pippa. Ich habe während der Treffen der Müttergruppe einige Dinge gesagt und getan, auf die ich nicht stolz bin. Ich habe darüber nachgedacht und muss mich dafür entschuldigen, dass ich so … voreingenommen war.« Sie sah von einer zur anderen. »Ich habe endlich eingesehen, dass ich nicht alles unter Kontrolle haben kann. Das kann niemand. Daniel hat versucht, mir das klarzumachen, und du ebenfalls, Pippa. Und ihr hattet recht.«

Tränen liefen über ihre Wangen. Suzie kramte in ihrer Tasche, holte ein Papiertuch hervor und tupfte Ginies Wangen trocken.

»Danke«, sagte Ginie. »Ich gebe Daniel eine zweite Chance. Ich habe keine Ahnung, ob wir es schaffen werden, aber wir müssen es versuchen. Ich meine, wir müssen vor allem an Rose denken.«

Niemand sagte etwas.

Miranda fuhr mit dem Daumen über das Buch auf ihrem Schoß. »Daniel schreibt ziemlich gut.«

»Danke, ich werde es ihm ausrichten«, sagte Ginie. »Es erklärt einiges, was Daniel als Teenager erleben musste. Die Hauptfigur verursacht einen Autounfall, bei dem seine Eltern ums Leben kommen.« Ginie schüttelte den Kopf. »Es ist ein ziemlich schwermütiges Buch, aber es steckt auch Hoffnung in ihm.« Sie sah Cara direkt an. »Der Junge wird aus seiner Schuld heraus wiedergeboren und schließlich zu einem besseren Menschen. Nicht makellos, aber dennoch vollkommen.«

Cara starrte Ginie einen Augenblick lang an.

So sind Bücher nun einmal, dachte sie. Das Ende ist mit einer rosaroten Schleife umwickelt. Ihr eigenes Leben glich hingegen einer Wüste. Ohne Astrid würde sie nie wieder vollkommen sein.

Hinter ihnen hustete jemand.

»Es tut mir leid«, sagte eine grauhaarige Dame mit einem freundlichen Lächeln. »Die Besuchszeit ist beinahe vorüber, es wird nun Zeit für die Gruppensitzungen.« Die anderen Patienten und ihre Besucher bewegten sich auf das Haus zu.

»Ich danke euch allen für euer Kommen«, sagte Miranda. »Vor allem *dir*, Cara.« Sie wandte sich an Suzie. »Ich rufe dich an, wenn ich nächste Woche wieder nach Hause komme. Lass uns dann unser Gespräch beenden.«

Suzie nickte müde.

Sie schlenderten gemeinsam über den Innenhof, durchquerten das Bürogebäude und bewegten sich auf den Ausgang zu. Als sie über die Treppe hinunter zur Straße gingen, zog Wayan an Mades Rock und deutete auf seine Windel.

Made lachte und wandte sich an Cara. »Wayan ist mittlerweile so groß, dass *er* mir sagt, wann ich seine Windel tauschen soll.«

Cara lächelte, während ihr die Tränen über die Wangen liefen.

»Was machst du da?« Richard lehnte im Türrahmen und sah sie gequält an.

»Ich fahre eine Zeitlang fort.« Sie legte die letzten Kleidungsstücke zu einem säuberlichen Stapel in den Koffer neben ihren Kulturbeutel. Sie brauchte nicht viel. Sie hatte gehört, dass man vor Ort beinahe alles kaufen konnte.

»Wie lange?«

»Ich weiß es nicht.«

»Und wohin fährst du?«, fragte er mit zitternder Stimme.

Sie hob einen Bilderrahmen von ihrem Nachttisch und nahm das Bild heraus.

»Kannst du dich daran erinnern?« Sie lächelte und strich das Bild glatt.

»Natürlich.«

Das Foto zeigte Cara, Richard und Astrid in ihrem robusten Toyota Sedan bei ihrer ersten gemeinsamen Reise – der Fahrt vom Krankenhaus nach Hause. Cara erinnerte sich, wie nervös sie gewesen waren, als sie ihre neugeborene Tochter in dem übergroßen Autositz festgegurtet hatten. Richard war so langsam gefahren, dass die Autofahrer hinter ihnen frustriert gehupt hatten. Sie hatten wider besseres Wissen gehofft, dass alles gutgehen würde: dass Astrid nicht weinen würde oder gefüttert oder gewickelt werden musste. Oder dass es – Gott behüte – zu einem Autounfall kommen würde. Zu diesem Zeitpunkt schien die kurze Fahrt nach Hause ein unnatürlich hohes Risiko darzustellen. Doch sie hatten einander angelächelt und waren trotz allem nach Hause gefahren.

»Wohin fährst du?«

»Nach Bali.«

Richard begann, murmelnd im Zimmer auf und ab zu gehen. Dann stand er plötzlich vor ihr, legte ihr die Hände auf die Schultern und schüttelte sie mit solcher Kraft, dass es ihr die Luft aus den Lungen drückte.

»Richard!«, schrie sie.

Seine Hände sanken herab, dann heulte er zornig auf und schlug mit den Fäusten gegen die Wand.

»Was, in Gottes Namen, tust du gerade?«, brüllte er. »Was tust du mir an?«

Sie ging langsam auf ihr Bett zu, bückte sich und zog das Federetui unter der Matratze heraus. Dann öffnete sie die oberste Schublade ihres Nachttisches und holte Mades Brief hervor.

»Es gibt nur entweder das hier«, sie gab ihm den Brief, »oder das.« Sie öffnete das Federetui und ließ siebzig Schlaftabletten auf das Bett rieseln.

Richard starrte die großen weißen Pillen auf ihrer Tagesdecke an.

»Es tut mir leid, Richard«, flüsterte sie. »Ich erwarte nicht, dass du es verstehst. Ich erwarte nicht, dass du noch hier sein wirst, wenn ich zurückkomme. Aber ich muss fort von hier, oder ich sterbe.«

Das Taxi, das sie bestellt hatte, wartete bereits vor dem Haus. Sie suchte in ihrer Handtasche nach ihrem Reisepass.

»Ich werde warten«, sagte er.

»Das musst du nicht.«

Er folgte ihr die Treppe hinunter.

Sie blieb an der Haustür stehen. »Es tut mir so leid, Richard.«

Er hielt ihr die Tür auf.

Sie ging an dem Blumenstrauß vorbei, der heute geliefert worden war, und drehte sich um, um ihren Koffer über die Türschwelle zu ziehen. Der Geruch der tropischen Lilien verursachte ihr Übelkeit. Der Strauß war den ganzen Tag über in der Sonne gelegen. Sie hasste diese Lilien, die Blumen des Todes. Sie waren für nichts zu gebrauchen, außer dazu, den widerlichen Geruch des Todes zu überlagern. Ravi würde irgendwann aufhören, ihr Blumen zu schicken.

Sie zog ihren Koffer über die Schwelle und schob den Strauß mit dem Fuß zur Seite.

»Lass mich dir helfen«, sagte Richard.

Er zog den Koffer den Weg hinunter. Aus den Ritzen zwischen den Steinplatten wuchs Gras. Seit Astrids Tod hatte sich niemand mehr darum gekümmert.

Der Taxifahrer kam ihnen am Tor entgegen und hob ihren Koffer in den Kofferraum. Dann öffnete er die hintere Tür und bat sie, in der dunklen Anonymität des Rücksitzes Platz zu nehmen.

»Cara.«

Richard stand auf dem Gehweg. Seine Augen suchten hinter den getönten Glasscheiben nach ihr.

Sie ließ das Fenster herunter.

»Wir haben unser Bestes gegeben.« Sein Gesicht war schmerzverzerrt.

»Du hast sicher dein Bestes gegeben, Richard.«

Als das Taxi losfuhr, stand Richard da und hatte eine Hand zu einem halben Winken erhoben. Er sah aus wie ein verwundeter, salutierender Soldat. Voller Vertrauen, bis zum Ende.

Sie blinzelte die Tränen zurück und sah hinaus zu den Häusern und Straßen von Freshwater, die im immer schwächer werdenden Tageslicht verschwanden. Die vertraute Umgebung, das Leben, von dem sie gedacht hatte, dass es ewig währen würde – nun war ihr alles so vollkommen fremd geworden. Die Konturen und Annehmlichkeiten eines Lebens in der Vorstadt waren an einem einzigen, schrecklichen Nachmittag unwiderruflich ausgelöscht worden. Leben waren ins Chaos abgeglitten. Beziehungen waren für immer zerstört. Und sie selbst – das, was einmal ihre Persönlichkeit ausgemacht hatte – hatte sich in eine Person verwandelt, die sie nicht einmal kennenlernen wollte.

Auf dem Flughafen angekommen, gab sie ihr Gepäck auf und nickte der Stewardess, die ihr *Bon Voyage* wünschte, steif zu. Sie bewegte sich entlang eines nicht gekennzeichneten Weges auf ein ungewisses Ziel zu. Würde sie danach wieder am Anfang oder doch am Ende stehen? Das wusste sie nicht. Sie würde sehen, was das Leben für sie bereithielt.

Als sie auf die Türen zuging, hinter denen sich die Ankunfts- und Abflughalle befand, hatte sie das Gefühl, dass ihre Füße bald unter ihr nachgeben würden. Ein Mann mit weißen Haaren winkte ihr zu. Gordon. Und da war Made, die Wayan gerade in Richtung Kinderbereich trug.

»Sie sind gekommen.« Er lächelte. »Das freut mich. Das freut uns beide. Sie haben viel zu viel durchgemacht.« Gordon streckte die Hand aus und berührte ihre Schulter. Sie zuckte nicht zurück.

»Ich habe vor zwanzig Jahren meine erste Frau und meine kleine Tochter verloren«, sagte er sanft. »Und ich spüre den Schmerz immer noch an jedem einzelnen Tag.«

Sie nickte, unfähig, etwas zu antworten.

»Es sieht so aus, als würde hier eine kleine Verabschiedungsparty veranstaltet«, sagte er und deutete hinter sie.

Sie drehte sich um. Mehrere Menschen kamen auf sie zu. Da waren Suzie und Monika und Freya, die zwischen ihnen ging. Pippa und Miranda gingen nebeneinander, ihre Arme waren ineinander verschränkt, als würden sie sich gegenseitig stützen. Danach folgten Ginie und Daniel, der Rose auf den Schultern trug. Rose kicherte vor Freude, als er sie schnell von einer Seite zur anderen kippen ließ. Caras Augen begannen zu brennen, als sie das Geräusch hörte.

»Mein Gott«, sagte Gordon, »wir hätten nicht gedacht, dass ihr *alle* kommen würdet.«

»Wir können euch doch nicht fortgehen lassen, ohne uns zu verabschieden«, sagte Suzie.

Sie wandte sich an Cara. »Es ist schön, dich zu sehen.« Suzie machte einen Schritt nach vorn und umarmte sie, wobei sie sie fest gegen ihre Brust drückte. Dann kam Pippa dazu und legte ihre Arme um die Schultern der beiden anderen Frauen. Cara schloss die Augen und ließ ihren Kopf an ihre Köpfe sinken.

»Kommt schon, Ladys«, forderte Suzie Miranda und Ginie auf.

Miranda lachte und schob Ginie nach vorn.

»O Gott«, sagte Ginie. »Das ist typisch für dich, eine Gruppenumarmung vorzuschlagen, Suzie.«

Alle lachten. Danach standen sie schweigend da und hielten einander in den Armen. Das Chaos des Flughafens tobte um sie herum, doch einen Augenblick gab es niemanden sonst für sie. Sie lehnten sich aneinander und spürten den warmen Atem der anderen auf ihren Gesichtern.

Gordon blieb in einem respektvollen Abstand stehen und unterhielt sich leise mit Daniel und Rose, während Monika Freya auf der Hüfte balancierte.

»Es ist schön, euch alle zu sehen«, flüsterte Cara. »Danke, dass ihr gekommen seid.«

Und sie meinte es auch so. Sie hatte das Gefühl, als würde ihr Herz implodieren. Diese Frauen hatten sie durch die Zeit ihrer Mutterschaft begleitet und waren Zeugen des Lebens und des Todes ihres einzigen Schatzes, ihrer Astrid, geworden. Vielleicht würde sie sie niemals wiedersehen, doch sie hatten Spuren in ihrem Leben hinterlassen, die niemals vergehen würden.

Plötzlich schlang jemand von hinten die Arme um ihre Hüfte. »Meine Freundin«, sagte Made.

Cara drehte sich um und umarmte sie. »Hallo, Made.«

Hinter ihnen klammerte sich Wayan an Mades Knie und begann zu wimmern. Es war beinahe sechs Uhr, Zeit zum Schlafen. Cara kniete sich nieder und legte ihm eine Hand unters Kinn.

»Hallo, junger Mann«, sagte sie mit unsicherer Stimme.

»Hurroo«, antwortete er.

Cara sah ihn erstaunt an. »Er *spricht.*«

»Ja, er versucht es gerade«, sagte Made. »Aber er hat Schwierigkeiten mit seiner Lippe.«

Tränen liefen über Caras Wangen und tropften auf den kalten, weißen Fliesenboden. Jede neue Entwicklung im Leben der Kinder anderer Menschen würde ihr immer sowohl Freude als auch Schmerz bereiten.

»Wir machen uns besser auf den Weg, Made«, sagte Gordon. »Sie werden unseren Flug bald aufrufen.«

Cara richtete sich auf. Kleine Gruppen von Menschen standen genau wie sie vor den Türen, die zur Zollkontrolle führten. Paare und Familien und Freunde, die sich umarmten und lachten und weinten. Zahllose Verabschiedungen, während sich die Türen öffneten und den Blick auf ein Schild freigaben, auf dem in roten Buchstaben geschrieben stand, dass ab hier nur noch Passagiere mit Bordkarten Zutritt hatten.

»Ich habe etwas für dich«, sagte Ginie plötzlich und gab Cara eine kleine weiße Schachtel. »Für euch alle.« Sie zog weitere Schachteln aus ihrer Tasche und gab jeder Freundin eine.

»Kommt schon, macht sie auf.«

Cara öffnete den Deckel und starrte das glitzernde Ding an. Es war ein filigraner Anhänger aus Gold in der Form eines Vogels, der mit winzigen violetten Quarzsteinen verziert war.

»Oh«, sagte sie verblüfft, »der ist wunderschön.«

»Es ist ein Phönix«, sagte Ginie. »Er soll uns alle daran erinnern, dass wunderschöne Dinge aus der Asche wiederauferstehen können. Es ist schwer vorstellbar, dass man Schreckliches durchleben und am Ende gestärkt daraus hervorgehen kann. Aber es ist möglich.« Sie blickte von einer zur anderen. »Wir haben alle Dinge erlebt, die wir versuchen, hinter uns zu lassen, denke ich. Und wir werden wiedergeboren werden, ob wir dazu bereit sind oder nicht. Es entzieht sich unserer Kontrolle.« Sie legte eine Hand auf ihren Bauch, und Cara wusste sofort Bescheid.

»Du bist schwanger?«, keuchte Suzie.

Ginie nickte in Daniels Richtung. »Ich lerne, Kompromisse einzugehen.«

Ginies Leben hat sich vollkommen verändert, dachte Cara. *Unser aller Leben.* Der Gedanke daran, dass sich in Ginies Bauch neues Leben entwickelte, machte sie traurig und erfüllte sie gleichzeitig mit leiser Hoffnung. Werde ich jemals wieder ein Kind haben?, fragte sie sich und spürte den Schmerz in ihrem Herzen. Nicht, um Astrid zu ersetzen. Nicht, um die Leere auszufüllen, die sie hinterlassen hat. Sondern um es um seiner selbst willen zu lieben und es zu umsorgen, es durch die Launenhaftigkeit des Lebens zu begleiten und es letzten Endes loszulassen.

Made betrachtete den Anhänger in ihrer Hand. »Dieser Vogel ist wie der Vogel, den wir auf Bali *Garuda* nennen. Ein Vogel der Kraft. Wir werden ihn bald auf Bali sehen. Und heute fliegen wir mit der *Garuda Airline* nach Denpasar.« Made strahlte, wie sie es immer tat, wenn sie über ihr Heimatland sprach.

»Nun, wie passend«, sagte Ginie. Sie beugte sich vor und küsste Cara auf die Wange. »Sei gut zu dir selbst«, flüsterte sie.

»Danke«, sagte Cara. Erneut standen Tränen in ihren Augen. Sie sah die anderen an und war sich nicht sicher, was sie tun sollte. Was sie in diesem Augenblick noch sagen konnte.

»Es wird Zeit, zu gehen, meine Damen.« Gordon hob Wayan hoch und legte eine Hand auf Mades Rücken. »Sind Sie bereit, Cara?«

Cara nickte und wandte sich ein letztes Mal der Gruppe zu. »Auf Wiedersehen.«

Made klatschte in die Hände, während sie durch die automatischen Türen traten.

In der Abflughalle angekommen, warf Cara einen Blick auf das Durcheinander der Landebahnen hinter dem großen Fenster. Flugzeuge landeten und stiegen, einer monotonen Routine folgend, wieder auf. Tausende Körper in Bewegung, auf dem Weg in fremde Länder. Das ist das Leben, dachte sie. Millionen von Ankünften und Abflügen, ohne dass es jemals endet.

Hinter dem Flughafen glitzerten die Neonlichter von Sydney, als wäre die Stadt ein leuchtendes Wunderland aus dem Märchenbuch. Cara starrte zum Himmel hoch, der sich über ihnen erstreckte. Eine dunkelorangefarbene Kathedrale, die das Ende der Welt stützte. Ewige Schönheit, die dennoch so vergänglich war.

Ein weißer Streifen zog sich durch den ansonsten so makellosen Sonnenuntergang.

Nicht makellos, aber dennoch vollkommen.

DANKSAGUNG

Fantastische Menschen hatten Einfluss auf dieses Buch. Ohne sie wäre ich einsam und unwissend.

Mein Mann Stuart hat diesen Roman von Anfang an unermüdlich unterstützt. Ich danke ihm für seine Geduld, seinen Enthusiasmus und die täglichen Liebenswürdigkeiten. Er ist der großzügigste Mensch, den ich kenne.

Virginia Lloyd, meine Freundin und Literaturagentin, hat immer an mich und meine Arbeit geglaubt und mir bei jedem Schritt entscheidende Hilfestellung geboten.

Ich schulde folgenden Personen – Spezialisten in ihrem Fachgebiet – Dank für ihren fachlichen Rat und ihre über ihre Pflicht hinausgehende Unterstützung: Dr. Connie Diakos, Dr. Lisa Brown, Senior Sergeant Danny Russell, Katie Firster und »Professor Ibu Dokter« Jan Lingard.

Mein spezieller Dank gilt auch Jodie Thomson und Amanda Collins, deren Ratschläge als Mütter wie auch als Schriftstellerinnen dazu beigetragen haben, dass meine Arbeit unendlich viel besser wurde.

Danke auch an die Leserinnen der ersten Entwürfe – Melissa Attia, Debra Reed, Rachael McLennan und Suzanne Kent – für ihre Rückmeldungen und ihre Freundschaft.

Die wunderbaren Frauen aus meiner eigenen Müttergruppe – Sarah Bramwell, Sarah Barrett, Gaile Pearce, Kim Healey, Michelle Taylor, Natasha Brain und Amanda Thomas – haben mir nicht nur wertvolle Vorschläge für den Roman eingebracht, sondern sind seit 2007 auch dafür verantwortlich, dass meine geistige Gesundheit erhalten blieb. Ohne euch hätte ich es nicht geschafft, Ladys.

Außerdem möchte ich mich bei folgenden Menschen für ihre moralische, praktische und fachliche Unterstützung während der Reise zur Veröffentlichung des Buches bedanken: bei Lesley Collins, Beverley und Richard Higgins, John Attia, Tim Haydon, Cate Campbell, Margie Bale, Genevieve Freeman, Don Norris, Louise Williams, Ian Thomas, Ellen Fanning, Peter Dredge, Peter Kerr, Simon Longstaff, Jane Proter, Timoer Nugroho, Veronica Abolins, John Fairfax, Mark Nelson, Duncan Trevor-Wilson und Alice Chen, Nathan und Kate Fabian, bei dem verstorbenen John van Geldermalsen, den Mitarbeiterinnen und Mitarbeitern des Tresillian Family Care Centre Willoughby sowie Anne Blackstone und allen Mitarbeiterinnen und Mitarbeitern des Harbor Early Childhood Health Centre.

Das Team bei Allen & Unwin, geleitet von der brillanten Jane Palfreyman, war absolut überragend. Ich möchte mich bei Jo Lyons, Alo Lavau, Kate Butler, Siobhán Cantrill, Catherine Milne, Lisa White, Wenona Byrne, Andy Palmer und Karen Williams sowie bei dem erweiterten Team von Allen & Unwin für ihre Professionalität und Begeisterung bedanken.

Und schließlich geht mein Dank an meine Kleinen, an Oliver, Skye und Luke – euch gilt für immer all meine Liebe … vor allem aber danke an Skye, mein immer waches Dornröschen, das mich auf Trab und am Schreiben gehalten hat.